時代のなかの作家たち 7
Authors in Context

Wilkie Collins
ウィルキー・コリンズ

Wilkie Collins

リン・パイケット 著
Lyn Pykett
白井義昭 訳

彩流社

ウィルキー・コリンズ

時代のなかの作家たち7

日本語版への序文

テクストとしてのコンテクスト

本叢書「時代のなかの作家たち」の目的は、文学作品のコンテクストがテクストの背景ではなくて、テクストが仕立てられる織地だということを確認することである。おいおい理解されるように、コンテクストという語が指す要素はさまざまである。

言葉と言葉は互いの語類決定枠を定める。したがって、コンテクストのより明白な構成要素を形成するのは、言説における言葉と言葉の関係である。言語構造は表面的には一列に並んだ鎖状に見える。これは誤解を与えやすい。実際は、階層的な織物だからである。このことは「私は金持ちの老人が好きです」という文章によって説明できよう。この文章には関連するが異なる二枚の織物が認められる。すなわち老人という織物と金持ちという織物である。だが文学言語の理論家たちは、言葉をあたかも糸に通した数珠でもあるかのように考えて、シンタックス、すなわち文の統語構造というこの要素を無視する。だが、シンタックスがどう働いているかは、ネイティブスピーカーならば何となく知っているものである。英語のネイティブスピーカーなら、'sense' という語にはさまざまな意味があっても、実際にはどういう意味なのかを、この語が使用されている統語構造という枠を考慮することで巧みに探り当てることができる。たとえば、妻のデズデモーナが不貞を働いたと思い込んで発したオセロの叫び声“What sense had I of her stolen hours of lust?”における‘sense’の意味が『シンベリン』の“man's o'erlabour'd sense repairs itself by rest”で用いられた場合の‘sense’の意味と同じだと読むことはないだろう。しかし、シンタックスが曖昧さをこのようにいつも取り除くとはかぎらない。シンタックスは、計算されていない曖昧さとともに、計算された曖昧さをも創りだす場合があるからだ。『尺には尺を』には、アンジェロがイザベラを誘惑したいという気持ちを仄めかしたあとで、“Your sense pursued not mine”と彼女に言う場面がある。ここでアンジェロは、‘sense’に「理解」と「性欲」という二つの意味をこめているのだが、イザベラはそのことに気づかない。

しかし、コンテクストが担う指示機能の役割は、文、段落、さらにはテクスト（これらは皆、指示機能の役割を担うけれども）の段階で終わりはしない。会話の場合のように、ある一節がそれとなく触れた現実生活の事実そのものが、重要な要素なのである。ハーディの『森林地の人々』が山場を迎えるのは、新離婚法によって放蕩無頼な夫から自由になれると喜んでいたグレイス・フィッツピアーズの期待がはずれたときなのだが、このことを理解するためには、一八五七年の離婚法の知識が不可欠だ。この法律では、夫は妻が姦通を犯しただけで妻を離縁できるが、妻が夫を離縁するためには、夫が姦通だけでなく、さらに虐待、近親相姦、獣姦通などの許し難い行為を行ったことを証明する必要があった。さらには出版を取り巻く環境の知識も必要だ。ノーマン・フェルツの論証によれば、ヴィクトリア朝時代では、商品広告と平凡な挿絵が載った雑誌に小説を連載物として発表するというその現実行為そのものが小説の内容に影響を与えたのであった。

しかし、最近の文学解釈の根底にあるのは、言語の本質それ自体の新たな解釈である。この解釈は二〇世紀に登場し、読者にテクストの彼方を見ることを求めた。言語が観念を反映する言葉に難なく置き換えることのできる透明な手段でないことが明らかになったからである。言語はむしろ社会行為であり、その言語を用いる社会の貴重な前提条件と関心事を不可避的に満載した行動形態なのである。ある特定の言語を使用するということは、個人と共同体が格闘するということなのであり、ある特定の時期のある作品を完璧に理解するためには、その時期に流布している社会、政治、法律、宗教などにおける価値観とその作品が剣を交えている論争に通暁していなければならない。したがって、そのような諸領域に関する同時代の書物の言語と文学テクストの言語とを分ける理由はない。すべて共通の、ときには抵抗する、手段を共用しているのだ。

このような抵抗は、ダーウィンの『種の起源』のような科学書や、ハーディの『テス』のような文学作品によって例証できるだろう。ダーウィンが直面したさまざまな障害は、ジリアン・ビアが説得力のある手法で指摘したところであるが、ダーウィンが進化について説明している中で極めて重要なことは、進化がめくら滅法な過程であって、意図的な過程ではないことである。事実、彼の理論をうまく表現したものに「めちゃくちゃな法則」というのがある。しかしながらダーウィンは、進化上の変異を説明するときに、創造行為者（神）をほのめかす作因と創造という観念を匂わせる言葉を用いざるを得なかった。ハーディも、似たような共同体の言語における強制と格闘した末に、『テス』に「純粋な女」という副題を付けたのであった。ハーディは、ヒロインには高い倫理性がなければならないと考えて、女性の美徳を示すものとして当時好まれていた「純粋な」という形容詞を使用しなければならないと感じたようなのである。しかしこの形容詞の使用は、女性が処女であるか、あるいは貞節な妻であることが必要条件とされていた当時にあっては不適切であった。私通も姦通も犯し、殺人も犯した女に「純粋な」という形容詞が付き、批評家たちは当惑せざるを得なかった。当時の支配的な女性観（それにハーディは異論を唱えていたのだが）を知らなければ、ハーディが「純粋な」という言葉を使用した真意を汲み取ることはできない。しかし、それを知っていれば、テスが犯した数々の「罪」は、防御力というよりもむしろ攻撃力を獲得することとなる。

オックスフォード大学　文学博士　　パトリシャ・インガム

略語

『書簡集』 *The Letters of Wilkie Collins*, ed. William Baker and William M. Clarke (New York: St. Martin's Press, 1999), 2 vols.

『回顧録』 Wilkie Collins, *Memoirs of the Life of William Collins*, Esq., RA (2 vols. repr. In I; Wakefield: E.P.Publishing, 1978).

『作品集』 Wilkie Collins, *My Miscellanies* (Farnborough: Gregg, 1971).

ピルグリム *The Letters of Charles Dickens, ed. Madeline House, Grahama Storey, and Kathleen Tillotson* (Pilgrim Edition, Oxford: Clarendon Press, 1965-2002), 12 vols.

凡例

一、本書は Lyn Pykett, *Wilkie Collins* (Oxford: Oxford University Press, 2005) の全訳である。

二、原書には年号にいくつか間違いが見られたので、著者パイケットと協議のうえ、それらを訂正して訳出した。原書との異同が見られる場合には日本語版が最終的な著者の判断となる。

三、本文中の書名、人名、地名等はすでに定着しているものを採用した。

四、原注は巻末に、訳注は〔 〕内で割り注にし、本文中に付した。

目次

ウィルキー・コリンズ

第一章　ウィルキー・コリンズの生涯

俺の一生はかなり変わったものだった。特に有益だとか立派だとは言えないかもしれないが、いろんな面で冒険に満ちた一生だった。

（『ならず者の一生』、第一章）

出版二作目の小説『バジル』（「現代生活」を扱った最初の「物語」）（一八五二年）から、遺作となった最後の小説『盲目の愛』（一八九〇年）まで、ウィルキー・コリンズの小説では短編、長編を問わず、品行方正な人々の社会、売春婦の世界、それに犯罪者の「悪の世界」が相互に関連している。これらの作品が扱うのは、知的職業従事者の苦境と発展、悪党や社会ののけ者たちの冒険、立派な家族とおうおうにして立派でない彼らの秘密、それに不品行な性的関係、上流社会の基礎をなす婚姻法の極めて評判の悪い無秩序状態、虚実の策、社会・心理上のアイデンティティの問題などであった。小説におけるこれらの問題はコリンズにのみ限定されるのでは決してなく、むしろ、ヴィクトリア朝の小説では一般的に見られるものであった。とは言いながら、これらはコリンズ自身の生涯と密接な関係を特に有していると言える。彼の生家と、のちに彼が創り上げることになる家族の特徴を一言で表現すれば、上品さと社会的脆弱さ、正統的慣習と因襲にとらわれない言動、これらの奇妙な混在である。コリンズは、成人してから、特に青年期には、自由奔放な生活を好みながらも、逆説的になるが、物書きと切っても切れない秩序と規律を重視していた。はじめの頃はプロの物書きになろうと努力し、のちにはその地位を維持しようとした。彼は高潔な人格の持ち主で、上流階級に属していた。しかし、彼の生い立ち、職業、そして私的生活によってそれらが曖昧にされた。コリンズの両親は没落した中流家庭の出身で、自力で社会階層をよじのぼった教育のある両親であった。この両親のもとで育ったもののコリンズは、パブリックスクールと大学には行っていない。このために、コリンズは権力と影響力を持つヴィクトリア朝中・上流階級の均質的な社会に属していなかった。彼自身の物の考え方や行動も「上流社会」とはかけ離れていた。とはいえ、俳優・画家・作家のみならず、銀行家・法律家・医者とも気楽に付き合ったし、彼らの妻たちとの交流もあった。このように、コリンズはインサイダーでもあり、アウトサイダーでもあったのだ。いやもっと正確に言うならば、そのどちらでもなく、その中間の閾下《いきか》に属していたということになる。このためコリンズはヴィクトリア朝社会（それを『アーマデイル』の序文では「おろかな精神[1]」と表現している）を非常に興味深い視点から見ることができた。閾下にいたからこそ、同時代人を風刺するというよりは、むしろ彼特有の歪んだレンズを通して当時の社会を屈折させる、あるいはそれを異なった形で提示したのである。

物語作家の幼少時代と教育

ウィリアム・ウィルキー・コリンズは一八二四年一月八日、ハリエット・コリンズ（旧姓ゲデス）と、著名な風景画家で一八二二年にロイヤル・アカデミー（王立美術院）の会員に推挙されたウィリアム・

コリンズの長男として誕生した。コリンズのウィルキーというミドルネーム（若いときにこの名にしようと決めた）は、父の友人で、かついろいろな意味で彼の指導者でもあった、画家で彼の名付け親であるサー・デイヴィッド・ウィルキーから取ったものである。コリンズには一八二八年一月二五日誕生のチャールズ・オールストン・コリンズという弟がいる。この兄弟は、社会上昇の波に乗っている知的で創造的な両親の子として、幸せな子供時代を何の心配もなく楽しく過ごした。両親は福音派に属し、父親はトーリー党員であった。父親は、長男のウィルキーとは異なり、恥ずかしくない真面目な暮らしをした。一つには宗教上、精神上、そうしようとしたところもあるが、もう一つは、そのようにして生きるのが風景画家として成功するのには必要だと考えていたからでもある。実入りのよい仕事を得るためには、コネを付けて、富裕層の多い上流社会に受け入れてもらわなければならないからだ。コリンズは、一八一六年の日記に「コネなしで出世することは無理だ。なんとしてでもコネを持たなければならない」（『ロイヤル・アカデミー会員ウィリアム・コリンズ殿の回顧録』、第一巻、八三頁）と記している。

コリンズの両親が富を蓄えて社会に受け入れられようとしたのは、彼らの家が没落したことと確実に関係がある。陸軍将校の娘ハリエット・ゲデスは、父親が経済的に困窮していても、裕福な従兄弟たちと行動をともにしていたので、貧乏ながらもなんとか世間体を繕いながら育った。しかし、一〇代に父親が破産すると、彼女は自活を余儀なくされた。彼女は才能豊かな女優だったので、バースにあるロイヤル劇場と専属契約を結んだ。当時の女性としては、社会的に妥協できる行動だ。だが、すんでのところで福音主義聖職者の夫婦によって「救われる」。福音主義者に改宗させられて、ガヴァネス教育を施されたのちに、ロンドンにある学校の教師として、さらにはいくつかの屋敷のガヴァネスとして暮らしたあかつきに、ウィリアムと出会い、それから約八カ月後の一八二二年九月に二人は結婚した。出会いから結婚まで八カ月もの長い時間を要したのは、ウィリアムが赤貧状態から脱出し、出世する必要があったからである。ウィリアムの父親、すなわちウィルキー・コリンズの祖父は、一八一二年、破産して一文無しの状態でこの世を去った。彼の人生は、まさに孫の小説に出てくる登場人物の人生そのものである。貧しい青年であった彼はアイルランドのウィックロウ州からロンドンへ移り住み、絵画の修復と売買をしながら、不安定な日々を過ごした。彼も孫と同じく、文学の大望を持っていて、反奴隷貿易をテーマとした詩と、『ある絵の思い出の記』(一八〇五年)という小説を出版している。この小説は、友人画家ジョージ・モーランドの波乱に富むスキャンダラスな一生をモデルにした、絵画取引の世界における贋作作りなどの胡散くさい行為を詳細に描いたものである。ウィルキー・コリンズは祖父のことを『ならず者の一生』(一八四八年)の着想はここから来ており、コリンズは祖父のことを『ロイヤル・アカデミー会員ウィリアム・コリンズ殿の回顧録』(一八四八年)で詳細に書いている。

ウィルキー・コリンズは年とともに両親(特に父親)の福音主義と社会的適合性に我慢ができなくなっていったが、それでも両親を愛し、賞賛はしていた。のちに母親を「素晴らしい精神文化を持った女性」と評し、「私の作品における詩と想像力といったすべて[2]」の源泉と呼んでいる。父親ウィリアムに対する尊敬の念は、父親が一八四七年に死亡した直後に書いた回想録に見ることができる。またこの回顧録からは、父親の俗物根性と保守的な政治・社会観に対するコリンズの態度を多少窺うこともできる。たとえば、「誰もが見舞われる可能性のある最も重大な人生の危機」(『回顧録』、第一巻、二〇九頁)という父親の「結婚投資」観を引用したり、一八三二年(コリンズはそのとき八歳であった)に、選挙法改正案支持デモ参加者を支援するために(実は窓を割られないためだったのだが)、屋敷の正面玄関の窓にロウソクを点したときの喜びを詳しく書いたりしている。そうかと思うと「改正法案もコレラも『堕落した』

社会と政治を罰する、怒れる神の審判だ」（『書簡集』、第二巻、五四一頁）とする「過激なトーリー党員」の、まことに宗教心篤い父親に困惑もしている。八歳の過激論者であるコリンズはといえば、「臣民」が選挙法改正案を歓呼の声で迎えたとき、一緒になってそれを歓呼の声で迎えたのだった。

　父親の福音主義的でトーリー党的な考え方がコリンズの子供時代、特に彼の日曜学校の生活に影を投じたとしても、そのために彼が幅広い読書を精力的にしなかったかというと、そういうわけではない。一九世紀の中流階級の男の子であれば誰でも読んでいた小説、つまりロビン・フッド物語、『ドン・キホーテ』、『ウェイクフィールドの牧師』、『千一夜物語』を読んだし、フレッドリック・マリアット〔一七九二—一八四八〕とサー・ウォルター・スコット〔スコットランドの小説家・詩人（一七七一—一八三二）〕の小説のみならず、母が所蔵していたアン・ラドクリフ〔一七六四—一八二三〕のゴシックロマンスとシェイクスピア〔一五六四—一六一六〕、スコット、シェリー〔一七九二—一八二二〕、バイロン〔一七八八—一八二四〕の詩を濫読した。一八三五年一月、メイダ・ヒル・アカデミーに行くこととなった。だが、この正規の学校教育は一八三六年九月に打ち切られる。父親がサー・デイヴィッド・ウィルキー〔スコットランド出身の画家（一七八五—一八四一）〕の忠告に従い、長年の望みであったイタリア旅行を実行し、イタリアの風景・芸術・建築を直接自分の目で見て、イタリアの景色を描こうとしたからである。コリンズ一家は一八三六年九月一九日にパリを目指し、そこからニース、フィレンツェ、ローマ、ナポリ、ヴェネツィアへと旅をした。コリンズはのちに、一二歳から一四歳までイタリアで過ごした二年間に「絵画、風景、人々に囲まれて、学校で学んだ以上に役立つこと」(3)を多く学んだと言っている。イタリア語で話し、書くことを学び、フランスとイタリアの美術館に詳しくなり、当時第一級の多くの芸術家と交わった。一八世紀および一九世紀に上流階級の青年期の子弟は通常ヨーロッパ大陸巡遊旅行《グランド・ツアー》に出かけ、その旅行中に性のいろはを知ったが、コリンズもその例にもれず旅行中に性体験をした。彼がのちに友人のオーガスタス・エッグやチャールズ・ディケンズ〔一八一二―七〇〕にした話によれば、既婚女性と最初に恋に落ちたのもローマに滞在しているときであって、当時彼は一二歳か一三歳だったという。ある武勇伝で彼は、彼女を実際口説いたと言っている。

一八三八年夏に一家はイングランドへ戻り、コリンズは北部ロンドンのハイベリーにある寄宿学校へ入れられた。コリンズはそこへ三年間通った。ロンドンでは二つの学校に行ったが、正式の学校教育を受けたのは四年程度である。このために、ウィルキー・コリンズは、比較的裕福なイギリス中流階級の男の子が受けていた因習的な教育と社会化を免れたようだ。ヘンリー・コール師が校長を務めるハイベリー校では、大方平穏無事な学校生活を送った。家へはイタリア語の手紙を書いてイタリア語の力を落とさないようにしていた。コール師はコリンズを勉学に不熱心な怠惰な生徒だと思っていたようだ。コリンズは疎外感を抱いていた。これはおそらく一つには、イタリアへ旅行したという彼の最近の国際的な体験のため、もう一つにはおそらく彼が自分の容貌を意識したためだと思われる。背は低く、手足は極端に小さく、額は不格好（生まれつき右側が出っ張っていた）で、ひどい近眼だった。もし「物語《ストーリー》作家《テラー》の回想」（一八八八年に『ユニヴァーサル・レヴュー』誌に多少省略されて掲載）に書かれている説明を信じるとするならば、おそらくハイベリー校在学中で最も注目すべきことは、彼が物語作家という役割にめざめたことであろう。これは、デイヴィッド・コパーフィールドが『デイヴィッド・コパーフィールド』（一八四九―五〇年）七章で、学友のジェイムズ・スティアフォースによって物語作家にされていくのを、ディケンズが描いているのと極めて似ている。コリンズは、「東洋の専制君主のようにベッドで話を聞くのが好き」な、「『千一夜物語』への文学的趣味を掻き立ててくれた偉大な一七歳の友達」の手によって物語作家にされたと言っている。「初めて会った晩に、僕の物語能力がまず試された。僕は褒めてもらいたくてベストを尽くした。そして、その結果を得た。（中略）そのときから僕は不幸にもキャプテンを喜ばせる役を引き受けさせられた」[4]。この体験をした結果、コリンズは「急に人を面白がらせることを覚え」、そこから「その後の人生における強みを得た」のであった。物語を話すのを断ったり、うまくできなかったりしたときにはしごかれたにもかかわらず、「あの先輩がいなかったならば気付かなかったと思われる能力を、かわいそうな犠牲者の僕に気付かせてくれた、あのいじめっ子の先輩」に「恩義」があると言い、「僕の家では誰もその能力を認めてくれる者はいなかった。学校を出ても、自分の楽しみのためにずっと物語を話し続けた」[5]とも言っている。

コリンズの文学修業

僕は作家になるつもりでいて、ついに一八四八年、作家になった。

（『書簡集』、第一巻、二〇七頁）

コリンズが人を楽しませる物語作りを続行した最初の場所は、ストランド街にある英王室紅茶御用達エドワード・アントロバス商社である。息子にオックスフォード大学へ入って聖職につくようにしたらどうかと勧めて断わられたときに、父親が見つけてくれた働き口がほかでもなくここであったのだ。コリンズは、一八六二年にある人物に送った「ウィルキー・コリンズの生涯と作品に関する備忘録」で次のように述べている。

僕は聖職者のような生き方に適していなかったので、商業関係の仕事をしたいと思っていたのだが、その実、すでにこっそりと物語を書き始めていて、商業関係の仕事にはまったく興味が持てなくなっていた。

（『書簡集』、第一巻、二〇六頁）

ウィルキーがしたいと思っていたのは本を書くことであり、一八八七年のインタヴューで次のように回想している。

僕は父に本を書きたいと言った。とはいえ、どのように書けばよいのか、何の主題について書くのか、その当時は皆目見当が付かなかったように思う。しかし、漫然と文章を綴りはじめていて、書き方も知らずにとにかく闇雲に物語を書いていた。そうした状態がしばらく続いたすえに、父の親友が父に、貧乏な物書きにしかなれないようなことに息子の時間を浪費させてはいけないだろうと忠告し、それで父は僕に相応しい働き口として紅茶輸入業者を紹介してくれた。(6)

アントロバス商社では、無給見習いのようなことをした。のちにコリンズはこの商社を「ストランドの監獄」と酷評したが、彼がそこでどのような態度を取っていたのかは、『隠れん坊』（一八五四年）におけるザック・ソープの描写から多少なりとも窺うことができる。ザックは、紅茶仲買人のもとで三週間過ごしたあとで、次のように断言する。「みんなこれは良い門出だと言い、商業が立派な仕事だと口々に言う。しかし、俺は立派な人間になりたいと思わない。商業は大嫌いだ」（『隠れん坊』、第一巻第二章）。

コリンズもザックと同じ思いだったが、それにもかかわらずこの茶房で五年間働いた。その間、一八四二年には休暇を多めにとって父親とともにスコットランドへ旅し（この旅を『ウィリアム・コリンズの生涯』で鮮明に思い出している）、フランスには二度旅した。一回目は一八四四年に友人のチャールズ・ウォードと五週間滞在し、二回目は、翌年の四五年にパリへ単身旅行をした。この二度のフランス旅行を契機として、コリンズはそののち何度もフランスを訪れ、フランス、特にその首都パリを生涯愛し続けた。官庁（前庇護者のサー・ロバート・ピール〔イギリスの政治家・首相（一七八八―一八五〇。首相在任期は一八三四―三五、一八四一―四六）〕に頼んで）やロイヤル・アカデミー（ランドシーア〔動物画家（一八〇二―七三）〕を通して）での良い働き口を父に見つけてもらおうとしたが、それが果たせなかったので、ストランドでの茶房勤務は長く続いた。とはいうものの、そこは作家を目指す彼にとってさほど悪い場所ではなかったようだ。劇場や書店に行くのに便利だし、さらに重要なことには、出版業界の中心に近かったのだ。『サタデイ・マガジン』誌の社屋はアントロバス商社の隣にあり、近くには『パンチ』誌、『イラストレイティッド・ロンドン・ニュース』紙、ベルの『ロンドン生活』誌の出版社、それに『オブザーヴァー』紙などの出版社であるチャップマン・アンド・ホール社の社屋があった。

この時期のコリンズは、作家として第一歩を踏み出そうという期待で胸を大きくふくらませていたエリザベス・ブラドン〔一八三七―一九一五〕の『レディ・オードリーの秘密』の主人公ロバート・オードリー（フランス小説を読んでいる時期の）やディケンズの小説に登場する若者たち（たとえは、リチャード・カーストン〔『荒涼館』〕やユージーン・レイバーン〔『互いの友』〕）といくつかの点で、多少似ている。しかし、コリンズは潮時を待つだけではなく、文学者として飛躍するための準備を積極的に整えていた。友人のエドマンド・イェーツ〔ジャーナリスト・小説家（一八三一―九四）〕によると、コリンズは茶房での仕事をさっさとやり終えると、「執筆」に専念し、「悲劇、喜劇、叙事詩、それに『若い初心者たち』が常にきまって周りに積み上げる駄作[7]」をいろいろ試していたという。一八四三年までには「駅馬車最後の御者」（鉄道時代における御者の苦境についての空想小説）が「W・ウィルキー・コリンズ」の署名でダグラス・ジェロドの『イルミネイティッド・マガジン』誌に掲載され、それ以外の評論や物語が複数の雑誌に掲載されはじめた。コリンズは勤務時間も活用して最初の小説『イオラニ、かつてのタヒチ』という、彼が言うところによれば「僕の若い想像力が高貴な野蛮人のあいだで豊かに膨らんだ[8]」ゴシックロマンスを書いた。一八四五年晩夏、コリンズの父親はこの小説をロングマン社とチャップマン・アンド・ホール社へ送ったものの、いずれからも出版を断られた。この小説はコリンズの生存中には出版されず、一九九七年になってプリンストン大学出版局からようやく出版された。しかし、一九九一年まではまったく紛失したと思われていたのであった。

「想像世界への門[9]」がこのように否応なしに「面前で閉じられ」たコリンズは、弁護士になるための勉強をしたらどうかという父親の友人の忠告を受け入れ、一八四六年五月一七日リンカンズ・イン（法曹学院）へ正式に入学を許可された。コリンズと同じような人生航路に乗り出したコリンズの作中人物は、「当時の（中略）僕は特定の仕事につこうと真面目に考えていたのではなく、ただ、ロンドン生活を楽しむための口実を欲していただけだった」（「ミス・ジェロメットと僧侶」、Ⅱ[10]）と打ち明けている。しかし、この時期のコリンズ自身の説明によれば、最初の頃は法律の勉強を「一生懸命に、かつ良心的に」した。だが、「二カ月が終了する頃にはまったく法律が嫌いになり、父にもうこれ以上このつまらない学問に耐えられないと言わざるを得なくなった[11]」。コリンズがリンカンズ・インの学期終了まで在籍し、学院で正式のディナーを取り[12]、のちに僚友やジャーナリスト仲間、小説に有益な情報の源などとなる法曹関係の友人を数人作りはしたが、それ以上のことをしたという証拠は確実にほとんどない。コリンズは法学生のための備え（大英博物館の読書室への入室券を手に入れることを含む）を最初に慌ただしく行ったあとは、リンカンズ・インに入るおよそひと月前に始めていた小説の執筆に戻ったのだ。

その小説が『アントニナ』である。これが下敷きにしたのは紀元四一〇年アラリック一世によるローマ占領に関するギボン〔歴史家（一七三七－一九四）〕の『ローマ帝国滅亡史』の記述と、コリンズ自身の一八三七年のローマ訪問、それにサー・ウォルター・スコットやブルワー・リットン〔小説家・劇作家・政治家（一八〇三－七三）〕の『ポンペイ最後の日』で、この小説は恐ろしく魅力的な歴史小説である。キャサリン・ピーターズが触れているように、コリンズが最初からこの小説にプロ作家として入念に取りかかり、プロットの構想を慎重に練り、その進度を調整したことがこの原稿からわかる。(13) 父親が健康を損ねてから数年後の一八四七年二月に亡くなり、そのために執筆が一時中断した形跡（第三章で）も原稿からわかる。コリンズが再び筆を取ったのは一八四八年七月二五日である。そしてまさしくちょうどその日に、処女出版となる父親の伝記『ウィリアム・コリンズの生涯――日記と書簡の選集付き』を書き終えたのであった。

ウィルキー・コリンズは、この記念碑的な父親の伝記を書いたことで、父親が息子のために計画し準備していた、子としての義務を果たした。父親のウィリアム・コリンズは、早くも一八四四年一月一日の日記に「息子ウィリアム・ウィルキー・コリンズが私の伝記をおそらくきっと世に出したくなるであろう」から、「それに役立つような重要事項を折に触れて書き留めて」おきたいと綴っていたのだ。父親の伝記を執筆するなかで、作家修業に励んでいたコリンズに新たな展開がもたらされた。自分自身の来し方を振り返ることで、いかに自分という人間が形成されてきたかを考える機会が得られたのだ。さらに彼はこの機会を利用して、父親と距離を置き、己と己の信念を父親の信念との関連で（ときにはそれに対立させて）規定した。また、大志を抱いているこの小説家は、画家として成功した父親について書くことで、プロの芸術家になるためにはどのようにすれば良いのかを考える機会も得た。一八四八年、『ウィリアム・コリンズの生涯』が出版された。この出版は『アントニナ』を完成したときにプロの小説作家として人生のスタートを切ろうとしていた彼に有利に働いた。この伝記を読んだ大衆はウィリアムだけでなく、著者であるその息子ウィルキーにも関心を寄せることとなったからだ。この伝記は『アセニアム』誌や『ウェストミンスター・レヴュー』誌、『ブラックウッズ・エディンバラ・マガジン』誌などの主要な雑誌で好評を博し、その文体、見識、洞察力が賞賛された。

ウィリアム・コリンズの死去によって、彼の妻子はそれまでの束縛から大いに解放された。画家として、また親としてつましく暮らしていたウィリアムであったが、この世を去ったときには多額の財産を残しており、妻が存命中は彼女から遺産を分与してもらうようにとの遺言を子供たちに残していた。妻のハリエット・コリンズは、極端に清廉潔白で吝嗇《りんしょく》であった夫に縛られることがもはやなくなったので、大いに話がわかる母親となり、息子たちに非常に気前良く遺産を分与した。息子たちはこの母親とそれから一〇年間、一緒に住み続ける。コリンズが最終的に母親の家を出て、移り住んだのは一八五〇年頃である。ハリエットは、最初ブランドフォード・スクウェア（夫の死後まもなくそこへ引っ越した）に、次いでリージェント・パークのハノーヴァ・テラスに移り住み、そこで福音主義に改宗する前の若い女優であった頃の気持ちを取り戻したようで、息子たちと息子たちの友人たちをいつも歓待した。ラファエル前派の若い画家であるウィリアム・ホールマン・ハント〔一八二七－一九一〇〕とジョン・エヴェレット・ミレイ〔一八二九－一八九六〕は頻繁に訪れ、ミレイなどはある時期ハノーヴァ・テラスのコリンズ宅にかなりのあいだ住みついたほどである。コリンズの友人としてはほかに、チャールズ・ウォード（コリンズ家のクーツ銀行の部長で、かつてウィルキーがフランス旅行をしたときの同行者）、このチャールズの弟のエドワード、それに彼らの共通の友人であるエドワード・ピゴット（彼はコリンズと同じ時に弁護士となった）がいた。このグループとかかわるエピソード（これはコリンズの数多くの小説の特徴となっている）に、コリンズがエドワード・ウォードと一六歳になる彼の教え子ヘンリエッタ・ウォードの秘密結婚をお膳立てしたというものがある。コリンズは初歩の法律「修業」と法曹関係者のつてを活用して婚姻法上の障害を克服し、策略をめぐらし、両ウォード家の二人を一八四八年五月に結婚させたのであった。

コリンズは、母親に積極的に励まされて、フランス旅行で身に付けた演劇趣味にふけりだし、シェリダン〔一七五一―一八一六〕の『恋敵』とゴールドスミス〔一七二八?―一七七四〕の『お人好し』で演出・出演し、それを母親の屋敷の「王立劇場裏客間」で上演した。また、ゴールドスミスの劇のために一八世紀風の擬序詞を書き、これをサミュエル・ジョンソンのオリジナルに代えた。さらに劇作にも手を染め、フランスのメロドラマを翻案し、一八五〇年二月末にディーン・ストリートのミス・ケリーズ劇場で『裁判闘争』という題で上演した。また、リチャード・ベントリー・アンド・サン社から処女作品『アントニナ』を出版するちょうど数日前になるが、この演劇の慈善公演（女性移民基金のため[14]）に出演もした。この公演は三月中旬までに『スペクテーター』誌と『アセニアム』誌で良い評価を受けた。とは言いながら、二誌のいずれの書評家もこの若い作者には「強烈な効果[15]」に訴える傾向があり、「不必要に不快な細部描写を書き連ねている[16]」という苦言を呈した。『アントニナ』の出版社が発行した『ベントリーズ・ミセラニー』誌は、当然ながら、「処女作でロマンス作家のトップに昇った[17]」この作家の登場を歓迎した。『ベントリーズ・ミセラニー』誌は、コリンズを大衆に売り込むために「べた褒め」の書評を載せただけにとどまらず、それから数年の間、彼の物語・随筆・書評を積極的に掲載して、彼をプロの作家として世に出すうえで重要な役割を演じた。ベントリー社はコリンズの次作品『鉄路の彼方を歩く』（一八五一年一月出版）

も出版した。これはコリンズが友人の芸術家ヘンリー・ブランドリング（彼が挿絵を描いた）とともに一八五〇年夏のコーンウォールをめぐる旅を描いた挿絵付きの旅行スケッチ集だ。

ディケンズとの歳月

早くも一八五一年にコリンズは伝記作家、小説家、紀行作家となっていた。いずれの分野でもかなり注目され、本の売れ行きも好調であった。「ストランドの監獄」での非公式の作家修行が結実しはじめたのだ。一八五一年は、別な面で重大な年でもあった。ほかでもなくこの年に、関係当事者の二人だけでなく、一九世紀中葉のイギリスの小説と雑誌の執筆にとって重要な交友関係がスタートしたのである。つまり、この年にコリンズとチャールズ・ディケンズが初めて出会ったのだ。二人はともに演劇に関心を持っていた。ディケンズはすでに押しも押されもしない小説家だったが、当時サー・エドワード・ブルワー・リットンの『見た目ほど悪くはない』を上演していた。特別に依頼されて書いたこの劇の上演目的は、新設立の慈善団体である文芸協会の資金調達にあった。文芸協会の設立こそが作家の地位向上に資するとディケンズは考えていた。その会長はブルワー・リットンで、ディケンズは副会長であった。ディケンズは、エキストラの俳優が必要になり、それでオーガスタス・エッグ（彼は三年ほどディケンズの劇団に属していた）にコリンズとの出演交渉を依頼した。『見た目ほど悪くはない』の初演は、一八五一年五月一六日、デヴォンシャー・ハウス（当時ディケンズの自宅であった）で、コリンズの母親と弟、それにヴィクトリア女王とアルバート公を含む観客を前にしてなされ、コリンズは端役として出演した。彼の演技力は第一級ではなかったものの、この非常に楽しめる、かつ成功をおさめた演劇（ディケンズとは数多く共同制作にあたったが、これはその最初）とかかわったことによって、生涯にわたる演劇にたいする彼の興味が固まった。一座はのちに「素晴らしい巡業」（『書簡集』、第一章、八二頁）に出て、ブリストル、マンチェスター、バーミンガム、ニューカスル、シュルーズベリー、それにリヴァプールの諸劇場で上演した。コリンズは地方の観客の熱狂ぶりに非常に喜び、エドワード・ピゴットへの手紙に「大衆王《キング・パブリック》は文学と芸術にとって素晴らしい王様だ」（『書簡集』、第一巻、八二頁）としたためている。

『見た目ほど悪くはない』は、演劇と劇場へのコリンズの関心を高めるとともに、コリンズにディケンズという刺激的な友人、そして仕事上の盟友をもたらした。その後一五年ほどのあいだ、コリンズとディケンズは定期的に食事をともにし、観劇し、ロンドンとパリの路地を一緒に逍遥し、一緒に書き、行動し、コリンズが一八五六年一〇月にディケンズの雑誌『ハウスホールド・ワーズ』のスタッフの一員となったときには、一緒に親しく勤務した。ディケンズ一家がフランスやケントの海岸で夏の休暇をとっているときには、彼らとともに、あるいは彼らの近くにいた。ディケンズの子供たちからは名誉叔父とみなされた。コリンズは、年を取るにつれ、病気に苦しめられることになるが、そうなる前は、家族から逃れたいとか、気晴らしをしたいと思っていた妻子持ちのディケンズにとって素晴らしい友人であった。コリンズは遊び人で、ワインと辛口のシャンパンとフランス料理が大好きで、ディケンズと同じくフランスを礼賛し、たとえ身体の調子が悪いときでも、ディケンズの気のおけない旅友《たびとも》であった。ディケンズはコリンズが因習にとらわれていないことと、社会の進歩と紳士としての生き方にまったく関心を示さないところから生じる彼の付き合いやすさに惹かれた。コリンズは性の問題に寛大で、ディケンズが女性を求めて、彼が言うところの「ハールーン・アッラシード〔『アラビアンナイト』の主人公の一人〕の旅」（ピルグリム『ディケンズ書簡集』、第八巻、六二三頁）に出たとき、彼の気心の知れた旅友となった。コリンズは家庭を持ったが、彼には結婚する意志がなかった（後述）。ディケンズは、コリンズの家庭観を全面的に認めていたわけではなかった。しかし、女優のエレン・ターナンと一八五〇年代後半に深い仲になって自分の結婚生活がますます緊張状態に陥り、最終的に破綻したときには、コリンズの因習のとらわれのなさに助けられた。

ディケンズは、コリンズを気心の知れた仲間と思うだけでなく、本格的な同業のプロ、才能ある作家と認め、のちに「『バジル』執筆のときから」コリンズを「全分野において先頭に立つ作家、ユーモラスな構想力と哀愁に満ちた構想力を備え、仕事をしようという不屈の精神力を持ち、努力しなければ価値のあるものは何も生まれないと深く確信した（軽薄な者や不真面目な者にはそのように思いつかない）作家」（ピルグリム、第一〇章、一二八頁）と考えていた。ディケンズは、コリンズが『バジル』に取り組んでいるとき、間近でコリンズの勤勉さを目にする機会が数多くあったと思われる。コリンズはこの作品を書くかたわら、『見た目ほど悪くはない』の巡業公演をしていた。コリンズが『バジル』を完成させたのはドーヴァーのディケンズ宅に滞在中の一八五二年九月であった（この間、ディケンズは『荒涼館』を執筆していた）。事実、現代生活を描いたコリンズの処女小説の完成が遅れたのは、一つには彼が勤勉であったのと、ディケンズの演劇公演に喜んでかかわっていたため、そしてもう一つには『ベントリーズ・ミセラニー』誌に書評と短編小説を規則的に寄稿していたためである。彼は、この寄稿で収入を得ただけでなく、大衆の目を引き付けておくこともできた。『ベントリーズ・ミセラニー』誌に掲載された短編小説には、「双子姉妹」（一八五一年三月）と「ペルジノ・ポッツ氏の生涯におけるある事件」（一八五二年二月）、それに「九時」（一八五二年八月）がある。コリンズは『バジル』執筆のかたわら、劇、展覧会、評論も執筆し、『リーダー』誌の「ポートフォリオ」欄にも寄稿していた。『リーダー』誌は急進思想寄りの週刊誌で、コリンズの友人エドワード・ピゴットがこの出版社の株式を一八五一年に買収し、会社のかじ取りをする筆頭株主になっていた経緯がある。コリンズは、ディケンズの例にならい（彼のように経済的に成功はしなかったが）、『バジル』の執筆を中断して、クリスマスの読み物『レイ氏の現金箱――仮面とミステリー――クリスマス素描』を書き、これをベントリー社から（ミレイの口絵を添えて）一八五一年のクリスマスに向けて出版した。また「恐怖のベッド」も書いた。これはパリの賭博場での不快な夜についての物語で、ディケンズの『ハウスホールド・ワーズ』誌へ最初に寄稿したものである（一八五二年四月二四日）。

『バジル』は、ディケンズに「素晴らしく書かれていて、登場人物が非常に繊細に描き分けられているところが明らかに多くみられる」（『書簡集』、第六巻八二三頁）と賞賛され、一八五二年にベントリー社から出版されたときにはさまざまに書評された。コリンズには「可能性」を重んじる姿勢があまりにもなさすぎる（『書簡集』、第六巻、四九頁）というディケンズの意見に賛成する書評家もいれば、礼儀正しさを重視する姿勢があまりにもなさすぎるという書評家もいた。しかし、コリンズは「大衆王《キング・パブリック》」の判断に委ねることにし、のちに一八六二年版の『バジル』における「献辞」で、自分の物語は遅々とではあるが、確実に「批判的な書評を押し分けて進みきって大衆に好まれる地点に到達し、それ以来大衆に愛され続けている」と断言している。その間、コリンズは『リーダー』誌に執筆し続け、遺伝性狂気を冒涜する「狂気のマンクトン」（ディケンズはこれを『ハウスホールド・ワーズ』誌の読者を動揺させるかもしれないという理由で断った）と「ガブリエルの結婚」（フランス革命の時代におけるブルターニュを舞台とした、犯罪・家族離散・許しの物語）を書いた。「ガブリエルの結婚」は『ハウスホールド・ワーズ』誌に一八五三年四月一六日から二三日まで掲載された。同じ週にコリンズは、『隠れん坊』に取り掛かり、ブローニュのシャトー・デ・モリノにあるディケンズの夏季逗留地に長く滞在しているあいだ、夏の始めの二、三カ月ほどは体調を崩してペンを休めていたものの、執筆を続行した。一〇月初旬、コリンズとディケンズ、それにエッグはブローニュに戻ってパリへの遊覧旅行を始めた。パリは「イギリス人旅行者であふれ、様相が一変していた。（中略）広大な道路が新しく建設されていて、これまでのパリとは思えなかった。（中略）この道路は、完成したあかつきには世界で最も広く、長く、そして壮大なものになるだろう」（『書簡集』、第一巻、九八頁）。彼らはパリからヴェネチアへ、そしてストラスブールを経由して、バーゼル、ベルン、ローザンヌ、ミラノ、ジェノヴァ、ナポリ、ローマ、それにフィレンツェへと旅をした。

コリンズが母親、弟、友人に宛てた手紙からは、コリンズたちが旅の道中で出逢った人々、場所、風景、それに彼らのときどき型にはまらない旅の流儀などがいきいきと伝わってくる。たとえば、コリンズとエッグが船の貯蔵室で寝て、ディケンズは「友人の船室を使わせてもらった」（『書簡集』、第一巻、一一四頁）。コリンズとエッグは、ディケンズの弟分的な旅友達で、懐が暖かく、成功作家ディケンズの陰に若干隠れながら旅をした。コリンズは旅の最中に、著名作家ディケンズが到着したので「ローザンヌの英領植民地にけたはずれの興奮」が巻き起こったと記している。ハリエットと弟のチャールズへ宛てた手紙では、一八三六年から三八年にかけて彼らがイタリアへ逗留したことを時々回想しながら書いている（他方ディケンズは、この旅の途中で妻へ出した手紙で、コリンズが国際人として一二歳のときに行った体験話をしょっちゅうするのが癇にさわると書いていた）。コリンズはナポリとジェノヴァはとても変貌したと思ったが、ローマとフィレンツェは子供時代の記憶のままで、ただそこの住人たちが変化しただけ、とチャールズに手紙で喜んで伝えている。ここから、この頃のコリンズの人生観が窺える。コリンズはウィリアム・イグルデン（一六年前にローマに滞在しているあいだにコリンズ一家が親しくしていた銀行家）と「青ざめた顔、もじゃもじゃの頬髭、深い憂鬱な表情をたたえた長身の若者」である彼の息子に会い、陰鬱な気分になったと書いている。「昔、あの一家の、元気が良くて幼なかった『いたずらっ子』の『ロレンゾ』を覚えているかい?」とコリンズは驚嘆しながら弟に訊く。「まあ、これがロレンゾだったのだ」（『書簡集』、第一巻、一一四頁）。しかし、「僕の手本として、よく引き合いに出されていた良い子の鑑《かがみ》」だったロレンゾの弟については、彼が「親の同意を得ないで可愛い女の子と結婚し、その結果、銀行の職を失い、一旗あげようとオーストラリアへ移住したんだ」と詳しく楽しそうに語り、「これを聞いてかなり嬉しかった。『品行方正』な若者なんて好きではないからね。もちろん、そんなことは悪いと知っているさ。だが、そうした者が窮地に陥ったと聞くと、ほっとし、愉快になるよ」（『書簡集』、第一巻、一一四−一一五頁）と綴った。ヴェネツィアでコリンズ、エッグ、ディケンズのこの三人組は「絵画と宮殿、（中略）オペラに囲まれながら最も贅沢で、芸術愛好家のようなハイカラな生活」（『書簡集』、第一巻、一一八頁）を送った。ローマとフィレンツェのギャラリーでの鑑賞を終えたばかりのコリンズは、再度「見事な絵画」と「ヴェネツィアの画家たちの優秀さ」に心打たれた。コリンズは、母親に宛てて「チャーリーとミレイとハントは、ほかに行くところがなければ、ここに来るべきです。ヴェネツィア人はほとんどいつも決まりきった題材を描いています。しかし世界で最も独創的な絵描きです」（『書簡集』、第一巻、一一八頁）と書いている。

明らかにコリンズは手紙を友人間で回覧してもらい、帰国後にそれらを紀行文として出版したいと考えて、これらの手紙を旅の「思い出と記憶」（『書簡集』、第一巻、一一九頁）を呼び起こすメモにもしていた。もしコリンズがそれを出版して旅行費用を多少なりとも賄いたいと思っていたとしたら、当てが外れたことになる。その頃ベントリー社は、『ベントリーズ・ミセラニー』誌にイタリアおよびイタリア芸術に関する一連の評論を載せていて、コリンズの旅行記は出版を断わられたからだ。イングランドに一旦帰国したコリンズは、『隠れん坊』の執筆に再度取り掛かり、これは一八五四年六月五日に三巻本として出版された。クリミア戦争が勃発してから約一〇週間後のことで、出版には悪いタイミングで、小説の売上に響いたとコリンズは感じた。『隠れん坊』の献呈先はディケンズで、この作品を完成させたあとでコリンズが息抜きをしたのもディケンズとであった。コリンズは「大都市の気楽な気晴らしと、果てしない放縦生活」をする「悪友」（ピルグリム、第七巻、三六六頁）にならないかというディケンズの誘いをいの一番に受け入れて、その夏ディケンズを伴ってブローニュへ行った。

『隠れん坊』出版後の数年間は多忙を極めた。ジャーナリストとして活躍し、同時に物書き同士の友情の証である文学作品の合作をディケンズと推し進めた。この頃、中編物語の『ならず者の一生』（一八五六年、『ハウスホールド・ワーズ』誌で連載）と、一八六〇年代のセンセーション小説の先駆けとなる、秘密を抱いた女を描いた小説『秘中の秘』（一八五六年、『ハウスホールド・ワーズ』誌で連載）を完成させた。母親が一八五三年に執筆した自伝の原稿にも取り組んだ。母親はそれをコリンズの名前で出版させたいと思っていたので、それは最終的には出版にいたらなかったものの、コリンズはそこから題材を取って、それを彼の最初の短編小説集『暗くなってから』（一八五六年）に用い、のちの小説のために細部を借用した。また、戯曲も書き続け、『凍結の深海』と『灯台』（彼自身の「ガブリエルの結婚」に基づく）が一八五七年にディケンズによって上演され、『紅い薬瓶』が一八五八年にオリンピック劇場で舞台にかけられた（そして当然ながら失敗した）。このように活発に世に出している作品と作品のあいだに（ときどきは、こうした執筆活動のあいだじゅうずっと）ディケンズといつものようにパリへ旅をした。

一八五六年の旅行でパリの古本の露店を冷やかしているときにモーリス・メジャンの『有名事件簿』を購入し、のちにそれを活用して『白衣の女』の筋を組み立てた。ディケンズと深く交際しても、他の友人をないがしろにすることはなかった。エドワード・ピゴットと旅をしたのは、まさしくこの時期である。ここから生涯にわたる航海熱が生まれた。「トムティットの巡航」はこの新しく生まれた関心の最初の文学成果である。航海熱は『アーマデイル』にも姿を見せる。しかし、ディケンズと過ごした年月で起こった主要な出来事は、ディケンズが創刊した新雑誌『オール・ザ・イヤー・ラウンド』誌に刺激的な連載小説を載せてみてはどうか（ディケンズ自身の『二都物語』のあとを受けて）というディケンズの誘いに応じたことである。その結果完成した小説『白衣の女』は、通常「センセーション小説」として知られる下位ジャンルの小説の嚆矢《こうし》とされるが、この作品によって彼は小説家として成功をおさめ、その後彼は一〇年間小説家として大いに活躍する。

家族の秘密と秘密の家族

センセーション小説のプロットに典型的に見られるのは、さまざまな夫婦問題で、秘密を持った女性に焦点が絞られる。『白衣の女』が出版される頃までにはコリンズもディケンズも、ともに、「夫婦」問題に悩まされていた。二人とも秘密を持つ女性を生み出した元凶であった。ディケンズは一八五八年五月に妻と別れた。女性問題は絡んでいないと言っていたが、実は、一八五七年にコリンズの『凍結の深海』に出演しているときに出会った若い女優エレン・ターナンと内密の関係を続けていたのであった。他方コリンズも、ディケンズよりは幾分オープンに（ディケンズの言葉を借りれば、かなり思慮深さを欠きながら）、キャロライン・グレーヴズという若い未亡人と関係を持っていた。この女性とは一八五〇年代初期に出会い、一八五八年頃から彼が死亡するまで（なぜかはわからないが、彼女は一八六八年から六九年までは、ある男性〔ジョゼフ・クロウ〕と結婚していたので、その間は除く）同棲した。キャロライン・グレーヴズ（旧姓、エリザベス・コンプトン）は、一八三〇年頃（正確な生年は不明で、キャロラインは自分の年齢を偽っていたようである）にグロスターシャーのトディントンで大工ジョン・コンプトンと彼の妻とのあいだにできた娘である。しかし、彼女には自分の社会的地位を高めたいという思いがあり、それでコートニーという紳士の娘だと触れ込んでいた。一八五〇年、バースに住んでいたときに石工の息子で速記者であったジョージ・ロバート・グレーヴズと結婚し、その後ロンドンのクラーケンウェルへ移り住み、そこで娘（キャロラインのたった一人の子）を産んだ。夫のジョージ・グレーヴズは一八五二年一月に死亡した。

　コリンズがまさしく、いつ、どのようにキャロラインと最初に出会ったのかは明らかでないけれども、J・G・ミレイ〔イギリスの芸術家・博物学者（一八五五－一九三二）〕は、父親の伝記〔*The Life and Letters of Sir John Everett Millais*, 1899〕の中で、キャロラインとの最初の出会いが『白衣の女』でのウォルター・ハートライトとアン・キャセリックとの出会いを描くきっかけとなったと書いている。しかし、現在では、コリンズが一八五六年に一時ハウランド・ストリート（トテナム・コート・ロードから入る）に住んでいたときに最初に出会ったようだとされている。事実、キャロラインと義母は当時その界隈に住んでいたのである。一八五八年末までにはコリンズはオールバニー・ストリート一二四番地にキャロラインとともに住んでいたようだ。キャロラインはこの住所で地方税納付者として登録されていて、コリンズは一八五八年と五九年、そこから手紙を数通書いている。その後ニュー・キャベンディッシュ・ストリート2aへ引っ越し、一年半後にはハーリー・ストリートへ移り、そこで歯医者から数部屋を借りた。そこではキャロラインはコリンズの妻、彼女の娘は年の若い使用人ということにしていた。コリンズは、このハーリー・ストリートで国勢調査に既婚居住者と記入し、職業は弁護士および小説作家と申告した。コリンズは、キャロラインとの結婚が事実でないことを長いあいだ隠すことはせず、男性の友人たちに事実を伝えている。キャロラインは形式ばらないディナーの席で女主人役を務め、のちにはイングランド国内の旅、さらに大陸の旅にコリンズに同行した。コリンズの女性の友人たちの中には彼の家庭事情を知っている者もいたであろうが、彼女たちは当時のダブルスタンダードの習慣にしたがって、コリンズがキャサリンとともに主人役をつとめるディナーには夫と同行しなかった。キャリーという名で知られていたキャロラインの娘の架空の身元もすぐに取り消し、キャリーを名づけ子として養女として取り扱い、教育費を出した。キャリーはその後、ヘンリー・パウエル・バートリーという、「由緒ある」弁護士と結婚する。ところがこのバートリーは「ボヘミア」的な養父のコリンズよりも非常に無茶で無鉄砲な人物で、ひどい浪費癖があった。そのために、キャリーが将来金銭的に困らないようにしようとコリンズが綿密に立てた計画は画餅に帰した。

コリンズのしきたりにとらわれない家庭生活は、男たちにとって多くの利点を持っていた。独身男性の自由を満喫しつつ、結婚生活の安定と快適さを得られたからである。家庭を持ったことで、コリンズの人生と文学の修業期間は終了した。母親とは、緊密で愛情豊かな関係がその後も続いたものの、生まれて初めて母親から完全に独立することとなった。キャロラインと家庭を持ったことで、小説家としてさらなる成功をおさめていくための確固たる基礎ができた。キャロラインは、コリンズが『白衣の女』の計画を立て、それを執筆していくあいだ、常に彼のかたわらに寄り添い、コリンズは「遅々とした筆運びで、苦労しながら新しい連載小説に取りかかった」(『書簡集』、第一巻、一七六頁)。一八五九年の夏、ブロードステアズ〔イングランド南東部ケント州北部の町で、海岸保養地〕に長逗留したときには、一緒に滞在した（さらに彼がいろいろな体の不調を訴えたときには、その世話をした）。また、コリンズが作品の成功を味わえるように手助けもした。ディケンズは一八六一年三月、次のように書いている。

ウィルキーは人気があり、可能性を秘めている。（中略）ハーリー・ストリートの住まいは非常にきちんと整い、快適になった。僕ら二人はその家に住んでいる人（女性）について決して一言も触れないので、僕にはコリンズがそのことについて何を考えているのか皆目わからない。結婚するなんていうことにならなければよいのだが。この場合、そのような結末から何ら良いことが生じるとはまったく想像できないね。（ピルグリム、第九巻、三八八頁）

ディケンズは、複数の女性とかかわっていて悩んでいたし、そのうえウィルキーの弟チャールズが、ディケンズが反対したのにもかかわらず一八六〇年の夏に彼の娘のケイティー・ディケンズと結婚したので、自分がコリンズ家の醜聞に巻き込まれるのではないかと心配し、そのためにウィルキーの同棲者については、なお一層神経過敏になっていたのである。

キャロラインに関するかぎり、あるいは他の誰に関してもそうだが、コリンズがその女性と「結婚するなんていうことになる」のを心配する必要はなかった。しかし、まもなくコリンズの家庭事情はディケンズが先の引用文を書いたときに予想したよりもますます複雑に、かつスキャンダラスになった。最高の小説だと広く認められる作品の大半を書き上げ、生涯で最も生産的なこの時期に、なんとコリンズは別の女性と関係して妾宅を構え、これまで以上にふしだらな家庭生活を送ることとなったのだ。マー

ウィルキー・コリンズ（J・E・ミレイ画、1830年）

キャロライン・グレーヴズ（1870年代初期）

マーサ・ラッド

サ・ラッド（彼女は三人の私生児を産むことになる）とどのようにして関係を持つようになったのかは、キャロライン・グレーヴズとの場合同様、謎だ。しかし、コリンズは、四〇歳になったときに、『アーマデイル』に出てくるノーフォークの場面の調査のためにグレートヤーマス〔イングランド東部ノーフォーク州の臨海保養地〕に一八六四年に滞在したことがあり、おそらくそこで一九歳のマーサと出会ったのであろうと思われる。実際、羊飼いの娘であるマーサとその姉は、一八六〇年代初期、グレートヤーマスで宿屋の使用人として働いていたのである。正確にいつマーサがヤーマスからロンドンへ出てきたかは不明だが、一八六八年までにはコリンズが借りていたボルソーヴァー・ストリート三三番地の家に住んでいたことがわかっている。マーサのこの引っ越しがきっかけとなって、キャロラインは自分よりもかなり年下のジョゼフ・クロウと一八六八年一〇月に電撃的に結婚し、周囲を驚かせた。

一八六八年三月一九日にコリンズの母親が死亡すると、キャロラインはコリンズに結婚を迫ったかもしれない。コリンズは、母親が結婚に反対しているからとはもう言えなくなっていたからだ。ところがコリンズに結婚を拒否されたので失望したためか、あるいは彼とマーサとの関係を知って腹を立てたのか、あるいはまったく別の理由のためなのかはわからないが、キャロラインは突然ジョゼフ・クロウと一八六八年一〇月二九日に、コリンズと彼の掛かり付けの医者フランク・ビアドが列席する中で、結婚した。マーサは一八六九年七月、ボルソーヴァー・ストリートでコリンズの最初の子、マリアンを産み、二番目の娘のハリエットを一八七一年五月に産んだ。三年半後には男の子のウィリアム・チャールズを一八七四年のクリスマスの日に産んだ。三人いる子供のうち、この第三番目の子だけが正式にその誕生を登録された（一八七四年までには登録が法的に求められるようになった）。しかし、コリンズは生まれた子供全員を認知し、賢明な父親が嫡出子にするのとまったく同じ配慮をその子たちにした。コリンズは

「貴賤間結婚によって生まれた子供たち」（そのように友人のリーマン家の者たちには言っていた）の世間体を多少繕うために、住んで暮らしているところでは「ウィリアム・ドーソン」という偽名を用い、マーサを「ミセス・ドーソン」と呼び、子供たち全員にはドーソンという苗字をつけた。コリンズは生涯マーサを経済的に支え続け、遺言で彼女と子供たち全員にそれ相応の遺産を分ける配慮をした。

キャロラインがクロウと結婚したあとも、娘のキャリー（そのとき一七歳）はそのままコリンズの本宅に残り、一八七八年に結婚するまでコリンズと同居した。キャロラインはわずか結婚二年後にクロウと別れて、コリンズのもとへ戻り、コリンズおよび自分の娘と一緒に住んだ。これ以降、コリンズは、別々の二世帯を養うこととなる。キャロラインは家政婦の役を演じ、コリンズの友人たちを、彼の常軌を逸した本宅でもてなした。コリンズはマーサと自分の子供たちが住んでいる別宅に定期的に足を運んだが、そこで友人たちをもてなすことはなかった。これまで知られているかぎりでは、キャロラインとマーサは顔を合わせていない。しかし、「ドーソン」の子供たちはコリンズがキャロラインと共有している家を頻繁に訪ね、キャロラインおよびコリンズと一緒に休日をときどき過ごし、コリンズも「ドーソン」家と海辺で休日を過ごした。

複数の女性と結婚せずに生活をともにしているこの男に生じた奇妙なエピソードの一つに、コリンズが晩年近くなってアン・エリザベス・ル・プア・ウィン（コリンズは「ナニー」・ウィンと呼んでいた）へ宛てた手紙ででっち上げた「架空結婚話」がある。ナニーは、インド文官の娘で、父親は三五歳の若さ（しかも娘の誕生前）でコレラで亡くなっている。キャサリン・ピーターズの推測によれば、おそらくコリンズは掛かり付け医師フランク・ビアド（ウィン家の掛かり付け医師でもあった）を通じて、ナニーと彼女の寡婦となっていた母親と一八八五年に出会ったようだ。コリンズは、ナニーの母親が同伴する午餐会に出かけたり、午後訪問したり、あるいは彼女と定期的に手紙をやり取りするなかで、彼女との親交を深めていった。ナニーがわずか一二歳の一八八五年六月から一八八八年二月まで彼女に手紙を書き続けた。書き出しの呼称は、「親愛なるミセス・コリンズ」、「ミセス・ウィルキー・コリンズ」、「最愛のミセス」、さらにはイタリア語での「最愛の妻」（carrissima sposa mea）であり、彼女の母親へは「義母様」であった。手紙は一貫しておどけた語調で書き、ある折りにはナニーが書いた物について激励のコメントを付けている。「妻を誇りに思う。地震について書いたものは最高で、このようなものをこれまで読んだことがない」（『書簡集』、第二巻、五〇八頁）。二一世紀の人がこれらの手紙を読めば、一四歳の女の子が件の地震のあいだ「羽飾りの付いた帽子だけを身に付け、サンドウィッチ島の亡くなった女王の衣装を着て」（『書簡集』、第二巻、五〇八頁）通りへ突進してくると六三歳の老人が想像しているのだと考えて、当惑するかもしれない。彼らの往復書簡は全体として倒錯的というよりはむしろ風変わりのように見える。しかし、因習打破主義者のコリンズ、世間の目からすれば結婚すべきであったのに、いずれの女性とも断固として結婚しなかったこの男は、結婚にはまったく不釣り合いな（自分よりも約五〇歳も若い）少女との架空結婚話を大いに楽しんでいた。これらの書簡は、晩年彼を悩ませていた仕事や健康上の不安を、茶化したりからかったりして追い払うための手段であったようだ。たとえばコリンズは、地震にあった休日から戻ったナニーとその母親を次のように歓迎している。「こちらで僕たちは地震の恐怖の代わりに神経痛を病んでいたんだよ。僕は、素晴らしいアヘンとキニーネ（鎮痛剤）という友人とともに強制的に休みをとるはめになり、その結果、執筆活動は遅れに遅れまくった。それで今では『失った時間の埋め合わせ』というひどく嫌な苦行をしなければならないんだよ」（『書簡集』、第二巻、五〇九頁）。

文筆活動の苦しみ

コリンズはまあまあ健康な子供であったように見えるが、それでも病気に悩まされていて、成人してからは身体の具合がますます悪くなった。二〇代後半からいわゆる「リューマチ性の痛風」と神経痛という、痛みを伴う症状に苦しみ、その痛みは目にも及んだ（コリンズは痛風によるものだと誤解していた）。コリンズの健康問題はおそらくある程度遺伝によると思われる。コリンズは父親からの遺伝だと思っていた。『ウィリアム・コリンズの生涯』には父親のリューマチによる激痛と目の炎症の苦しみが記されている。それ以外のコリンズの健康問題は、当然ながら彼が自ら招いたものである。彼は美食家で、こってりした食事、美味しいワインを自宅でも、頻繁に行ったフランスの旅先でも、むやみやたらに食べ、飲んだ。過度のフランス旅行によって体調不良になることもあった。たとえば一八五五年にも次の五六年にもディケンズとともにパリに滞在し、リューマチ痛によって床についている。また、コリンズの痛みを伴う病気は、おそらくディケンズとハールーン・アッラシードの旅に出かけたときにかかったと思われる性病によるかもしれないと言われてもいる。あるいは、ある程度のものは、現在言われているストレスと関連したものであったかもしれない。いつも締め切りに間に合わせて執筆するプレッシャーに晒されていた一八六〇年代に症状と苦しみが悪化し、一八七〇年代と八〇年代に構想を練っていたときにはさらに悪化したが、これらは確かにまったく偶然ではない。コリンズの執筆習慣は、ディケンズの場合同様、かなりのストレスをもたらし、健康に悪影響を与えたのだ。まず調査をし、これから書こうとする小説について長い時間をかけて熟考して精神的な足場を組み、その後にある程度の速さを保ちつつ、連載の締め切りを守らなければならないというプレッシャーに晒されながら筆をとる、というのが彼の執筆習慣であった。こうした執筆過程によって生じる身体的、精神的症状に、痛風、神経症、目の炎症とともに、動悸、震え、うつ病などがあった。これらの症状が発生して、そのために仕事が進捗しないことがときどきあった。たとえば、『月長石』の執筆は「非常に苦しくて、自分で自分をどうしようもできなくなり、落ち着いていることができなくなった」ために、とても前に筆を進めることができなくなったとウィリアム・ウィンターに語っている。「僕の大声、うめき声を聞いた速記者はとても心配し、それで速記を取り続けることができなくなり、退室しなければならなくなった、（中略）僕は痛みで我を忘れ、ソファで悶え苦しんでいた[18]」。コリンズが執筆中に体調を崩したときによく速記をとっていたのはキャリー・グレーヴズである。晩年になってさらに彼の健康が悪化すると、作品の完成の見通しがまったく立たなくなる場合もときどき生じた。たとえば一八八三年二月に『心と科学』を書き終えたコリンズは、ニーナ・リーマンに「身体の四分の一は正気、四分の三は狂気の状態で、休まずに猛烈に書いていた半年間は痛風がなかったが、物語を書き終えたら、ある日、過労で半死状態になっていた。翌日には右目が激しく痛んだ」（『書簡集』、第二巻、四五五頁）と書き送っている。

コリンズは、一八六〇年代に健康がむしばまれはじめると、薬草治療・大陸の保養所での逗留・トルコ風呂・電気風呂など、あらゆる治療法を試みた。一八六〇年代初期に施された「治療」によってアヘンチンキを常習的に使用するようになり、その結果アヘン中毒患者となった。彼の友人で掛かり付けの医者であるフランク・ビアドが、リュウマチ性の痛風の痛みを和らげるために一八六一年に初めてアヘンチンキを処方したのである。アヘンチンキは自由に手に入り（一八六八年まで）、コリンズの父親が晩年病気であったときに飲んだ「バトリーズ丸」のような、数多くの売薬の主成分であった。最初、ビアドが処方したアヘンチンキはコリンズの症状を和らげたが、彼はますますそれに依存するようになり、分量と回数が前回よりもさらに増えていき、最終的にはコリンズのようなアヘンへの耐薬性を持つようになっていない普通の人間を数人殺すほどの分量を用いるようになっていた。麻薬に依存しはじめた当初は麻薬を断とうと努め、一八六三年には、アヘンチンキの代わりに、ジョン・エリオットソン（『月長石』ではアヘンチンキ常用者のエズラ・ジェニングズによって「イギリスで最も偉大な生理学者」と評されている）の催眠療法を受けて痛風の痛みを抑えようとした。一八六九年にはアヘンチンキの代わりにモルヒネ注射を打とうとしたが、これもうまくいかなかった。一八七〇年代と八〇年代の動悸とうつ病は、当然ながらアヘン依存によるものである。コリンズは幻覚や人につきまとわれているという感覚も持ち、アヘンで忘我の境地でいるときには、自分が書いていながら、それを自分の作品だと認識しなかった場合もあった。批評家の中には、一八七〇年代と八〇年代にコリンズの作品の質が落ちたのはアヘン中毒にかかっていたためだ、とする人がいる。

一八六八年ウィルキー・コリンズは体調がすぐれず母親の葬式に参列できなかった。この時点から、自分の健康と死で彼の頭がますます一杯になっていたことが彼の手紙から窺われる。そこには身体の痛み、神経痛、それに友人たちの死（ディケンズの脳出血による急死がその発端）が綴られている。ディケンズの急死について、コリンズはウィリアム・ティンデルへの手紙の中でかなり簡潔に「『夫と妻』を昨日書き終えた。疲労困憊し、眠ってしまった。そして目を覚ますとディケンズ死亡の知らせが耳に入った」（『書簡集』、第二巻、三四一頁）と書いている。一八七〇年には二人はかつてほどの親しい仲ではなくなっていた。おそらくは「家庭」の進むべき道が異なっていたため、またおそらくは文学のうえで成功をおさめ、ディケンズの陰に隠れることがなくなったためであろう。とはいえ、コリンズにとってディケンズの死は暗示的であった。ディケンズが死亡して二、三年後には、彼の娘婿で、コリンズの弟であるチャールズが一八七三年四月九日に死亡し、コリンズが一八四〇年代に秘密結婚をとりもったエドワード・ウォードが、うつ病により一八七九年に自殺をした。エドワードの弟のチャールズは、コリンズが若いときには彼のパリ旅行に、のちには船旅に同行したのだが、一八八三年に亡くなった。さらにもう一人(オーストラリアの販売代理人ピアズ)が一八八六年に亡くなったことにこたえて、コリンズは自分自身の健康について、まったく彼らしくなく平然と次のように述べている。「僕の健康に関していえば、この前の誕生日で六二歳となり、作家として一生懸命に働いてきたし、痛風にかかり、最初は盲目に、のちには一度ならず何度も死にそうになったりしたので、不平は言えない。神経痛、一般的には神経衰弱にかかったので、それを改善するために海に出た」(『書簡集』、第二巻、五二三頁)。

コリンズの身体は弱っていた。しかし、彼の最晩年の二〇年間の生活が絶望的だったと大げさに考えてはならない。彼は旅行を続け、ディケンズと張り合って一八七三年から七四年にかけて米国へ大朗読旅行を行った(健康問題と「家庭」の緊急事態によって短縮されたが)。また、友人たちと航海旅行を楽しみ、さまざまな家族たちと海岸休暇を取り、大陸で旅行もし続けた(手紙の相手には、こうした海外旅行の目的は主として体力回復のためだとよく言っていたが)。執筆に関しても非常に多産的であり続け、ティロットソンのフィクション部門とシンジケートを組織するなど、新しい出版の型を試した。また、キャリーの子供たちの「おじいさん」となって、子供の成長を見るのを楽しんだし、ナニー・ウィンとその母親、ジャーナリストのハリー・クウィルターと小説家のホール・ケインなどの新しい友人もできた。一八八八年に『ユニヴァーサル・レヴュー』誌を創刊したクウィルターは、コリンズに自伝を書くように促した。それがすでに触れた「物語作家の回想」である。

体調がすぐれないのにもかかわらず、コリンズは亡くなるまで陽気であり続けた。一八八九年一月、

ウィルキー・コリンズ　『銘人鑑』ための写真

アメリカ人のセバスチャン・シュレジンジャー（彼とは一八七〇年代初期に米国旅行中に知り合った）がもてなしてくれたディナーからの帰り道、コリンズは馬車事故にあって、怪我をした。幸いにも一命を取り留めたが、彼によると、この事故は「僕を揺すり、痛風を引き起こした」（『書簡集』、第二巻、五六二頁）。三月には気管支炎と神経痛を病み、「暖かくて気持ちのよい太陽のもとで暮らして」、こうした病状を知らないでいる「アフリカの未開人の幸せな運命」（『書簡集』、第二巻、五六二頁）を羨んでいる。連載物『盲目の愛』に取り組み続けていたが、七月になって発作に見舞われ、最初は回復しているように見えたが、ウォルター・ベザント（小説家仲間で『オール・ザ・イヤー・ラウンド』誌での前の同僚）にこの作品を仕上げてもらう手はずを整えた。発作のあとでさらに気管支炎に襲われ、一八八九年九月二三日に死亡し、ケンサルグリーン共同墓地に埋葬された。少なくとも一〇〇人の会葬者が、中には愛読書を手に持ちながら、教会に参列した。[19] 主要な会葬者にはハリエット・グレーヴズとキャリー・グレーヴズがいた。マーサ・ラッドとコリンズの子供たちの参列はなかったものの、この「ドーソン」一家からは大きな花輪が贈り届けられた。

第二章　社会のコンテクスト

ウィルキー・コリンズはジョージ四世（一八一一年から二〇年にかけて摂政の宮としてつとめた）の治世四年目に誕生し、ヴィクトリア女王即位五〇周年記念の二年後に死亡した。彼が誕生したのは、トーリー党の首相としてリヴァプール卿が長期政権について一二年目、内務大臣としてロバート・ピールが在任して二年目、マンチェスターの義勇農騎兵団と軽騎兵隊が選挙制度の改革を求めて集合した大群衆を暴力的に解散させたマンチェスターのセント・ピーター広場での動乱（ピータールーの虐殺）の五年後であった。コリンズが四歳のときには、ウェリントン公爵がトーリー党の首相となり、彼の政府は反対陣営からの圧力に屈して、カトリック教徒と非国教徒が公職につき、自治体で働くのを禁じていた審査律と地方自治体法を撤廃した。とはいえ、英国国教会による内閣の独占が打ち破られるのはそれからかなりあとのことである。コリンズ五歳のときにはロバート・ピールとウェリントン公爵がローマカトリック法を両議会で通過させ、ピールは首都警察を創設した（一八二九年）。最初の選挙法改正法が一八三二年に通過したときコリンズは八歳で、彼が死亡するまでには第三次選挙法改正法（一八八四年）が通過した。グラッドストーン〔一八〇九-一八九八〕は、一八八五年度の予算案が否決されて辞任し、二期にわたった自由党の首相としての務めを終えた（一八八〇－五年）。アイルランド自治法が提出されて、否決され（一八八六年）、労働組合に組織化された社会主義が政治の場においてますます重要になっていった（社会民主主義基金とフェビアン協会の双方が一八八四年に設立された）。

コリンズの幼少時代は、政治不安と社会改革（そして改革への抵抗）の時代であり、フランス革命の亡霊にまだとりつかれていた時代、それらとは種類を異にする変革、すなわち産業革命、機械時代、それに大ブリテン（特にイングランド）が圧倒的に農業を中心とした重商主義的な社会から、都市的性格を持つ企業産業化社会へ変質した時代でもあった。コリンズが一八二四年に誕生したときには（ヴィクトリアが一八三七年に女王として即位したときにも）、「『暗い悪魔のような工場』の内部を見たのは、ひと握りのイギリス人労働者にすぎず、大多数の就労集団は農業労働者と家事奉公人」であり、イギリスの全人口の半数が農業にたずさわっていた。[1]それが一八八五年までには一〇〇万人以上が工場で雇用された。一八三五年にはおよそ三五万五〇〇〇人だったのにである。イギリスの大都市の人口は数倍も増加した。ロンドンの人口（ロンドンは西欧世界で最大の都市であった）は一八二一年の一六〇万から一八八一年には四七七万に増加し、一方同じ時期のバーミンガムは一〇万二〇〇〇人から五四万六〇〇〇人へ、ブラッドフォードは二万六〇〇〇人から一八万三〇〇〇人へ、カーディフは四〇〇〇人から八万三〇〇〇人へ、グラスゴーは一四万七〇〇〇人から六五万三〇〇〇人へ、そしてマンチェスターは一三万五〇〇〇人から五〇万二〇〇〇人へと増加した。

コリンズの生涯で起こったもう一つの革命は交通革命である。コリンズは鉄道時代・「鉄の馬＝機関車」の時代・蒸気力が知られるようになる時代の黎明期に誕生した。鉄道は一七世紀から存在していたが馬によって引かれたか、のちになっては、鉄道線路わきの固定エンジンを動力源としたケーブル鉄道であった。真の鉄道革命は、蒸気機関の出現・石炭と製品の運搬・人間の輸送とともにやってきた。コリンズ誕生の翌年には、乗客を運んだ最初の鉄道であるストクトン・アンド・ダーリントン鉄道が開業した（一八二五年九月）。一八三〇年マンチェスター・アンド・リヴァプール鉄道がこれに続いた。コリンズが一八八九年にこの世を去るまでには、ブリテンには広範囲にわたる鉄道網ができあがった（事実、イングランドの主要鉄道幹線は一八五二年までにすべて完成したか計画された）し、ロンドンでは近代的な地下鉄網が始まっていた（サークルラインは一八八四年に完成）。鉄道は、伐採をし、盛土をし、陸橋・橋・信号扱所・保線夫用小屋・駅などを建設して、大ブリテンの風景と町の眺めを、田舎の無人駅から主要都市にある終着駅の立派なゴシック形式の建築物にいたるまで、一変させた。鉄道が旅行時間を短縮し、通信をスピードアップしたために（大ブリテンの端から端まで、鉄道線路にそって手紙がすごい速度で配達された）、大ブリテンは以前よりも狭くなったように見えた。このようにして鉄道は生活の速度を、さらには仕事と余暇の過ごし方を、一変させた。鉄道を利用することによって富裕者は、職場と住まいの距離をより遠ざけることができた。郊外化の新しい、そして引き続いて起こる段階の幕開けである。線路と海港がつながり、ビジネスマンや、コリンズのような、フランスの海岸やパリへ頻繁に遊覧旅行をしたいと思っていた人たちにとって、大陸はより身近になった。安価な鉄道旅行によって、地方のさほど裕福でない人々の移動も増加し、一八五一年にロンドンで開催された大博覧会、一八六二年のロンドン国際博覧会、それにロンドンやその他で開催されたこれら以外の博覧会へ、イングランド各地から労働者たちが列車で出てきた。またこうした安価な鉄道旅行によって、産業都市の住民が海岸や田園地方へ遊覧旅行に出かけることもできた。最初は単に日帰りするだけだったが、豊かになるにつれてもっと長いあいだ旅行を楽しむようになった。

ウィルキー・コリンズはどのような世界に住み、どのような世界を書いていたのか。どのような社会がこの作家と彼が書いた作品を作り出してきたのか。ディケンズの小説『ドンビー父子』（一八四六—四八年）でソロモン・ジルズが発した「競争に競争——新発明に新発明——変化に変化」（『ドンビー父子』、第四章）というスローガンが、コリンズが成年に達した初期ヴィクトリア朝の一面を表している。変化・発明・競争、これらは実際ヴィクトリア朝のキーワードであり、急激な社会的・政治的・知的変化のこの時代に生きていた人々が感じていた不確実性や不安定感とともに、興奮や活気をも伝えている。変化が当時の一般的傾向であった。地理上の変化、人口学上の変化があったし、イギリス〔グレート・ブリテン〕の風景と町の眺めも、鉄道敷設、農業形態の変化、工場・倉庫の建築や増築、それに中で働く「働き手」を泊め・食べさせ・着させ・もてなす市町村の開発によって変貌した。さらにはイギリスの社会を構成する社会集団や階級の構成にも変化があり、これらの集団と階級間の関係にも変化が生じた。社会生活を営む家族の性質に変化があったとしたら、社会の単位としての家族、特に男性成員と女性成員の役割、それにより一般的には男性と女性の関係にも変化があった。

変化は良いにせよ悪いにせよ、コリンズが誕生してちょうど五年後の一八二九年に出版されたトマス・カーライル〔スコットランドの批評家・歴史家（一七九五—一八八一）〕の評論「時代の兆候」の主題であった。

> なんと素晴らしいものが人間の体力に付け加えられたか、また現在依然として付け加えられていることか。誰もが一定の量の労働で、どれほど以前よりも良い食事をとり、良い服を着、良い家に住み、外観上どこから見ても良い設備に囲まれるようになったことかと、感謝しつつ思う。またこれは何という変化を社会システムにもたらしていることか。どれほど富が増加し続け、それと同時に富がどれ

ほど大衆に蓄積し、古い関係を奇妙にも変え、富者と貧者の距離を拡大していることか。[2]

富者と貧者の溝の拡大に加え、この評論でカーライルが触れている最も大きな変化は、社会の機械化の進行である。コリンズは、蒸気力と蒸気機関、それに機械論的経済観が手をたずさえて労働者を単なる「働き手」に変えた仕組みを鮮やかに書いている。彼は人間の心と精神が機械的な度合いを増している傾向を嘆き、物質主義の高まり、精神性の喪失、人生の意義について伝統的に共有されてきた信念の消失を残念がる。

エドワード・ブルワー・リットンは、コリンズの誕生七年後、第一次選挙法改正法後でヴィクトリア女王即位の約四年前に、根本的な変革の時代、コリンズに言わせれば「明白な変わり目」の時代に住んでいることの不愉快な混迷に焦点を合わせ、次のように書いている。

> われわれは明白な変化の時代、動揺と不確実性の時代に住んでいる。使い古した陸標は取り去られ、社会の世襲要素は解体され、古い意見、感情、先祖代々の習慣と制度は崩壊し、宗教界も世俗界も変化という影によって曖昧にされる。こうした時代は、人間の歴史においては時おり起こることなのだが、楽天家からは新しい千年王国の到来と歓迎される。そこでは大規模の偶像破壊改革が行われ、偽の神々はすべて打倒される。私にはこのような時代は、人間の定められた歩みの中の暗い通路のようにしか見えない。人間には最も不幸な時代で、そこに入るときには、出口にすぐに出られるだろうという希望以外には何の楽しみもない通路のようだ。[3]

右の文章が出版されてから四半世紀後に、ディケンズはこうした「時代」の『二都物語』を書き始めた。

それはあらゆる時代を通じて最も良い時代であるとともに最も悪い時代であり、賢い時代であるとともに、愚かな時代でもあり、信仰の時期でもあれば、懐疑の時期でもあり、光明の時節でもあって、また、暗黒の時節でもあった。希望の春であって、また絶望の冬でもあり、われわれの前にはあらゆるものがあるが、また、何一つなく、われわれはまっすぐに天国へ行きそうでいて、また、まっすぐにもう一つの道を行きそうでもあり、要するに、その時代は今の時代と非常によく似ていたので、当時の口うるさい権威筋のある人々は、その時代は良きにつけ悪しきにつけ、最上級の比較をしなければ理解できないと言ってゆずらなかった。(『二都物語』、第一巻第一章)

もちろんディケンズがここで書いている最良で最悪の時代とは、フランス革命へと続き、そしてそれを含む年月のことである。しかし、「今の時代」が言及されていることから知られるように、楽天主義と恐怖を無謀にも結合させたこの素晴らしい書き出しは、一八世紀と一九世紀の転換期における革命時代を特徴付けるだけでなく、一九世紀の、特にヴィクトリア朝のイギリスが抱える対照と矛盾をも同じく特徴付けている。さらにはフランス革命と革命の亡霊が一九世紀の文化的想像力にその影響力を及ぼし続けていることをわれわれに思い起こさせもする。

コリンズが成長し、物書きを生涯の仕事としはじめた時代は、大繁栄の時代であって、この時代にイギリスが「世界の仕事場」となった。しかし、同時にこの時代は、経済状態が不安定で、好況と不況が交互する時代でもあり、高賃金と社会改革が長期間続いたかと思えば、都市でも地方でも大変貧しい生活を余儀なくされた時代でもあった。多くの解説者によれば、この時代はイギリスが一つの国ではなくて、貧者と富者からなる二つの国であった時代であった。成人したコリンズが生きていたのは、ヴィクトリア朝の大都市の時代であった。マンチェスター、バーミンガム、リーズ、リヴァプール、それにもちろんコリンズの故郷の都市ロンドンは、コリンズが生存中に急速に拡大し、一八六〇年代・七〇年代・八〇年代に都市の下水設備と住まいは改善され、ギリシャ風や、ゴシック風、イタリア風の市庁舎が建設され、銀行や画廊、図書館、公園が整備された。これらは産業労働者と企業家の富、それに市民の誇りの証であり、それらへの記念建造物となった。ヴィクトリア朝は進歩と改革の時代であるが、古い慣習と制度が激しく破壊される（「崩壊する」）進歩の時代であった。科学と物質主義の時代であり、他方で、神秘主義とオカルトにますます関心を向けた時代でもあった。敬虔と信仰の公開告白、教会と礼拝堂の建設ラッシュの時代であったが、ダーウィン、不信、教会と礼拝堂への参列者減少の時代でもあったのだ。「自助」の時代、有益な知識を普及させる社会の時代（サミュエル・スマイルズの『自助論』は一八五九年出版）であったが、自己破壊的な競争的個人主義の時代でもあった。家族を重視する素晴らしい時代であったが、その一方で、個々の家族も、家族という制度もともに闘争と論争の場となったのであった。

抗議と改革

誰があなたに「ヴィクトリア女王即位五〇周年記念祭」が忠誠心の発露だと言ったのか。僕に言わせれば、それは恐怖と御托の発露だ。近所で、家の灯りをつけなければ窓が破られるという噂が立った。一八三二年、僕が八歳のときのことだ。第一次選挙法改正法の通過を祝って家の灯りをつけなければ窓が破られると父が聞いてきた。（中略）寝ようとすると、靴の音が通りに聞こえてきた。指揮官に同行されて、人々が石を手に持って六人ずつ並んで行進していた（その当時、人々は本気だった）。彼らは、僕の家のほぼ道向かいにある、灯りのついていない家の窓を一分もかけずに全部破った。僕は走ってこの騒ぎを見に行った。みんなが選挙法改正法万歳を唱えたので、僕もそうした。五〇年後、ふたたび窓が破られ、部屋に灯りが（僕の忠誠心の弱さを正確に表して、ほんの少しだけ）つけられるかもしれない、という噂を聞いた。しかし、今回はこの問題に関心を持っている人はいなかった。（中略）どこでもみんな静かにしていて、それが今回の記念祭の見事なところである。（『書簡集』、第二巻、五四一頁）

コリンズは抗議と改革の時代、「人々」（この手紙で言及されていた）の存在がますます見えるようになり、その声がますます喧《かしま》しくなっていた民主主義拡大の時代に生きていた。彼は、ヨーロッパで革命の嵐が渦巻く一八四八年、処女作『ウィリアム・コリンズの生涯』を出版した。一八七〇年代には、「激しい政治論争が展開され、政治不安が蔓延しているこの時代に」、彼の作品が「人々に注目されるか、あるいは人々の暇を紛らすほどの価値がある」（『書簡集』、第二巻三三七頁）とみなされるのかどうかを問いかけていた。『生涯』の一九三〇年代初期に触れた箇所で、コリンズはコレラの発生と「選挙法改正法騒ぎ」が芸術の保護者《パトロン》たちに及ぼした影響に言及している。

誰もが知っている重大な事件によって、芸術は残念なことに、長期にわたって保護されることが少なくなり、鑑賞されることも少なくなった。社会的、政治的動乱のために、当時の知識人はそのような行動を取らざるを得なかったのである。貴族と金持ちたちは(中略)、自分たちの所有物が、民衆革命(これは、共和制を特徴づける平等が広く唱えられる中で、地位と財産の権利を下落させようとする)によって脅かされていると考えていたし、当時の危険な出来事を目のあたりにしていたので、国家の芸術の進歩という、切羽詰っていない重要性に関心を向ける余裕はほとんどなかった。(中略)当時の状況から、立派で、有益なものの追求の衰退、上流階級の終焉、さらにはこの世の終わりをも予測する人は数かぎりなくいた。(『書簡集』、第一巻、三四五頁)

選挙制度改革は、一八三二年、六七年、八四年の「選挙法改正法」として法制化されたが、一八世紀半ばからすでに議論されてきていた。改正の動きが(ゆっくりと)始まったのは一八二〇年代で、ひどすぎて最悪であった選挙腐敗(代議員が多すぎる「腐敗選挙区」、あるいは「懐中選挙区《ポケット》」の選挙結果は、賄賂で決定されるか、貴族の後援者によって規制されていた)を正すのが目的であった。人口の多数が選挙のプロセスから引きつづき除外され、議会の議席の配分が平等になされていないことへの怒りが増すのに応じて、選挙法改正は世間でも、議会でも議論され、さまざまな形の議会外行動が展開されることとなった。選挙民の構成は、議会の議席配分同様、一八世紀以来、多かれ少なかれ変化がなかった。しかしながら、イギリスの社会構成とその人口分布はその時代から著しく変わり、コリンズの子供時代、青年時代には(実際には、彼の生涯を通じて)さらに急激に変化した。一八三〇年、バーミンガムとマンチェスター、リーズには個々の選出議員団がなく、これら急速に拡大している都市が庶民院に及ぼし得る唯一の影響は、州選挙人となった市民を通してか、閉ざされた選挙区、すなわち腐敗選挙区に代表を選出してもらうしかなかった(これはヴァーチャル代表として知られている)。一八二〇年代に新興の産業家と中流階級の過激派たちが、一八三〇年代には農民たちがそれぞれ変革を強く訴え（いわゆるスウィング暴動）、それに呼応してホイッグ党は（理論と実践の両面において）適度な議会改革を実行した。

幾多の激論・行進・示威運動（そのあるものは、この節の冒頭で引用した手紙で思いだしているように、八歳のコリンズによって目撃されていた）、それに選挙制度改革が争点であった総選挙のあとで、「第一次選挙法改正法」が通過し、その結果、イングランドの南部と西部の比較的人の住んでいない農村地域から人口が増加していたイングランド中部や北部の都市地域へ議会の議席が再分配された。一八三二年の「改正法」以降、バーミンガム、リーズ、マンチェスター、シェフィールド、ボールトン、オールダムに初めて国会議員の議席が貼り付いた。しかし、五〇以上の「懐中《ポケット》選挙区」では再分配が実施されず、特定の地方のジェントリー（貴族ではないが、紋章を帯びることを許された階級）に国会議員を指名する権限が残った。一八三二年の「選挙法改正法」により選挙民は、全人口二四〇〇万人中、五一万五〇〇〇人から八一万三〇〇〇人に増加した。だが、これは民主主義からは遠くかけ離れていた。女性は依然として選挙民から除外されていたし（その状態は三〇歳以上の女性に選挙権を付与した一九一八年の「人民代表法」まで続く）、選挙権は依然、財産資格（たとえば、賃貸価値のある財産を所有もしくは占有しているか、あるいは何世代かにわたり特定の土地を貸しているなど）によっていた。改革者たちが求めていた重要な改革である無記名投票はこの一八三二年の「改正法」には含まれていなかった。その結果、選挙では公然とした買収と腐敗が横行し、有力者が選挙区の投票者に影響力と圧力を加えることが行われた（ディケンズの『ピクウィック・ペーパーズ』のイータンスウィル選挙を扱った章を参照）。

選挙法は一八六七年、八四年、八五年と継続的にその「改正法」が国会を通過し、これに伴い議席の再分配が推進され（一八六七年と一八八五年）、選挙民の規模と構成にも変化が生じた。選挙制度改革運動は一八六〇年代初期に労働組合活動、アメリカやカナダ、オーストラリアの民主制度を支持する中流階級の過激派、それにヨーロッパにおける民主主義運動と社会主義運動（ヨーロッパ中で革命が企てられていた一八四八年以来、ロンドンにこれらの信奉者は亡命者あるいは移民者として、住んでいた）の例からその勢いにはずみがついた。一八六七年の「改正法」によって、選挙民は実質上一三五万人から二四六万へと倍増した。新しく選挙権を獲得した者の大半は、都市に住む産業労働者であった。これは、選挙上の大変化であり、カーライルはこのことを「勢いよく流れ落ちるナイアガラの滝」に喩えている。選挙区では民主主義に近づいているものが（少なくとも、男性にとっては）あった。しかし、州では財産と賃借の要件が満たなくて大抵の農民や田舎の炭坑村に住む坑夫たちの大半は投票することができなかった。さらに一八六七年の選挙は、『白衣の女』の法律のように「金持ちのお抱え召使い」のままであった。無記名投票でなかったために、投票者は買収されたし、選挙区で新たに参政権を獲得した産業労働者は、上司や経営者の影響（あるいは圧力）を受けやすかったからだ。コリンズが衰弱しはじめた頃には議会地図と政治形態はさらに修正された。一八八四年の改正法によって選挙民は再び倍増した。とはいえ、一九一七年に至っても男性人口の約半数が依然として投票できずにいた（たとえば、成人していても、親と同居している息子には投票する資格がなかった）。

一八三二年の選挙法改正は控えめで、新しい政治形態や新しい政治階級は生み出さなかった。一八三二年一二月の改正によって選出された議会から登場したホイッグ党政府の構成は、依然として富裕上流階級であり、この政府は、一八三二年の「改正法」を通過させたことで、改正運動は十分に行ったと感じていた。しかしながら、改正法後の議会は、ジェレミー・ベンサムの功利主義を信奉する過激主義者、福音主義者、それに進歩的な工場主から社会改革の圧力をかけられ、その結果、一八三〇年代は改革の一〇年・改革時代（あるいは「進歩」の時代）のさきがけとなった。一八三三年、ホイッグ党は西インド諸島の砂糖プランテーション所有者と砂糖貿易関係者（その多くが国会議員）の猛反発を押し切って、奴隷制度をイギリス帝国で廃止する法律を通過させ、同年、再度強く反対されたものの、織物工場での雇用条件を規制・改善する「工場法」を可決した。九歳以下の児童の雇用を禁じ、児童と若者の労働時間を制限し、工場で働く子供を強制的に教育させる（九歳から一三歳までの子供たちの学習時間は一日二時間）工場法を遵守しているかを監視するために工場調査団が立ち上げられた。工場と鉱山の労働条件の改善と規制がコリンズの一生を通じて労働組合、人道主義者、福音主義改革者（工場主と国会議員も含む）の関心事であり続けた。こうした改善は、現状になんら不都合はないと思う者たちや、労働者階級の状況が改善されれば自分たちの権力と楽しみが減じると恐れる者たちによって反対され続けもした。一八四四年・一八四七年（一日の労働時間を一〇時間にする条文が含まれている）・一八五〇年・一八七四年・一八七八年のさらなる「会社法」は、女性と児童の雇用を規制（そして制限）し、全工場労働者の労働時間を削減しようとした。一八四二年の「鉱山法」は鉱山産業の女性と児童の雇用に関し、初期の「工場法」の精神を拡大し、その後の一八五〇年・一八六〇年・一八八七年の工場法は安全を増進し、鉱山調査団を通じて労働条件を規制・監視しようとした。

その後の社会・厚生改革への道を整えた一八三〇年代からの「改正法」に「都市自治体法」がある。この法律によって、男性地方税納付者が三年任期の構成員を選出する選挙区参事会が創設され、地方自治体がより民主的になるプロセスが始まった。またこの都市自治体法は、全地方自治体に公費で書記と会計係を雇用し、警察を組織し、会計監査をすることを求めたので、地方自治体に職業的性質を与えることにもなり、参事会が下水道の改良や道路掃除のような社会改良に着手するのを許した（求めはしなかったが)。一八三〇年代の、そしてコリンズの一生を通じて繰り返し語られる改革のテーマは、調査・規制・監視を通じての社会改良であった。コリンズは議会青書(青表紙のついた議会の報告書)・王立委員会・急増する調査団(工場・鉱山・教育・公衆衛生などのための)の時代に生きていた。改革の時代は、測定と記録の時代でもあった。一八三六年の「イングランドにおける出生、死亡および婚姻の届に関する法律」によって、市民として出生と死亡の届を出すことが義務となった。このような展開を受け、コリンズは近代における法律上のアイデンティティに関心を寄せることとなり、多くの物語を創作する機会を持つこととなった。

一八三〇年代の「改革」の一つに、非常に疑わしい改革をもたらしたものがあった。一八三四年の「改正救貧法」である。現行の「救貧法」(一七九五年以来実施)はすこぶる不評であった。救貧院外救済制度(この制度が最初に採用された場所にちなんでスピーナムランドシステムとして知られる)では、「救貧手当」で差額分が補填できるので、農場主が「農業労働者の賃金を切り下げ」だした。しかし、その手当の負担をしていたのは地方税納付者であったので、彼らは怒りを増大させたのである。一八三二年二月に救貧手当支給制度調査委員会が設置され、その結果新たに制定された法律によって地方税納付者は救済された。減税になったからである。しかし、貧困は減らなかった、実際、農村の貧乏人の貧困は増大し、一八三〇年代後半の貿易不振に伴い、北部の産業都市では社会の緊張が増大した。一八三四年の「改正救貧法」と一八三二年の「選挙法改正法」にはいずれも欠陥があり、そのために一八三〇年代に一般大衆の抗議運動、特にチャーティスト運動が生じることとなった。

チャーティスト運動は、「人々が真面目」であった日々、とコリンズが回想して呼んだ時代に生じた。すでに本書でも触れたように、この運動にはコリンズが最初の本を出版した一八四八年に世間の大きな関心が向けられていた。この年はチャーティスト運動がクライマックスに達した年であっただけでなく、ヨーロッパでの革命の年でもあったし、『月長石』の極めて重要な事件が起こる年でもあった。コリンズよりも古い世代の作家（しかし、コリンズよりもわずか四年前に死亡）のトマス・カーライル（一七九五―一八八一）は、チャーティスト運動を「気が狂わんばかりになった激しい不満、それゆえにイングランド労働者階級の状況の悪さ、性質の悪さ」[4]の発露だと考えた。労働者階級の「激しい不満」は、好ましくない経済事情（一八三四年の貧民法と一八三〇年代後半の不景気によって悪化）・困難な労働状況・貧しい生活状況・政治力の欠如によってますます「気が狂わんばかり」になった。こうした多くの欲求不満からロンドン労働者組合が一八三七年に結成され、そのリーダーが人民憲章（People's Charter）を起草し、そこからチャーティスト運動という名がついたのである。一八三八年までには憲章の「六箇条」の実現を求めて運動する一〇〇以上の支部が存在した。六箇条は、（チャーティスト運動の活動家ブロンテール・オブライエン〔一八〇五―一八六四〕の言葉を借りれば）議会制民主主義によって労働者が社会の底ではなく、頂上にくる、あるいは、頂上も底もない新しい社会が存在するような社会体制の大変革を目指した。チャーティスト運動が要求した六箇条とは、①二一歳以上の成年男子の普通選挙権、②無記名投票、③議員に対する財産資格の廃止、④平等選挙区（すなわち、議員はほとんど同数の投票者を代表すべき）、⑤議員への歳費支給、⑥毎年選ばれる一年任期の議会である。支部によってはこれら六箇条にさらに独自の条文を入れるところがあった。たとえば、新聞課税の廃止・新貧民救済法の破棄・工場労働者の八時間労働・児童労働の廃止・「全体の幸福の確立」などである。

一八三九年二月、全英チャーティスト大会はおよそ一二五万人の署名を付して請願書を作成した。この請願書は庶民院へ送られ、議会に提出された。しかし大多数の反対にあって否決された。これを受けてストライキ、抗議集会、反乱が発生し、チャーティスト指導者が数名収監され、二つの事件では流刑に処された。三年後（一八四二年）、ふたたび全英チャーティスト大会が開催され、二度目の請願書のために三二五万人の署名を集めた。何万という人々が議会へこの請願書に付き添って行き、賛同する国会議員によって議会に提出されたが、再度大多数の反対にあって否決された。再びストライキと暴動が起こった。今回は略奪があり、マンチェスターでは警官が数人死亡した。一八四八年、パリで暴動が起きたという知らせに刺激されて、三たび全英チャーティスト大会が開催され、請願書が三たび作成され、ケニントン共有地で集会したあとで提出された。憲章が拒否されれば、その結果として革命が起きるかもしれないという噂が立った。おそらくは最近のパリでの出来事を考慮してだろうが、ホイッグ党政府は国会でのデモ行進を禁止し、多数の軍隊と特別警察官がロンドンの周囲に配置された。憲章は拒否されたものの、恐れられていた革命は起きず、ほんとうにわずかばかりの暴力事件が起きただけであった。

コリンズが二〇代半ばに達する頃にはチャーティスト運動は下火になりはじめたが、その協議事項は消えなかった。政治不安と政治的暴力の（おそらく実際以上の）恐れがコリンズの八歳から二四歳までの期間の主特徴であって、それらは彼の生涯を通じて幾度となく姿を現し続けた。コリンズは、一八五〇年代と六〇年代の産業界の騒動と選挙騒ぎが起こった世界とは異なる世界に住んでいたが、政治不安と「民衆」の力は、裕福なロンドン市民、さらにはコリンズや彼の仲間の自由奔放なロンドン子にも衝撃を与えた。コリンズはすでにディケンズと『ハウスホールド・ワーズ』誌の仕事をしていて、ディケンズは一八五四年二月にストライキをしている労働者の状況と行動を報告するためにプレストンを訪れている。翌年、ハイド・パーク（ハイカラなロンドンの中心にある）の平穏が日曜営業禁止に反対して抗議をしていた暴動者たちによって破られた。一八六二年と一八六六年に再び、第二次選挙法改革法案支持の暴動があった。通りであれ、食卓であれ、新聞や雑誌の紙面上であれ、権力についての議論（権力の使用と悪用、どこに権力は存在し、誰がそれを行使すべきか）がコリンズの一生を通して戦わされ続けた。また、この期間を通して新聞は、さまざまな社会悪を調査し、暴露する、あるいはそれらの調査・暴露で判明したことを伝える、社会悪の一掃を提案する、あるいは逆にその存在を否定する、などの記事を満載していた。

コリンズ自身は、一八五〇年代初期にはリベラルな週刊誌『リーダー』、そののちにはディケンズの『ハウスホールド・ワーズ』誌、そして一八六〇年代初期には『オール・ザ・イヤー・ラウンド』誌へ掲載した自分の作品を通して、ジャーナリズム改革とかかわった。『リーダー』誌はソーントン・ハントとジョージ・ヘンリー・ルイス（イギリスの著述家・批評家（一八一七－七八））によって一八五〇年に創刊され、その主な関心は（国内・国際両面の）政治・経済、首都ロンドンの文学・芸術であった。概して政治・社会改革（特に労働改革）を支持し、下層・中流階級の主張を擁護した。コリンズは、友人のエドワード・ピゴットがこの新聞を買収し、その全般的な編集方針を引き継ぐことになった一八五一年下旬に、この新聞とかかわるようになった。一八五二年、ハントは読者に、新オーナーがこの新聞の政治的意見を変えないことと、ハントとルイスが「イギリス国民の選挙権」と「労働者の再生産雇用権」(5)に賛成の議論をし続けることを保証した。コリンズが『リーダー』誌へ寄稿した主なものは、書籍・演劇・展覧会に関する評論であったが、エッセイ・詩・連載物などからなる「折りかばん《ポートフォリオ》」欄にも寄稿した。彼の最初のそうした作品に「日曜日改革請願」（一八五一年九月二七日号）がある。これはイギリスの日曜日における制限に反論したものである。これに関し、一八五五年にハイド・パークのデモ隊が抗議することとなる。確かにコリンズは二〇歳代には『リーダー』誌の改革的な協議事項に共鳴しており、自分の信念がこの週刊誌の「政治信念の告白」と一致していて、自分は「過激な共和主義[6]」の支持者であると言明した。

女性・法律・法改正

一八五二年一月、コリンズは友人のエドワード・ピゴットに手紙を書き、『リーダー』誌の内容と組織について助言している。コリンズが『リーダー』誌に取り組んでもらいたいと特に望んでいるのは法律であった。

> 私は法律（二重下線あり）の欄を別に設けてもらい、読者に注目してもらいたいと思っています。その週の民事・刑事、両方の「事件」の結果の概要が望まれます。どんなにささいであってもよろしいでしょう。それでも役に立ちます。（中略）主要記事で法律上の逸脱と腐敗行為をときおり完全に「罵倒」してもよろしいのではないでしょうか。法の乱用は、穏やかなプロテスタント「政教」人でさえもそれに対してひどい怒りを覚え、激怒して語る主題です。大衆という王は、法律改正という主題について、全身全霊を傾けて私たちと一緒に歩み、私たちの文章を引用し、私たちを褒め、私たちの文章を暗記するでしょう。『タイムズ』紙や『イグザミナー』紙で法律に関連した記事ほど、万人に非常に褒められ、人から聞いて始終会話で話題にされる記事は見つかりません。だから、機会がきたのですから、上品に治安判事をけなし、陪審の顔に唾を吐こうではありませんか。「司法」ばあさんの尻にあてるムチこそ、みんなの意見が一致しはじめた対抗手段なのです。編集長殿、司法を打ちのめしなさい。頻繁に打ちのめしなさい。（『書簡集』、第一巻、七九－八〇頁）

イギリス法の「時代遅れで、混沌とした」[7]状態が原因で、一九世紀を通して議論と改革活動が盛んに行われた。コリンズの読者であればすぐにわかるように、改革がなされていない法体系は、この小説家にとって格好の風刺の対象となったし、山場があり、複雑なプロットを求めていたこの小説家に実り豊かな収穫物を与えた。『白衣の女』と『ノー・ネーム』はその素晴らしい例である。のちの、改革をより意識した「目的を持つ小説」である『法と淑女』と『夫と妻』の場合も同様だ。コリンズの一生のあいだ、法改正によって犯罪法はより人道的になり、不動産法は簡素化され、一八七三年の重大な「裁判管轄法」では、それぞれが独自の手続きと法典を有して混沌としていた裁判所制度が最高法院へ単一化された。[8]

法の悪用と法改正で特にコリンズの小説の読者にとって重要なものは、家族、結婚、男女間関係にかかわるものである。この法領域、特に妻の財産権や、結婚内での女性の法的地位に関する、より広い問題（不満な結婚を終わらせる女性の自由も含む）にかかわる法律もまた、フェミニストによる精査と改革運動の対象であった。フェミニズム史における画期的な業績は、バーバラ・リー・スミス〔一八二七―一八九一〕（結婚後は、ボディションと改姓）の『簡明な英語による、女性に関する最も重要な法律の概説――それに関する若干の報告付き』（一八五四年）である。女性に関して最も重要な唯一の法律は、未婚女性と妻の法的地位の違いであった。独身女性は男性と同じ財産権と法的保護の権利を有していた。また、他人の財産の受託者として遺言執行者にも、死亡した近親者の動産の遺産管理人にもなれた。しかし、慣習法《コモンロー》では、妻は夫とは別個の法律上のアイデンティティを持っていなかった。一九世紀のあいだほとんど、妻の法的地位は、リー・スミスが記憶しやすく次のように約言したときとまったく同じままであった。「夫婦は法律では一者である。妻は独身のときの権利をすべて失い、彼女の存在は夫の存在の中に完全に吸収される。夫は妻の行動に対して民法上責任を持つ。つまり妻は夫の庇護の下で暮らす。だから妻の身分はカヴァチャ〔夫の庇護の下にあること、という意味を持つ〕と呼ばれる」(9)。財産に関するかぎり、結婚すると、女性が所有していた、あるいは結婚しているあいだに相続した財産の、法律上の所有権と管理権は夫に移った。一体、夫がどのような管理をどの程度するのかは、妻の財産の性質によった。慣習法《コモンロー》は「不動産」と「動産」を区別した。不動産（自由保有権のある土地の財産とその土地から上がる収入）は、夫が管理した。しかし、夫は妻の不動産を（妻が生存中は）妻の同意なしでは処分できない。その妻の同意は裁判所に記載する必要があった。女性の動産、すなわち借入地の財産、つまり家財や家畜なども含む不動産以外の所有物は、絶対的に夫の管理下に入り、夫はそれを彼の生存中も、死後も（遺言によって）自分勝手に使用し、譲渡できた。キャロライン・ノートン裁判（この結果一八三九年に児童保護法案ができた）により、離婚あるいは別居した妻に七歳以下のわが子を保護する権利が限定付きながら与えられた。しかし、一八八六年の「児童保護法」が可決されるまでは、ただ一人、夫だけが、法律上、嫡出子の親とみなされていた。

一九世紀までには、慣習法《コモンロー》とともに発達してきた衡平法《エクイティ》の慣行から、妻には夫とは別個の存在、すなわちアイデンティティがあることと、夫とは別に自分自身の財産を所有する権利があることが認められるようになった。慣習法《コモンロー》では妻は財産を管理できないが、衡平法《エクイティ》では受託者に代わりに管理してもらえた。したがって、結婚前に取り決めていれば、女性の家族か友人、あるいはその女性自身すらも、ある財産を夫の慣習法《コモンロー》の権利が及ばない「別個の財産」に指定できた。しかし、和解条件を遂行する受託者が指名されない場合には、衡平法《エクイティ》裁判所は夫を受託者に任命した。衡平法《エクイティ》は女性に財産に関する権利は与えたものの、責任は持たせなかった。衡平法《エクイティ》（慣習法《コモンロー》の場合とまったく同様に）で「別個の財産」を有している妻は、借財を払う義務がないし、わが子や夫に生活費を出す責任も法律上なかった。要するに、法律上、女性は無力化され、子供扱いされ、フランシス・パワー・コッブ〔アイルランドの作家・社会改革家（一八二二―一九〇四）〕が女性の財産権に影響を及ぼす法改正の必要性を論じた『フレイザーズ・マガジン』誌に掲載した論説で使用した文句を用いれば、犯罪者・白痴・未成年者と同じ範疇に置かれたのである。コッブは「犯罪者・白痴・女性・未成年者。この分類は妥当だろうか?」と言っていた。

一八三〇年代、四〇年代のキャロライン・ノートン〔イギリスのフェミニスト（一八〇八―七七）〕、五〇年代のバーバラ・リー・スミス、同じく五〇年代のフランシス・パワー・コッブ、それにこの時期を通しての他の者たちのキャンペーン活動によって、妻の財産権・身体権・離婚権・子供保護権に影響を及ぼす法律改正が数多くなされることとなった。このような改正としては、すでに触れた「児童保護法」、一八七〇年と一八八二年の「妻財産法」、一八五七年の「離婚法」、一八五九年の「婚姻事件法改正法」、一八七八年と一八八四年の「婚姻事件法」があった。一八五七年以前では、妻が離婚できる唯一の方法は、教会裁判所で婚姻の無効宣言をしてもらうか、議会の個別法律によらなければならなかった。一八五七年の「離婚法」で女性は民事裁判所を通じて夫と離婚することが可能となったが、加重事由のある姦通を犯していればという理由付きでであった。すなわち夫が姦通を犯しているか、虐待しているか、あるいは近親相姦や獣姦を犯しているかの場合にかぎられていたのである。一八七八年と一八八四年の「婚姻事件法」の意図は、妻の身体を夫が自分の合法的な財産として扱うのを制限することにあった。それまでは夫は好きなように妻を監禁し、叩き、妻に「性交権」を行使していたのだ。

女性が性の面で男性に従属していることと、女性には検診を阻む権利があるべきだというのが、「接触伝染病法」廃止を声高に求める運動の重要な特徴であった。売春婦の数を減らし（売春業から救い出することで）、兵士と船員に性病が蔓延するのを食い止めるために接触伝染病法が一八六四年、六六年、それに六九年に可決されていて、これらの法律によって当局は売春の疑いのある女性は強制的に検診を受けさせ、もし性感染症にかかっているとわかれば、治療を受けさせ、治癒するまで「性病病院《ロックホスピタル》」に入院させることができた。病気の性質と陥った精神状態の両面から、できれば入院が好ましいとされた。

女性の法律上の権利と制限に大衆は気づいていた。いや、より正確に表現するならば、大衆の政治的無意識の中に深く留められ、先に触れた改革運動について雑誌などの出版物で議論され、一八五七年の「離婚法」の結果設置された離婚裁判所の訴訟について新聞報道で論じられた。女性の法的身分の不安定さと、男性同士の交換対象物としての女性の立場は、コリンズが物書きを始めたときにすでにゴシック小説のプロットの主たる要素であり、それらは、一つにはコリンズの取り組みの結果、一八六〇年代のセンセーション小説のプロットの中心ともなった。さらに、相続法、結婚が持つ経済・法律上の複雑さ、結婚可能な対象としての女性の地位が一八世紀以降の家庭小説では基礎事項として例外なく扱われた。

女性の法律上の立場がフェミニズムの観点から論じられるようになると、法律上不利な女性の条件がある程度除去されただけでなく、男性の行動も注目を浴びることとなった。一八四〇年代以降、男性による家庭内暴力が、改革者と改革運動に参加しているジャーナリストの心を奪っていた社会問題の一つに加えられた。ジョン・スチュアート・ミル〔イギリスの哲学者・経済学者（一八〇六－七三）〕とハリエット・テーラー〔再婚相手がジョン・スチュアート・ミル〕は一連の手紙を『モーニング・クロニクル』紙に一八五〇年と五一年に書き、妻に暴力をふるう夫に下される軽い判決を嘆き、新法を起草してこの問題に取り組む気のない議会を酷評した。一八六〇年代までには、マーティン・J・ウィナーが述べたように、「家庭内暴力に対するこの反応は明らかに刑事裁判制度に影響を及ぼし」、「判事は（中略）暴力を振るう夫を厳罰に処するよう陪審にますます迫った」[10]。しかし、陪審は判事の圧力に屈せず、家庭内暴力で告発されている男性の被告人に同情し続けた。一八七八年、フランシス・パワー・コッブは、新聞で「一連の、このような種類の恐ろしい事件[11]」を読んだあとで、その動機を取り上げ、『コンテンポラリー・レヴュー』誌に「イングランドの妻いじめ」という論説を書いた。これが一八七八年の「婚姻事件法」の制定に一役買った。

犯罪・犯罪性・警察力による取り締まり

コリンズは自作の小説の中で法律の混沌状態と野蛮さを憂慮している（第四章を参照）。しかし、一九世紀前半、中・上流階級の大半の者がそれよりも憂慮していたのは、犯罪者による残虐行為と犯罪者がもたらす社会的混乱の脅威であった。コリンズは犯罪、特に暴力犯罪が目に見えるほど急増したこと（これは精神の退廃と社会混乱の印と見られた）に人々が不安を募らせはじめた頃に成育した。男女が入り交じって働く工場を抱える産業都市が成長し、そこでストリートカルチャーとパブカルチャーが成長するにつれ、無法行為・酩酊・売春に対する心配が生じた。これに、ストライキ・スウィング暴動・チャーティスト運動に見られるような労働者階級の暴力行為の恐れが加わって、中・上流階級に不安が広がった。中・上流階級の多くは、野蛮人が社会の門に押し寄せ、社会の秩序が危険きわまりなく犯罪を犯しそうな階級の者によって脅かされていると恐れた。一九世紀前半、犯罪性は抑制されない激情の爆発と結びつけられ精神的狂気の一形態だと考えられた。家庭での理想的なジェンダー像と同時代のジェンダー観（次節を参照）が犯罪性の構築に重要な役割を演じた。つまり下流階級の女性は、男性よりも現代の都市事情がもたらす下劣で退廃的な影響を受けやすいと考えられていたのだ。

犯罪性についての談論、それに犯罪性をいかに除去するか、あるいはいかにその影響を和らげるかの議論の基礎をなすのは、自己管理と自己鍛錬という概念である。しかしながら、自己管理がされていいないのではないかという怖れが蔓延しており、そのために一八二〇年代には警察による取り締まりが行われるようになり、ピールの「首都警察法」（一八二九年）によりロンドンに専門的職業としての警察が創設された。都市自治体法（一八三五年）は、自治体に監視委員会が管理する独自の警察を創設するように求めた。「農村警察法」（一八三九年）と「州区警察法」（一八五六年）により地方警察の設置が拡大され、「州区警察法」によって警察の活動を監督する視察団が創設された。成長する警察ネットワークで犯罪人口を締め付けるのと呼吸を合わせて、これまで以上に訓練された専門的職業としての警察が設立されていった。犯罪性の概念化と、警察力による犯罪性の取り締まりは、「公的人格形成[12]」の考えに基づいていた。警察は、中流階級のリスペクタビリティ〔立派な態度〕の基準を下層の犯罪階級に強要するためには、より専門的職業化し、尊敬されるようになる必要があった。他方、警察も犯罪階級も、自己鍛錬という中流階級の概念を受け入れなければならなかった。一八六〇年代までには、マーティン・ウィナーが指摘しているように、法律は「市民一般に自己鍛錬をして満足を後回しにする性格を発展させる道具として、ますます一貫して用いられるようになっていった。一九世紀前半の犯罪と不道徳の波に対抗するために、新たに性格を形成する法律が立ち上がった[13]」。

一八六〇年代までには暴徒・暴力犯罪・日常的犯罪の恐れが減少しはじめた。もし「人格形成」がうまくいかなかった場合には、警察がより効果的な締め付けをはかり、自己抑制を強制したからである。犯罪の減少には経済状態が改善したことも寄与したかもしれない。一九世紀中葉には、関心は労働者階級から中流階級の品行と犯罪に移りはじめた。雇用、健康、職場の安全（前述）に関する新法の違反から「ホワイトカラー」犯罪という新しい範疇が生じた。鉄道マニアや一八四〇年代、五〇年代の投機熱から、スポットライトは詐欺と金融の違法行為にあたるようになった。契約と遺言の形態が新しくなり、それに伴い法律は、公的とともに私的な金融取引を規制するためにますます用いられていった。中・上流階級の私的生活もまた、夫婦の振る舞いの基準を定めた離婚裁判所を通して公的、法的に吟味された。以上のことからわかるように、一八六〇年代からは中流階級の関心は「通りから家庭へ、パブから会計事務所へ、一般的には無法な大衆から明らかに立派な人物へ[14]」と向かったのである。事実、一九世紀前半では犯罪性がリスペクタビリティに対立するものと考えられていたのだが、一八六〇年代に人々の注意を引いた新しい犯罪、たとえば詐欺・横領・毒殺・恐喝などは、リスペクタビリティを装って行われたのだった。一八六〇年代のセンセーション小説はこうした新しい情勢の現れであり、それに対する反応である。

一九世紀後半の犯罪は、専門性を強めた犯罪性とますますいろいろに結び付けられるようになった。知的職業階級が一連の新法によって犯罪性に巻き込まれるようになっただけでなく、重罪犯罪人がますます専門的になってきたと広く認識されるようになった。このように犯罪が専門化したことによって警察による取り締まりはますます専門化した（事実はそれどころか、警察の専門化によって犯罪の専門化がおそらくある程度生み出された）。コリンズが『月長石』で専門職の警官であるカフ巡査部長を創造した頃までには、友人のディケンズはすでに一八五〇年から五一年にかけて『ハウスホールド・ワーズ』誌の連載記事で新しい警察を大衆に注目させていた。このような記事の最初「探偵警察」（『ハウスホールド・ワーズ』誌、一八五〇年七月二七日号）でディケンズは、ボウ街《ストリート》逮捕班員《ランナー》（ロンドンで最初の警察隊の一員。一七四八年小説家・劇作家のヘンリー・フィールディングがボウ街に事務所を置く治安判事に任命された組織）の古き悪しき時代の警察官と一八四二年にロンドンに創設された新しい探偵隊を比較している。

私たちはボウ街逮捕班員をまったく信じていない。本当のことを言えば、これらのお偉方には詐欺師がごまんといる。多くが取り柄のない人物だとか、盗人たちとあまりにも付き合いすぎるとかはさておき、彼らは地位を利用して不正を行い、闇取引を公然と行っているのだ。（中略）犯罪防止隊としてはまったく無力で、探偵警察としては非常に怠慢で、頼りにならない。（中略）

他方、現在の警察が創設されてから組織された探偵警察は、人選がみごとで、訓練がよくされている。業務を体系的に粛々と推し進め、労働者らしく仕事をし、常に極めて静かに、かつ着実に民衆のために働いているので、民衆はそのことを十分に知らず、この探偵隊の有用性を少しもわかっていない。[15]

探偵隊の有用性を民衆によくわかってもらうためにディケンズは、探偵隊の総員数と彼らの偉業を読者に知らせた。二点が際立っている。一点は、ディケンズが隊員の立派な容貌を強調している点である。少なくとも、一人は学校の教師だと見間違えるほどだったし、全員が「立派な容貌の持ち主[16]」たちだった。二点目として気付くのは、隊員が自分の技能を説明する仕方である。彼らは同業のプロ、すなわち皆がそれぞれ特別な専門分野を持ち、自分の活動を「正確に、統計学的に[17]」詳細に数え上げる犯罪者を出し抜かなければならないプロなのだ。

犯罪の専門化がもたらしたもう一つの側面に、犯罪と犯罪行為が学問的に論じられるようになったということがある。一九世紀前半には犯罪行動を調査し、測定するために新しい統計学という学問が用いられた。同時に、頭蓋骨の形状を研究することで人間の精神構造を理解しようとした骨相学という学問も犯罪行動を生理学的に説明するために用いられた。犯罪性は経済状況と社会環境の観点からも説明されていた。一九世紀後半には、犯罪行為が医学的見地から処理され、心理学的に分析される度を増し、（道徳に無関係な）「生得的」犯罪性説がより顕著になった。肉体的、精神的に堕落した者や遺伝性の犯罪者のタイプという考えが生じ、犯罪者は生まれつき精神と肉体に欠陥があり、罪を犯す性質を有しているのだとますます見られるようになった。

ジェンダーとセクシュアリティ

女性が法的に無力であることに関して運動が起こり、法が家庭生活へ介入するようになったのは（これらは先の「女性・法律・法改正」で論じた）、社会と家庭における女性の役割が変化したからである。この流れは一九世紀が過ぎるにつれてますます激しくなっていった。これはコリンズの存命中に生じていたジェンダー役割再検討の前兆でもあり、そのきっかけでもあった。当時の解説者の多くは、女性たちの公民権の向上の要求、教育・雇用機会の増加の要求、それに従順な娘か結婚か、あるいは「妻にして自己犠牲的な母親」という言葉ではまったく定義ない生き方の要求を、女性の「男性化」の表れと見た。逆説的になるが、このいわゆる「男性化」は、中流階級の社会と文化が広範囲に「女性化」されたと一九世紀の解説者からもその後の歴史家からも見られている時代に起こったのであった。

一八五〇年代までには中流階級の女性の多くが女性の家庭での役目を変えて女性の機会を拡大するための運動をすでに開始し、労働者階級の女性の多くが家を出て工場や多様な職場で何年も働いていたが、その一方で「女性化」された「家庭の理想」が理論と実践の両面においてすっかり社会的、文化的に定着した。「家庭の理想」の中心にあったのは、労働・経済・政治といった公的領域に対立する、神聖で侵すことのできない私的空間としての徳化された家庭である。「家庭の理想」を体現した家庭は、中流階級の妻と母親、すなわち家庭の天使[18]が体現する特別な女性らしい上品さによってはぐくまれ、ある程度は規制される道徳的で精神的な価値観の保管所であった。この理想を当時最も力強く表現したものがジョン・ラスキン〔イギリスの美術批評家・社会改革家（一八一九－一九〇〇）〕の『胡麻と百合』（一八六五年）所収の「女王の庭園」という評論に見いだせる。

家庭の真実の本性は次のようなものです。――それは平和の場所であり、凡《すべ》ての危害ばかりでなく、凡ての恐怖や疑惑や不和からの避難所です。そうでなければ、それは家庭ではありません。すなわち外界の生活の心配事が家庭に侵入したり、外界の無節操で、不明な、人に愛されない、もしくは敵意を含んだ社会が家の敷居を跨ぐことが許されたりするのであれば、それは家庭ではなくなります。その時にはただ天井に屋根を葺き、内に火を点じた下界の一部分に過ぎないのです。しかし、家庭が神聖な場所で、ヴェスタの神の殿堂であり、愛をもって迎えられる者のみがその面前にまかり出ることのできる家庭の神々によって監視されている爐《いろり》の殿堂であれば、（中略）それは家庭という名前を辱めず、家庭という賛辞にあてはまります。

そして真実の妻のあるところ、常にこのような家庭が彼女の周りに存在しています。そして気高い婦人の場合には、彼女の四周に遠く広がり[19]（以下略）

ラスキンの「家庭の理想」は、男性と女性がたがいに補い合う正反対の存在だという考えによっている。この見方によれば、男性と女性は「どの点においても似ていないので、両者の幸福と完全とは、おのおのが相手からその相手のみが与えうるものを求め、かつ受けることにある」。ラスキンは男性と女性の「別個の性格」を明確に述べる。

男性の力は能動的・進歩的・防御的です。男性は特に行為者・創造者・発見者・防御者です。男性の智力は思索と発明とに適し、その精力は（中略）冒険と征服とに適しています。ところが女性の力は、統治に適して戦争には適していません。そしてその智力は発明創造に適さず、快適な秩序と整頓、それに決定に適しています。女性は事物の長所を認識します。（中略）女性の偉大な職分は「賞賛」で、（中略）彼女はその役目と地位によって、およそあらゆる危険や誘惑から保護されています。男性は、世の荒波にもまれて仕事をするので、あらゆる危険と試練とに遭遇しなければなりません。したがって彼には、失敗も、罪科避けられない誤謬も起こるに違いありません。彼は数々傷つけられ、屈服させられなければなりません。いろいろ迷わなければなりません。そして常に無慈悲にならざるを得ません。[20]

コリンズの一生も彼の小説（多くのヴィクトリア朝の小説とまったく同様に）も、ヴィクトリア朝の家庭・家族・ジェンダー役割がこの理想的な文章（公平を期していえば、ラスキンはさらに進んでこの家庭のあり方を複雑にし、その限界を指摘している）で書かれているよりも現実においては、もっと流動的で複雑であったことをほのめかしている。現実には、実際の男性と女性はさまざまに生きてきたのだ。しかし、「家庭の理想」は一九世紀のジェンダー役割思潮を形成するうえで非常に強い力であった。「家庭の理想」の中心にあった女性性という概念は、女性を女性という地位に置いておく方法として用いられた（たとえば、『白衣の女』におけるコリンズのローラ・フェアリーの描写を参照）が、男性をしつけ、文化をより広く形成する手段でもあった。マーティン・ウィナーは、本書の法と法改革（さらに、特には、家庭内暴力犯罪の判決をめぐる裁判官と陪審員の対立）に関する前節で概観した民法と刑法の発達を、「家庭の理想」による男性のしつけの例、および「社会的基準のより広い『女性化』」の一つとみなす。「女性は家庭という領域に留まるようにますます迫られると同時に、男性はこれまで「女性的な」特性であったものを装うようにますます迫られる」[21]。同様のことは女性たちにも言えた。彼女たちもまた中流階級の「家庭の理想」が有する「女性的な」特性を、一八四〇年代のサラ・スティックニー・エリス〔一七九八―一八七二〕の『イングランドの女性』・『イングランドの妻』・『イングランドの娘』、あるいはイザベラ・ビートン〔一八三六―一八六五〕の『家政読本』（一八六七年）のようなエチケットブック・コンダクトブック・指導書、また小説や雑誌、さらには慣れ親しんだ訓練などを通して、装うように迫られたのである。この中流階級版の女性性はそれが形成された階級の上の階級の女性にも下の階級の女性にもまた影響を及ぼしたのであった。

指導書はヴィクトリア朝の男性性を構築する役割も果たした。「家庭の愛情と家庭の権威」がヴィクトリア朝のかなり長いあいだ、男性向けのアドバイス本に充満していて、家庭生活が今までにないほど「男性性にとって重要」[22]だとみなされた。立派な女性性（つまり、女性らしい女性）の支配的なイメージが妻で母親であるというイメージであったとするならば、立派なブルジョアの男性性の支配的なイメージは夫であり父親であり、家長であるというイメージである。家庭礼賛は、男性にとって職場と家庭が物理的に離れ、産業と経済が発展した（つまり技術が進歩し、商業競争が増した）結果、労働体験がますます疎遠になった時代に生じた。かくして家庭領域は精神的、肉体的な憩いと気晴らしの場であるだけでなく、その創設が労働という世界における男性の努力を正当に評価し、男性に自分を取り戻させ、男性を完全に人間らしくしてくれる空間にもなった。ジョン・トッシュが示しているように、家庭の男性性とそれ以外の二つの重要な男性性には常に緊張があった。そのうちの第一の男性性は「同性同士の普通の人間関係」[23]で、これは家庭外の喜びの追求や協会と委員会による人脈作りや社会参画を通して男性の能力と権力を強化する男性の絆という形態である。第二の男性性は、「生産と再生産という日課を維持する」[24]のに必要とされるものとはまったく異なる特質を求める「ヒロイズムと冒険」であった。

「家庭の理想」と「生産と再生産の日課」を維持するのに必要とされる最も重要な特質は、感情と愛情、特に性欲の管理と規制であった。克己が家庭を愛する男女双方のモットーであった。ヴィクトリア朝の男女は、ときどきそうだと思われていたほど性に関して一般にお堅いわけではなかったのだ。性的快楽は罪だと当時の宗教や医学では考えられていたが、大量の文献から、ヴィクトリア朝の人々は、その多くが非常に性的に満たされていて、感情豊かな生き方をしていたことが知られている。とは言いながら、一九世紀の大半で社会的に許されていた性行動は婚内での異性愛であった。もちろんその他の性行動も多くあったし、性行動について非常に多くの個人的、集団的な心配と幻想があった。こうしたものの多くは売春婦や堕ちた女に関してであった。

家の母なる天使が「家庭の理想」の中心にいたとしたら、逆説的になるが、それとは好対照をなす売春婦も同じくその中心にいた。上品な社会では、売春婦は女性の堕落（中流階級のリスペクタビリティという観点から定義された女性性や女性らしさの対照物）および倫理的に認められない放縦な性欲のシンボルだと思われていた。結婚という規制された性経済の外側で（しばしばこっそりと）商売をした「通りの女」は、「家庭の理想」の正当性を立証するとともに、それを脅かす存在でもあった。売春婦は「家庭の理想」が産みだしたものでもあったのだ。一八五〇年代と六〇年代（売春という「社会悪」撲滅運動が大々的に行われた時代）、男性は中流階級の結婚にますます求められようになった類の世帯を維持するのに必要な収入と社会的地位を得るために、結婚を遅らせていた。この現象をW・R・グレッグは、一八六二年の『ナショナル・レヴュー』誌に寄稿した「余った女」に関したエッセイの中で、上流社会における結婚の「成長いちじるしい病的な贅沢」と名付けた。[25] その一方で、中流階級の男性は売春婦と一夜をともにし、『月長石』のゴドフリー・エーブルホワイトのように愛人を囲っていた。

愛人を囲うことは社会的には認可されていなかったが、暗黙のうちに受け入れられていて、反売春運動を展開し、「不幸な女性」、すなわち「堕ちた女」（売春婦の比喩的表現）を救おうとした者たちでさえ愛人を囲っていた。チャールズ・ディケンズは売春婦たちを救うために時間と金を使ったが、一八五〇年代にコリンズと行った「ハールーン・アッラシード」旅行ではきっと「夜の女性」をもてなし、かつ彼女たちにもてなされたことであろう。このことは「ダブルスタンダード」の証左である。すなわち男性の放蕩は立派な男性の体験として受け入れられるが、女性の放蕩は許されない性活動とみなされ、そのようなことをする女性は完全にリスペクタビリティの埒外に置かれた。もちろん、そうした放蕩は男性芸術家が描くボヘミア世界の典型的な特徴であった。

階級

一九世紀の大方の期間、おそらくは一九世紀全体を通じて、イギリスが地主エリートによって支配されていた階級社会だということは疑いのない事実である。しかし、このように広く一般化すれば、この時代の長くて、平板ではなかった変化と挑戦の過程が見えなくなる。最も重要な変化の過程は、地位を基盤とする構造から階級を基盤とする構造へとイングランドの社会構造が変化したことである。マシュー・アーノルド〔イギリスの詩人・批評家・教育家（一八二二－一八八八）〕は、一八六〇年代の末までには、『教養と無秩序』〔一八六五年〕として出版されることになる複数の評論において、イングランドをそれぞれ独自の特徴と利害を持った三つの階級、すなわち野蛮人（上流階級）、俗物（中流階級）、庶民（労働階級）に基づいた社会だと説明していた。一〇年後、T・H・S・エスコット〔ジャーナリスト（一八四四－一九二四）〕はイングランドの社会を「上流階級、中流階級、下層中流階級、それに便宜上プロレタリアートとも言われる膨大な一般大衆（事実、全人口の約七五パーセント）」に分類した。[26] もちろん実際の状態はアーノルドやエスコットが示したものよりも複雑で、当時の文学作品やのちの社会史家の書物にはヴィクトリア朝の人々が階級と地位の微細な区別にいかに悩まされていたかが書き記されている。

社会構造上の重要な変化は、中流階級が経済的、社会的な力を増してきたことと、大勢の都市労働者階級が発展したことから生じたものである。社会構造の変化は上流階級がこれらの挑戦に適応できたことからも生じた。地主エリートによって支配され続けたとしても、イングランドは、過去にそうであったように、比較的開かれた（あるいは少なくとも変化を浸透させる）国であったのだ。実際、一九世紀の社会構造が持つ最も興味ある側面は、そして確かに当時の小説家たちにとって尽きることのない魅力の主題である側面は、社会移動と、社会階級の（明らかに特異な）浸透性であった。エスコットは一八七九年に『イングランド――国民、政治形態、職業』で以下のように書いている。

現在のイングランド社会の政体では、対立する三要素、すなわち貴族主義と民主主義と金権主義が渾然一体となっている。貴族主義は依然主要であって、われわれの社会構造の基礎を形成し、金権主義がこの貴族主義の効力を強化、拡大している。他方、イングランドはその民主主義的な本能を主張し満足させる機会（それらは才能のある者全員に条件付きで開放されている仕事の中に見いだすことができる）をすべて逃さない(27)。

一九世紀末から、貴族階級は商業と銀行業にかかわることとなった。貴族階級（それに地主「ジェントリー」）は大部分の土地を所有しているので、炭鉱も所有したし、石炭以外の鉱物の採鉱も所有しており、これが次に続く産業革命をあおることとなった。彼らは鉄道と工場が建設される土地を所有している場合が多い。産業と商業の収益で繁栄した「中流階級」は、順番に土地所有者となって貴族階級と縁組をした。これによって中流階級は社会的地位を付与され、そのような階級横断型の結婚をして、ときどき経済的に苦しんでいた貴族家庭の財産を支えた。歴史家は支配階級エリートがまさしくどれほど浸透性があり、開かれていたのかについて論争するが、開放的なエリートが根拠のない作り話だとするならば、それは非常に説得力のある作り話である。なぜならばこの話は、産業と商業で財産をなしてから貴族階級に仲間入りしたか、貴族やジェントリーらしく暮らした金持ちの虚実相半ばする例から生じたからだ。確かに、一八四〇年以後、成功をおさめた手工業者や小売商人が地主エリートへの道を歩み、パブリックスクールに子息をやり、その子たちの社会的立場を向上させることがますます普通になった。ここで再び（いくぶん極端に楽天的な）エスコットに登場してもらうことにする。

地主貴族・郷士《スクワイア》・農村の地主は、大小を問わず商業の有力者となり、豪商は地方の大地主となった。土地所有が社会的地位《リスペクタビリティ》の保証である。われわれイギリス人は社会的地位と土地が根っから大好きな人種なのだ。

今日の豪商すなわち銀行家は洗練された紳士だ。彼は（中略）該博な教養の持ち主であり、絵画・陶器・ドイツ文字〔亀の甲文字〕の本の権威であり、自然科学のある分野の権威、ヨーロッパの政治学の権威、世界の出来事の権威である。それならば彼は自分の仕事は顧みないのだろうか。いやそのようなことはまったくない。事実、彼には信頼できる使用人と代理人はいるものの、教養と趣味が多分彼と同程度の共同出資者と親しく協議するのである。(28)

社会的地位・自己修練・自己陶冶（しばしば社会上位者を真似ることによって）が一九世紀ではすべての階級の構成員が追求したゴールであったし、これらは社会移動・礼儀作法・振る舞いへ強い関心を払っている一九世紀小説の中核でもある。

さきほど引用した文章で触れた模範的な豪商の祖父は、「会計事務所の上階で家族とともに住んでもよかった」のだが、ベルグレーヴィアやメイフェアに都会用の別邸を持つか、田舎に邸宅を持ったことであろう。ものわかりのよいエスコットによれば、このような調和を社会にもたらした鍵は、長子相続権という法律と慣習であった。長子相続権によって、一家の財産は長子に渡り、その結果、地主の屋敷はそのまま残り、弟たちは立身出世を促された（ときどきは自分の階級以下の者と結婚して）。当然、一九世紀の小説には、相続財産の型、相続財産を確保する遺言および遺言補足書、それに弟や姉妹たち（一家での立場がどのようなものであれ）の意外な出来事がぎっしり詰め込まれていた。ウィルキー・コリンズの作品においては特にそうである。

エスコットは「イングランド社会が拡大した」（ここでの「社会」は社会的な地位と力を持つ者とする）のは一八三二年に選挙法改正法が成立してからだと述べている。彼は社会拡大のプロセスを「地位の威信を業績の威信にかなりの程度替えた」[29]プロセスと表現している。より能力主義的な社会へ向かうこの動きに見られるもう一つの特徴は、専門職が出現したことである。

イングランドのさまざま専門職には高い評価が寄せられているが、それはそうした考えに基づいて組織され、そのような意図を意識した社会には当然予期できることであろう。おおざっぱに言えば、イングランドの専門職はその安定性、収益性、影響力、国家による注目度にしたがって評価されるのである。[30]

イングランドの社会、経済組織がますます複雑になり、地方自治体と国家官僚制が成長し、科学技術が発達するにつれ、さまざまな種類の専門家がますます求められるようになった。そのような専門家は組織化して専門職集団となり、新加入者の訓練を監督し、専門職への加入を規制（試験によって）し、専門雑誌を通じて知識を普及させ、腕を磨かせた。一九世紀中葉からは建築家、技術者、医者、薬剤師、教師がすべてこのようにして組織化された。

いつものように組織化には微妙な等級付けがあった。たとえば、エスコットが言うところによれば、構成員が顧客と「直接的な金銭のやり取り」をする専門職は、直接的にそれをすることの少ない専門職よりも序列が低いとみなされがちである。この点で、弁護士・外科医・歯医者・内科医は、いずれも仕立屋・酒屋・食品雑貨商と社会的には区別できないと言われる。

もう一つ社会的に曖昧な職業、すなわち専門職に、芸術家という職業がある。エスコットは（彼が正確に記述しているのか、そうでないのかはともかくとして）、コリンズの社会的地位と、コリンズが芸術家と他の専門家を小説でどのように描いているかに面白い解釈を加えている。

あらゆるものの長所と力量が認められると自慢できる時代にわれわれは生きている。芸術家・俳優・詩人・画家はこの国で大金持ちと大貴族からおおいに贔屓にされる客人である。（中略）どう見ても、血統と富と知力を有する貴族同士の融合は完璧だ。（中略）だが、たとえば画家を上流社会に認めるのは、上流社会の恩着せがましい行為だという考えが流布している。それでも恩着せがましさがこれ見よがしに隠されているからこそリアルに感じられる。(31)

エスコットの見るところでは、画家には、その職業が高貴であるのにもかかわらず、他の芸術部門の専門職に就いている者よりも、奔放主義というかなり評判の悪い汚点がつきまといやすかった。ディケンズがデイヴィッド・コパーフィールドを描くときに見せようとしたように、プロの作家は礼儀正しくもあれば、行動がきちんとしている。事実、規律正しさは作家が成功をおさめるためには絶対必要でさえあると言えるかもしれない。しかし、画家は違う。少なくとも大多数のイギリス人の評価ではそうであった。

嗅覚が鋭く、いちじるしく礼儀正しいイギリス人は、アトリエに社会上、道徳上のだらしなさというある種の雰囲気、周期的な金欠状態とすさまじいタバコの煙とが入り混じったある種の匂いを感じ取る。（中略）大衆は画家（ここでは同業組合のことを言っているのであって、個々の組合員のことを言っているのではない）という職業は社会的地位が明確でなく、イギリスの社会の重要な基礎をなしている真摯で、規律正しい習慣を奨励するようにはもくろまれていない、と考えていた[32]。

面白いことに、真面目で、規律正しい習慣とは、まさしくウォルター・ハートライトの身分がプロの画家および絵画教師から、妻がリマリッジ館を所有していたことでヴィクトリア朝の地主エリートの一員、かつ家長へと変化した顛末を書き下ろすときに発展させたものである。しかし、『白衣の女』の大半においてハートライトは、明白な社会的地位もジェンダー役割も持たない閾にある人物として造形されている。ハートライトは「文化的知識人」で、コリンズは多くのヴィクトリア朝の作家同様、この人物の身分のことで極めて頭が一杯だったように見える。ジョン・クチチが説得力のある議論を展開しているように、コリンズの小説では、芸術家・作家・芸術愛好家《ディレッタント》・原ボヘミアンなど、「知的で社会的な生活の周辺で生活し、科学的演繹の方法と創造的想像力を合体させる『文化的知識人』（『白衣の女』のフォスコとハートライト、『アーマデイル』のオザイアス・ミドウィンター、あるいは『月光石』のフランクリン・ジェニングズなど）がプロの探偵や医者などの「思い上がった科学的知識人」と繰り返し対決している[33]。

教育

教育は、ジェンダー・アイデンティティとジェンダー役割を構築、維持するうえで重要な役割を演じただけでなく、階級アイデンティティと階級役割の生産、再生産にも重要な役割を演じた。一八三三年まで教育は私的個人、宗教グループ、あるいは昔からある財団に完全に任されていて、中流階級と上流階級に関するかぎり、こうした状態がコリンズの生涯にわたって続いた。コリンズが正式の学校教育を受けた期間は、彼と同じ階級に属する通常の場合よりもはるかに短かったが、その他の点では、彼の学校教育は比較的暮らしの良い中流階級の子息に期待されるようなものであった。彼は、メイダ・ヒル・アカデミーとハイベリー校という私立学校に通っている。彼よりも豊かな家（コリンズの芸術家風の父よりも明白な社会的地位を持っている者たち）の子息は、いわゆる「パブリックスクール」（イートン校・ハロー校・ウィンチェスター校・ラグビー校、それに多くのそれらよりもあまり知られていない学校）に通い、古典のカリキュラムを履修し、のちの人生と仕事の面において、庶民院か貴族院の議員・裁判官・上級公務員として国を動かすうえで役に立つ男同士の交友ネットワークを獲得したことであったろう。前節で触れたように、コリンズの生涯中に土地所有者と貴族の子息は、彼らよりも豊かな商人や工場主の子息とパブリックスクールでますます一緒に暮らすようになっていた。グラマースクールでも、パブリックスクールのようにラテン語とギリシャ語に基づいたカリキュラムを教えたが、学費はパブリックスクールよりも安かったし、貧しい生徒の授業料は免除された。コリンズの生涯中、これらグラマースクールも、成長いちじるしい中流階級と新しい専門職を占めることになる者たちを教育し養成するうえで、ますます重要な役割を演じるようになった（前述）。

中流階級と上流階級の男子の教育については、コリンズの学校時代とその後において非常に議論された話題であった。この議論は、この章の早いところで言及した男性性の家庭化から生じた緊張によって一部あおられた。一方で家庭は男の子が本来そうあるべき成人男性に発達するのには、あまりにも女性的な空間とみなされていたが、他方、伝統的なパブリックスクールは家庭の理想という、しつけの良い男性臣民を養成するのにはあまりにも野蛮すぎた。ジョン・トッシュが指摘するように、一八五〇年代からパブリックスクールの任務は「家庭的雰囲気という快適な状況で育てられてきた男の子に男らしい自己信頼の心」[34]を注入することとなったのだ。トマス・アーノルドがラグビー校の校長となった一八二八年からは、イギリスのパブリックスクールは大改革に乗り出した。アーノルドと彼の門下生の影響によって、パブリックスクールの文化とカリキュラムは変質した。古典語〔ギリシャ語・ラテン語〕のカリキュラムに現代語〔フランス語・ドイツ語〕が付け加えられ、規律・実直・学校共同体とそのエートスへの深い傾倒、それにスポーツ熱が教え込まれた結果、キリスト教徒らしい男らしさ、あるいは男性的なキリスト教の文化（これはコリンズの『夫と妻』で皮肉られた）が発達した。中流階級の女子の教育も男子の場合に劣らず熱く論じられた。コリンズが子供であったあいだは彼の階級に属する女子の教育は大概家庭で、かなり初歩的な形で行われた。しかし、一九世紀半ばにフェミニストが運動を展開したことにより女性のための高等教育への要求が起こり、それよりも一足早くパブリックスクールと同水準の女子のための学校が創立されるにいたった。

しかし、この時期における最も重要な発展は、国家が教育の投資・供給・規制にますます関与することになったことと、特権階級以外に教育が拡大したことであろう。一八三三年のアルソープ卿の工場法の結果、工場法に明記されているように工場で働く児童に一日二時間の学校教育を施すために政府は国民協会（英国国教会）と内外学校協会（非国教徒）に助成金を与えて、初めて貧者（すなわち、事実は、万人）を教育する責任を持つこととなった。このようにして国家が経済的な支援をすることで教育とかかわる過程が始まった。この結果、一八七〇年にはフォースターの教育法が通過し、文字を読める者の数が大勢となり、それによってコリンズが作家としての生涯を終える頃までには文学市場に新しい圧力がかけられることとなった。コリンズが若い時分には、国民の大多数の者はほとんど教育を受けていなかった。たしかに、任意の寄付によって運営される各種学校、たとえば日曜学校やデームスクール（ディケンズのピップが『大いなる遺産』で通ったような学校）や慈善学校はあった。アルソープ卿の法律の結果、多くの工場学校が設立された。もう一人の工場改革者アンソニー・アシュリー・クーパー（シャフツベリー卿）〔イギリスの政治家・博愛実践者・社会改革者（一八〇一－一八五）〕が会長をつとめていた貧民学校組合は一八四〇年代、非常に貧しい地域に多くの貧民学校を設立した。一八四〇年代、政府は宗教団体が設立した師範学校に経済支援を開始し、一八五六年には教育への増加する政府支出（現在は、年五〇万ポンド）を管理するために教育部が創設された。一八六一年のニューカッスル委員会の報告では、子供七人のうち一人がなんらかの教育を受けていた。この委員会の報告を受けて、「成果主義」というシステムが確立され、また生徒に定期的に試験をし、「詰め込み」式の教授方法（これは一八六五年の『互いの友』で、ブラドリー・ヘッドストンとミス・ピーチャーが経営する学校を描写するときにディケンズが攻撃している）が採用されるようになった。貧しい地区の教育を拡大し、政府が教育にますます多くかかわるようになっていったのは、一つには、一八六七年の選挙法改正法で市民権が拡大したことと、もう一つには産業労働者の経済力が増したことのためである。第二次選挙法改正法案が通過するやいなや、自由主義党議員ロバート・ロウが述べているように、「将来親方になろうとする者に文字を習わせる」[35]ことが今や絶対必要となった。

宗教

宗教はコリンズの同時代人にとって激しい論争を引き起こす事柄であった。ヴィクトリア朝の宗教の性質・程度・影響・意味は、のちの歴史家の激論の的であった。コリンズの同時代人はいつも自分の国をキリスト教国と言っていた。このように自分の国を表現することで彼らは何を言おうとしたのか。事実を語っていたのか、あるいは信仰を語っていたのか。単なる宗教心からの希望だったのか、あるいは歴史家が一九世紀に突き止めた忍び寄る世俗化の波の否定だったのか。事態は複雑であった。しかし、まず階級と地域によって宗教の信仰と実践には重要な差異があったということに気を付けることから始めるのであれば、コリンズの生涯を通じて人口の大半は（歴史家はこの「大半」が正確にはどの程度なのか、あるいはその構成がどうなっているのかについては、意見がまとまらないが）プロテスタントのキリスト教を受け入れていただろう（口に出さずに、消極的にであったとしても）と一般化はできるであろう。このような大まかなキリスト教の受け入れには、ヒュー・マクラウドが言っているように、「キリスト教の最高の権威としての聖書の受け入れ、プロテスタントのキリスト教から出ている道徳原理の受け入れ、キリスト教の通過儀礼行為の受け入れ、日曜日の遵守の受け入れ[36]」が含まれていた。「日曜日の遵守」には教会や礼拝堂への参列が含まれていた。しかし、一八五一年の宗教調査（のちの歴史家がそう解釈していたのだが）によれば、一八五一年三月三〇日の日曜日には、イングランドとウェールズの一〇歳以上の人口で礼拝に参加したものは四七％以上にはなっているものの、五四％は超えていなかった。この日曜日に参加した者のうち、五一％は英国国教会に、四四％は非国教の教会か礼拝堂に、四％はローマカトリックの教会に参加した。したがって、明らかに人口の大多数を占める者は、日曜日に礼拝とはまったくかかわりを持たず、コリンズの生涯においても日曜日の遵守はたしかに心労のもとであった。大方の労働者にとって、日曜日は、週の中で唯一自由に休息を取り、気晴らしのできる日であったのだが、しかし、習慣や社会からの圧力、さらには法律によって、気晴らしがほとんどできない日でもあった。「劇場、遊園地、それにそれ以外の有料の娯楽施設は閉まり、ロンドンのパブと店舗も、もし議会が一八五五年に営業を求める国民のデモによって威圧されなかったら、営業されなかっただろう」[37]。

コリンズはイギリスの日曜日が嫌いだったが、ヴィクトリア朝における都会の日曜日のひどさを描いたものに、ディケンズの『リトル・ドリット』がある。

陰気で、息が詰まりそうで、退屈なロンドンの日曜の朝であった。教会の鐘が人の心を狂わせるように、鋭い音色と平板な音色、ひびが割れた音色と澄んだ音色、速い調べとゆっくりした調べなど、ありとあらゆる不協和音を奏しては、煉瓦とモルタルの壁に醜悪に反響する。憂鬱の色に閉ざされた街路は、煤にまみれた苦行の衣に包まれて、窓から外を眺める罰を受けた人の魂を、深い絶望の淵にたたき込む。（中略）すべて幾重に門戸を閉じ、閂《かんぬき》をかけている。絵画も、珍しい動物も植物も草花も、古代世界の自然と人口の驚異も、すべて文明開化の世の厳格なタブーの犠牲となり、これでは大英博物館に陳列してある醜い南洋の異神像は、自分の故国に帰ったかと思ったかもしれぬ。（中略）ふさいだ心を紛らすものも、元気付けるものもない。疲れきった勤労者ができることといったら、七日目の休日の単調さを他の六日の単調さと比べて、自分の生活の辛さを嘆き、それぞれのチャンスに応じて生活を何とか明るくというよりはむしろ、暗くすることとしかない。（『リトル・ドリット』、第一巻第三章）

ヴィクトリア朝の日曜日とそれ以外の多くの曜日の侘びしさは、英国国教会と、階級組織化された「国教」であるその英国国教会から分離した非国教徒社会双方に認められる福音主義としばしば関連付けられた。英国国教会内での福音運動は、一九世紀初期には上流社会と上層中流階級でも流行もし、大きな影響を及ぼすようにもなり、コリンズの生涯の大半において「道徳上、社会上の改革が求められる[38]」ようになった。福音運動支持者は慈善団体や、個人の行動と社会条件を改善・規制するための団体を組織した。非国教徒も、産業中流階級の経済力と政治力が増加したので影響力を獲得し、それまで地方と中央の行政にかかわれなかった状況がある程度改善された。排斥され、国教に反対してきたという歴史を持ち、さらに国家の統制を信じてこなかったので、非国教徒の文化は天性的に改革的な文化である。事実、非国教徒と英国国教会の福音主義者はともに本章の前半で論じられてきた多くの社会改革運動において極めて重要な役割を演じたのであった。

英国国教会の福音主義であれ、非国教徒の福音主義であれ、福音主義は新約聖書の福音に基づき、個人の良心・個人の振る舞い・自己精査を大いに強調した。福音主義の中心にあるのは、福音が真理であると個人としてまさしく認識し、人間は原罪ゆえに生来罪深い存在であることを意識的に(そして繰返し)認め、罪を償ったキリストに具現化されている神の慈悲にすがるということであった。一九世紀の小説から福音主義と非国教主義の印象をいだく者は、非常に否定的な見方を持ちそうだ。ディケンズの『ピクウィック・ペーパーズ』のスティギンズ師から、シャーロット・ブロンテの『ジェイン・エア』のブロックルハーストを経て、『荒涼館』のチャドバンド師へ至る福音主義者は、自己奉仕的な偽善者(そしてときどき徹底して残酷な者たち)として表現されている。より同情的に描かれている人物を求めるためには、ジョージ・エリオット〔一八一九‐一八八〇〕の『アダム・ビード』に登場するメソジスト派の女性巡回説教者ダイナ・モリスに目を向けなければならない(興味深いことに、この小説は一八世紀末に設定されている)。

公認の無神論者フランシス・パワー・コッブはコリンズと、動物解剖(これへの反対運動を二人は一八八〇年代に展開した)についいて手紙のやり取りをしたが、彼女の自叙伝『フランシス・パワー・コッブの生涯――著者語り』（一八九四年）で福音主義の養育について面白い見方を伝えている。コッブは「日の光が燦々と差し込む部屋で品行方正に」生きた子供時代を愛情深く書き、「一九世紀の初めからオックスフォード運動までイングランドとアイルランドで敬虔な人たちのあいだで普及し、ウィリアム・ウィルバーフォース〔イギリスの政治家・博愛実践者・反動物解剖活動家（一七五九―一八三三）〕とシャフツベリー卿が引き続いてその代表となった、クラパム派の穏健で、敬虔で、博愛的なアルミニウス説を信じる福音主義のキリスト教徒として育てられたことを後悔する者は狂信者を除き、誰もいない」だろうと言っている。しかし、コッブは「全知の審判」としての神概念に基づく「福音主義の訓練」がもたらす弊害についてもある程度述べていて、その主なものは「過度な自己省察と自意識[39]」である。これが『月光石』のミス・クラークを作り上げた（醜悪にした）のである。

「クラパム派」とは、シドニー・スミス（『エディンバラ・レヴュー』誌創立者の一人）がクラパムに基盤を置く中流階級福音派の反奴隷売買博愛主義者たちに付けた名称である。クラパム派はユニテリアン派の教義と関連したグループがそうであったように、その規模とは不釣り合いな道徳的・政治的・社会的影響を行使した。昔の時代の理性的な非国教徒の後継者であるユニテリアンは、単一の存在としての神の単一性を信じ、三位一体の考えとキリストの神性を否定した。彼らが影響を行使できたのは、クラパム派同様、一つには富裕であったことと、地方で威勢をふるっていたためであり、もう一つには出版物を発行し、討論グループを組織したことによって知的影響を与えたためである。コヴェントリーのヘネル家（彼らは、のちに小説家ジョージ・エリオットとなる、若い頃のマリアン・エヴァンズの思考に影響を及ぼした）のような家族や、マンチェスターに住んでいたユニテリアン派の牧師ウィリアム・ギャスケルと彼の妻で、小説家のエリザベス・ギャスケル〔一八一〇―一八六五〕などは、一九世紀の前半を通して宗教生活と世俗生活の両面において体制的な思考に強く反対した、博愛主義的で知的な共同体の中心であった。ユニテリアン派は医学と科学における多くの新発展とかかわり、自由放任主義《レッセ・フェール》的な経済政策に反対し、社会改革運動の先頭に立って行動した[40]。

本節はヴィクトリア朝のほとんどの（おそらくすべての）期間、イギリスの人口の大多数がプロテスタントのキリスト教を受け入れていただろうというヒュー・マクラウドの主張を引用することから始まった。しかし、こう言っているからといって、一八五一年に行われた教会と教会堂の参列調査が示しているように、人口の大多数がたびたび教会や教会堂に行っていただろうということではない。実際、地域によっては、新たに登場した都市労働者階級がそのような活動に参加していないことに関して大きい懸念があったのである。さらに、プロテスタントのキリスト教が受け入れられていたというマクラウドの通則にも多くの例外があった。第一に、ローマカトリックに帰依していた者がいた。その中には、一六世紀と一七世紀の宗派がらみの混乱を生き延びたローマカトリックを奉じていたカトリック教徒の家庭に生まれた者もいた。しかし、多くはアイルランドかほかの移民の子孫の家庭であった。第二に、アングロカトリック教徒すなわち英国国教会の高教会派という、教会の権威と使徒伝承〔使徒から始まり、司教を通じて教会の権威が継承されてきたという主張〕に基づく司祭職、それに儀式と聖餐式を信じた英国国教会の成員がいた。一八三〇年代と四〇年代のオックスフォード運動（トラクト運動支持者のための）は福音主義者の方法（意図ではないにしても）にしたがい、説教壇から、そして一連のパンフレットで、現代の英国国教会の異教的な「自由主義」に反対する説教を熱狂的に行った。さらに教会の手が及ばない者たちもいた。一八世紀の（おもにドイツからの）移民の子孫であるユダヤ系イギリス人と、一九世紀にロンドンや大都市に定住し続けた新しい移民である。一八五〇年には約三万五〇〇〇人の、一八八一年には約六万人のユダヤ人がイギリスにいた。しかし、一九世紀イギリスの社会・文化史家にとっておそらく最も重要な非キリスト教徒集団は不可知論者と無神論者であった。彼らが神の存在かキリストの神性を信じられないか、信じようとしない、あるいは聖書を真実の啓示であることを受け入れられないか、受け入れようとしないことは、いわゆる「信仰の危機」の兆候であり、その原因であった。

一八四〇年代からの書簡・日記・詩歌・小説・雑誌記事・哲学論文には、一九世紀の始めの四半世紀に誕生した（コリンズのような）中流階級出身の知識人と芸術家の宗教上の懐疑と、ときどきは知的、情緒的な不安が表現されている。同時に、「何千人という労働者階級の男女が非宗教的な協会に属し、そのために彼らはキリスト教を信じないオックスフォードとケンブリッジの学者がこうむったよりも厳しい経済差別に晒されなければなかった」[41]。宗教信仰のこのような大混乱の原因は多数あるが、宗教心を動揺させるにいたった重要なものが二つある。一つは地球創造に関する聖書の説明を揺るがした、チャールズ・ライエル〔一七九七―一八七五〕の『地質学原理』（一八三〇年）とロバート・チェンバーズ〔一八〇二―一八七一〕が匿名で出版した『創造の自然史の痕跡』のような一八三〇代年における地質学の発展である。もう一つはさらに聖書の権威を揺るがすことになった聖書の新たな歴史研究であった。これらの科学的な反対とともに、福音主義者たちが抱いていた懲罰的な原罪観と、すべてを見通す神によって課される永遠の罰にも倫理的な反対があった。事実、今では多くの歴史家は、福音主義に対する倫理的反感のほうが科学の発展や聖書批評の発展よりも、宗教的信仰を損なううえでより重要な役割を果たしたと考えている。しかし、世紀が進むにつれ、たとえば、ダーウィン〔イギリスの博物学者・進化論の提唱者（一八〇九―一八八二）〕の『自然淘汰による種の起源』（一八五〇年）のような衝撃的な作品に見られるように、世界について新しい科学的、唯物的な説明の影響が増し、聖書の権威が損なわれることとなり、人間と自然の境界がさらに崩れたことによって、神を宇宙の中心に据えていた（人間の）神性観が（ヴィクトリア朝の何人かにとっては）損なわれる結果となった。さらに、科学者と非宗教的な専門職が威厳を増し、知恵と社会的権威の宝庫としての僧侶に取って変わったのであった。

コリンズの宗教上の立場はどうであったのだろうか。コリンズの伝記作家のほとんどは二〇世紀末までコリンズの信仰心について断定的なことを言ったり、あるいは彼の書いた小説からそれを推論したりするのは難しいと考えていた。コリンズには信仰心がないとか、あるいは（ニュエル・ファー・デーヴィスの場合のように）「敬虔な父親」に背き、「宗教に対して嫌悪感」（これはコリンズが年を取るにつれ強くなっていった）を抱くようになったと匂わせる傾向があった。デーヴィスはコリンズを「罪と救済との関係さえ薄い、あの人間ドラマの全側面から締め出された無神論者」[42]とさえ言っている。

スー・ロノフとキース・ローレンスが示したように、実際の状況はもっと複雑であった。コリンズの小説では「聖職者（そこには背教者もいれば、多少立派な者もいる）が重要な人物」だが、彼の小説は「宗教という話題」について全体として「不思議なほど語っていない」という広く受け入れられている説があり、ローレンスも同意見である。しかし、コリンズが彼の小説で「いつも彼の個人的な信仰心を隠している」としても、彼が友人と交わした重要な書簡から一八五〇年代の彼の信仰心がかなりの程度明らかになっている、とローレンスは言う[43]。スー・ロノフによれば、コリンズが「不可知論者で、宗教の価値を認めない人物」であったという広く行きわたった推測、つまりコリンズが「来世を信じず、教会に参列するのが稀で、しかも参列するのはおもに他人を喜ばせるためで、二人もの女性と『罪』の生活をしていて、カトリック教徒と非国教徒を公然と痛烈に批判した[44]」ために生じた推測を打ち消す証拠が伝記のうえでも、彼が書いた作品のうえでも存在すると言う。伝記上の証拠はコリンズがピゴットに書いた手紙の中に見つけられ、作品上の証拠は、ロノフの指摘によれば、「一九世紀中葉のイギリスの宗教状態が言及[45]」されている『月光石』、それに『落ち葉』（一八七九年）に見られるということである。この後期小説の主人公アメリウス・ゴールデンハートは、父親が「キリストが教えたようなキリスト教はキリスト教世界の宗教であるのを長らく止めていて、その代わりに利己的で残酷なごまかしの教えが打ち立てられた」（第一巻第二章）と信じていたので、はじめは宗教共同体の成員によって育成されるべくアメリカに送られた。アメリウスは、教義に従うよりは山上の垂訓のキリスト教に従って生活するように育てられる。

われわれのキリスト教は新約聖書の精神にあるのであって、文字にあるのではない。（中略）神を敬う、隣人を自分のように愛する、私たちを導くこの二つの戒律があるだけで、十分である。全教義（そう言われている）を、われわれは歩みを止めて考慮することなく、直ちに放棄する。キリストが御自らお示しになった試薬テストを、それらの教義に施す（「その結果で教義がわかる」）。試薬の結果がどうであるかというと（中略）、過去においては、スペインの異端審問・聖バーソロミュー祭の大虐殺〔一五七二年八月二四日、パリのカトリック教徒がユグノー派約二〇〇〇人を虐殺した事件〕・三〇年戦争〔ヨーロッパ中部の一連の宗教戦争（一六一八―四八）〕であり、現在においては意見の対立・頑固な信仰・有益な改革への反対である。教義よ、失せよ。キリスト教のために、失せよ。われわれは敵を愛そう。無礼を許そう。貧困者を助けよう。哀れみ深く、礼儀正しくしていよう。性急に他人を非難しないようにしよう。自慢するのを恥じよう。この教えは拷問・虐殺・戦争をもたらさない。妬み・嫌悪・悪意を引き起こさない（以下略）

もちろんこの虚構の作品の言葉をその書き手の信仰と同じだとみなさないように注意しなければならない。しかし、この純粋で倫理的なキリスト教を擁護している姿は彼の小説に見られる、教養念仏と宗教イデオロギー念仏に対して繰り返して行われる攻撃と調和するように見える。『月光石』のミス・クラークとゴドフリー・エーブルホワイトはおそらく最善の例であろう。

宗教に関するコリンズの個人的見解はピゴットに宛てた手紙に最も明白に認められる。先の「抗議と改革」のところで触れたように、ピゴットは一八五一年末に思想上の自由思想をいだく週刊誌『リーダー』のオーナーとなった。一八五二年二月に書いた二通の手紙でコリンズでは、この新聞の宗教的な事柄に関する取りかかり方について不満と嫌悪感を抱いていることをかなり長く（ピゴットとの会話で始まり、議論が続行しているのを示唆する形で）書き綴っている。一八五二年二月二〇日付けの二通目の手紙でコリンズは、文学、政治、それに概して社会問題に関して『リーダー』誌の方針に賛成だと書いたものの、他の問題に関して宗教に「同等の発言の自由」を与えるというその方針に本気で反対した。コリンズは個人の信仰心と公の政策、聖と俗、を混同することに反対したのである。一八五二年二月一六日、彼は次のように書いた。

> 何が「反宗教」なのか、何が「異端」なのか、あるいは何が反宗教と異端間の「計り知れない」距離なのかに関し、君と僕では意見を異にする。したがって、その話題を持ち出すのは無益だ。新聞寄稿者の個人的な宗教的、反宗教的、あるいは異端的な意見を、そうした寄稿者が書く政治や一般的なニュースに関する記事に入れるのを可能にする仕組みが賢明だとか、良い仕組みだと僕に説得できるものは何もないだろう。（中略）ほかでもなくまさしくただこの理由だけで僕は「君たちの一人」になりたい

と思わない。僕自身の宗教的信念を普通に尊重するので、そのようにはしたくないというだけだ。（『書簡集』、第一巻、八二頁）

四日後、コリンズは「相反する聖と俗を一緒にする」ことに反対であることを明確にした。コリンズは、新聞が宗教政策に関する意見を載せるのは十分受け入れられたが、信仰心に関してはそうではなかった。

僕が反対したいのは君が言っている宗教思想の自由ではなく、宗教についての表現の過度の自由なのだ。過度の自由に僕は断固反対だ。僕は、新聞の紙面に宗教思想を見たことは決してなかった。（中略）君が政治同様宗教においても指導的立場を取るつもりなら、君の宗教が何なのかを教えてくれ。君の政治が何なのかを教えてくれたようにね。『リーダー』が何を信じ、何を信じないか。読者は、政治的な問題同様、宗教的な問題の議論を進める雑誌には、そのような質問をする権利があるのだから。確かに、君の使命は調査をするだけでなく、教育することでもある。もしこの「宗教思想の自由」を持たなければならないのであれば、政治に関して何かを教えるのとまさしく同様に、宗教における何か断定的なものを教えるべきなのだ。ホリオーク〔ジョージ・ジェイコブ・ホリオーク。非宗教運動の創設者で一八四一に無神論のために投獄された〕に信条としての無神論の利点に関して記事を連載させたらどうだろうか。考えるだけでも悲惨で憂鬱なことだが、彼には有罪の判決がもう下っている。

　しかし、繰り返して言うが、宗教だけは新聞に掲載すべきものではない。もし掲載したいのであれば、宗教政治（中略）ならばよいだろう。

政治・（中略）・社会問題・（中略）文学については君について行く。だが、イエス・キリストの名と

現今の政治とを混ぜることについては反対だ。絶対反対だ。（『書簡集』、第一巻、八四－八五頁）

数段落後、コリンズは明白に「これらの特別な信条については論じたくない。しかし、イエス・キリストが神の子であることは信じている（中略）」と述べている。

コリンズ自身はキリストの神性、キリスト教の教義のいくらか、それにキリストの神性から生じた倫理体系は信じていたかもしれないが、ピゴットへの手紙でさらに述べているように、ローマカトリック（あるいは、より一般的には制度化された宗教）、あるいは彼の時代の宗教傾向に対してはそうでなかった。ピゴットへの手紙には、無原罪のお宿り（聖母マリアはその母の体内に宿った瞬間から原罪をのがれていたということ）をカトリックの教義としたローマ教皇ピウス九世（一七九二－一八七八）の布告が言及されている。コリンズは布告それ自体は「聖なる下らない冗談」として退けているが、彼と同じプロテスタントのイギリス人がそのような不合理な下らない冗談がカトリック教会を損なうことになるだろうと感じていることに驚きを表している。

頭の悪い人間は宗教となると、宗教で好きなものをすべて（常識を除いてだが）欲しがる。何千という人たちがモルモン教に加わる時代に、どうして無原罪のお宿りが新たな改宗者を生み出すうえでカトリック教徒の障害になるのか、僕にはわからない。（『書簡集』、第一巻、八五頁）

ローレンスが述べているように、ピゴットとの往復書簡からコリンズの「宗教」についての重要な三つの側面が明らかになっている。第一は「国教会」を信じない、である。コリンズの小説からもわかることだが、コリンズは「国教会を偽善的で、ごまかし」と見ていた。第二は、少なくとも初期の頃と中年の頃には、ある基本的な、キリストの神性を中心としたキリスト教の教義を広く受け入れていたことである。そして第三は、「個人の崇拝と宗教的確信に関しては沈黙と秘密を守らなければならない[46]」と断固主張していることである。コリンズのその後の手紙からわかることだが、こうした宗教観を彼は生涯持ち続けたのであった[47]。

帝国と人種

コリンズの生涯と作品における社会・政治・経済上のコンテクストに関するこれまでの議論はおもにイギリス本土、特にコリンズの体験と興味を考慮してイングランドに焦点をあててきた。私は「イギリス」〔原文ではブリテン〕と「イングランド」を使用するとき、極めて慎重であろうと努め、ブリテン島全体に及ぶと言われる社会生活の側面に言及するときにのみ「イギリス」を用いてきた。この最後の節では、より広いイギリスという概念に戻り、コリンズの社会・経済・想像力のコンテクストの一つとしてイギリス帝国を見てみたい。再度、この言語は慎重を要する。帝国というコンテクストでは、イギリスという概念はかなりイングランド中心になる場合が多いからだ。

植民地支配国としてのイングランドの歴史はエリザベス朝にさかのぼる。一九世紀までにはイングランドは主要な植民地アメリカを失ったものの、それ以外は領土と影響力を拡大し続け、イギリス議会で可決された法律によってヴィクトリア女王が一八七六年にインド女帝となった頃には公然たる帝国となった。イギリス帝国主義という概念はヴィクトリア朝に作り出されたのではないが、ヴィクトリア女王の治世のあいだに新しい力を獲得し、独特の性格を帯びることとなった。イギリスと「属国」が対等の関係でないことが一九世紀における帝国の経済力には極めて重要であって、植民地と属国はまた、一八六八年までの囚人（オーストラリアのいくつかの植民地）、夫を見つけられない「余った女たち」、失業者、上流階級の問題を抱えた金のない子息を一掃する「はきだめ」となっていた。帝国は原材料を世界の新興作業場に提供するとともに、その生産品を売るための市場も拡大した。P・J・ケインとA・G・ホプキンズが示したように、イギリス経済の商業・金融・サービス部門の成長は帝国の発展とすべて深くかかわっていたのであった(48)。

一九世紀のイギリス人の生活様式が帝国にますます依存するようになっていたとするならば、帝国ではブリトン人（ブリトン人は通常イギリス人のこと）がますます優位だとされ、イギリス式の生活様式がますます押し進められていった。一九世紀のイギリス帝国主義をあおったのは「教化の使命」である。イギリス人は、生得的に文化面で優れていると確信していたために、キリスト教と文明（すなわち彼らが文明だと思っているもの）を植民地の「原」住民にもたらそうとした。どうしてイギリス人は、占有した土地の先住民よりも生得的に優れていると考えたのか。一つの解答は、その世紀を通して重要性を増してきたのであったが、人種である。クリスティーン・ボールトが論じたように、人種に対するイギリス人の態度はヴィクトリア朝に変化し、硬化した。特にこの時代には分類熱が高まり、それが人種の問題にまで拡大したからだ(49)。一九世紀前半には、人間は単一の型、すなわち種であり、非白人が後進的なのは彼らが発達していないからだと一般に考えられていた（これは、福音主義とユニテリアンの考えが合わさった結果）。しかしながら、一八六〇年代までには人種が肉体的・知的・精神的特質を決定する鍵で、白人が黒人よりも優れているというふうに誰もが思うようになった。ロバート・ノックスは一八五〇年に『人類の人種』で次のように問うた。「黒人とは誰か。ユダヤ人は黒人なのか。ジプシーは、中国人は、（中略）どうなのか。ある程度彼らは肌が黒い。モンゴル族も同じだ。それにアメリカ・インディアンとエスキモーはどうか。アフリカのほぼすべての地域・東洋・オーストラリアの住民も肌が黒い[50]」。「肌が黒く」、「原始的で」、「野蛮な」人種は、自然の子とみなされた。本能と感情だけの、良ければ無垢な、悪ければ子供じみた生き物であった。白人優位説（というよりはむしろ迷信）はダーウィンの『種の起源』によって一八五九年以降さらにはずみがついた。ダーウィン自身は自分の調査結果がそのように曲解されないように気を遣ったが、他の人たちは下等の品種から高等な品種に進化するというダーウィンの仮説が人類にもたどることができるだろうと速断した。要するに、白人のヨーロッパ人男性は最も高度に進化したホモサピエンスで、彼の下には、進化の程度に応じてさまざまな尺度のところに、女性から「野蛮人」までの人類が連なっていた。さらに、自然淘汰という原理から生じた適者生存がダーウィンの信奉者によって広められ、これが進化の程度が低く、「原始的で」、「肌の黒い」人種の生活と暮らしをおざなりに取り扱かわせることに働いた。

コリンズが存命中、大部分のイギリス人はおそらく黒人をまったく見ていなかっただろうし、遠方にある植民地に住んだか、そこへ行ったことのあるイギリス人は比較的少なかったと思われるが、大英帝国はさまざまな意味で文化的な想像の産物〔植民地のこと。植民地の世界はイギリス人自身の想像の産物であるという考えによる〕の中心にあった。一八五一年の「万国大博覧会」は、ある意味においてイギリスが帝国であることを大々的に誇示する場であった。イギリス本国とイギリス植民地の区画が全体の敷地の半分を占めたのである。イギリス帝国の人々と場所が雑誌の無数の記事で取り上げられ、帝国の画像がイラスト入り雑誌に見られ、帝国を背景にした小説や物語が書かれた。一八五七年のベンガルにおけるセポイの乱、あるいは一八六五年にジャマイカ人がイギリス人の主人に反乱したように（これは総督のエアによって手荒に鎮圧された）、被植民者がときどき本国の注意を引くこともあった。

植民地と本国の関係は、実際的なレベルと文化的・想像的レベルのいずれにおいても極めて複雑であって、事実、帝国の実際的な機能はかなりの程度文化に拠っていた。軍事力が植民地の領土を獲得し、それを維持するうえで主要な役割を演じたが、それが帝国支配を確実にする唯一の方法ではなかったのだ。軍事力以外の重要な支配方法には、複雑な官僚制度（その職員の多くは、階級の項で触れた新しい専門職が占める）を創出することと、キリスト教を通じて、のちにはイギリス中心の教育形態を通じて、支配されている人々の心を植民化すること、などがあった。ダーウィンの観点から土着民が生き残ろうとするならば、彼らができる唯一の方法は、今まで以上に白人らしくなることであった。このようにして野蛮人を教化し、「本国」のイギリス人と同じ生産・再生産の日常生活を彼らに送らせることが始まった。

植民地と本国の関係で問題になりそうな側面が『月長石』で浮上する。すなわちこの作品のプロットは、元々は、インドにイギリス帝国が入り込んでいるときに略奪されたダイヤモンドの盗難をめぐり展開するし、この作品の登場人物の中には、土着民（すなわちイギリス人）を脅かし、東洋的なものについての「大家」であるマースウェイトだけが理解できる、神秘的なインド人のグループがいるからだ。コリンズの主たる語り手のガブリエル・ベタレッジ（彼の聖書は、主人公が難破した島を植民地化し、出会った「原住民」を使用人とする『ロビンソン・クルーソー』）は、「私たちの閑静なイギリス式の住まい」が「悪魔のようなインド人のダイヤモンド」に入られたことを嘆き、そのようなことが「進歩の時代に、しかもイギリス国体の恵みを享受している国において」（『月長石』、第一期第五章。本書二一五頁以降、および二四二頁以降でさらに論じる）起こりうることに驚いている。

多くの同時代人同様、コリンズは彼が生きていた「進歩の時代」と現代性を自意識的に分析・風刺して、イギリスの国体と法体系の恵みについて疑問を提起したのであった。と同時に、社会が繁栄と民主化の度合いをますます強めていき、印刷が機械化され、廉価な紙が手に入る時代に新たに登場することとなった一般読者を熱心に受け入れながら、彼の生涯のあいだに起こった社会変革を賞賛し、売り込みもした。コリンズは商業と産業の時代における物質主義を風刺したかもしれないが、消費者の要求を理解し、新しい市場を視野におさめながら生産的で企業精神旺盛なプロの作家としての役割も自分に課したのである。私的な生活では、自由奔放な独身者としての役割と中流階級の家長としての姿を結び付け、彼が生きた社会と、その社会について彼が書いた小説の両方の傑出した特徴である、変化して止まない階級・ジェンダー・家族の役割とともに、複雑で矛盾した当時の性習俗を演じたのであった。

第三章　文学のコンテクスト

コリンズの最初の小説『アントニナ』は一八五〇年に出版された。最後の作品『盲目の愛』は没後の一八九〇年の出版である。彼が小説を出版しはじめた当時、チャールズ・ディケンズとウィリアム・メークピース・サッカレー〔一八一一─一八六三〕が小説界をリードしていた。アントニー・トロロープ〔一八一五─一八八二〕、エリザベス・ギャスケル、それにチャールズ・キングズリー〔一八一九─一八七五〕はちょうど小説家としての道を踏み出したばかりであったし、ジョージ・エリオットはまだ最初の小説を出版していなかった。コリンズの作家人生の最後の一〇年頃までには、これらの小説家たちは全員故人となり、文学風景はトマス・ハーディ〔一八四〇─一九二八〕、ジョージ・ムア〔一八五二─一九三三〕、ジョージ・ギッシング〔一八五七─一九〇三〕、それにロバート・ルイス・スティーヴンソン〔一八五〇─一八九四〕、ライダー・ハガード〔一八五六─一九二五〕、ラドヤード・キプリング〔一八六五─一九三六〕（コリンズが最初に作品を出版しはじめた頃までにはこれらの誰も生まれていなかった）などの新しいリアリズム作家によって占められた。したがってコリンズは一九世紀が終わろうとするときにも、「依然として多作で、読者と書評家の双方から依然として注目されていた一八世紀中葉世代の孤独な生存者」(1)であった。

コリンズは小説を執筆し、それを出版するうえで大きな変化のあった時期を生き抜いた。彼がこの世に誕生したときには、小説は真面目な文学形態というよりは、道徳的に疑わしい娯楽形態として依然みなされていたが、彼が死亡する頃には支配的な文学形態となっていた。一九世紀初頭にはユニテリアン派と福音派、非国教徒が小説をふざけた、不敬なものとみなして斥ける傾向があった。しかし、一八四八年ともなると、小説は、『ブラックウッズ・エディンバラ・マガジン』誌のある書評家が「小説について——対話」で語っているような風に見られることが珍しくなくなった。その書評家によれば「小説はいまではあらゆる段階においてこの国の人々の心を本当に代弁し、唯一ではないにしても、ほとんど最善な文学形態である」[2]。一八五九年には、一八五〇年代小説の極めて明敏な解説者であるディヴィッド・マッソンが小説という表現形式を研究した結果、「小説は、事実に即した事柄を伝えるかぎりにおいてより現実的・確定的になり、思索に関する事柄を伝える手段とされるかぎりにおいてより真面目に考慮すべきものになり、それと同時に、ファンタジーの事柄に関する能力をより意識するようになった」[3]と述べた。一八七〇年には、トロロープが「理性的娯楽としてのイギリス散文フィクション」と題する講演で、小説の勝利を宣言している。「私たちは小説を読む人間となった」と彼は主張する。

上は首相から下は新米の皿洗い女中にいたるまで誰もが小説を読む。図書館にも、居間にも、寝室にも、台所にも、いや子供部屋にも小説がある。頭の中は読んだ物語で一杯である。詩も、歴史も、伝記も、毎日の社会や政治に関するニュースも読むが、それらを一緒くたにしても小説を読むのにはほとんどかなわない[4]。

もちろん、トロロープはプロの小説家であるから、彼が選んだ小説という文学表現形式の重要性と人気を力説するのは当然であろうが、それでもコリンズの一生のあいだに小説の読者が増加し、多様化したのは疑い得ない事実であり、小説は文学として高い地位を占めるようになっていた。一九世紀中葉から個人の小説家の作品とジャンルとしての小説が有力雑誌において真面目に批評され、議論され、討論されることとなった。

小説を読む行為と小説の読者

一九世紀における小説の読者は誰であったのか。どのような種類の小説を読んだのか。どこで、そしてどのようにして小説を手に入れたのか。一九世紀の小説の読者の性質と規模についての問題はひどく難しくて解けず、これから見ていくように識字率・ジェンダー・階級などのさらなる問題が出てくるばかりである。コリンズ自身、読者、すなわち一八五二年一月にピゴットに宛てた手紙（『書簡集』、第一巻、七九頁、八二頁）で呼んでいる「大衆王《キング・パブリック》」に極めて大きな関心を寄せていて、作品を出版してから一〇年ほど経った頃に彼は記事を書き、その中で階級によって明確に区分される読書人を彼流に分析している。コリンズは、『ハウスホールド・ワーズ』誌の一八五八年八月二一日号で最初に発表された「知られざる大衆」において、以前抱いていた読書人の構成についての考えが完全に間違っていて、実際は、違った社会に住んでいる二種類の読書人がいて、彼らはまったく異なった形態の読み物を、まったく異なった発表の場から得ているという、「驚くべき発見」を公表した。「知られている」読者、すなわちコリンズと彼がかかわっている『ハウスホールド・ワーズ』誌の読者が知っている読者（つまり、「出版社の顧客、ブッククラブや巡回図書館の会員、新聞や評論雑誌の購買者・借り手」など）は、実際のところ、イギリスの読者の「ほんの少数派」にすぎないというのである。この「知られている読者」はおもに中流階級であって、ときどき重なりあう下位グループから成り立っている。具体的には、自分たちの文献を持っている宗教人読者、情報や知識を得ようとして歴史書・伝記・随筆・論文・航海記・旅行記などに「精を出す」人たち、娯楽として読書をして「巡回図書館と駅の新聞雑誌販売店」を利用する人たち、それに新聞だけを読む人たちである。しかし、この読者たちの「氷山」の下にはるかに多くの「知られざる読書人」、「失われた書物好きな部族」(『作品集』、二五二頁)、「怪物読者」(『作品集』、二六二頁)が存在していたのであった。コリンズがこれらの存在に気付いたのは(少なくとも言葉のあやとして、気付いたふりをしたのは)、ロンドンの「二流、三流地区」を散歩しているときに、小さな文房具店や小さなタバコ屋の店先に並べられていた出版物、イギリスのどの町の「牡蠣店・タバコ屋・飴屋」にでもコピーされた出版物を見たときであった。

中流階級作家のコリンズが見つけた「新しい種類の文学出版物」は、何百万人という、「計り知れなく遍在する読者」(『作品集』、二五一頁)の文学であった。これらの読者は一八三〇年代、一八四〇年代に登場した、ソープオペラ調で、ゴシックの味付けを施され、際限なく続くか、読者が飽きたときにのみ終わる、長い物語となるペニー週刊誌を読んでいた。コリンズの記事は市場調査と内容分析のはしりといえる。店主への聞き取りやペニー週刊誌で発表された物語の調査から、コリンズは「知られざる読者は娯楽のために本を読み、作品の質よりも量に関心を寄せる」という結論に達した。コリンズは、ペニー週刊誌の「読者への回答」欄を調査し、そうした雑誌の読者の「社会的地位・習慣・趣味・平均的知性」(『作品集』、二五三頁)、それに「彼らの平均的教育量」(『作品集』、二五六頁)についてさらに推測した。コリンズはペニー週刊誌を読むのは労働者階級だろうと予測した。しかし、一八五〇年の末までには下層中流階級の多くの家族も加わった。彼らがどのような階級であれ、コリンズがペニー週刊誌に自分で目を通して案出した知られざる読者は、「文字どおりの意味で、まだ読むようになりはじめていない」人たちであった。彼らは「社会的・知的状況からランクが上の読者ならば一般的に知っていて、理解もしていることを、彼らのせいではないが、依然としてほとんどまったく知らない」。コリンズが知られざる読者に関心を寄せるのは、大体において、彼の作品の読者を増やしたいからである。自分の作品には文学的洗練と長所があるとコリンズは考えており、それを理解してもらうためには「識別力のある」読者が必要で、知られざる読者には「『文学的なセンス』を持って読むように教える必要がある」(『作品集』、二六三頁)のである。

コリンズは「知られざる読者」には基本的な読み書きの能力がかなりあると考えた。一八五八年までにはペニー週刊誌のための市場が実質的にできていた。しかし実際は、一九世紀に誰が読み書きができて、実際誰が読み書きをしたのかについて、歴史家の意見は広く分かれていた。読み書きの能力に関する決定的な統計はなく、入手できても、その解釈が非常に困難である。読み書きを専門にする歴史家の中には、結婚登記簿に署名する(単に十字でマークするのではなく)能力を読み書き能力の水準に達していることの証明とする人がいる。読めるようになったあとで書く能力を大概獲得したからだ。この測定方法によると、一八四一年には男性の約六七%、女性の五一%が読み書きできた。この数字は一八七二年にはそれぞれ八一%、七三%、一九〇一年までには九七・二%、九六・八%と上昇した。したがって読む力は一九世紀を通して継続的に増加していたことになる。しかし、読む機会はどうであったのか。富が増え、余暇の時間が増すにつれ、社会のほとんどの階級で読書の機会がますます増えた。労働日と労働週を規制する法律(第二章で記述)が次々と打ち出されて、工場や鉱山における非雇用者たちの余暇の時間が増し、その増した余暇の時間が(禁酒運動家たちが恐れたように)すべて酒屋やパブで費やされたわけではなかった。中流階級のあいだでは、職場と家庭がますます分離し、男性にとっては通勤時間が、女性にとっては余暇の時間が増え、その結果、娯楽のための読書の機会ができた。そして家族団欒の余暇の時間も読書に捧げられたのであった。中流階級の小説市場はこのようにして拡大し、別々の（しかし重なる）市場の隙間（女性の読み物、男性の読み物、家族の読み物）へと階層化していった。

読書界が成長、大衆化し、特に小説を読む人たちが増えた結果、一九世紀を通じ、読書が危険な行為で、小説には読者を堕落させる力があり、女性読者、ならびに男女を問わず青少年の読者は本から悪い影響を受けやすいとか、労働者階級の読者は悪い影響を受け、邪悪な行為をしかねないといった議論が喧《かまびす》しくなされた。このような議論と、中流階級の家庭での読書行為は、許容される小説の主題とその取扱い方に影響を及ぼした。小説についての書評の論調と風潮、それに文学市場の力学（後述）にかんがみて、小説家たちは、情欲を掻き立てるか、若者の頬を赤らめさせるような、「扱いにくい」主題（特にセックス）を避けようとした。同様に、小説は家庭の規律の観点から吟味された。小説は読者に「生産・再生産の日課」に不満を持たせてはならず、できるならばそのような日課を行うように準備させ、そのように仕向け、道徳規律を強化すべきだ、という暗黙の合意が小説の書評家のあいだにあった。中流階級の書評家の中には、家庭規律と道徳規律の強化が労働者階級向けの小説には特に重要だと感じる人もいた。そのような事情があるから、一八六六年の『マクミランズ・マガジン』誌に掲載された「ペニー小説」の記事では「われわれ低階級の者たちは誘惑・姦通・捏《ねつ》造・殺人を扱った物語を楽しんでいた(5)」という初期の頃の懸念が触れられていたのである。

コリンズは、非合法（『ノー・ネーム』）・姦通（『バジル』）・捏造と詐欺（『白衣の女』、『ノー・ネーム』、『アーマデイル』）・売春（『新マグダレン』、『落ち葉』）のような扱いにくい主題を取り扱い、そのためにしばしばとがめられた。お返しに彼も負けずに、小説についての中流階級の偽善的な言葉遣いと彼が思うものを手厳しく批評した。たとえば、患者が小説を読んでよろしいのですかとある母親から尋ねられて、いかがわしいダウンワード博士（『アーマデイル』）は、次のように答えている。

心を痛ませるような小説は断じて許可いたしませんよ。奥様！　現実の暮らしには心を痛ませるものが満ちているかもしれない——まさにそれがために、本の中の世界ではそんなものは願い下げにしたいというわけです。当院において許される英国の小説家には（外国の小説家連にはご遠慮願うことになっています）、健全な心を備えた現代英国の読者と同じように小説という芸術を理解しておいて頂かなくてはいけません。昔に比べると純粋なわたしたち現代人の嗜好、高次の道徳性のゆえに、執筆にあたってはまさに二つのことしか許されていないという事実を小説家先生には知ってもらう必要があります——つまり、わたしたちが小説家に要求するのは読者を時に笑わせ、そして常に心地よくさせることなのです。（『アーマデイル』、最終部第三章）

小説の制作と販売

一九世紀の「健全な心を備えた英国の読者」はどのようにして小説を手に入れたのか。コリンズの読者は、大方、印刷されたばかりの作品を一冊本としては購入しなかったであろう。一九世紀の本はほとんど高価で買えなかったからである。ほとんどの読者は巡回図書館から借りる（購読料金を払う余力があれば）か、分冊化されたペーパーバックの一冊を購入するか、あるいは雑誌に毎週か毎月掲載されるものを読むかであった。今日では小説はまずハードカバー（あるいは大型のペーパーバック）で登場し、ついで、しばらくしてから廉価なペーパーバック版が販売されるが、コリンズの時代には大体のところ、その逆であった。すなわち廉価な紙表紙の雑誌の形で続けざまに刊行されたあとで、三巻本のハードカバー（「三部作《スリー・デッカー》」小説）として登場し、そのあとで廉価な一巻本が出るのである。あからさまに労働者階級（コリンズの言う「知られざる読者」）向けに書かれた小説は、廉価なペーパーバック版としてのみ出版されたであったろう。

　コリンズがまだ学生であった頃、とりわけチャールズ・ディケンズは一ペニーや二ペニーの週刊連載小説を取り入れ、それを上流階級向けに売り出した。すなわち自分の小説を定価一シリングで二〇カ月分の月刊誌として、一九カ月間出版（最終号は合併号）したのである。ディケンズはまた、雑誌の連載小説という新市場を創出した。彼が『オリヴァー・トゥイスト』を発表したのは『ベントリーズ・ミセラニー』誌であった。これは一部一シリングの月刊誌である。この後、ディケンズは週刊誌の『ハウスホールド・ワーズ』誌（一八五〇－五九年）と『オール・ザ・イヤー・ラウンド』誌（一八六〇－九五年）を創刊する。いずれも定価は一部二ペンスで、内容は短編小説と連載小説、さらには幅広い主題を扱った娯楽的で教育的な、あるいは娯楽的か教育的な随筆であった。『白衣の女』と『月長石』を最初に連載した『オール・ザ・イヤー・ラウンド』誌が発刊されたのは、中流階級の雑誌への関心が広まっていた一八六〇年代初期で、これ以前の一八五五年に新聞印紙税（ニュース類を載せた出版物に課す税金）が廃止され、一八六一年に新聞原紙税が撤廃されていた。

　コリンズが最初の連載小説を発表しはじめたのは一八五七年で、『秘中の秘』がディケンズの『ハウスホールド・ワーズ』誌に毎週載った（この作品は数週間の時間差で、アメリカの『ハーパーズ・ウィークリー』

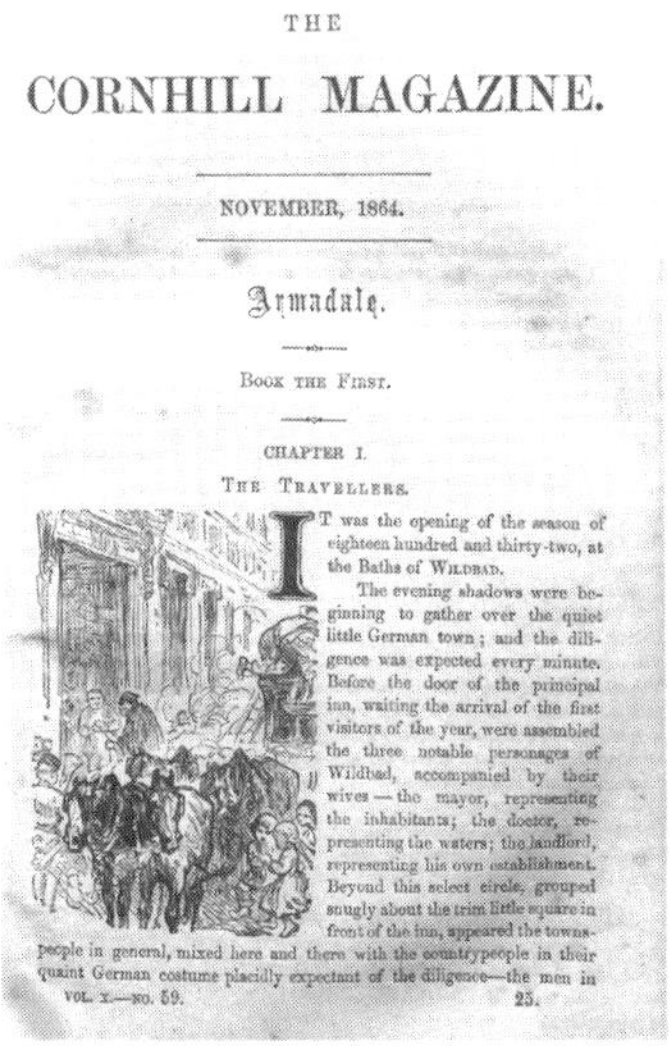

THE

CORNHILL MAGAZINE.

NOVEMBER, 1864.

Armadale.

BOOK THE FIRST.

CHAPTER I.

THE TRAVELLERS.

IT was the opening of the season of eighteen hundred and thirty-two, at the Baths of WILDBAD.

The evening shadows were beginning to gather over the quiet little German town; and the diligence was expected every minute. Before the door of the principal inn, waiting the arrival of the first visitors of the year, were assembled the three notable personages of Wildbad, accompanied by their wives — the mayor, representing the inhabitants; the doctor, representing the waters; the landlord, representing his own establishment. Beyond this select circle, grouped snugly about the trim little square in front of the inn, appeared the townspeople in general, mixed here and there with the countrypeople in their quaint German costume placidly expectant of the diligence—the men in

VOL. X.—NO. 59. 25.

『コーンヒル・マガジン』誌で連載された『アーマデイル』の冒頭（1864年）

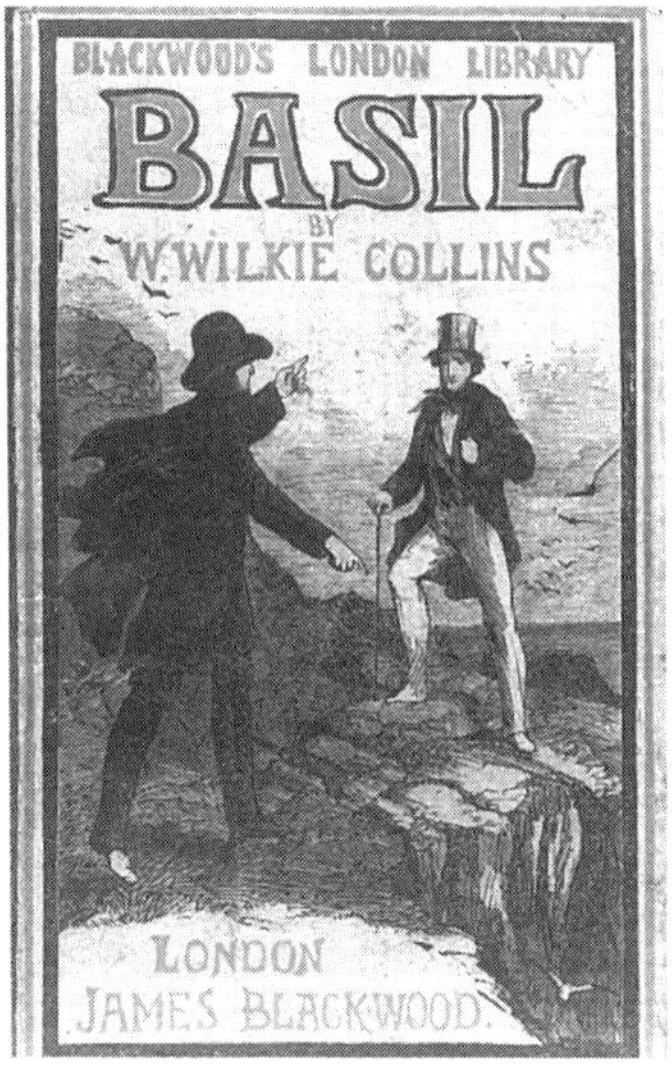

ジェームズ・ブラックウッド社の1856年版『バジル』

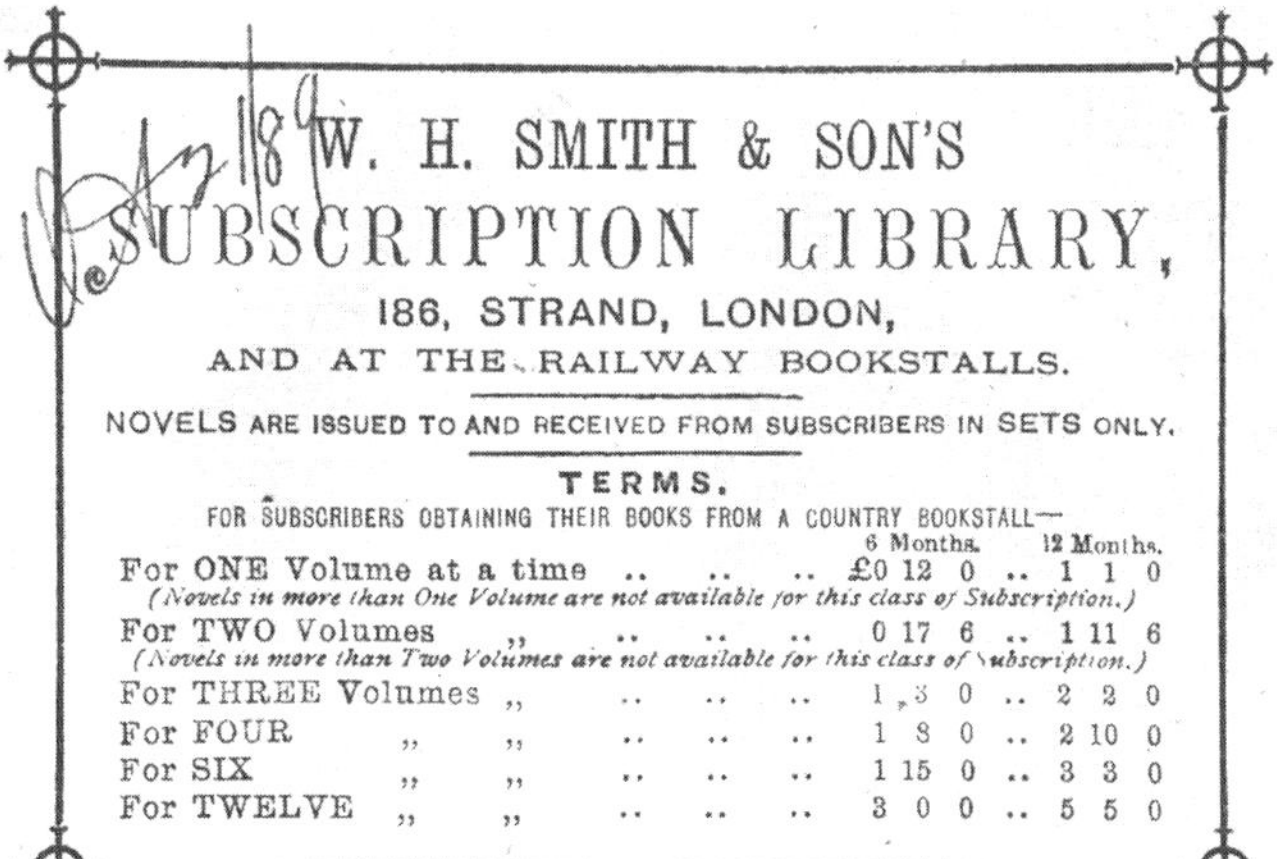

W. H. SMITH & SON'S

SUBSCRIPTION LIBRARY,

186, STRAND, LONDON,

AND AT THE RAILWAY BOOKSTALLS.

NOVELS ARE ISSUED TO AND RECEIVED FROM SUBSCRIBERS IN SETS ONLY.

TERMS.

FOR SUBSCRIBERS OBTAINING THEIR BOOKS FROM A COUNTRY BOOKSTALL—

	6 Months.	12 Months.
For ONE Volume at a time	£0 12 0	1 1 0
(Novels in more than One Volume are not available for this class of Subscription.)		
For TWO Volumes "	0 17 6	1 11 6
(Novels in more than Two Volumes are not available for this class of Subscription.)		
For THREE Volumes "	1 3 0	2 2 0
For FOUR " "	1 8 0	2 10 0
For SIX " "	1 15 0	3 3 0
For TWELVE " "	3 0 0	5 5 0

W・H・スミスの巡回図書館のラベル

誌ならびに『リトル・リヴィング・エイジ』誌にも掲載された）。この時から一八六〇年代後半まで、コリンズの小説はすべてディケンズの週刊誌に連載物として発表された。唯一の例外は『アーマデイル』で、これはジョージ・スミス社の月刊誌『コーンヒル・マガジン』誌で発表された。この雑誌の編集は一八六二年の三月号までサッカレーが担当した。コリンズの人気が衰えはじめた一八七〇年代には、彼の小説は『テンプル・バー』誌や『ベルグレーヴィア』誌のような月刊誌と『グラフィック』誌と『ワールド』誌のような週刊誌に連載され、晩年の一〇年間は、新聞に連載された。一八七三年、『ボールトン・ウィークリー・ジャーナル』誌ほか、ランカシャー地方の新聞数社の経営者であるウィリアム・ティロットソンは「小説部」を立ち上げ、人気作家の小説を彼が所有している新聞社グループにおいて固定料金で連載する権利を買った。メアリー・エリザベス・ブラドン、チャールズ・リード（一八一四―一八八四）、アンソニー・トロロープが全員ティロットソン社付きの作家となった。コリンズはこの出版形態を彼の小説の収益を最大にし、一八五八年に書いていた「知られざる読者」を獲得する方法と考えた。彼がティロットソン社と最初に契約したのは一八七九年で、『毒婦の娘』は『ボールトン・ウィークリー・ジャーナル』誌ならびに、ほかの北部地方の数紙で一八七九年九月から一八八〇年一月まで掲載された。彼は「紳士然」とした作家ではなく、「商売っ気のある」(6)作家であって、出版条件が変わることに不安を感じていた。そのためにティロットソン社との取引は容易ではなく、その後、『疫病神』（一八八五―八六年）と『カインの遺産』（一八八八年）の販売にあたっては、新たに現れた文学代理人のはしりであるA・P・ワットの力を借りた。

ペーパーバックという単行本の形を取るか、あるいは雑誌や新聞に掲載されるかにせよ、小説が連載物として出版されたことは一九世紀の小説の形態に明らかに影響を与えた。連載物の一回分の字数は限定され、しかも次回分をどうしても読みたいと思わせる（そして、買わせる）ような終わり方にしなければならなかった。それだけではない。長い物語の一部として機能するだけでなく、それ自体で独立した物語となる必要もあった。『ロンドン・モーニング・ヘラルド』紙のある書き手が一八四三年一月一〇日に述べているように、「連載物を書いていると怠ける時間がない。（中略）絶えずハラハラドキドキさせ、涙を流させ、笑わせ、教育的でなければならないのだ。筆を休めてはならないし、想像力が疲弊してはいけないのだ」。次回分が出版されるまでには何日か何週間か間《ま》があるので、作家は読者に登場人物を認識させるか、忘れないようにするために登場人物に特徴的な言葉遣いをさせるか、独特の行動様式を課した。すでに執筆した本を連載物として出版する作家もいたが、実際に連載物として書いて、インクがまだ乾かないまま毎週か毎月、印刷屋の小僧に原稿を手渡す作家もいた。連載という書き方は危うい行為であった。均質さと首尾一貫性に欠ける場合がときどきあったからである、連載作家は物語の後半の発展に照らして前半部分を改訂することができない（コリンズなどのように、連載物であった作品を一冊本とするときに改訂する作家もいたが）。作家の病気によって遅延したり、ディケンズの『エドウィン・ドルードの謎』のように作家の死亡によって中断する場合もあった、コリンズは一八七一年の『月長石』の序文で連載物執筆の苦労の様子を生々しく語っている。それによると、彼がこの作品を書いたのは、母親が死にいたる病に倒れ、自分自身がリューマチ性の痛風の痛みで呻吟しているという「二重の災難」のもとにおいてであった。

私は絶えず大衆への義務を心がけていた。これまで失望させられたことのないイギリスとアメリカの読者は新しい物語が規則正しく毎週連載されるのを期待していた。私は読者のためにも、そして私自身のためにも物語にしがみついた。悲しみがおさまり、苦痛がときどき和らぐときに、『月長石』をベッドから書き取らせたが、その部分、つまり「ミス・クラックの物語」が今思うに、大いに読者に喜んでもらえたところとなった。

コリンズは、晩年になって健康が悪化するにつれ連載物を書く厳しさがますます増し、体調が極めて悪くなったために『イラストレイティッド・ロンドン・ニュース』紙に連載していた『盲目の愛』の執筆を断念せざるを得ないと悟ると、彼の執筆ノートをもとにしてこの小説を完成させるために、一八八九年八月、友人のウォルター・ベサント（一八八〇年代と九〇年代の人気作家）にたずさわらせた。

連載物は掲載中にしばしば書評されたので、作家は書評家と読者の影響を受けやすかった。多くの場合、作家と連載物の大衆読者とのあいだには特別な関係が発展した。ディケンズが『骨董屋』に登場するリトル・ネルを殺さないでという大衆の圧力に抵抗したことは有名であるが、友人ジョン・フォースターの説得は受け入れて、一八六一年には『大いなる遺産』の当初の結末を変えている。『白衣の女』の最初の三巻本版（一八六〇年）の序文においてコリンズは、「この作品が連載されているときにイギリスとアメリカの読者から受けた温かい歓迎」を記し、「私の作品が進行中に（個人的には知らない）多くの投書者が寄越してくれた心からの激励」に感謝している。この序文からは、連載物の作者が激励とともに助言も受けたことが窺える。

私には、今になって以下のことが有り難く思い起こされる。多くの地域で「マリアン」と「ローラ」の熱烈なファンができたために、物語の危機的場面で二人の取り扱い方に否が応でも注意を払わなければならなかったこと。フェアリー氏には彼と同じ悩みを持つ友人ができて、そうした人たちからフェアリーのような精神状態に対してキリスト教的な酌量をしないことに対して抗議がなされたこと。さらにパーシヴァル卿の「秘密」が時間の経過とともにイライラさせるものとなり、ついには賭けの対象になったこと。（中略）そしてフォスコ伯爵がこのような事柄について学識者に形而上的な意見を提案したことなどである。

連載形式の出版が一九世紀の小説形態の形成に役立ったとするならば、雑誌による出版は小説の読み方の形成に役立った。よく知られた一九世紀の小説の多く（コリンズのほとんどの小説を含む）は最初に雑誌か新聞で、ニュース・時事問題の記事・当時の論点についての記事と並行して読まれた。したがって一九世紀の最初の頃の読者は、虚構世界と現実世界とのあいだを絶えず行ったり来たりしていたのである。そのために作者は、新聞や雑誌という、小説以外のところで報告されるか言及される出来事を取り込むことがよくあり、それで連載小説とその小説に関連する素材が極めて意識的に関連付けて結び付けられる場合がときどきあった。たとえば、ディケンズは編集者としての自分の役割を雑誌の「指揮者」と表現し、デボラ・ウィンが論証したように、一八六〇年代の他の編集者と一緒になって読者に「間テクスト的なアプローチを雑誌にするように(7)」と促し、読者に連載小説と雑誌や新聞における他の掲載記事を関連させて読み、連載小説と他の連載記事とを関連付けるようにと積極的に促した。

さらに雑誌編集者は、形式と内容に積極的に口を出して、ヴィクトリア朝の小説を形成することとなった。ディケンズは、そのような口出し型の悪名高き編集者で、彼の雑誌で発表する小説家の文体や構造を「改善しよう」とした。しかもそれが作家自身の努力ではもう手の施しようのない、校正の遅くなった段階での場合がよくあった。他の編集者が口を出すのは、若者の頬を赤らめることのないようにするため、あるいは中流階級の表向きの道徳律を犯させないようにするためであった。そのような編集者の介入はときどき出版社の意向によって行われたが、ときには大衆に受け入れられるものは何かという編集者の判断の結果として行われた。たとえば、『カッセルズ・マガジン』誌の出版社は一八六九年から七〇年にかけて連載した『夫と妻』で用いられた「罵り言葉」に異議を唱えた。コリンズは不快感を与える「こん畜生」という表現の削除に同意はしたが、次のように言っている。

本で「罵り言葉」を使用することに反対する読者は、私の体験によれば、本の他の非常に多くのことにも反対する人たちである。彼らはあまりにも愚かであるためにそれらを理解できないのだ。登場人物の発展に必須であるか、あるいは購読者が受け入れられないほど高度で大局的な道徳上の観点と関連したものが作品に登場した場合、それらに購読者が異議を唱えるのはまったくありうることであるが、そうした場合私はそのような抗議には一切耳を貸さない。それは文学の独立のためであり、ひいては私のためだけでなく、(正しく理解してもらえるならば)あなたのためでもあるからだ。[8]

一八七五年コリンズは『グラフィック』誌に、元原稿が「好ましくない」として編集者が『法と淑女』の一部を削除した事実を認める文章、ならびに、その編集者によって削除された燃える唇と濡れ場の部分の掲載を求めた。[9]

この例のような素材の直接的な削除と同じく、何が出版社や読者に受け入れられるかについての編集者と作家の考えがいかに一種の検閲として作用するかは容易に理解できる。同様の自己検閲が、実際の検閲とともに、作家と巡回図書館の経営者とのあいだで行われたのが見られる。これらの経営者は一九世紀における小説の生産・流通のもう一方の主要な当事者であったからだ。既述のように、中流階級の読者を対象とした一九世紀の小説は、三巻本として出版され、（それからかなりあとになってのことが多いが）安価な二巻本版か一巻本版として出版されるか、あるいは編ごと、もしくは雑誌の連載物として発表されたのちに、三巻本として（さらには時々、再び一巻本として）出版された。一九世紀初期には小説は三巻本として出版され、それから数年後にようやく廉価な一巻本として出版されたであろう。そのようにして出版されたときには、たとえば、ジェイン・オースティン〔一七七五—一八一七〕やブルワー・リットンなどの作品をおさめた、一八三一年より発売が開始されたコルボーン・アンド・ベントリー社の「スタンダード小説叢書」のように、「スタンダード」とか「クラシック」というタイトルを付した復刻版の叢書の一冊としてよく出版された。三部作《スリー・デッカー》小説の主な購買者は巡回図書館（つまり貸本屋）で、それらは年会費を取って読者に一巻ずつ小説を貸した。巡回図書館は一八世紀からあったが、一九世紀に読書界が拡大し、小説の読者が増大したことによってさらにその重要性が高まった。一九世紀の巡回図書館で最も有名かつ有力なものはミューディー〔一八一八—一九〇六〕の巡回図書館である。この経営者はチャールズ・エドワード・ミューディーで、彼は一八四二年にロンドンのサウサンプトン・ロウで最初の「精選ライブラリー」を開設した。彼が死亡した一八九〇年までには会員は約二万五〇〇〇人になっていた。一ギニーの年会費で、一回につき一冊借りられた。したがって小説を全編読むためには、会員はミューディー社から三回借りなければならなかった。一八六〇年代初期、W・H・スミス・アンド・サン社も巡回図書館ビジネスに参入し（なお、この会社は鉄道書籍店も経営していた）、ミューディー社より長続きしたものの、会員獲得数では一九世紀に首位の座にはつけず、一八九四年での会員数は約一万五〇〇〇人であった。ミューディー社とスミス社はハードカバー小説の主要な購買者で、小説の主要出版社と購買取引条件を交渉することができた。ミューディー社が小説を購入するか、しないか、さらにはどの程度の規模で注文するかがその小説の成功・不成功を左右した。

ミューディー社とスミス社は「文学の双子の専制君主[10]」で、これらの会社の好み、それに読者の好みをこれらの会社がどのように考えていたか（あるいはどのように規定していたか）が何を出版するかを決めるうえで極めて強い影響力を持っていた。たとえば、一八七三年にミューディー社は、人の感情を害するといけないから『新マグダレン』のタイトルを変えるようにとコリンズに提案した。コリンズは自説にこだわり、出版社に不安と怒りを交えながら次のように書き送った。「この無知な狂信者は私の作品の普及をその偽善的な手に握っており、それが作品の普及を抑えにかかったら私たちには手の施しようがありません。会員も同様です[11]」。コリンズが亡くなる一〇年ほど前から著者たちはミューディー社の圧倒的な好みの行使と巡回図書の絶対権に異議を申し立てはじめた。一八八四年、ジョージ・ムアは（『ペル・メル・ガゼット』誌に）「新しい文学検閲」という題の評論を発表し、その中でムアは「ミューディーのような一介の商人が最も繊細な芸術的問題に判断を下そうとしている[12]」ことに異議を唱えた。ムアがこの評論を発表したのは彼の小説『現代の恋人』（一八八三年）が不発に終わったからである。書評では評価されたのだが、「不道徳」だという理由でわずか五〇部しかミューディーが注文しなかったために評価が下がったのだ。それでムアは報復として、巡回図書館を流通の鎖から切り離し、本の借り手ではなく、本の購入者を引き付けようとした。この目的のために、次の小説『パントマイム役者の妻』（一八八五年）を定価六シリングの一巻本として出版した。他の作者たちも彼の例にならい、一八九四年までには三巻本の小説はほとんど姿を消した。コリンズが出版者のジョージ・スミスに手紙を書き、『白衣の女』

を一ペニーの本として再発行する（これは結局は諦めたが）ことで「未知の大衆」の手に入るようにしたらどうかと提案したとき、彼の頭にはこの三巻本の消滅がほぼ確実にあったと思われる。コリンズは次のように書いている。「わずかもう数年のうちに出版社のほとんどが予測しないような出版革命がおこるだろうと私自身は感じています。（中略）自由な取引を損なっている巨大独占はそれほど長くは続かないでしょう。ミューディー社の独占とW・H・スミス社の独占は商業国では異常なことなのです」（『書簡集』、第二巻、三四九頁）。一八九四年に三巻本が姿を消したことによって完成されることになる出版革命の端緒は、実際はコリンズがこの手紙を書いた数年前に始まっていた。一巻本への動きは「鉄道小説」すなわち「黄表紙本」現象で始まった。一八四八年一二月ジョージ・ラウトリッジはラウトリッジ社の「鉄道文庫」シリーズの第一巻を出版した。これはジェームズ・フェニモア・クーパー（アメリカの小説家一七八九―一八五一）の『赤い海賊』の一巻本による再発行で、ポケットやハンドバックに入れて持ち運ぶのに適した小型判で出版され、ハードカバーで、おもて表紙にはイラストを描き、一シリングという定価がついていた。このシリーズは一八五〇年代と一八六〇年代に大いに模倣され、数社が同じ判（約一七・五センチ×一一・二センチ）を採用し、おもて表紙に扇情的なイラストを、うら表紙には広告を載せた目にも鮮やかな黄色のハードカバーを出版した。「鉄道選集」の成長は、一八六〇年代のセンセーション小説や、鉄道の新聞・雑誌売店で売られ、「急いでいる乗客」の関心を掴み、列車の旅の退屈さを紛らし、短時間で読み切れる「ファースト」ノヴェルの勃興とも結びついていた。[13] 一九世紀中葉には最初のペーパーバック革命が起こり、ブラックウッド社、ブラッドベリー・アンド・エヴァンズ社、エヴァンズ社らが一八五〇年代にペーパーバックで一巻本の「古典」小説、翻訳、翻案を再発行した。廉価なリプリント版が手に入れやすくなるにつれ、流行小説を廉価な一巻本で出版してほしいという要求も出て来た。しかし、こうした要求に対してほとんどの出版社はコリンズが死亡するまで抵抗したのであった。

小説の形態

小説は一九世紀の最も有力な文学形態であったが、いつものように多くの表現形式を取った。コリンズは処女作の『アントニナ』には歴史ロマンスというジャンルを選んだ。これは一九世紀初頭に「名声高きウォルター・スコット（小説の王・皇帝・大統領・全能の神）[14]」が完成させ、一八二〇年代と三〇年代はハリソン・エインズワースが、一八三〇年代と四〇年代にはブルワー・リットンが普及させたジャンルである。しかし、コリンズが小説家として身を立てはじめると、歴史ロマンスは廃《すた》れはじめた。コリンズの第二作『バジル』は「現代生活の物語」という触れ込みである。この作品は、一九世紀の小説家、少なくともおもに中流階級の読者のために書いていた作家たちの物語を現代か間近な過去に設定し、ロマンスをリアリズムに取って代わらせようとする当時の高まりつつある傾向と軌を一にしていた。一八五〇年代までには通常の日常生活をリアルに、すなわち「忠実に」描くこと――これはジョージ・エリオットが雑誌の書評や評論において提唱し、『アダム・ビード』（一八五九年）第一七章において語り手が口にしたことで有名になった（後述）――が、「心と婦人帽子タイプ」の小説と、高尚な生活を描いた小説（「銀フォーク」小説）や低俗な生活（いわゆる「ニューゲート監獄」小説における犯罪者の低俗な生活）を描いた小説の双方に取って代わりつつあった。「心と婦人帽子タイプ」の小説については、そのような小説を書いた「女流作家」たちをエリオットは「女流作家の愚劣な小説[15]」という一八五六年の評論において非難したのであった。

コリンズが初めて小説を出版したのは一八五〇年になってからだが、それ以前の一八四〇年代から小説を書き始めていた。この四〇年代はディケンズの勢いが盛んな時代であって、『骨董屋』が一八四〇年と四一年のあいだに、ゴードン暴動の時代を背景とした歴史小説の『バーナビー・ラッジ』が一八四一年に、『マーティン・チャズルウィット』が一八四三年から四四年にかけて、彼の最初のすぐれた社会派小説『ドンビー父子』が一八四六年から四八年にかけて、一九世紀小説家の成立についての自伝的小説『デイヴィッド・コパーフィールド』が一八四九年から五〇年にかけて、それぞれ出版された。一八五〇年は、一九世紀的な小説家（その他にもいろいろあるが）になる過程を描いたウィリアム・メークピース・サッカレーの小説『ペンデニス』（一八四八年から五〇年にかけて毎月発行）が完成された年でもあった。ワーテルローの戦いあたりの時代を背景にした、サッカレーの広大な社会のパノラマである『虚栄の市』は、一八四七年から四八年にかけて出版された。ディケンズが一八四〇年代に書いた小説は、その背景が出版当時の、あるいはそのごく間近の過去、あるいはそのずっとはるかな昔のいずれに設定されているにせよ、トマス・カーライルが「イギリスの状況」と呼んだものを描き出すか、詳細に論じるか、あるいは批判したものである。その当時の社会問題を取り扱った一八四〇年代の小説家には、ほかに、イギリスが二種類の国民（金持ちと貧者）から構成されていることを描いた一八四五年の小説『シビル』のベンジャミン・ディズレーリ、キリスト教社会主義小説『酵母』を一八四八年に出版したチャールズ・キングズリー、ストライキとチャーティスト運動時代の産業地域マンチェスターに舞台を設定した小説『メアリー・バートン』のエリザベス・ギャスケルらがいる。ギャスケルは『北と南』（一八五四―五五年）で労使関係と金持ちと貧者の関係を再び取り扱った。イギリス北部地方における産業不安は、シャーロット・ブロンテ（一八一六―五五）の『シャーリー』（一八四九年）の背景でもあった。この作品で描かれる産業不安は一八一一年から一二年にかけてのラダイト〔機械破壊の暴動を起こした労働者たち〕による抗議によってもたらされたものである。他方、シャーロット・ブロンテが一八四〇年代（正確には一八四七年）に出版した『ジェイン・エア』は、リアリズムとロマンスが混じった作品で、「ビルドゥングスロマン〔教養小説〕」（主人公の人間的成長を扱う小説）と「ガヴァネス〔住み込み女性家庭教師〕小説」を結び合わせたものであり、シンデレラと青ひげの二つの物語のリライトである。ブロンテ姉妹のほかの作品もこの一〇年間に書かれており、エミリ〔一八一八–四八〕の『嵐が丘』とアン〔一八二〇–四九〕の『アグネス・グレイ』（これも「ガヴァネス小説」）はともに一八四七年に出版され、さらに一八四八年にはアンが『ワイルドフェル・ホールの住人』を出版している。この作品はセンセーション小説の初期の例となる。センセーション小説とは、多くの注釈者によれば、コリンズが『白衣の女』（一八六〇年）に考え出したジャンルだ。一八四〇年代は、トロロープがアイルランドを扱った小説『バリクロランのマクダーモット家』（一八四七年）で『ケリー家とオーケリー家』（一八四八年）を世に放って多作小説家としての道を歩みはじめた時代でもあった。

　このように、コリンズが一八五〇年に標準的な長さの小説を最初に出版した時までには、小説の市場は極端な変貌を遂げていたのである。一八五〇年代においてもディケンズは巨匠でありつづけ、鋭い社会風刺小説『荒涼館』（一八五二–五三年）、「イギリスの状況」小説の『ハード・タイムズ』（一八五四年）、当時の生活を描いた暗い雰囲気の小説『リトル・ドリット』（一八五五–五七年）、それに彼の二作目の歴史小説『二都物語』（一八五九年）によって新しい方向での活動を始めていた。しかし、一八五〇年代にディケンズの優位はコリンズ、コリンズとディケンズの共通の友人チャールズ・リードのような新人によって挑戦を受けることとなった。リードの芝居じみてメロドラマティックな小説『ペグ・ウォフィントン』と『クリスティ・ジョンストン』は一八五三年に出版され、「目的小説」の『直すのに遅すぎない』が一八五六年に続いた。この五〇年代の終わり頃には新しい声が表れた。即ち、好評を博したジョージ・エリオットの『牧師たちの物語』（一八五八年）と大成功をおさめた『アダム・ビード』（一八五九年）が出版されたのである。一八五〇年代中葉に傑出したリアリズム芸術の提唱者として名をあげたエリオットは、今度はその主要な代表者となり、かつて行っていないとしてディケンズを非難したことを実践しようと努めた。つまり、人々の本当の生活と彼女が思うものを描こうとしたのである。ディケンズが行ったとエリオットが思うような「人々の外的特徴」を単に描くのではなく、「彼らの人生観と彼らの感情」[16]を描こうとしたのである。エリオットはリアリズムの手法で家庭小説を新たに真面目に取り扱い、それを目立たせたのである。このようにして家庭小説は一八五〇年代と一八六〇年代における小説の（最も）有力なサブジャンルとなった。自分が賞賛したオランダ人画家のように、エリオットは「華麗な人生や極貧の生活よりは、多くの仲間の人間たちの運命である、単調で家庭的な生活を忠実」（『アダム・ビード』、一七章）に写し出し、それを賞賛した。家庭小説は、「感傷小説」と呼ばれることが時々あるが、一九世紀中葉においては女性の読者と作家に特に（すべてにというわけでは決してないが）人気があった。エリオットの『フロス河の水車場』（一八六〇年）、アントニー・トロロープのバーセットシャー小説、マーガレット・オリファント〔スコットランドの小説家・文芸評論家（一八二八－九七）〕のカーリンフォード年代記は、一九世紀中葉において極めて有名であった。エリオットの『ミドルマーチ』（一八七二年）は、おそらく家庭リアリズムの最高傑作で、ヘンリー・ジェイムズ〔アメリカの小説家（一八四三－一九一六）。晩年イギリスに帰化〕が論じているように、この作品は家庭リアリズムというこのジャンルの「枠を定め」た[17]。

　リアリズム調の家庭小説がイギリスにおける日常生活のドラマに焦点を合わせたのなら、小説のサブジャンルのセンセーション小説も同様であった。センセーション小説は、一八六〇年代に民衆と批評家の関心を集めるようになり、ウィルキー・コリンズの名前はこれと密接に結び付いている。センセーション小説は家庭小説といくぶん特徴を共有するが、それとは対立するものとして定義され、一八六〇年代の短い時間のあいだに家庭小説に取って代わって有力な小説のサブジャンルとなった。トマス・ハーディは『窮余の策』（一八七一年）の序文でセンセーション小説らしきものを匂わせている。つまり、この小説はセンセーション小説というジャンルに属する彼が最初に出版した作品で、「長くて複雑に入り組んだ一連の事件」を扱い、「殺人・恐喝・不法・偽装・盗聴・多種多様な秘密・重婚の誘因・アマとプロの探偵」とかかわりを持っているると述べているのだ。『フレイザーズ・マガジン』誌における「今年の人気小説」に載った匿名書評家によれば、扇情主義《センセーショナリズム》が小説市場を完全に支配し、そのために「殺人・離婚・誘惑・重婚のない本は書いたり、読んだりする価値が明らかにないとみなされ、ミステリーや秘密が現代小説の主たる必要条件である」(18)。センセーション小説は、きわどい登場人物がときどき登場し、プロットが複雑であるために、不愉快な主題に焦点を置き、読者を取り乱させ、「伝統的な道徳律を壊し、一般的に大衆を平凡な人生の気晴らしでは満足させなくする」と責められた(19)。批評家によれば、センセーション小説は、読者の肉体と神経組織に直接狙いが定められ、ショックとスリル、さらには性的興奮さえもたらす。『パンチ』誌に掲載された創作新聞『センセーション・タイムズ』のパロディ調の内容紹介広告によれば、センセーション「小説」は「心をかき乱し、人をぞっとさせ、（中略）神経系統にショックを与える」(20)。

センセーション小説は、読者を恐怖に陥れるさまざまな工夫（超自然的なものも含めて）を活用し、王家の野望や陰謀、女性の虐待や監禁などのプロットがしばしば散りばめられた、一八世紀と一九世紀の変わり目のゴシック小説（たとえばアン・ラドクリフの『ユードルフォの怪奇』〔一七九四年〕や『イタリア人』

〔一七九七年〕を活用した。一九世紀初頭の「ニューゲート監獄」小説にも多少負っている。この小説の名称は、悪名高い重罪犯人たちが流刑に処されるか絞首刑にされる前に送られるロンドンの監獄から取られたものであり、これらの物語は『ニューゲート・カレンダー』〔一八世紀から一九世紀初めまでのニューゲートの重罪囚人の経歴の記録〕に載った実際の犯罪を利用して、犯罪者の主人公を創り出した。これらの主人公たちは不正で時代遅れな法制度と懲罰制度の犠牲者として同情的に描かれることがよくあった。多くのセンセーション小説はプロットを新聞、特に警察記録と新しい離婚裁判記録から取り、通俗的なメロドラマと三文小説のような低階級向けの文学形態から手法・性格のタイプ・プロットなどをときどき拝借した。事実センセーション小説に対して中流階級向け雑誌の書評家が向けた多くの非難の一つは、下層階級と中流階級のあいだにある読み物と読者の境界を、「台所の文学を応接間で好かれうる文学にして[21]」、ぼやけさせたことであった[21]。

　発端が何であれ、センセーション小説はその時代の生活の物語であった。『クォータリー・レヴュー』誌で、ある執筆者は次のように書いている。

> センセーション小説は、まったくの愚作であれ、それ以下であれ、通常はわれわれの時代の物語である。時間が近いことが、実際、センセーションの重要な一要素である。鉱山の爆発によって吹き飛ばされるためには、鉱山の近くにいる必要がある。同様に、読者に強い衝動を与えようとする物語は、場面をわれわれの時代に、しかもいつも会っている人間のあいだに置かなければ決して完璧な作品とはなり得ない[22]。

異種の混合体であるセンセーション小説は、ロマンスとリアリズム、非日常と日常、そしてディケンズが『月長石』について言っているように「野性的」と「家庭的」（ピルグリム、第一一章、三八五頁）を一緒くたにしたのである。

センセーション小説は家庭の秘密をよく取り上げた。事実、エレイン・ショーウォルターが示唆したように、センセーション小説は一九世紀における中流階級の「基本的な授権条件」としての秘密に焦点を合わせた[23]。異国を背景にした城郭や僧院における貴族社会の策謀を通常巻き込むゴシック小説や、都会の根城、地下酒場、下層の犯罪者がいかがわしい取引をする市街を中心にして進展するニューゲート監獄小説とは異なり、センセーション小説がかかわっているのは、イギリスの田園地方、郊外、あるいは町の「名望のある」地域に住む中流階級の家庭（あるいは中流階級と貴族階級の家庭のあいだの関係）であった。ヘンリー・ジェイムズが述べているように、メアリー・エリザベス・ブラドンは『レディ・オードリーの秘密』で「センセーション小説を創った」が、「同じ道をすでに歩んでいた」コリンズは、

あの最も謎めいた謎、すなわち私たちの家のドアにある秘密を小説に持ち込んだのである。この革新的な手法は恐怖文学に新しい刺激を与えた。（中略）私たちはユードルフォの恐怖の代わりに、陽気な田園地方の館、あるいはロンドンの宿の恐怖をもてなされたのだ。こちらのほうが非常により恐ろしいことに疑いはない[24]。

中流階級の家庭は、家庭小説においては（そして当時の文化的な想像の産物では）静謐の安息の地であり、過酷な商業世界と都会市街地の無法世界からの避難所であるが、センセーション小説では、多くの場合、何よりも暴力・陰謀・犯罪の温床となりそうな空間であった。『白衣の女』で、家庭はパーシヴァル・

グライド卿が妻と異母姉妹を誘拐して、余所のところに幽閉する前に彼女たちをうまく閉じ込める場である。そして彼の行動は家族の秘密（彼の誕生の秘密）によって動機付けられるのだ。『月長石』では、「静かな田舎の屋敷」がレイチェル・ヴェリダーの寝室の戸棚からダイヤモンドが盗まれたこと（加害者の家庭の秘密から起こった犯罪）によって混乱に陥れられる。『アーマデイル』と『ノー・ネーム』の話はともに家庭の秘密から生じ、いずれもそのプロット展開には女性ペテン師（リディア・グウィルトとマグダレン・ヴァンストーン）の役割がかかわっている。この女性たちは財産を得るために（マグダレンの場合はそれを取り返すために）、身分を偽って結婚する。メアリー・エリザベス・ブラドンのレディ・オードリーも同じように身分を偽って結婚し、この下層中流階級の策謀家は自分の秘密を守ろうとしてイギリスの田園邸宅《カントリーハウス》の静寂を破るし、エレン（ミセス・ヘンリー）・ウッド〔一八一四―一八八七〕のベストセラー小説『イースト・リン』では、上昇志向の弁護士の田舎の屋敷が秘密と嫉妬の館であることが、彼の貴族出身の妻イザベル・ヴェーンの姦通よりもはるか前に、暴露されるのだ。

　ブラドンのレディ・オードリー（それにオーロラ・フロイドのようなのちのヒロインたち）とウッドのイザベル・ヴェーン、さらにはコリンズの作品に登場するリディア・グウィルトやマグダレン・ヴァンストーンは、新しい種類の女性主人公である。家庭小説の「家庭の天使」は家庭の悪魔に作り直されたのだ。センセーション小説をめぐる批評上の論争は新しい種類のヒロインの創造に集中した。彼女たちの行動は中流階級の女性規範を踏み越えたのだが、それにもかかわらず彼女たちは読者の興味と同情を引き付けたのであった。マリア・ハルカムからマグダレン・ヴァンストーンを経て、リディア・グウィルトとレイチェル・ヴェリンダーにいたるまでのコリンズのセンセーション小説に登場するヒロインたちは一人残らず、方法はそれぞれ違えども、この新しい種類の女性主人公である。事実、女性は、登場人物・書き手・読者として、センセーション小説現象の中心にあった。E・S・ダラスが『タイムズ』紙における『レディ・オードリーの秘密』の書評で述べているように、一九世紀中葉は「女性小説家の時代」であり、「女性小説家は当然ながらヒロインを筆頭に置く」こととなる。ヒロインは「神経が張りつめ（中略）、情熱的、目的指向的、活動的であり、非常に誤りに陥りやすい[25]」人物として描かれる。ブラドンとウッドの小説を風刺したフランシス・E・パジェット師は、女性小説家の時代をさほど楽観していなかった。

誰もそのような本を書いて出版しようなどとはしなかったであろう。（中略）誰もそのように女性の激情を描写できなかったであろう。（中略）決してできなかったのだ。彼女たちは女性であるのに、筆を取って魂の敵対者がするようなことを行い、悪徳を言い繕い、不品行を魅力的に見せ、放逸な情欲の働きを詳細に綴り、虚栄・放縦・自分本位を奨励し、（中略）女性がこれをして来たのだ。このようにして、きらきらと輝いてもよさそうな女性の能力を罵倒し、彼女たちの才能を愚劣な目的に使用したのだ[26]。

女性小説家の一人マーガレット・オリファントは、女性登場人物を扇情的に描写し、女性の肉体的な（そして特に性的な）感覚に集中しているとして女性作家を酷評し、女性の読者を、そのような本を買うために群がるといって攻撃した。「女性がそのように書くのは恥です。いかがわしい話や、女性の属性だとされる官能的傾向を読み、それを女性自身と女性の生き方の本当の表れだとして受け入れる女性は恥です[27]」。したがって、扇情主義者とみなされた小説家コリンズは、女性作家（そして読者）とも、女性的だと感じ取られる小説形態とも結び付けられた。この事実により、タマー・ヘラーが論じたように、コリンズは「ヴィクトリア朝の文学文化で曖昧な立場に置かれた[28]」のであった。

コリンズの『白衣の女』は、最初のセンセーション小説としてよく取り上げられ、センセーション小説の最も早い時期における書評の対象であった。マーガレット・オリファントはコリンズの小説をディケンズの『大いなる遺産』とエレン・ウッドの『イースト・リン』（一八六一年）と一緒に書評している(29)。あるいは、コリンズや彼と同時代の作者は自分たちのことを本当にセンセーション小説家と見ていたのか？　あるいは、センセーションというのは一八六〇年代の書評家が激情・犯罪・狂気と関係した小説に付けはじめた、単なる新奇なレッテルにすぎなかったのか？　センセーション小説家というレッテルを貼られていると、ときどき感じていたメアリー・エリザベス・ブラドンは、架空のセンセーション小説家のシギスムンド・スミスを創造した。スミスは扇情主義《センセーショナリズム》が文学界のレッテルでもあり、事実でもあることを立証した。「シギスムンド・スミス氏はセンセーション作家であった。『センセーション』というあの辛辣な、非難めいた言葉は、伝奇作者がかもしだす恐怖を表現するために、一八五二年に考案されたのではなかった。しかし、それにもかかわらず、これはさまざまな形を取って存在していて、人々は、ジュルダン氏が散文を物語ったと同じく無意識にセンセーション小説を書いたのであった(30)」。「センセーション」は一八五二年に「辛辣な、非難めいた言葉」としては存在しなかったかもしれないが、しかしほかでもなくその年にコリンズは小説『バジル』を出版していて、そこにはのちに「センセーショナル」というレッテルを貼られる多くの特徴が見られたのであった。現代生活を描いた、オムニバス形式で始まるこの作品は、異階級間の秘密結婚・姦通計画・（父親が行ったことが息子たちの人生でも繰り返される）複数の世代にまたがる復讐計画を中心に展開する。それより四年前に出版されたアン・ブロンテの『アグネス・グレイ』には、特にコリンズが発展させたようなセンセーション小説の要素の多く、すなわち、さまざまな語り口（書簡・日記・主人公の私見）・秘密を持った女・不平等で特異な婚姻法と未成年者保護監督法の結果、女性が受ける苦しみなどが含まれていた。さらに一八六二年にオリファントが『大いなる遺産』にセンセーション小説というレッテルを貼るはるか以前に、ディケンズは、家族の秘密・犯罪・犯罪者に関心を集中させたセンセーション物語を小説の形で書いていた。『ドンビー父子』は一種の姦通物語的要素（エディス・ドンビーがカーカーと「駆け落ちする」）だし、『荒涼館』には秘密を持った女（レディー・デッドロック）・異階級間結婚・推理小説のプロットが存在する。これらはすべて一八六〇年代のセンセーション小説の特徴となった。

センセーション小説は推理小説のプロットをしばしば持っていたので、推理小説の成長もコリンズが筆をとった文学的状況の重要な一要素である。事実、コリンズは『月長石』でイギリスの推理小説を作り上げたか、完成させたとされる。ディケンズの『荒涼館』のバケット警部から、コリンズの『月長石』のカフを経て、一八八〇年代のアーサー・コナン・ドイル（一八五九―一九三〇）のシャーロック・ホームズシリーズにいたるまで、プロの探偵が英文学で重要な人物となった。同様に重要なのは、コリンズが言うところの「私立探偵（中略）、わが国の文明の進歩に伴って登場した、必要不可欠な探偵」（『アーマデイル』、第三巻一五章）であった。そのような人物にはディケンズの『マーティン・チャズルウィット』に登場するナジェット、コリンズの『アーマデイル』に登場するバッシュウッド（息子のほう）、それにホームズがいた。その他、「私立探偵」には、犯罪捜査に引き込まれたメアリー・エリザベス・ブラドンのロバート・オードリー（『レディ・オードリーの秘密』、一八六二年）やエレナー・ヴェイン（『エレナーの勝利』、一八六三年）、コリンズの『白衣の女』におけるウォルター・ハートライト、それに『月長石』で発生した「探偵熱」の餌食となったフランクリン・ブレイクなどの素人探偵もいる。ロナルド・トマスが論じたように、「ヴィクトリア朝の小説には、ほとんどと言っていいくらいに、解明しなければならない犯罪、明らかにしなければならない偽りの身元、暴露しなければならない秘密、あるいはすっぱ抜かなければならない謀議が幾分なりともある」[31]。

トマスによれば一九世紀に探偵が出現し、それが拡大したのは、「近代官僚国家が創造されたこと」と、そのような国家が統制のとれた、自己を管理する自己中心性を求めたためである。とりわけ探偵を都会（それどころか首都）の近代性の徴候とみなす人たちもいた。たとえばヴァルター・ベンヤミン〔ドイツの文芸批評家（一八九二－一九四〇）〕は一九世紀の推理小説の起源を近代都市生活の匿名性（「大都市における個人の痕跡の抹消」[32]）と近代都市の住人が互いを疑念を抱きながら見ているという現象にたどった。一九世紀中葉に推理小説は、センセーション小説同様、登場人物よりも話の筋に中心を置いているといって批判された。おそらくこのような批評がなされ、しかもそのような批評を招く執筆方法がとられたのは、近代官僚国家と近代都市では、人間が複雑にからんだ社会の歯車の一部であるか、あるいは社会が産み出したものであるのと同様、登場人物は話の筋を構成する一つの歯車にすぎないのではという考えがあったためだ。

センセーション小説は、多くの家庭小説同様、さまざまな社会悪・道徳悪とかかわりを持つ「結婚問題小説」と「目的を持つ小説」である場合も多かった。そのような小説は一八八〇年代と九〇年代に、女性（そして男性の支持者たち）が婚姻法と結婚習慣が抱える不正・不平等に対して反対運動を展開したので、さらに顕著になった。コリンズは作家として駆け出した最初の一〇年間は、「笑わせ、泣かせ、楽しみに待たせる」という彼の一家言どおり、読者を教育するのではなく、喜ばせることに主眼を置き、そのことを「ハートのクイーン」の登場人物の一人ジェシー・イェルヴァートンに言わせている。

口角沫《あわ》を飛ばして（中略）真面目至極に論じ、度量の大きな博愛主義を示し、生き生きとした描写をし、人の心を遠慮会釈なしに詳細に分析する小説はごめんこうむるわ。（中略）私が欲しいのは、私の興味を引き止め、ディナーのために正装する時間を忘れさせるもの、要するに最後まで息もつかずにページをめくりつづけさせるものなのよ。（「ハートのクイーン」、第四章）

最高潮のときのコリンズは、読者に「最後まで息もつかずに」読ませ続けることができた。と同時に、読者に自分たちのことと社会のことを真面目に考えさせるために彼が構想した登場人物・話の筋・状況、それに家族や結婚のようなコリンズ自身の特定の関心事に読者を引き付けることができた。のちになるとジェシー・イェルヴァートンに言わせた台詞を忘れたように見えて、『夫と妻』（「現今のスキャンダラスな英国婚姻法の状況」に対する一八七〇年の攻撃、第一章）や『新マグダレン』（一八七三年）、キリスト教社会主義の大義と「堕ちた女」の問題を取り上げた『落ち葉』、それに動物解剖反対の大義を取り上げた『心と科学』（一八八二－八三年）のような、自意識過剰といえるほど、より一層教訓的な「目的を持つ小説」を書いた。今も昔も批評家の多くは、コリンズの「目的を持つ小説」が彼の執筆力の衰えを表していると感じており、一般的には、よく引用されるスウィンバーンの次の二行と同じ意見であった。

何が素晴らしいウィルキーの才能をほとんど滅ぼしたのか？
ある悪魔がつぶやいた。「ウィルキーよ、任務につけ！」(33)

しかし、コリンズは任命を遂行している時でさえ、いかに物語を語るべきかを片時も決して忘れなかった。コリンズ後期の小説、たとえば『落ち葉』や『カインの遺産』は遺伝・環境・運命などの問題を探求した。これらの問題を取り上げたのが、一八七一年に「ルーゴン＝マッカール叢書」を世に出しはじめたフランスの自然主義小説家のエミール・ゾラ〔一八四〇〜一九〇二〕や、ジョージ・ムアのようなゾラを模倣したイギリス人たちである。しかし、コリンズは一八七〇年代と一八八〇年代の英仏どちらの自然主義者とも意見を同じくせず、近代イギリス小説の「リアリズムのくず」を「詰まらなく、下劣だ」（『書簡集』、第二巻四〇九頁）と評した。人生最後の一〇年間のコリンズは、「小説家として『衰亡』の時期にあった」（『書簡集』、第二巻、四六七頁）。

小説と劇場

第一章で触れたように、コリンズは劇と劇場に極めて興味を持っていて、一八三〇年代以降素人芝居に参加し、イギリスにいるときも外国を旅しているときも（ディケンズたちとパリへ行ったときには特に）熱心に劇場に足を運んだ。彼は多くの意味で非常に演劇型の小説家であった。事実、『バジル』の献辞に記しているように、コリンズは小説と演劇を「フィクションという家庭の双子の姉妹」とみなしていた。「一方は語られるドラマであり、他方は演じられるドラマである。（中略）戯作家が掻き立てる特権を与えられている強くて深い感動は、小説の書き手も同じように掻き立てる特権を与えられているのだ」。連載物として小説を出版した多くの作家と同じくコリンズも、特に挿話の終わりに演劇的な場面を多用した。また対話にも大いに頼った。彼の小説の構造はたいてい演劇的であった。『ノー・ネーム』（一八六二年）と『黒衣』（一八八一年）の構造は「場」の積み重ねだし、『白衣の女』と『月長石』では、物語の「役者」でもある語り手が次々と登場する作品となっている。そのうえ、一九世紀中葉にまったく普通に行われていたように、コリンズの作品の多くは、作家自身か、あるいは原作の作者の承諾のあるなしにかかわらず、プロの劇作家によって劇場のために翻案された。コリンズはジョン・ホリングズヘッドへの手紙で次のように記した。

私の「哀れミス・フィンチ」を（私の許可を得ずに）わが国のある無名の愚か者がドラマ化しました。私はそれをドラマ化するように求められてきましたが、断ってきました。これまでの経験から、この作品は劇場公演にはまったく似つかわしくないとわかっているからです。私が自分ではあえてしないことを、他人（文学では無名の者）が私の意志に反して行うのは自由です。たとえそれによって（その者が駄作を上演できるならばのことですが）私の小説と私の名声を傷つけることになろうとも、です。
（『書簡集』、第二巻、三六二頁）

コリンズはまた直接劇場向けの作品も書いた。彼が俳優としてプロのステージに初めて立ったのは一八五〇年の『法廷闘争』においてであった。これは一七二六年のフランスの法廷を場に設定したメロドラマを翻案したものである。一八五〇年代には他に二作メロドラマを書いた（と同時に、出演した）。『灯台』（一八五五年）と『凍結の深海』（一八五七年）である。『凍結の深海』はのちに短編となった。もう一作品『紅い薬瓶』のプロットはその後『毒婦の娘』（一八八〇年）に用い、一八五八年にはオリンピック劇場で上演した。しかし、成功はしなかった。『新マグダレン』と『疫病神』（一八八六年）は小説および戯曲として同時に執筆された。しかし『疫病神』は決して上演されることがなかった。コリンズが書いた戯曲で最も成功した「ノー・サラフェア」（ディケンズとの共作）は、最初『オール・ザ・イヤー・

ラウンド』誌のクリスマス号にミステリー物語として一八六七年一二月一二日に発表され、それから二週間後にロンドンのアデルフィ劇場で上演された。戯曲として成功をおさめた作品には他に『夫と妻』がある。これは当初戯曲として構想されたのだが、結局最初に出版されたのは小説としてであった。『夫と妻』の劇場版は、一八七三年二月二二日、ロンドンのプリンス・オブ・ウェールズ劇場で上演された。この戯曲は、誰に聞いても極めてすぐれた劇作品であった。その演出は非常に時代に合っており、ロンドンでの興行は大成功をおさめた。一八七三年五月、『新マグダレン』は、その二巻本の小説版がベントリー社から出版される前日に、オリンピック劇場で初演となった。批評家は冗漫である点と、不道徳だと彼らが感じた点を問題にしたが、この作品も大衆には大いに受けて大成功であった。

一八七〇年代までにはコリンズは押しも押されもしない劇作家となっていた。すでに長編小説や短編小説で練り上げたプロットを翻案していつも大成功をおさめた。コリンズは、状況が異なっていたら小説家ではなく劇作家になっていただろうと、一度ならず書いている。

もし私がフランス人で、そのような観客がいて、そのような報酬を得られ、私の意図を汲んでくれそうな役者がいたならば、『アントニナ』から『白衣の女』にいたる私が書いた物語はすべて戯曲にしたでしょう。戯曲が小説のように成功したかどうかは私の決めることではないのですが、私が自分自身の能力を多少なりとも知っているとしたら、それは劇作家としての能力です。(『書簡集』、第一巻、二〇八頁)

コリンズは、彼が戯曲家ではなく小説家になったのは、小説がイギリスで登り調子にあって、演劇と劇場が下火にあった時期に筆をとっていたからだと、ときどき言っているように見えた。コリンズが作家であった期間に明らかに下火になっていない劇場形態が一つあって、それはメロドラマであった。メロドラマは、元来は下層階級の演劇形態であったが、一九世紀中葉の有力な小説形態にまさしくなったように、中流階級の有力な演劇形態ともなった。マイケル・ブースが指摘するように、メロドラマには強力で極端な感情・悲哀・悲劇的要素・喜劇的要素・家庭感情・異様な出来事・はらはらどきどきするプロット・ロマンティックなあるいは異国風な彩り・家庭の場面や背景、それに「明確な人物造型・（中略）・愛・喜び・苦悩・道徳・美徳の報い・悪徳の罰[34]」などのような、万人向きの何かがあった。『メロドラマ的想像力』（一九七六年）という重要な書でピーター・ブルックスは、メロドラマは急激な社会変化があって、イデオロギーが不確実な時代と、特に結び付けられる様式だと論じている。そのような時代にはメロドラマは転覆の形態とも、あるいは逃避の形態ともなって機能するからというわけである。ヴィクトリア朝初期にはメロドラマ演劇の背景はますます都会に据えられるようになり、社会と政治の不安が家庭に焦点を定めた主情的な演劇形態で取り扱われた。一八六〇年代までにメロドラマの内容と演出がこれまで以上に扇情的かつ劇的になった。特に、難破・雪崩・鉄道脱線の場面のための舞台装置を備えた大劇場ではその傾向が強かった。「センセーション演劇」は観客の興奮を掻き立てたので、同じことをセンセーション小説でもやらざるを得なかった。劇場のメロドラマとセンセーション小説の間には手法だけでなく内容もかなり重なるところがあった。センセーション小説は階級闘争や緊張・階級をまたぐ男女関係・社会移動・経済不安（地位喪失・破産・事業失敗などをめぐるプロット）・仕事のうえの犯罪（詐欺・文書偽造・ゆすり・着服）など、メロドラマが先に取り上げていたものを取り込んだ。

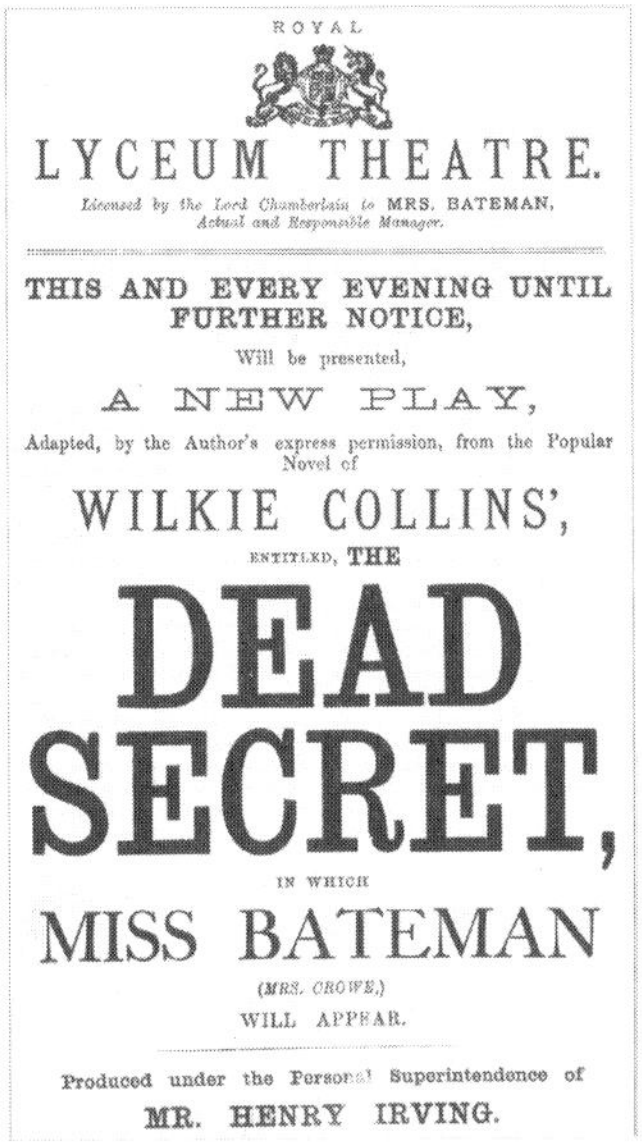

ライシーアム劇場『秘中の秘』公演プログラム(1877年)

『イラストレイティッド・ロンドン・ニュース』紙所収　演劇『白衣の女』のイラスト

ジャーナリストならびに文筆職人としての小説家

本章の始めで示したように、コリンズは一九世紀の多くの小説家や意欲的な新人作家のように、さまざまなジャンル小説（家庭小説・推理小説・センセーション小説・教育的な目的を持つ小説）とともに、戯曲や短編小説など、さまざまな形態・流儀・ジャンルで筆をとっていた。コリンズも、彼の同時代人と同じく、ジャーナリストであった。つまり、週刊誌・隔週刊行誌・月刊誌に、特に作家として世に出はじめた最初の一〇年のあいだ、定期的に書いていたのであった。一八五一年から一八五五年までは、急進的な週刊誌『リーダー』に論説と書評を書いた。『リーダー』誌の趣意書（その執筆者はソーントン・ハント）には、一八五〇年代と一八六〇年代におけるコリンズの小説観とかなり重なり合うところが見られる。

『リーダー』はまったく新しい定期刊行物である。一週間のニュースは、政治学と社会科学を教え、例証しながら、目の前を通り過ぎていく時間を書き留めたものである。（中略）どのような事柄であれ、無関係だとか、真の政治家の注目に値しないものだとして見過ごすことはしない覚悟である。ニュースはわれわれの日々の生活をありのままに写すべきである。したがって議会・警察署・居間・救貧院と、あらゆるところからの情報を受け入れることにする。また、波乱に満ちた人生に生じる衝撃的事件を一つ残らず取り上げて読者に提供し、その事実を不快感をもよおさせることなく丸ごと伝えるよう、プロのジャーナリストとして最大の注意を払いたい。[35]

『アントニナ』後は、コリンズの小説も当時の歴史を描いたものとなり、「衝撃的事件」が満載で、その素材を、「あらゆるところ」(毎日の新聞からの場合がよくあった) から取っていた。

一八五六年一〇月、コリンズは、ディケンズの『ハウスホールド・ワーズ』誌のスタッフにならないかとディケンズから請われ、承諾した。「私はかなりコリンズのことを考えていました」とディケンズは副編集長のW・H・ウィルズに宛てた一八五六年九月一六日付の手紙で書いている。「現在コリンズにしてあげられる最善のことは、彼に週五ギニー与えることだとの考えがひらめきました。コリンズは非常に示唆に富み、私の考えをすばやく呑み込む。それに勤勉で信頼がおけるし、(中略) 長い目で見ると、彼にとって非常に良いことだと思われました」(ピルグリム、第八巻、一八八頁)。次の五年間、コリンズはディケンズのために、かつ彼と共同で、論説と物語を書いた。ジャーナリズムは、『白衣の女』が大人気となり、そのためにコリンズが『ハウスホールド・ワーズ』誌の後継週刊誌である『オール・ザ・イヤー・ラウンド』誌のスタッフとなるまで、彼の主たる勤務先であり、収入源であった。ディケンズがこの二つの週刊誌で働いているあいだに、コリンズは五〇編以上もの短編小説と論説を執筆した。『作品集』(一八六三年) には、コリンズが『ハウスホールド・ワーズ』誌と『オール・ザ・イヤー・ラウンド』誌の初年度に毎週生み出した二十数編が載っている。その中には「余地を与えよ」(フープスカートが提起した閉鎖空間の問題について) のような、彼の言う「社会的苦痛」についての滑稽な論文、バルザック〔フランスの小説家(一七九九―一八五〇)〕やダグラス・ジェロルド〔イギリスの劇作家・ジャーナリスト(一八〇五―五七)〕のような同じ作家仲間についての伝記点描、歴史的事件に関する物語、「下宿屋にこもって」(ロンドンとパリの下宿屋での体験報告) のような「個人的体験の断片」(『作品集』一八七五年版でコリンズが記述している)、それに性格点描などがある。「小説書きへの請願」（大多数の近代小説がつまらないことについての不平）、「知られざる大衆」（安っぽい小説の読者にこそ、一九世紀小説家の潜在的に膨大な読者がいることに関して）、「三文劇場通り」（同時代の劇場の不安な状態について）のような、近代の文明の状態について、さらに論争を巻き起こす評論も書いた。『ハウスホールド・ワーズ』誌と『オール・ザ・イヤー・ラウンド』誌で下積み生活をしているなかで、コリンズは無数の小説も書いた（その中の数編は『暗くなってから』に収録され、一八五六年に出版された）。これらの短編小説は、恐怖とミステリーを描く才能がコリンズにあることを明らかにすると同時に、その才能を発展させた。そうした作品には、ゴシック派の影響を受けた密室ミステリー「恐怖のベッド」、「ガブリエルの結婚」、「妹ローズ」、「黄色い仮面」がある。「恐怖のベッド」は放埒な生活をしていた若者が九死に一生を得た場面を思い出し、パリの場末の賭博場で胴元を破産させたあとで特別仕様のベッドに寝かせられた話をする男についての「ディケンズ張り」の興味深い物語である。「ガブリエルの結婚」は、革命下のフランスを背景にした物語で、謎めいた僧侶についてと、全然犯されていない犯罪をめぐる父親と息子の仲違いについてのプロットが展開される（このプロットはのちに『灯台』で再び使われた）。「妹ローズ」もフランス革命を背景にし、ディケンズの『二都物語』の影響がおそらく登場人物やプロットにあると思われる。「黄色い仮面」（エドガー・アラン・ポーの「赤死病の仮面」に基づく）は、若い彫刻家に彼の亡くなった妻の亡霊が出てくるとだます物語である。『ハウスホールド・ワーズ』誌で駆け出したばかりの頃、コリンズは超自然的な含みのある短編も書いた。それは「ウィンコット僧院のマンクトン家」という題を持ち、遺伝的な狂気の恐れをめぐってプロットが展開する。ディケンズは家族向けの雑誌には不適当だと考えてこの作品を斥けたが、のちに『フレイザーズ・マガジン』誌に掲載を許可され、これまで「狂気のマンクトン」として読者の大人気を得てきている。

『ハウスホールド・ワーズ』誌と『オール・ザ・イヤー・ラウンド』誌のためにしたコリンズの仕事で最も興味深い点は、彼がディケンズと共同制作したということである。コリンズは「ディケンズの若者たち」と称されるグループの特別会員であった。コリンズは、プロの作家としてのまさしく発達段階で、編集長であり指導者であるディケンズと密接にかかわった。コリンズとディケンズは一緒になって「不精な新米二人の呑気旅」という、二人が休日にカンバーランドを旅したときの滑稽話を出版した。コリンズは生来の怠け者、ディケンズは自分の怠けぶりを徹底させるために一生懸命努める人物という役柄で筆を執った。コリンズはまた、一八五一年から『ハウスホールド・ワーズ』誌のクリスマス号の定番となった特別「臨時」号として売り出した関連物語の、ディケンズとの共同執筆者でもあった。これらのクリスマス物語は多分ディケンズとコリンズの共同制作の中で最も面白く、かつ重要であった。それらには推理小説、怪しげで超自然的な物語、それにインド大反乱（「セポイの乱」とも言う）に関連するような一般市民の英雄的行為を題材にした物語を創ってほしいというディケンズの求めに応じた、「あるイギリス人囚人たちの危機」などがある。共同制作は『オール・ザ・イヤー・ラウンド』誌のクリスマス号で短期間行われた。共同制作の最後の作品は「ノー・サラフェア」（一八六七年）で、二人の主要登場人物の誕生（そして正統性）をめぐる秘密を軸としたミステリーである。

ディケンズとコリンズのあいだで見られた指導者・被指導者関係と共同制作の型は一九世紀では全然珍しくなかった。コリンズにとって幸運だったのは、当時最も成功していた作家に目をかけられたことだ。しかし、二人は互いに影響を与え合った。スー・ロノフが述べているように、ディケンズはコリンズに人を喜ばせる余談の技を教え、かたやコリンズは指導者のディケンズに圧縮と入念な筋立てを教えた。[36] おそらく最も重要なことは、一八五〇年代を通してディケンズに雇われたことでコリンズが定期的に筆を執り、出版する機会と、そうするための訓練を得ることができたことである。多くの一九世紀の小説家同様、コリンズにとって雑誌は、プロの物書きとなり、そうでありつづける過程において、極めて重要な役割を演じた。コリンズは、『白衣の女』の成功を受けて『オール・ザ・イヤー・ラウンド』誌から抜けて、イギリスとアメリカのいくつかの雑誌と接触を持ち、一八六〇年代には名声を勝ち得た。彼がそのような雑誌と接触を持ったのは、主として、小説を連載するためである。連載が一八六〇年代のコリンズの主たる作品発表形態となったのである。しかし、一八七〇年代後半には雑誌に短編小説を書くことに戻っている。一つにはこの頃に短編小説の形態が復活しはじめたからである（特に儲かるアメリカの市場において）し、もう一つには健康が衰えているうえにアヘン中毒になっていたために、小説執筆に求められる集中力と労力を維持するのが難しくなったためである。一八七〇年代後半と一八八〇年代初期の短編小説は、そのほとんどが異階級間の恋愛と結婚の物語で、超自然的な感じの作品もあれば、推理小説的な要素を持っているものもあった。それらのうちの一四編は、改訂されて一八八七年版の『短編小説集』におさめられた。

もう一つ、近代の文人としてコリンズがディケンズを見習ったのは朗読旅行であった。ディケンズは一八五〇年代初期に自分の小説を公開朗読することを普及させ、サッカレーは一八五二年から五三年にかけて、さらには一八五五年から五六年にかけてアメリカで非常に利益のあがる文学講演会を何回か開いた。一八七三年、コリンズはこれらの先輩を見習い、アメリカで朗読と講演のための旅行をすることに決めた。初期の『ハウスホールド・ワーズ』誌におさめた「恐怖のベッド」を、アメリカ旅行の予行としてオリンピック劇場で朗読してみたが、自作の公開朗読としてはディケンズのようにはうまくいかないことが判明した。それで彼がアメリカの朗読会のために選んだのは「夢の女の話」である。これは文体と内容の両面について賛否両論の批評を受けた（第七章を参照）。

コリンズと、芸術としての小説

成功をおさめた同時代人のように、コリンズは文学市場と通常の小説読者に対して当然の敬意を払った。中流階級の書評家の意見には興味がないと言い、「無料掲載の広告として以外には、書評はあまり重要視しない」で、むしろ「一般読者に与える印象」（『書簡集』、第二巻、三〇九頁）に関心があると断言した。安い雑誌をむさぼり読む「知られざる大衆」に存在する新しくて大きな潜在的可能性を持つ新しい読者に気を配っていた。小説の市場が急速に成長している時代に生じる無数の機会を熱心に開拓し、生涯を通じて新しい読者層に食い込もうと努めた。サンプソン・ロー出版社の同僚であるエドワード・マーストンは「コリンズ氏は自分の価値を十分に知っていた」[37]と言っている。コリンズはサッカレーが好意的に描いている『ペンデニス』に登場する若い小説家ジョージ・ワシントンと同じ考えだと誰でも思うだろう。ジョージは、自分は「散文書きの労働者」で、「資本家、取引人は、他の者に対してと同じように文学の創案者とも取引をする権利がある」（『ペンデニス』、第三二章）と考える。

しかし、コリンズは文学市場と、一八五〇年に小説を出版しはじめるときにはすでに十分に進行していた商業化の流れに切に加わりたいと思っていたが、自分の小説が一巻本として出版されたときに付けた序文からは、彼が芸術家として真面目に受け入れられ、単なる人気作家や、若いときに作家として身を立てたいと思っていたときの思いを表現するためにトマス・ハーディがのちに用いた言葉を借りれば「連載小説の名手」としてよりも（あるいは、であるとともに）、真面目な小説家とみなされることを望んでいたことが明らかである。コリンズは作家として身を立てはじめた当初から、作品の序文で彼独自の芸術論・小説論をさまざまに詳しく述べ、序文を付けたその小説における手法を弁護し、物語・年代順配列・展開や背景に払った注意について詳しく語って、彼の作品に対する批評的な反論を逸らすか、(特にあとで加筆した場合は)退けた。この基調は『バジル』の献辞で打ち出されたものである。その中でコリンズは物語の背景とプロットが突飛だという反論が起こるのを未然に防ぐために、小説のリアリズムと理想主義について論じ、彼の物語は現実と体験にしっかり基づいていると主張した。彼が書いているところによれば、彼の物語の「主要な出来事」は「私の知っている事実」に基づいており、物語は「私自身の体験か、あるいは人づてに聞いた体験」に基づいて作られ、書き進められていった。「めったに起こりそうにもない突飛な事件や出来事」も「しかるべき目的をもって用いさえすれば、誰もが経験するような事件や出来事と同じように、小説の正当な素材」として利用できると弁護した。コリンズは、一八五〇年代のジョージ・エリオットとジョージ・ヘンリー・ルイスの議論を先取りして、「現実」に拘ることが芸術の本来の関心事である「理想」へたどり着くための手段だと主張したのである。「空想と想像力、雅《みやび》と美は、花に香りと色彩があるように芸術作品には欠かせないものですが、そうした要素も土の中に根を張ってこそ天へ向かって伸びていけるのです。散文小説における最も高貴な詩とは、日常の真実をうたう詩にほかならないのではないでしょうか」。彼の前のディケンズやのちの一九世紀の多くの小説家(とりわけハーディやジョージ・ムア)のように、コリンズは近代生活を描いた彼の処女小説の序詞で、ちゃんとした生活でないところの場面や体験を芸術のためにも道徳のためにもなるとして弁護し、上品な読者の偽善的な言葉遣いを攻撃した。

小説の仕事は人間の生活を描き出すことだと認める人なら、人間性が今と変わらないかぎり、どん底の惨めさや犯罪を描出する場面もいきおい含まれてくることは否めないでしょう。真に道徳的な目的で書かれたのであれば、そのような場面が有益な結果を生まないとは誰も断言できないでしょう。(中略)
小説家の任務は読者をただ楽しませるだけではないということに賛同できない人、普段は心の中で考えたり人前で話題にしているような題材を正直に、真面目に、書物においても書くのを良しとしない人、何でもない文章に裏の意味を読み取ったり、けしからぬ含意を見いだしたりする人、(中略)本心とは裏腹に口先だけで道徳を述べ立てるような人、こうした人びとには、すでに述べた十分な説明に加えてさらに説得の努力をしたところで、時間の無駄になるだけでしょう。この本はそのような読者のために書いたのではありませんし、今後もそういう人たちを相手にするつもりはまったくありません。

コリンズは、『白衣の女』の最初の三巻本版(一八六〇年)の序文を書く頃までには少なくとも一つの読者層としっかりした関係が持てると確信できるまでになった。その階層とは連載物の読者で、この読者のおかげで『白衣の女』は成功し、それによってこの作品は、それを「完全な形」で読みたいと願う、もう一つの「新しい読者層」(巡回図書館の読者)をある意味で獲得することになった。コリンズは、三巻本として出版するために改訂するにあたり「物語を整え、首尾一貫性のある効果的なものにしよう」と十分配慮したことを、この新しい読者層(それに潜在的な書評家)に特に気づかせようとした。また、語りの形式が大胆なほど実験的である(物語を語るのは「全員が出来事の鎖の異なった場所に位置する登場人物」で、これらの登場人物はそれぞれが鎖を順番に持ち、それを最後まで運ぶ）ことを主張し、物語の鎖の輪の意味をあまりに早く明かさないようにと書評家たちに警告しようとした。一八六一年の新版の序文も語りに焦点を合わせ、登場人物をそっちのけにして物語を展開しようとするセンセーション小説の傾向に関して発生しはじめた批評の論争に加わった。コリンズは、この機会を利用して、「小説の第一義的な目的が物語を語ること」だという古い考えに彼が拘っていること、小説という芸術の第一条件を適切に履行した小説家には、登場人物と物語を離れがたく相互に連結させているので「登場人物を生きと描写しない」という危険がない、と彼が考えていることを再確認した。コリンズは「登場人物とプロットの関係」という問題に一八六八年版の『月長石』に付けた序文で再び戻り、「これまでの私の小説の目的は、登場人物に及ぼす環境の影響をたどる」ことであったのに対して、現在の小説の計画は「登場人物が環境に及ぼす影響をたどる」ことであると述べている。この序文でコリンズは、『バジル』と『白衣の女』の序文同様、プロットの心理的現実と、プロットを正確に展開するために払った苦労を再度強調した。

『白衣の女』が批評家から成功作とみなされ、商業的にも成功したあとで『バジル』が一八六二年に再発行されたとき、コリンズは「献辞」を付け加え、そこで彼の手法を弁護し、小心者の読者と批評家を攻撃した。

出版されるとすぐ、不謹慎な本だとして、一部の読者はこの作品を非難した。私はうわべだけでなく真の慎みを厳密に考慮に入れながらこの物語を構想、執筆したと自負していたので、小説中のまったく罪のない文章を誤解してふしだらな解釈を下すような輩には、勝手に気のすむまで騒がせておいた。

侮蔑の念しか感じられないような意見にわざわざ抗弁する気にもなれなかったからだ。『バジル』は純粋な心を持つ読者に対しては何一つ恐れるものはないとわかっていた。(中略)徐々に、だが確実に、この小説は批判的な意見を打ち負かして広く評価されるようになった。

一八六二年、コリンズは良識ある読者の反応を心の中にしっかりと刻んだ。この年にコリンズは『ノー・ネーム』の最初の三巻本版の序文を書き、そこで、この小説が雑誌に掲載されていたときの「多くの読者の権威」を抜け目なく利用して、「善と悪の相反する影響下において苦闘する人間」の体現者としてマグダレンを登場させた試みが成功するだろうということと、そのような書き方こそが「自然」に忠実なのだということを納得させようとした(コリンズは多くの読者と批評家がマグダレンの取り扱い方に困惑していて、気分を害していたことをすでに知っていたのだ)。同様に一八六六年、コリンズは、彼の作品を「読者全般」が相も変わらず「優しく受け入れてくれている」から、彼の物語を「弁護するような序文」は不必要であろうと、ごく簡単に述べた序文を『アーマデイル』に付けた。しかし、「特定の読者(あるいは批評家)」には「近代小説の発達を、もしできるなら、その中に縛り付けておきたいと思っている狭い限界を『アーマデイル』が一方ならず飛び越えているのを目にして、あちらこちらで狼狽、おそらく立腹さえするかもしれない」とさらに警告した。同じことを『毒婦の娘』の序文でも再び述べている。そこにおいてコリンズは、「狭量な少数の読者と彼らの偏見におもねる批評家がイギリスの小説家に禁じていると思われる重要な社会問題がある」と不満を述べている。中流階級の読者と書評家が幅広いイギリス小説に課す規制に対するこのような攻撃は、『乳母に預けられた文学、あるいは巡回する道徳』でジョージ・ムアが、あるいは一八九〇年に『ニュー・レヴュー』誌で「イギリス小説の率直さ」について議論を闘わせたトマス・ハーディがという具合に、一八八〇年代および一八九〇年代の新世代の作家が繰り返して行った。そのような規制を求める見方に対するコリンズ自身の弁護は、『アーマデイル』の簡潔な序文で略述したものと同じままであった。そこにおいてコリンズは、「不快な真実」（トマス・ハーディがのちに自作について用いた言葉を借りれば）の力と正当性を力説している。「執筆の意図が、書き上げた作品にわずかなりとも実現できているとすれば、未来永劫それが理解されないとは思わない。現代の薄っぺらな道徳観によって評価すれば、本書は誠にもって大胆不敵な書物である。しかしながら、時代に左右されないキリスト教的道徳観から判断を下すならば、本書は大胆にも真理を語っているのにすぎない」。

コリンズと書評家たち

コリンズは、書評は読まないし、気にもかけないと頻繁に抗弁はしていたけれども、死亡するときまでには自作の小説の書評を三冊のスクラップブックにしていて、彼の書簡と彼が書いた序文からは、手がけた小説が批評家によってどのように褒められていたか、あるいは批判されていたかを彼が詳《つまび》らかに知っていたことがわかる。コリンズは『アントニナ』を簡単な礼状を添えて二、三の評論雑誌に送付し、友人のダグラス・ジェロルドに『アセニアム』誌に持参させ、この作品を常勤の二人の書評家に推薦させた。週刊誌『リーダー』と『ベントリーズ・ミセラニー』誌とのコネを活用して、二作目の小説『バジル』を好意的に書評してもらうように働きかけてもいる。コリンズはのちに『アントニナ』が「それまで私には経験したことがないような賛辞を浴びた(38)」と回想している。実際、この若い作者はシェイクスピアに喩えられ、彼のこの処女作品は、「素晴らしい想像力」(『ハーパーズ・ウィークリー』誌)を示す「注目に値する本」(『オブザーヴァー』紙)と評された。しかし、描写に寄りかかりすぎていることと、「絵画的な表現」に走る傾向があり、そのことが「この作品の劇的な特徴を損じる場合が多々ある」との指摘を受け、「特に物語をもっとコンパクトにし、もっとすばやい展開にするために、構想の技術を学ぶべきだ」(『エクレクティック・レヴュー』誌)と勧められた。[39] コリンズのその後の小説と序文からは、彼がこの教えを心に刻んだことが知られる。彼の小説の書評を見ると、教えのようにしたことによってコリンズがその後の彼の作家としての人生を、褒められたり、けなされたりしながら過ごしたことがわかる。

コリンズの作品に関する一九世紀の批評論調は、『バジル』の書評によって定まった。『リーダー』紙はコリンズの物語を語る能力を褒めたものの、その「非現実的な雰囲気」[40]には批判的だった。『イグザミナー』誌は、「悪い手にかかればナンセンスになるかも知れないプロットを捻り出すコリンズ氏の力量」[41]と述べて、コリンズの語りが持つ危うさを指摘した。『ウェストミンスター・レヴュー』誌は、『バジル』の中心的なエピソードが「まったくもって不快極まりなく」[42]、この作品には道徳的目的が欠けていると言って、彼の主題と、彼のその処理の仕方に対して道徳的な異議(これはコリンズの小説の批評においてたえずつきまとう特色となるのであるが)を唱えた。『アセニアム』誌は、以前コリンズの『アントニナ』の書評において、「フランス学派の悪徳に染まっている」「胸をむかつかせるようなことを不必要に、事細かに書き連ねている」「病的であるから付随的に取り扱うべきである」「偶発的な事件を詳述するという好色趣味に迎合している」[43]と警告したように、おそらく一八三〇年代のニューゲート論争を思い返してだろうが、コリンズに「オールド・ベイリー〔中央刑事裁判所〕の美学」[44]を取り込まないようにと警告した。

コリンズが序文でかなりのスペースを割いて自分の語りの技法を弁護したとしたら、それは書評家が多くの時間をかけてその技法の欠点を指摘したからである。多くの書評家はコリンズがしがない語り手、単なる「プロット製造者」、「われわれの感情に訴える」[45]登場人物を造型できない謎作りだとして彼を責めた。これらの表現は『サタデー・レヴュー』誌に載った、関連した物語をつなぎ合わせた短編集の『ハートのクイーン』（一八五九年）についての書評に見られる。この書評は、一八五九年秋に至るまでの小説家としてのコリンズの業績をより広範に、またかなり網羅的に考察しようとした。

昨今では、人生哲学を述べ、書き手が贔屓する教えを植え付けようとする小説が数多く書かれている。著者が登場人物を入念に作り、小説の登場人物が置かれている環境によっていかにある美徳や悪徳が明らかにされるか、あるいは培われるかを見せようとする小説がある。また、過ぎ去ってしまった社会の状態や、イギリスの大衆にはなじみのない生活方法、あるいはわれわれの通常の思考習慣にはなじみのない場面・習慣・制度について書こうとする小説がある。コリンズの考えでは、こうした試みはすべて、小説家の本来の義務から逸脱している。物語作家には語るべき物語がなければならないし、その物語を語るべきなのである。小説家のなすべきことは、人類を進歩させたり、教育したりすることではなく、楽しませることなのである。平凡な生活は不思議な事件で満ちている。そうしたものを脈絡も体系もなく語れば、読み手や聞き手は瞬間的にしか集中できないであろう。しかし、ここに小説家の技の見せ所がある。小説家は読者の興味を長引かせるように物語を脚色できるのだ。些細な事件を多く工夫して作り上げ、それを中心点に集中することができるのである。小説家はこの中心点が存在することを読者にたえず痛感させることができる。しかしそれが何かを隠すことができる。

この中心点が明らかにされるときには、それまで不明瞭に見えたものが明瞭に見えるように操作できる。そして主要な出来事は、すべて、他とは関係なく自然に生じたように見えることとなる。とはいえ、最後には謎となっていくが。こうして物語はよく管理された謎となる。(46)

コリンズが労を惜しまないプロット作りにすぎないという見方は『白衣の女』の書評でも著しく目立った。しかし、無数の読者からは賞賛の声があがっていた。この作品に満足したというそのような読者の中には、「日の出から日没まで」この作品を読み続けたという小説仲間のサッカレーや、この小説が「とても面白くて」、それで劇場に行き損ねたというウィリアム・グラッドストーン（すぐに首相となった）らがいた。グラッドストーンの考えでは、『白衣の女』は「『アダム・ビード』よりもはるかによく書かれていて、ジョージ・エリオットの小説ほど「すぐれている」とは思わないが人物造型は「素晴らしい」(47)ものであった。『バジル』は、初期の書評のほとんどでは、このように熱狂的に賞賛されることはなかったが、最終的には『ブラックウッズ・エディンバラ・マガジン』誌と『タイムズ』紙で好意的に書評された。『サタデー・レヴュー』誌に載った、ある初期の書評は、コリンズの物語の語りと筋立てを褒めたものの、『ハートのクイーン』の書評からの一節（先ほど引用）を取り上げ、語りだけがコリンズのできるすべてだと論じた。「コリンズは上手な作り手だ。彼の物語はそれぞれが謎であり、それを解く鍵は第三巻までわれわれに渡されない」(48)。他方、「正確・情熱・哀感」は「単なる補助的な色付け」にすぎないと言われ、登場人物は「特徴はあるものの、性格はない」(49)。

コリンズが登場人物よりもプロットを重視しているという議論は一八六〇年代を通して彼の小説が批評される場合に常にされ、さらにこの議論はセンセーション小説の議論と絡まりさらに複雑になった

（一二九頁を参照）。フランシス・ブラウン〔アイルランドの小説家・詩人（一八一六－七九）〕の『カースルフォード事件』が一八六一年一二月二八日に『スペクテーター』誌で書評されたとき、そこにおいて『白衣の女』はセンセーション小説として、振り返って書評された。

われわれは多くの新種のセンセーション小説に脅されている。これは非常に複雑な物語で、その関心は入念な準備を施された謎を徐々に解明することにある。ウィルキー・コリンズがこの流行をしかけ、いまではプロットを考えだすことのできる小説家であれば、誰もがプロットをさらに多少謎めいて、当然らしくしさえすれば、『白衣の女』と比肩する成功を得ることができるのではないかと考える。(50)

それから数カ月後、すでに言及した「センセーション小説」についての無署名の書評でマーガレット・オリファントは、コリンズの「極めて精巧に作られたセンセーション小説」を賞賛している。この小説のために「著者は長い間下調べをしていた」とし、この小説を極めて扇情的な場面から始めていることを喜んだ。『ノー・ネーム』は、H・L・マンセル〔イギリスの哲学者（一八二〇－七一）〕が一八六三年『クォータリー・レヴュー』誌に無署名の書評を載せてセンセーション小説を攻撃したときに、この小説をセンセーション小説の二四作の中に入れたことから、センセーション小説論争に巻き込まれた。この書評によってコリンズは、興奮させることだけを狙い、その成長が近代商業時代の病的な状態を暗示すると言われた新しい「文学階級」というコンテクストに据えられることとなった。マンセルの主張によれば、センセーション小説は「広範囲な腐敗と（中略）病気」の徴候でもあり、その原因でもある。これらの小説は「工場か店舗であふれた商業的雰囲気(51)」によって毒されている。『ノー・ネーム』それ自身に関しては、マンセルの攻撃の焦点は筋立てというより、コリンズが「私生児の社会的立場を決定する法律に対して抵抗[52]」している間違った論理と道徳性にあった。アレグザンダー・スミスは、『ノース・ブリティッシュ・レヴュー』誌の無署名書評においてマグダレン、キャプテン・ラッグ、ノエル・ヴァンストーン、ミセス・ルカウントのような登場人物の非現実性を、「このような人間は現実の世界には存在しない。彼らが本来居るべき場所は、センセーションドラマに捧げられた劇場の青い光の輝きである」と述べて攻撃した。とはいえ、「しかしながら『ノー・ネーム』には素晴らしい点がある[53]」と譲歩はしている。『アーマデイル』も同様に次のように書評された（『アセニアム』誌で）。

報復を伴った「センセーション小説」である。しかし、『ノー・ネーム』の跡を必ず継ぐ作品だ。プロットをまず考え、人間性を後回しにする者、さらに進んで、上品な生活を猫かぶりだと語る者は、小説においてであれ道徳においてであれ、下流に流れるか、流れるに相違ない溝に身を置いているのだ[54]。

マグダレン・ヴァンストーンとリディア・グウィルトは、二人ともセンセーション小説のヒロインとして書評された。「重婚者・泥棒・常習犯・贋造者・殺人者・自殺者」のリディアは「興行師のリチャードがサーカスの動物と歩き回る[55]」ときに見世物にされるヒヒに喩えられた。『タイムズ』紙では、『月長石』は「センセーション小説派」の指導的泰斗の作品と書評された。しかし、この書評家にとってセンセーション小説派の顕著な特徴はそこに登場する獣欲的な女でも、そこで描かれる不道徳な行状でもなく、「卵を産みながら、それを隠す習慣」、コリンズのさまざまな形の「秘密主義への傾向」であった。『タイムズ』紙の書評家は卵隠しが、面白くて好感の持てる登場人物の創造と両立しないとは思わなかったが、他の書評家たちはそのように考え続けた。「謎」とか「難問」という言葉が物語の特徴を述べるために繰り返して使用され、登場人物は「操り人形[56]」と呼ばれた。他方、アメリカの『リッピンコッツ・マガジン』誌は『月長石』を「完璧な芸術作品[57]」と断言した。

小説家としてのコリンズの評判、それにおそらくは彼の小説書きとしての能力は『月長石』を境に末期的な衰退へ向かって行ったとよく論じられてきた。たしかに、『白衣の女』のように華々しい人気を勝ち得たり、批評家から賞賛されたりすることは二度となかった。しかし、一八七〇年代と一八八〇年代の大半を通してコリンズは、幅広い読者層を数多く得て、批評家から注目される小説を書き続けたのであった。たしかに、書評が常に好意的であったわけではなかったし、小説を宣伝目的のために利用しているとして、そのことを嘆く書評家は多かった。たとえば、『夫と妻』は、一八七〇年に『カッセルズ・マガジン』誌で連載されたときには、素晴らしく売れて、コリンズが物語作家としての力をまったく失っていないと数人の書評家は判断している。事実、『サタデー・レヴュー』誌の書評家は「あまりに面白すぎて本を置くことができず、いわば一気呵成に読み終えた[58]」と言っているし、『ハーパーズ・ニュー・マンスリー』誌は「ロマンスとしてこの作品はこの年の他の小説よりもはるかに優れている」と断言している。しかし、同時に「告発」としては失敗だとも判断した。『サタデー・レヴュー』誌は次のような書評を載せた。

道徳的な目的が顕著な小説では、その目的が一般的にはほとんどその小説を駄目にするものであり、この小説の場合でも、重大な芸術上の欠点をもたらしたと考えられる。一般的にある一つの目的で手に余るほどなら、目的が二つともなれば、もうお手上げだ。コリンズ氏は、ランニングとボートレースを攻撃することで満足して、同時にすべての婚姻法に槍を投げなければよかったのに[59]。

コリンズの作家人生の最後の二〇年間を通して、書評家たちはコリンズを真面目に取るべきか、そしてコリンズが言っている言葉を借りれば、道徳改革者として取るべきか、あるいは単に物語作家と取るべきかを議論し続けた。だから、コリンズの最後の完成小説『カインの遺産』(一八八九年)を『スペクテーター』誌で書評したJ・A・ノーブルは、この小説の「知的体系」について熟考した末に、「好奇心に駆られて考察しすぎて、批評という車輪で知的な蝶をひき殺している」ようだという結論に達した。ノーブルに言わせれば、コリンズは「時折理論を示すかもしれないが、常に行っているのは物語を語ることであり、物語が彼と彼の読者にとっては理論よりも重要なのである[60]」。物語作家としてのコリンズの真価については、批評上の決まり文句が、作家として出発した最初の一〇年同様、晩年の一〇年でも実質的にそのまま残った。彼の作家人生は物語の語りと筋立てが上手いといって褒められれば、単なる筋作りとか機械的な筋作りだと言って貶されるという、その繰り返しだった。新しい見方が出たとすれば、おそらく長い作家人生のために仕方がなかったのだろうが、己自身を繰り返している、さらには自己を茶化しているとして、今や非難されていることだけであろう。

第四章　主人・使用人・妻——コリンズの小説における階級と社会移動

狭量な少数の読者と彼らの偏見におもねる批評家がイギリスの小説家に禁じていると思われる重要な社会的問題がある。
（『毒婦の娘』、序）

コリンズの小説は同時代の社会的・文化的な関心事や心配事を幅広く例示し、それらを取り扱っている。作家としての生涯を通じ、コリンズは社会批判のための道具として自分の文学作品と新聞雑誌に載せた雑文を利用した。彼自身の不確かな社会的立場は、周辺的で目立たない人物に彼がたえず魅了されつづけたことに現れている。ときどき、特に作家としての最後の二〇年間において、コリンズはすべての小説を、のちのセンセーション小説の『毒婦の娘』（一八八〇年）の序文で書いているように「重要な社会問題」、すなわち売春婦の改革（『新マグダレン』や『落ち葉』）、あるいは動物実験反対（『心と科学』）のような特定の問題に捧げた。作家として世に出た当初からコリンズは階級とジェンダーの問題を考えていた。階級の不平等と社会移動、それに社会関係の変化が、男性性と女性性についての概念の変化およびジェンダー役割の変化についての関心同様、彼の小説で大々的に取り扱われた。彼の小説の多くは、女性と子供の権利に焦点を合わせ、家庭を構築し管理するうえで法律と政府が果たす役割を、妻の財産権と結婚と離婚を律する「混沌とした法律状態」についての同時代の論争を調査することによって、探求した。より一般的に言えば、コリンズの小説は社会的・性的・宗教的なコードを通して個人と社会の行動を管理する当時の方法を探求したのである。

階級

コリンズは一八六〇年『オール・ザ・イヤー・ラウンド』誌で発表した「新社会観」で、「長い社会体験」の中で知り合った最も楽しかった仲間が街頭の「立派な浮浪者仲間」だったと書いている。彼は、ディナー・パーティに招待されても、そうした形式ばった儀式には出席しないと決め、着心地のよい服を着て、ディナー・パーティが行われている屋敷の外に集まった下層階級の者たちとひと時を過ごし、彼らと一緒になってカーテンのかかっていない窓越しに壮観な屋敷内の光景を眺めた。

客人たちは全員が口数も少なくなり、無感動となっていた。彼らは重い黒い上着を着ていたために息がつまりそうになり、糊の効きすぎた白ネクタイで喉が絞められ窒息しそうであった。

四番目の椅子が空であった。（中略）私の座るはずの椅子だ。（中略）自分の幽霊がそこに座っているのが見えた。汗を出しているその幽霊の様子はとても気味悪く、言葉にはできなかった。（中略）恐ろしさのあまり顔をそむけ、街路の仲間、素晴らしい浮浪者仲間を探し、気分を落ち着けようとした。(1)

この文章は中流階級の読者と書き手の双方に「上流社会」について新しい世界観を与えたが、同時に一九世紀の上流社会における階級区分と階級分裂を非常にわかりやすく示してもいる。作家が「上流社会」の世界に属しているのは明らかだ。しかし、それと同じように、その上流社会の儀式に居心地の悪さを感じ、それとは距離を置いてそれを皮肉に眺めているために、彼のアイデンティティと立場があやふやになっているのも明らかである。街路の仲間と一緒にいて居心地のよかったときに感じた新しい上流社会観からは、自分自身についての新しい、そして面倒な見方も生じる、つまり自己分裂である。「上流社会」という世界に対する部内者観・部外者観も、この文章に見られる下層階級との共感的一体感もコリンズの多くの小説に見られる特徴である。また、衣服の着脱のように（あるいは、まさしくそれによって）階級は着脱できるという「階級アイデンティティの入れ替え感覚」も同じく彼の小説の特徴である。たとえば、マグダレン・ヴァンストーンは『ノー・ネーム』で異なった階級アイデンティティを持ち、「レディとは絹のガウンを纏《まと》い、自分を重要な地位の者という意識を持っている女性のこと」（『ノー・ネーム』、第六場第二章）と主張するのである。

近代生活を描いたコリンズの最初の小説『バジル』（一八五二年）のプロットは、異階級間の緊張と憤りとともに、社会移動と階級の境界逸脱という問題をめぐって展開する。これらの問題はすべて、おもに小説の主人公でもある語り手の観点から告白の形で眺められる。物語の筋の一つである、昔から続く由緒ある貴族の出であることを誇る息子のバジルと織物商の娘マーガレット・シャーウィンの結婚は二人がバスで偶然出会ったことから生じる。一八五二年当時、バスは明らかに近代的な交通形態であった。バジルが言っているように、バスは、「すべての階級の人間」を異常に近づける「風変りな人間性の巡回展示室」（『バジル』、第一部第七章）であった。この初期のセンセーション物語を推し進めるもう一つの主たる動因は、バジルと、ミスター・シャーウィンの店員で、バジルの父親の信用を失ったかつての仲間の息子（ということがあとでわかるのだが）であるロバート・マニオンが、マーガレットへの愛を競う異階級闘争である。

この物語の冒頭部分では、さまざまな階級を示すものをバジルが体験する様子が綿密に描かれる。彼の子供時代と教育はあまり関心のないものとして退けられる。「僕のような階級の生活の中で何百とある」うちの単なる一部だからである（第一部第二章）。父親との関係も、彼のアイデンティティを特別に形成したとは明らかにみなしているが、彼のような階級の生活を送っている者にとっては、ほぼ間違いなく、何百とある他のもののようなものである。「私たちは、先祖に対して父と同じ気持ちを持つことを求められていた。彼の子供であると同時に所有物でもあったのだ。（中略）父は子供を疑ったこともなければ不当に厳しかったこともなかった。父から教わったのは、言葉によってであれ行動によってであれ、家族の名誉を汚すことが唯一の致命的な罪であって、その罪を父はけっして（中略）忘れず赦しもしないということだった」（『バジル』、第一部第三章）。バジルは、自分の階級の役割に座り心地の悪さを覚え、不安ではあったが、それでもその階級によって自分が形成されたことは認めている。初心《うぶ》で傷つきやすい青年が上流社会への野望を持ったシャーウィン家にとらわれた物語として回顧的に自分の過去を語るとき、バジルは、新しく建設されたロンドン北部郊外の異世界、すなわち彼のより洗練された感受性に襲いかかり、目をくらませる安ぴか世界への訪問者として自分自身を紹介する。

何もかもが圧迫感を覚えるほど新しかった。ニスでぴかぴかのドアは、開くと同時にピストルの銃声のような音を立てた。壁紙は白地に金と赤と緑で鳥やら花やら葡萄畑をあしらったけばけばしい模様で、貼りたてでまだ乾ききっていないかのように見えた。カーテンは派手な白とスカイブルー、絨毯はもっと派手な赤と黄色で、どちらも昨日店から届いたといってもおかしくない真新しさだった。（中略）モロッコ革の絵本は、買って以来ずっと置きっぱなしで開かれることもないらしい。ピアノの上の楽譜でさえ、隅が折れたり使われたりした形跡のあるものは一つとしてなかった。贅沢な調度を備えているのに、これほど居心地の悪い部屋はほかにはないだろう。見回すと目が痛んだ。くつろぎというものがどこにも見つからない。（第一部第一〇章）

『バジル』は、コリンズがゴシックを近代化し、階級のキーワードを含めて、ゴシックのキーワードを完全に変えた初期の例である。伝統的なゴシックでは常に中流あるいは上流階級のヒロインを邪悪な教会や貴族の力に翻弄させてきたが、コリンズの近代的なゴシックでは上流階級の男性主人公が世俗的な下流階級の世界に陥《おとしい》れられる。主人公がそのような世界を正しく読めないからである。バジルは最終的には郊外の策謀者たちより長生きし、父親と和解するが、父親の世界には完全に加わらず、父親が死亡し、兄が家の遺産を引き継ぎ、彼が妹とともに田舎に隠居する形で物語は終わる。

『バジル』は貴族である主人公の社会と自己からの疎外を、下層中流階級女性への性的誘惑とその後の妄念、さらに彼につきまとって離れないその女性の策動的な恋人で、頼りになる大番頭マニオンに対する嫉妬と嫌悪感を通して跡付ける。一方マニオンは、「若さと家柄と財産にまかせて、私の二〇年の苦しみを償う待ちに待った報酬をあとひと息のところでさらって行き」、さらにひどい目に遭わせたうえに、なお侮辱を加えるために「父を絞首台に送り、私の社会的特権を奪い去った」（第三部第五章）社会的に地位が高いバジルに異常なほどの嫉妬を感じ、彼に腹を立てる。他方『白衣の女』は、中流階級の絵画教師が上流階級の女性とかかわり合いつつ、かつこの女性の策動的な貴族出身の夫を追いながら、いかに社会的に栄達していくかを跡付ける。「辛抱強い女は何に我慢でき、強い意志を持った男は何をなしとげられるか」（『白衣の女』、ウォルター・ハートライトが始めた物語、I）というウォルター・ハートライトの物語は、アン・クヴェトコヴィッチが論じたように「家父長の権力と財産を獲得するための手段となり、彼が階級差にもかかわらず（ローラ・フェアリーと）結婚するのを可能にする」[2]物語である。

自分自身の物語部分の語り手、事件に登場する他の主人公たちの物語の編集者、それにそれらの事件の目撃者でもあるウォルターは、その物語を貴族の家父長権力と法曹界の「重い財布の持ち主」によってローラに拒まれていた正義を達成する物語として語る。パーシヴァル・グライド卿とローラの父親のような男性貴族たちの犯罪と悪業をウォルターが暴く物語は、（ツヴェトコヴィッチが指摘しているように）ローラと（彼女のアイデンティティを回復したあとで）結婚して、彼らの権力を彼が獲得する物語でもある。ウォルターとローラとマリアンの異なる社会的地位、それに小説の進行につれての彼らの変化は非常に面白い。コリンズの（そしてディケンズの）多くの主人公同様、ウォルターは小説のはじめでははっきりとした社会的地位も、安定した収入も、明確な職も持たない青年である。中流階級ではあるが、彼の家は零落しており、持ち合わせの社会的なコネをできるかぎり利用しなければならない。彼はある職業、それは法律だが、それを得ようとするが、身が入らず、芸術家や絵画教師になろうと努めているときに、リマリッジで最初の職に就く。リマリッジの遺産相続人で彼の生徒となったローラの両親は貴族で、彼らの社会的出自・習慣・趣味は中流階級のものである。ローラのつつましやかな身のこなしと服装は、父親のように貴族らしいというよりもむしろ母親の中流階級の優雅さを持っていた。反対に、社会的地位がかなりの程度異母姉妹のお蔭で保たれている下流階級出身のマリアンは、（ウォルターによって）「高貴な生まれの女性の気取らない自立心」（『白衣の女』、ウォルター・ハートライトが始めた話、Ⅵ）を持っていると描かれている。ジョン・クチチが述べているように、これら三人の登場人物たちは、物語の後半において「中流階級の社会的アイデンティティ[3]」を間違いなく再構築する。つまりローラよりも派手で、独立心のあるマリアンは家事の切り盛りをうまくする。ウォルターは上流階級の庇護によるのではなく、みずからが努力をし、業務上のネットワークを利用して当てにできる収入を得られる雑誌の挿絵画家となる。ローラですら、挿絵に自分を描かせて（ウォルターから）金を「稼ぐ」ことによって上品な職業に（自分では気付かないうちに）従事する。このように三人は、小説の最後でリマリッジ屋敷に戻ったとき、時代遅れの貴族社会に取って代わり、かつウォルターとローラの場合は、彼らの中流階級の価値観を社会的にもう一段上へ上げたと見ることができる。

『バジル』と『白衣の女』では異階級間の性関係に魅かれているさまが明白に見られ、コリンズはこれを作家人生において一生持ち続けた。『罪の河』（一八八六年）において彼は性的魅力を、登場人物に「イギリスの階級差別を気づかなくさせる」（第七章）「精神状態」と繰り返し述べている。彼の小説では、身分が下の生地商の娘とのバジルの結婚から始まって、身分が上の貴族の教え子とのウォルターの結婚を経て、『新マグダレン』における聖職者（ジュリアン・グレイ）と元売春婦（マーシー・メリック）の結婚にいたるまで、さらには自分の死産した私生児の父親によって誘惑され、裏切られた社会的身分が不安定な女と初老貴族との結婚（『夫と妻』のサー・パトリック・ランディとアン・シルヴェスター）や、『罪の河』の帽子屋の娘と良家の男との結婚など、異階級間の結婚も目立つ特徴だ。いろいろある中で異階級結婚はヴィクトリア朝中期の社会を特徴づける社会移動の現れであり、コリンズの小説は社会地位を表すものについての不安に繰り返し焦点を合わせている。マーガレット・シャーウィンとの秘密結婚を一年間延ばすという提案にバジルが同意するのは、「マーガレットが教育を終え、精神的に大人になる」(『バジル』、第一部第一一章)間に彼女が二人のあいだの身分の差を多少なりとも無くすと彼が考えたからである。同様にして、『罪の河』のプロットが複雑になっているのは、主人公と身分の低い恋人を遠ざけておいて、その恋人が貴婦人のもとで教育とたしなみを身につけるのを待つためである。

コリンズのプロットは、上昇社会移動への欲求をめぐって展開するか、上昇社会移動の進展を物語をとおして跡付けるものが多いが、中には下降移動と社会階級の不安定さに焦点を合わせたものもある。たとえば『秘中の秘』(一八五七年)では、ヒロインでキャプテン・トレヴァートン(彼女と周囲が父親だと信じてきた人物)の財産の相続人であるロザモンド・フランクランドが、自分はキャプテン・トレヴァートンとその妻の娘ではなく、ミセス・トレヴァートンの小間使いサラ・リーソンと錫鉱夫の娘だと知り、財産を失い、社会的地位も失う危険に陥る。同じように『ノー・ネーム』でも、ヴァンストーン姉妹は、両親が死亡し、ヴァンストーン夫妻が実際は娘誕生の時点では法律上結婚していなかった(事実、ミスター・ヴァンストーンは当時別人と正式に結婚していた)ことが明らかになって、父親の屋敷の受給権とともに自分たちの名声と地位を失う。コリンズは『秘中の秘』ではロザモンドに探偵調査に取りかからせ、『ノー・ネーム』ではマグダレン・ヴァンストーンに探偵と詐欺行為をさせて、ヴィクトリア朝のイギリスにおける階級と身分が構築されてきた原因を探求し、それらが移ろいやすいものであることを明らかにしようとした。『秘中の秘』と『ノー・ネーム』の二作品は、「レディ」が下層階級の登場人物と身分を交換するプロットになっている。たとえば、『秘中の秘』の中ほどの着せ替えの場面でミセス・トレヴァートンは、女中のサラ・リーソンの名誉を守り、キャプテン・トレヴァートンに待望の子供を授けるために、未婚でありながら妊娠しているこの女中と衣服と役柄を交換する。『ノー・ネーム』のヒロインであるマグダレンは、ヴァンストーン姉妹に取って代わって彼女たちの父親の相続人となった男に対する復讐計画を押し進めるため、そして一家の名声を回復するために、以前いた女性家庭教師のミス・ガースに扮する。のちには、雇っていた女中のルイザに教えられて、バートラム提督の屋敷に小間使いとして入る。

これらの例から知られるように、またこれらの例は社交上の作法の掟、増加しつつあった中流階級内での社会階級、それに中流階級と上流階級の関係について当時の人々が強い関心を持っていることを明らかにし、そのことを風刺的に探求しているが、コリンズはまた、特に召使いの描写を通して下層階級の生活に焦点を合わせて、その側面を同情心豊かに書いている。使用人と労働者階級をコリンズが芸術家としてどのように描こうとしていたかは、彼の最初に出版された作品『ウィリアム・コリンズの生涯』に多少なりとも明らかに見られる。そこでコリンズは、彼の父親が彼の世代の多くの芸術家のように貧民を感傷的に扱い、そのため「貧乏人の生活を悲劇的なものにしている、筆舌に尽くしがたい窮状と下等な喧嘩」（『ウィリアム・コリンズの生涯』、第二巻、三一二頁）を適切に表現できなかったと言っている。一八五六年の『ハウスホールド・ワーズ』誌に載せた評論「二軒の宿屋に休んで」でコリンズは、とかく噂のあるロンドンの女家主ミセス・グラッチの毒手を通り抜ける「雑役婦と呼ばれる哀れな者たち」を滑稽に、しかし同情的に論じている。これらの「奉公というきつい務め」と「骨折り仕事」をしている年季奉公人にとって、

人生とは汚い仕事・低賃金・法外な要求・無休・社会的地位の無さ・将来の無さである。（中略）このために創られた人間はかつて誰もいなかった。このことを自己の安逸のための必要条件として静かに

受け入れる一方で、文明的だと認められる社会状況は存在しえない。存在すると言えば、それは詐欺行為であろう。ベルを鳴らし、雑役婦がものうげに応対するとき、よくそうした思いが湧いてくる。だが、そうした思いは雑役婦には伝えられない。ただ私にできることは、彼女の不当な侘びしい暮らしと不相応な贅沢な暮らしとを分けている残酷な社会の壁の上を覗き込み、私に同等らしくときどき話しかけてみてはどうかと彼女にせいぜい促すくらいである。(4)

コリンズは、自作の中で、「使用人の不当な侘びしい暮らし」と主人や身分上の者たちの「不相応な贅沢な暮らしとを分けている残酷な社会の壁」に焦点を合わせ、かつまた小説中の使用人に「対等」らしく読者に「話しかけ」させてもいる。たとえば、『月長石』のロザンナ・スピアマンはプロットに大切な装置であるだけでなく、身分が上のフランクリン・ブレイクに怒りを覚えるようになったことで階級の境界を踏み越える下流階級の女の苦しみに同情し、訓戒する人物像でもある。ロザンナの友人のルーシー・ヨランド(「元気のないルーシー」)は、「貧乏人が金持ちに反抗して立ち上がる日は遠くない」(『月長石』、第一期第二三章)という革命的な思想に基づき、「ミスター・フランクリン・ブレイク」を尊敬すべしというベタレッジの見方に反駁して、死亡した使用人を弁護し、評論「二軒の宿屋に休んで」でコリンズが触れていたあの雑役婦の行進に現れていた「階級の憤り」をはっきりと述べる。重要なことに、小説の事件表でルーシーは、一八四八年(チャーティスト運動が最高潮に達し、ヨーロッパ大陸で革命が起こっていた年)に金持ちが貧乏人によって今にも引き下ろされるだろうと警告を発している。ルーシーが社会改革を呼びかけるのは、「針仕事」(『月長石』、第一期第二三章)という立派な仕事をしてともに生きていって隷属した生活からロザンナを救おうとした計画がブレイクによって妨害されたと感じたあとである。同様に『秘中の秘』と『夫と妻』の「秘密を持った使用人」のサラ・リーソンとヘスター・デスリッジの二人は、単なるプロット装置やステレオタイプ以上の存在であり、彼女たちの苦しみはメロドラマ的ではあるにしても、同情的に描かれている。

アンシア・トロッドは、コリンズの（そして一九世紀の他の小説家の）使用人像をヴィクトリア朝中葉における「広範囲に感じられていた雇用者と使用人の関係の危機」（当時の出版物で大いに論じられていた状況）と結び付けた。この危機が「一九世紀中葉の犯罪小説・推理小説の使用人に非常に明瞭に」[5]表現されている、とトッドは説得力豊かに論じた。多くの社会史家が指摘してきたように、一九世紀の家庭において何人の使用人がいるのか、彼らの仕事ぶりがどうであるのかによってその家庭の社会的地位がわかった。しかし、特に新興の中流階級のあいだでは、上流階級あるいは中流階級の屋敷に下流階級の者がいると、それまで屋敷内のプライバシーを守ることで中流階級らしさを築きつつあったのだが、そのプライバシーが脅かされることとなった。このことから、使用人はコリンズや彼の同時代人から侵入者、陰謀者、スパイなどとして表現されることが頻繁となった。

コリンズは、何度も使用人をプロットの中核に据えている。『秘中の秘』のサラ・リーソンは彼女自身と女主人のやましい秘密の重荷を背負っていて、彼女の不安げな、そして相手に不安を与える様子からは、ミステリーがあるのではないかと思わせ、したがってそれを登場人物と読者は解きたいと思うわけである。事実、ミセス・トレヴァートンが夫に書いた今際《いまわ》の告白をサラが隠さなかったならば、この小説にミステリーはなかったであろう。コリンズの小説では、使用人はミステリーの中心近くにいるか、あるいはミステリーを長引かせることがよくある。プロットで使用人がひどく目立つのは、使用人が階級面で目立たないことをコリンズが利用しているからである。『白衣の女』の引退した小間使いミセス・

キャセリックと『月長石』の犯罪歴のある足の悪い「第二女中」のロザンナ・スピアマンは、重要なヒントを含む手紙を書く。しかし、これらの小説の主人公たちは、使用人たちの書状を性急に退けたためにそのヒントを解読できない。そのうえ、ロザンナは月長石窃盗のミステリーを、一つにはフランクリンのナイトシャツの「証拠」を誤って解釈したために、もう一つは彼に情緒面で接近しようと彼女の「知識」を活用したために、長引かせもする。ミステリーはまた、ロザンナとフランクリンの階級が異なること、そしてレディ・ヴェリンダーの屋敷での「家族」と「使用人」という二人の地位関係によってロザンナがフランクリンにどうしても近づけないことによっても長引く。のぼせ上がったロザンナはフランクリン・ブレイクがゲストとして滞在している屋敷では自分の義務を果たすだけだし、またフランクリン（そして他の客）を屋敷で快適に過ごさせるシステムの単なる一部にすぎないので、どの点から見てもフランクリンの目には映らない。同じ屋敷に住んでいても、フランクリンとは異なる廊下と階段を行き来しているからだ。階級が異なるためにジェフリー・ディラメーンも、発狂して言葉を失い、虐待されている料理人へスター・デスリッジの絶望（その謎を『夫と妻』で探そうとするのだが）を正しく読み取れない。ある観点から見れば、へスターは理想的な使用人であり、おそらくは女嫌いにとっては理想の女性であろう。「話しはできないが、料理ができる女は、まさしく絶対的な完成に到達した女である。そのような宝は、家から出してはいけない」（『夫と妻』、第二六章）。しかし、彼女の奇妙な行動（そしてその背後にある物語）からは、中流階級が大切にしていた家庭生活が拠って立つ家庭の「宝」についての彼らの不安と幻想が見えてくる。

使用人はコリンズの小説の中心にある犯罪やミステリーと単に結び付けられているだけでなく、場合によっては彼ら自身が犯罪者でもある。へスターの秘密、それに彼女の無口と奇行の原因は、長期にわたる家庭内暴力に暴力で対抗し、殺人を計画し、実行し、そしてそれを隠蔽したことである。ロザンナは悔悛した窃盗犯人で、その彼女を博愛主義者のレディ・ヴェリンダーが屋敷につれてきてともに住まわせていた。ロザンナは愛する男フランクリンを守るために、彼の犯罪の証拠と思うものを隠す女である。他の小説でコリンズは、当時よく結び付けられていた使用人と犯罪との関係を活用し、それらを扇情的に描いている。たとえば、『アーマデイル』の「魔性の女」リディア・グウィルトは、自分の計画をさらに推し進めるためにガヴァネスを装い、一二歳の小間使いとして犯罪の人生を歩み始める。センセーション小説のプロットへの素材を十分備えた彼女の経歴においてリディアはさまざまある中で以下のことを行っている。①小間使いという特権的な地位を利用して屋敷の秘密につけこみ、自分もその秘密とかかわりを持つようになる。②自分の立場と不当に得た利益を利用して教育と社交場のたしなみ(最初はフランスでの生徒としての期間に、それからスキャンダルのあとには、若い淑女のためのベルギーの学校で)を身につける。③プロの詐欺師・トランプ詐欺師のグループに加わり、囮《おとり》となる。④金持ちの青年を縄にかけ、彼と結婚する。⑤夫を殺して、収監される。⑥恩赦と再審を受ける。メリー・エリザベス・ブラドンのレディ・オードリー同様、カメレオンのようなリディア・グウィルトは、社会上昇移動が幻想であることを身をもって演じるとともに、急激な社会変化の時代においては階級が果たして信頼できるのかといった中流階級が抱く不安感をも代弁する。

コリンズはパーシヴァル・グライド卿やゴドフリー・エーブルホワイトのような、自分の目的のために法律を操り、女性の社会的・経済的・感情的な脆さを食い物にする貴族階級・上流階級の犯罪人よりも、犯罪に引き込まれる下層階級の登場人物に同情を寄せる。したがって、『ハーパーズ・ニュー・マンスリー・マガジン』誌に一八五七年に掲載された初期の一作品では、保管を頼まれていた札入れを盗もうとする強盗に激しく抵抗する石工の娘ベッシーの立派な姿を描く。おそらく作者の考え方を反映していると思われるが、ベッシーは次のように語る。「貧しいために丸一日働いても家庭団欒がもてないとき、正直であり続けるという素晴らしい考えを文字にすることと、そうした考えを行動に移すことは別物よ」（『ハートのクイーン』の「ブラザー・オーウェンの黒いコテージの物語」）。貧者と社会的に不利益をこうむっている者たちの窮状は『新マグダレン』や『落ち葉』のような後期の小説でさらに顕著だ。それらの小説ではヴィクトリア朝の資本主義がそれぞれの主人公である過激な僧侶ジュリアン・グレイとキリスト教社会主義者アメリウス・ゴールデンハートの見方から観察される。「過激な共産主義者で扇動的な僧侶」（ジュリアン）は『新マグダレン』で「イギリスの農民の生活が本当はどうであったのか、わしはまったく知りませんでした」と言い、さらに次のように続ける。

> あばら家で目にしたあのような惨めさを私は見たことがありません。（中略）昔、殉教者は耐えて、死ねました。しかし、その人たちは（この農民たちのように）耐えて生きられるのでしょうか。（中略）毎年毎年、餓死の淵にあって、成長するはずの子供たちが痩せ衰えていくのを見つめることができるのでしょうか。ひどい餓えときつい労働のために教区の牢を最後の拠り所として待ち望みつつ、生きることができるのでしょうか。（『新マグダレン』、第八章）

コリンズの小説では、貧しい者と社会から見捨てられた者が常に同情的に描かれている。また彼らとは社会的に反対の立場にいる者も常に一定の見方で描かれている。すなわち上流階級はほとんど常に時代遅れで、野蛮であるか、あるいは活力を失った者として描かれるのである。またコリンズは貴族社会を模倣する中流階級の上流気取りを一貫して風刺し、批判した。しかし、ジョン・クチチが論じるように、コリンズはまた「文化的知識人」である中流階級のエリートについても書いているし、彼らをある程度弁護もしたのであった。クチチが指摘するように、コリンズの中心登場人物たちは「絵画教師・作家・女優・素人画家・哲学者だったりした。特に文学上の成功を固めていた一八六〇年代の主要作品ではそういえる」[6]。これらの主人公たちは通常は時代遅れの貴族と、そしてまた他のもっと安定した、近年になって社会階層の中で有力な地位を築いた中流階級や上流階級の知的職業人とも、闘争し、競争しているように描かれる。『ならず者の一生』では弁護士と医者が、『心と科学』では科学者が、彼らの社会的衒《てら》いをからかわれる。おそらく驚くべきことではないだろうが、コリンズが法律と法制度をしつこく攻撃しているのを考えれば、弁護士は新しく生じた職業のうちでも一番軽蔑されていたと思われる。自分の利益だけを考えているように描かれる場合が多いのだ。しかも、二重思考者として常に登場する。したがって、『白衣の女』のミスター・ギルモアは大変実直な人物なのだが、大抵は「いかなる状況下でなされた人の発言にも異を挟むのを可能にする法律の素晴らしい美しさ」によって物の本質を見えなくされる。アン・キャセリックとパーシヴァル・グライド卿の取引についてマリアンとウォルターが提供した証拠に応じるように求められたとき、ミスター・ギルモアは次のような論を下す。

パーシヴァル・グライド卿の釈明に疑義があるということで、私が訴訟手続きを取るのを職業上要求されたと感じた場合には、疑いもなく私はそうすることができたのであった。しかし私の務めはその方面にあるのではなかった——私の仕事は絶対に公平な立場から正しい判断を下すことにあった。私は私たちが聞いた説明を十分に吟味し、その説明をなされた紳士パーシヴァル・グライド卿の名声を正当に評価し、そのうえで、卿の語られたことが明らかに正しいか否かの公正な判断を下すということにあった。私は卿のおっしゃることは明らかに正しいものであると判断した。それゆえ私は、卿のご説明は議論の余地のない、私たちを十分に納得させてくださるものと判断できるという、自身の所信を表明したのであった。（『白衣の女』、ヴィンセント・ギルモアが続けた物語、Ⅰ）

もちろん、ギルモアも階級とジェンダーによって本質を見えなくされている。か弱い女の子よりも貴族の男性の声を受け入れる傾向があるからだ。コリンズにとって、社会の現状に合わせようとする傾向が弁護士にあるのは問題である。そうなれば社会権力を持つ者に問いただすことができず、社会権力を持たない者を一般に疑うことになりがちだからである。

コリンズは、「模倣」知的職業人に卑屈に随従するか、何も考えずに彼らと結託して人を幻惑させるよりは、むしろ近年になって起こってきた専門知的職業人の知識を意識的に悪用して、そうした知識人の言葉や方法を自分の都合の良いほうへとねじまげてきた「模倣」知的職業人に対して満腔の怒りを表す。コリンズのはったり屋には「道徳的農学者」で、ミセス・ルカウントを似非科学話でごまかす、初期の広報担当専門家の例であるキャプテン・ラッジ（『ノー・ネーム』）や、堕胎施術者変じて似非心理学者に、さらに、不埒な活動を隠蔽するとともに無知な者を食い物にするために使用される療養所の所長となった「医者」のダウンワード（『アーマデイル』）などがいる。フォスコ伯爵でさえ、一種のはったり屋で、彼はマリアンもローラもさまざまな薬を用いて「治療」する「薬」の素人である。これら最後の二例が示すように、コリンズのはったり屋や模倣知的職業人は犯罪者でもあり、そのような者として小説の中心的な犯罪や謎と、たいていは直接に関連する。本物の「専門」知的職業人は、大概のところ、彼らの専門知識の失敗によって謎を単にせいぜい長引かせるだけである。ジョン・クチチが述べているように、エリート文化的知識人をコリンズが贔屓し、彼らを擁護していることは、彼らが謎の解明者というプロット上の役割を演じているところに窺うことができる。[7] たとえば階級の境界にいる芸術家のウォルター・ハートライトは女性と手を組んではったり屋を出し抜き、知的職業人が行えないことをやろうとする。同様にして、ドイツ語教育を受けた哲学者のフランクリン・ブレイクは、社会から追放されたエズラ・ジェニングズ（アヘンと人情の操作を独学で身に着けた「下位知的職業人」）に助けられて、有名警官のカフ、弁護士のブラッフ、それに医師のキャンディには無理だった説明を行う。

ジェンダー

最初の小説『イオラニ』（生前には出版されなかった）から、没後にウォルター・ベサントによって完成された小説『盲目の愛』にいたるまで、ジェンダー役割とジェンダー関係はコリンズの作品に繰り返し現れる。特に彼の小説では、法律や社会慣習を梃子《てこ》に女性に計略を練り、女性を虐待し、幽閉する男性の犠牲に、女性がたびたびなる。しかし、その場合でも、常に最初から、女性は抵抗している。「原始的な」タヒチ（『イオラニ』）から古代ローマ（『アントニナ』）を経て、一九世紀のイギリス（コリンズの小説のほとんど）にいたるまで、「文化」は「本来」男性からこの世に生じた女性を犠牲にした。最もよく知られる小説でコリンズは、女性性と男性性を社会的に構築しようと繰り返し模索し、変化しつつあるジェンダー役割について蔓延していた文化的な杞憂を誇張して表現した。しかしながら、彼の小説はほかでもなくジェンダーの相違、特に女性性（これを彼の小説は探求し、問題にしようとした）を念頭においてしばしば書き進められた。『イオラニ』の男性語り手による以下の省察は典型的である。

女は、男よりもより普遍的にみられる現象なのだが、行動しなければと思うと力が湧いてくる。女たちのエネルギーは、われわれ男性のよりも、種類は少ないが、あることに集中し、女性であるがゆえに酷使されない。それゆえにほとんどの場合、男が慎重なのに対して、女は行動を起こす。その結果、もし女が失敗すれば男より悲惨だが、女が成功すれば男の場合よりも輝かしく完璧な成功となる。(8)

コリンズの小説は、ある特定の社会や、ある特定の歴史的瞬間において男や女とは何なのかに繰り返し焦点を合わせるが、それでも右で述べた男と女の本当の性質についての普遍的で本質的な「真実」にも繰り返し立ち戻る。こうして、『アントニナ』の重要な筋は、ローマ人によって殺された子供の復讐をしようとする母親（ゴート人のゴイスヴィンサ）の強い決心によって展開される。コリンズの説明によれば、ローマの衰退は少なくとも一部は、男性を女々しくもする原始的な母親の行動のせいだ。同時代のイギリス生活を扱った彼の小説では、近代帝国の社会構造が、①「男性を女々しくする」女性的原始性、②社会に割りあてられた自分の立場を知らないか、あるいはそれを拒む女性、③女性化した男性、あるいは④粗野で獣的な男性性、によって代わる代わる、ときには同時に、脅かされる。

ジェニー・テイラーが述べたように、『バジル』は、「男性の上層中流階級のアイデンティティを形成するコードの形成と崩壊」(9)を探求する。『バジル』はそのことを、他にいろいろある中で、そのようなアイデンティティが特定の女性たちによって積極的に形作られるとともに、流布している女性性との関連で構築される方法に焦点を絞りながら行う。このようにしてバジルの不確かな男性としてのアイデンティティが、一方では父親と父親の上層中流階級的な男性性観からの疎外感によって、もう一方ではさまざまな女性性についての複雑な一連の反応によって形成される。これらの反応には妹の理想化が含まれる。妹のクララは、①一九世紀女性の理想の化身、②彼女を産んでからまもなく死んだ母親の身代わり、③バジルの父親の男性観とクララの言う「女らしさ」の両方を脅かす、新たな女性性についてのバジルの不安の元、である。ここで『バジル』の第五章から、長くはなるが引用することにしよう。バジルがそこで明確にしている二つの対立する女性性がコリンズの小説全体にわたって繰り返し出てくるからである。バジルにとって、「女性の力の基となっている男性の心からの尊敬と賞賛を求め」続けているのは、クララのような女性である。

妹の飾らない純朴さと、気配りや言葉遣い、自然な――実にさりげない――優しさには、ある美しさが伴っていた。控えめではあるが何ものにもひけをとらない美しさで、独特のたゆまぬ力を備えていた。どんなに美人で才気あふれる女性と会ったあとでも、すぐに妹のことを懐かしく思い出した。たとえ機知に富み教養ある女たちのお喋りは忘れても、妹の優しい快いちょっとした言葉はいつまでも記憶に残っていた。このように妹は知り合う人すべてに――特に男性には――大きな影響を、自分では意識することなしに与えた。おそらくこの力の所以については、とても簡単に説明することができるだろう。

昨今では、人前で男性の言葉遣いや作法を真似て、精神的に女らしさを捨て去ることを望んでいるような女性があまりにも多い。そういった女たちは、とりわけあの嘆かわしい現代風ダンディズムをお手本にして感情をできるだけ抑えようとし、どんなことにも熱意を示したがらない、強い感情に動かされるのは流行らないので、表情も冷静を保つのがいちばんだと思っている。この種の極めて今風の女性は、会話で俗語を用いるのを好み、男っぽいぶっきらぼうな態度や、男勝りの放縦な考え方を装い、いわゆる「感じやすさ」が表に出るのを見下すように振る舞って見せる。自然に女らしく心から感動したり、動揺したり、おもしろがったり、喜んだりすることはまったくない。

（『バジル』、第一部第五章）

マーガレット・シャーウィンは、性的魅力をこれ見よがしに誇示し、バジルを結婚させようと謀ることで「女らしさをなくす」だけでなく、彼女と彼女の父親が結婚のときに押し付ける「屈辱的な依存と禁止」によってバジルの「男性らしさ」（『バジル』、第二部第五章）をも失わせる近代女性である。成り上がり者の恋人マニオンのように、マーガレットは物語から追放される。この物語は近代性からも、反乱する近代女性からも疎外され、孤立させられる世界で終わる。バジルは、クララが母親から譲り受けた小さな屋敷で彼女とともに住みながら、女性化された田舎の家庭的雰囲気へ退く。「この最後の隠居所、この素晴らしい家」（『バジル』、結論の手紙、手紙三）。

バジルは物語の最後で、女性的な家庭生活を自由に選んだと言っている。だがそれは、コリンズのその後の作品に登場する多くの作中人物にとっては、社会慣習によって女性に押し付けられた屈辱的・依存的・行動抑制的な状況であった。事実、近代生活を描いたコリンズの小説は、マリアン・ハルカムがペチコート的存在と評した束縛にさまざまな形でいらだつ女性であふれている。バジルは世間から退くことにまったく満足しているようだし、『白衣の女』のマリアンは最終的にはウォルターとローラの協力者ならびに彼らの子供の共同親という家庭的な存在になる。しかし、この小説の冒頭では、一八六〇年代の小説書評家たちから賞賛と非難を交互にされてきた始めの頃のあの強いヒロインの一人であるマリアンは、女性的な家庭生活が持つ限界にあらわな敵意を示している。四人の女性が他人を交えずに毎日食事を取り、喧嘩をしないようにと努めるのは実情にそぐわないと彼女は反論するのだ。「私たちはそのような愚か者なのです。私たちは食卓で互いをもてなす術を知りません。ご存じのとおり、私は女というものを高く買っておりません。（中略）互いをもてなす女などおりません。私ほど自由にそうだと口にする女はいませんけど」（ウォルター・ハートライトの話、Ⅵ）。事実、マリアンは現在構成されている男女のどちらをも重視せず、パーシヴァル卿がマリアンの異母姉妹のローラとの結婚を取り決めると、そのことで口論する。「まったく男の人たちは！　男性はわたしたち女性の無垢と平安の敵よ。私たちを両親の愛と姉妹の友情から引き離すのよ。わたしたちの身体と心を自分のために取り、私たちの寄る辺ない生活を彼らの生活に縛りつけるのよ。犬を犬小屋に縛りつけるように」（マリアン・ハルカムの話、続きⅡ）。コリンズは、流布しているジェンダー役割に疑問を投げかけ、それを非難する方法として、マリアンの原フェミニズム的見解を利用し、マリアンにローラを積極的に救わせ、マリアンの異母姉妹のアイデンティティ回復を図るウォルターの手助けをさせる。マリアンはまた、ジェンダー境界を動揺させるために用いられる登場人物の一人でもある。彼女は、最初はウォルター・ハートライト（彼自身の階級とジェンダー・アイデンティティは当初から極端に不安定なものとして提示されている）の目を通して見られており、その意味で男性的でもあり、女性的でもある。彼女はコルセットをしておらず「稀なる美」を備えた女性なのだが、それとは著しく対象的に「口と顎は大きく、硬く引き締まって」おり、彼女の表情は「優しさや従順さといったあの女性的な魅力をまったく欠いた明るくて、フランクで、知的」（ウォルター・ハートライトの話、Ⅵ）なのである。そしてまた、マリアンはウォルターを女性的と見ており、彼に男として行動するように繰り返し勧める。「女のようにその下で縮こまってないで、男のようにそれを踏みつけなさいな」（同上、X）。事実、ウォルターの物語は一部、いかに彼が男になるかの物語でもある。すなわち、ブラジルのジャングルで命がけの大冒険をやり、隷属する女を獲得するために自分よりも社会的権力のある男と競う物語なのだ。

『白衣の女』では性とジェンダーの交種性はマリアンとウォルターに限定されるのではなく、あらゆるところに存在する。ローラの叔父フリードリック・フェアリーは、容貌においても体質においても不愉快なほど女性的である。すなわち、彼の容貌は「虚弱な気難しい子供といった感じで、あか抜けし過ぎて」（ウォルター・ハートライトの話、Ⅶ）おり、その体質は虚弱で「神経症」的である。パーシヴァル・グライド卿は、マリアンからは典型的な男性的略奪者と見られるものの、神経質な弱々しい貴族として紹介される。彼の共犯者のフォスコは「神経質なほど感受性が強く」、マリアンの言葉では「男装の太った聖セシリア」（第二部、マリアン・ハルカムの話、続きⅢ）である。もちろんフォスコはイタリア人で、したがって（上層）中流階級のイギリス人という観点で構築される男性概念の枠外にいる。『アーマデイル』ではオザイアス・ミドウィンター、『月長石』ではエズラ・ジェニングズという女性化された神経過敏症者をコリンズは登場させているが、このこともまた、階級・ジェンダー・国籍がアイデンティティ構築において共通領域を分けることを示している。ミドウィンターは「感受性の強い、女性的な体質」（『アーマデイル』、第二部第六章）を持っているといわれ、ジェニングズは女性的な体質を持っていると自ら主張している。「生理学で言っています。そして、それは正しいのですが、男のなかには生まれながらに女の素質を持ったのがいるということですね――わたしこそ、そういう男の一人なのですよ！」（『月長石』、第二期第三話第九章）。いずれの場合でも彼らの女性らしさはイギリス社会における彼らの境界的な地位と彼らの異邦人性・人種的他者性と結びついている。二人の男性とも皮膚が黒く、混血である。ミドウィンターは白人であるイギリス人の父親と「熱いアフリカの血が浅黒い頬に赤く燃えている」(『アーマデイル』、前口上、第三章)母親の子であるし、ジェニングズは人種のるつぼの一種であり、「肌はジプシーのように黒く」、「鼻は東洋の古代人によく見かけるが、近代ヨーロッパ人の中ではめったにお目にかかれない、整った形」(『月長石』、第二期第三話第四章)をしている。

コリンズはジェンダーの境界をぼかして描いていて、このことはグロテスクと結び付けられることがときどきある。『法と淑女』(一八七五年)のミゼリマス・デクスターを描いたときがまさにそれにあたる。デクスターは「麗しい女性の目と手を持ち」、その他の点では「男性のような」、下半身のない人物であり、(ユーステス・マカランの審判の報告によれば)まったく「文字どおり半男」(『法と淑女』、第二〇章)である。神経質でヒステリー傾向があり女性化しているが、同時に攻撃的であり性的に肉食的であって、グロテスクなほど混成的な人物である。男とは何かという問題を身体的に体現しているだけでなく、ジェンダー規範が不変ではないことに関心を寄せている。たとえば、ファッション史を簡略に記述しながら彼自身の上品な服装の説明をするとき、彼は「この下品で物質的な一九世紀をのぞいて、男性は常に高価で色の美しい織物を女同様着てきた」(第二七章)と結論づけるのである。この小説は、デクスターを登場させることでジェンダーの境界をぼかし、それを相対化しているのだが、このことはヒロインのヴァレリア・マカランの登場によって複雑にされる(あるいは相殺される)。ヴァレリアは「スカートをはいた弁護士」(第一四章)になって自分の結婚を弁護するのだ。彼女は、マリアン・ハルカムのように因習的に定義された女性の役割という抑制から一つは逃れるために探偵になるのではあるが、最終的には、先妻が自殺するときに残した遺書を夫に読まないようにと忠告して、男性がもたらした結果からその男性を女性らしく守るという行為を永続させたことで、結託して女性を抑圧したと言うことができるだろう。

コリンズの小説は、そのほとんどがジェンダー役割が構築される方法を探り、同時に一九世紀中葉におけるジェンダー役割の変化を求めるさまざまな圧力ならびに変化についての杞憂をも探求した。しかし、その一方で、非常に自意識的に男性性を非難した作品があった。それがマシュー・アーノルドの『教養と無秩序』（一八六〇年）の一年後に出版された『夫と妻』である。この作品は、ヘスター・デスリッジの飲んだくれ亭主の残忍性と運動能力信奉者が持つ野蛮性と凶暴性、それにジェフリー・ディラメーンに例証される上層中流階級の男性性の理想を考察し、ますます粗暴かつ始末に負えなくなっていた烏合の衆、特に、「野蛮な」上流階級を攻撃したマシュー・アーノルドと同じことをわれわれ読者に伝えている。コリンズは一八七〇年の序文で次のように述べている。

わたしたちは、不謹慎にも暴力・暴行に慣れ過ぎてしまい、その結果そうしたものを社会の組織において必要なものだとみなし、野蛮な者たちを、新しく作り出された「乱暴者」という名の下に、われわれの民衆の代表者として分類している。

あるいは、小説のより思いやりのある登場人物であるサー・パトリック・ランディが述べているように、

野蛮人や獣でもあるまいし、単に体格が優れているからといってちやほやする昨今の傾向はまったく行き過ぎだ。その悪影響はもう現れているじゃないか！　何でも荒っぽいことが当たり前になり、乱

暴で野蛮なことが平気で許されている——こんな時代は今までになかったよ！　人気のある小説を読んでみたまえ。大衆娯楽を見てみたまえ。文明社会の優雅な気品が軽視される一方で、原始人の粗暴さへの憧れが高まっているのは明白だ。（『夫と妻』、第三章）

『夫と妻』は、多くの彼の小説と同様、粗暴な男性性への攻撃であるとともに、一九世紀中葉のイギリスにおける結婚に関連した「粗暴な」習慣と法律への攻撃でもある。

結婚・家庭・法律

結婚制度の見通しと目的に関する世間一般の考えは惨めなほど狭い。極端に追いやられたときに、一緒に同じ屋根の下で暮らせないすべての階級の夫と妻に平等な効力を発する離婚法を得るための計画を認めるよりは、目の前で殺人が犯されるのを見た方が良いと人に実際口に出させるような愚かな偏見があって、このために夫婦が社交上の徳義を原則として自分たち夫婦と自分たちの子供たちに狭めて実践するという悪い過ちも生じた。結婚が作り出すのに相応しい社会的利点は夫婦の外へ、すなわち夫婦が活動する社会へと及ぶべきである（「独身者による大胆な言葉[10]」）。

お前が、愛している貧しい男と結婚するとするよ。するとお前の友人の半分はお前を憐み、残りの半分はお前を非難するだろう。ところがその反対に、お前が金のために好きでもない男に身を売ると、お前の友人のことごとくがお前のことを喜び、牧師は結婚式で、人間界における最も下劣な契約の中

にある、下等で恐ろしいことに認可を与えるのだよ。（フォスコ伯爵、『白衣の女』、第二部マリアン・ハルカムの話、続きⅢ）

コリンズの小説は、そのほとんどすべてが家庭生活、特に不動産所有者階級の家庭生活の構築と管理に明らかに関心を持っている。プロットの多くが遺言状・遺産法・財産権・婚姻法などの法律問題をめぐって組み立てられ、幾人かの批評家が指摘したように「法の不平等の犠牲者として描かれるのはたいていの場合女性である」[11]。この一般的な規則の例外は、近代生活を描いたコリンズの処女作『バジル』である。これはいろいろあるなかで長子相続権の法律にかかわった作品で、通常の出来事の推移のなかでは父親の財産のかなりの部分を相続できない次男の苦境に焦点をあてている。バジルが不満を述べているように、

多くの土地財産を所有している家で、家族の繁栄に最も無関心で家庭に愛着を示さず、親族に冷淡で自分の義務や責任にいちばん無頓着なのは、たいがい財産を相続する本人であることが多い。つまり、一家の長男である。

兄のレイフもこの例外ではない。（『バジル』、第一部第四章）

バジルがシャーウィン一家の結婚の計略にかかったのは、そして彼が女性登場人物や彼よりも身分の低い者と手をつないだのは、主として彼が他人に頼って生活していたからである。通常と異なり、この小

説でコリンズは「改心した放蕩者」というプロットを使って、バジルの兄レイフを遺産相続者に相応しい人物にしている。レイフは「改心して、夫と別居中の、彼よりも年上の女性を愛する」ことで救われる。他方、弟のバジルは居候のままの生活を続け、妹と隠棲生活をする。

しかし、センセーション小説だと論評された彼の処女作品『白衣の女』が出版された一八六〇年代のはじめから、コリンズは法律に関心を向けた。法律が女性に影響を及ぼすからである。『白衣の女』のプロットはモーリス・メジャンの『有名事件簿』から取った。そこにはマダム・ド・ドオの弟が姉に偽名をつけて精神病院に監禁し、姉が父親から譲り受けた金をまんまとだまし取った一七八八年の事件が載っていた。マダム・ド・ドオは死んだとみなされ、その結果、弟と従兄弟が彼女の財産を相続した。彼女はその後になって自由を取り戻したが、自分のアイデンティティを証明できなかった。つまり財産を取り戻すことができなかったのである。パーシヴァル・グライド卿と共謀者のフォスコ伯爵は、ローラが死亡していると偽り、彼女を精神病院に監禁して、彼女の財産を獲得する。パーシヴァル卿の計画は、一九世紀中葉のイギリス（革命前のフランス同様）においては、男性が女性の近親者を精神病院に容易に監禁できたという当時のけしからぬ風潮をうまく利用したものである。このような破廉恥行為を問題にしたのが国会特別調査委員会による一八五八年から翌八九年にかけての「精神障がい者の介護と治療、ならびに精神障害者の財産の調査」であった。この調査結果判明したことが、『白衣の女』が執筆、出版されていたあいだに大いなる議論の的《まと》となった。特別調査委員会とその報告書は、狂気の定義と治療についてさらなる議論を惹起した。ディケンズの『ハウスホールド・ワーズ』誌には狂気の問題・正気と狂気の境界・狂人（あるいはそうだとみなされている者）の監禁について何編かの記事があったので、コリンズはこうした議論には非常になじんでいたことと思われる。『ハウスホールド・ワーズ』誌が『オール・ザ・イヤー・ラウンド』誌に取ってかわられ、『白衣の女』がその最初の連載小説として掲載されたときも、狂気と狂人の治療に関する物語や記事は書かれた。例えば、コリンズの小説のある挿話は、精神病院について相反する見方をする二編と一緒に発表された。「名無し」では、ベドラム〔精神病院の通称〕である期間を過ごしたある女性が「無口でむら気」[12]であった状態が精神病院で治療を受けた結果改善したと言って、精神病院での体験を肯定的にとらえている。それに対して、『白衣の女』の挿話として同時に発表された三部構成の短編物語『暗い小湖』は、狂気を理由に妻を精神病院に監禁しようとしたものの、それができなかったために妻を殺害した夫の話である。彼の後妻は、先妻の運命を知って狂気となり、死亡する。

パーシヴァル卿は、ローラと結婚するだけで彼女の財産を得ようとしたが、それが彼女の弁護士の作成した婚姻継承的不動産処分によって徒労に終わらせられたために、身代わりと監禁という計略に頼る。したがって、このパーシヴァル卿の結婚計画では、中流および上流階級の妻の財産に影響を与える法律が抱える問題と複雑性、ならびに圧政的な夫に屈せざるを得ないそのような女性の弱さに関心が向けられる。フェアリー家の顧問弁護士ギルモアは、ローラに管財人の下で彼女の財産を管理させ、生涯その財産から生じる収入を彼女だけが使用できるようにする婚姻継承財産設定を通して〔衡平法《エクイティ》の下で〕、慣習法《コモンロー》（これによれば妻の財産はすべて夫のものとなる）の法律上不利な点からローラを守ろうとする。ギルモアは、パーシヴァル卿の財産相続権をローラ死亡時の彼女の収入に限定し、基本財産はローラの子供たち、もし子供がいない場合は、ローラが指名した相続人が相続するようにと提案する。しかし、パーシヴァル卿は、ローラが女性であるために法による後ろ盾を欠いているという事実を利用できる。ローラには唯一の男性近親者（フレデリック・フェアリー）のサポートがなかったので、ギルモアはローラが死亡した場合、彼女の全財産をパーシヴァルが相続することを可能にする重要条項を認めざるを得なくさせられる。結婚してから間もなくパーシヴァル卿はローラを脅し、ギルモアの婚姻継承的財産設定によってローラに保証されていた権利を自分に譲渡するように彼女に迫る。しかし、それが失敗したので、最後にはローラの法的・社会的なアイデンティティを抹消し、ローラの相続人として彼が彼女の全財産を手に入れるための取り替え計略に訴える。

『白衣の女』は妻の財産に影響を与える法律の意図的操作を中心にして物語が進むが、『ノー・ネーム』の場合は、子供の相続権と嫡出制度を中心にして進む。カナダで軍務についているあいだに愚かな結婚をしたが、妻を離婚できないアンドルー・ヴァンストーンは、コリンズが言うところの貴賤結婚状態に入り、ある女とのあいだにその後二人の娘をもうける。こうして生まれたノラ・ヴァンストーンとマグダレン・ヴァンストーンは非嫡出であり、したがって父親の財産には法的権利を持たない。それにもかかわらず、アンドルーは遺言の中に彼女たちの名前を入れる。『ノー・ネーム』が複雑になったのは、アンドルーの正妻が死亡したという知らせが飛び込んで彼が娘たちの母親と合法的に結婚できるとわかった時に、アンドルーが娘たちの相続権を不注意にも剥奪した結果である。ヴァンストーンと後妻は、結婚後まもなく二人とも死亡し、それで娘たちは姓も無ければ、金も無くなる。彼女たちの両親の結婚の場合には、彼らが結婚していないときに生まれた娘たちには遡及的な正当性が付与されないからである。弁護士のペンドリルが指摘するように、男性の結婚は「独身時に作成した遺言の有効性を無効にする」(『ノー・ネーム』、第一場面第一三章)のだ。この結果、ヴァンストーンの財産は最初彼の弟のマイケル・ヴァンストーンへ、そしてマイケルが死亡したときにはマイケルの息子ノエルへと移る。どの男性もこの娘たちが父親の財産の分与相続分として持っていると思われる道義的な要求を認めようとはしない。その後、ヴァンストーンの遺産はノエルの従兄弟であるバートラム提督へ、最終的には提督の甥ジョージ・バートラムへと移る。このジョージは（コリンズ流の不公平の円環の解決にしたがって）最近ノラ・ヴァンストーンと結婚したばかりであった。

この小説で最も激しい怒りが向けられるのはペンドリルとミス・ガース（住み込みの家庭教師）が「残酷な法律」、「国家の不名誉」（第一部第一三章）と呼び、両親の因果をその非嫡出の子供たちに及ぼす法律に対してであるが、この小説は前作同様、その焦点を子供たちの権利から妻の法律と財産に関する権利へ、そしてその当時の結婚慣習へと移す。スキャンダラスなマグダレンは、ノエル・ヴァンストーンをだまして彼と結婚するために、あの手この手を使うが、それは一九世紀の多くの男女が有利な結婚をするためにしきりに行っていた偽善行為や陰謀行為を全景化するためである。「品行方正な世間を共犯に利用して」（『ノー・ネーム』、第三部と第四部の間奏曲、第一〇章）、マグダレンは姓への法律上の権利を獲得し、プロの女優として社会的に周辺的な地位に甘んじたのちに、結婚を通して合法的な社会上のアイデンティティも獲得する。マグダレンは以前勤めていたガヴァネスに次のような手紙を書いた。

わたしは立派な妻、（中略）とうとうわたしは、この世に適用する名前と住むべき家を持つようになりました。あなた方のような善人すべての味方である法すらが、いまやわたしの存在を認知し、わたしの味方になっているのですよ！　わたしの悪知恵が名もない私生児を立派な名を持つ人の正妻にしたのです。（第五部と第六部の間奏曲、第三章）

しかし、夫が彼女の名を遺言に残さずに死ぬと、マグダレンは慣習法が非嫡出子と同じく妻をも保護してくれることはほとんどないことを知る。ローラ・フェアリーの場合のように、マグダレンに開かれた唯一の保護は善良な男の愛である。『白衣の女』ではローラのアイデンティティが回復される過程の物語をハートライトが語るが、それは、実は、如何に彼女が異なるアイデンティティを取り込んだかの物語である。すなわち、富裕な芸術家に依存する妻であり、リマリッジ館の男性遺産相続人の母親であるミセス・ウォルター・ハートライトとしてのアイデンティティである。同様にして、資力があり、他人に依存しないマグダレンは父親の財産を取り戻すことに失敗し、それまで継承してきたヴァンストーンという姓を棄て、父親の親友の姓〔カーク〕を名乗る。その親友の息子が、病に臥して困窮状況にあったマグダレンを救い、彼女と結婚したからだ。

『白衣の女』と『ノー・ネーム』が、一八五七年の「婚姻事件法」と、廃案となった一八五六年の「妻財産法」をめぐる論争への答えだとすれば、『夫と妻』（一八七〇年）は婚姻法のあり方を調査した王立委員会の一八六五年の報告と、一八六八年に議会に上程された「妻財産法」をめぐる論争への答えであった。一八七〇年にコリンズが書いた序文には『夫と妻』が「目的を持つ小説」だと力強く述べている。

> この（中略）物語は事実に基づいたものであって、長年人々を苦しめつづけ、もはや見すごすことのできない、ある悪法を速やかに改正する手助けとなることを願って書かれたものである。
>
> 英国における婚姻法の恥ずべき現状については疑いの余地がない。この法律の実態調査を命じられた王立委員会の報告書には、私の物語の背景となった事実が明確に記されている。この動かぬ証拠は付記として掲載してあるので、筆者の弁に疑いを抱く読者は必要とあらば参照していただきたい。ただし私がこの文章を書いているうちにも、本書におけるヘスター・デスリッジの物語に描かれた非人

間的な法律を改正すべく、議会が動きだしていることは付け加えておかねばなるまい。英国の妻が自らの財産を所有し、自らの収入を貯える権利が法的に確立される兆しが遂に現れたのである。しかしながら私の知るかぎり、英国とアイルランドの腐りきった婚姻法を正すために、立法府はこれ以上の対策を示していない。

この序文が示すように『夫と妻』は、アイルランド、スコットランド、イングランドの婚姻法内の、そしてそれらの間の不一致を出発点としている。ほかでもなくこれらの不一致、特に「ジョージ二世のアイルランド法」（序文、第一部第三章）があるために、弁護士のディラメーンは序文において、ジョン・ヴァンバラが貴族の寡婦とのより良い結婚を求めたとき、彼とアン・シルヴェスターとの婚姻無効を獲得できたのである。主物語においてアン・シルヴェスターの娘〔この娘の名も母親と同じアン〕は、自分たちが夫婦であると公表するだけで結婚を可能にするスコットランドの「変則結婚」の慣習に抵触し、その結果、アンは、両親の結婚を台無しにした弁護士の息子で、誘惑者であるジェフリー・ディラメーンと法的に結婚させられたことに気付く。しかし、最愛の友人のフィアンセ、アーノルド・ブリンクワースと結婚したとみなされるのを免れる前ではなかった。混乱が生じたのは、ディラメーンの仲介者となっていたブリンクワースがアンの逗留先の旅籠へ行こうとして、アンと婚約しているふりをするように説得されたからである。彼はその後、嵐のために彼女の部屋で一夜をすごすはめになる。スコットランドの法律では、この二つの状況で結婚が公式に宣言されたとみなされた。しかし、結婚法の混乱状況を攻撃するために始まったものの、その後、結婚内での妻の立場へのコリンズの攻撃という形に発展していき、最終的に制度としての結婚への攻撃へと発展した。『白衣の女』においてと同じく、『夫と妻』のプロットの重要部分は妻を自分の財産とみなし、妻を自宅に閉じ込める夫の権利をめぐって繰り広げられる。しかし、『夫と妻』でコリンズは、プロットの技量とともに修辞力をも最大限に発揮してこの問題に取り組んだ。このようにしてジェフリー・ディラメーンが（自分の目的のために）「法律は彼女に夫とともに行けと命じている。法律は夫と妻を別れさせることを禁じているのだ」という言葉を発して、彼が不承々々かつ軽率に結婚した妻を求めるとき、語り手は次のように応じる。

そのとおり、それは否定しようのない、まったくの真実であった。法はかつてアンの母親が犠牲となることを承認したが、今度もまたアンが犠牲となることを承認したのである。道徳の名において彼女は夫に連れ去られるのだ。そして貞淑の名において彼女は夫に縛りつけられるのだ！（中略）道徳の、そして貞淑の名において事は為された。この進歩の時代に、地上で最も完全な政府の統治下で事は為されたのである。（第五一章）

改革前の婚姻法における結婚の悲惨さは、アンが大きな庭と高い壁によって囲われたフラムの人里離れた屋敷に、夫によって結局閉じ込められるというこの小説の二つの場面のゴシック的なドラマのなかで露骨に描かれる。彼女を追い払いたいと願うが、離婚をするための法的な根拠を持たないジェフリーは、彼女を殺害しようとする。彼女の親族は彼女の幸福と安全を心配するけれども、法律はジェフリーの専制を認める。

ジェフリーは結婚で手にした夫の特権を利用して酷いことをするだろう。それを考えただけで、アンは血の凍るような恐怖を味わった。サリー・パトリックは私の身を守ることができるだろうか。とんでもない！（中略）法と社会がジェフリーに夫の権利という武器を与えている。私が何を訴えようが法と社会の答えは一つだろう――「お前は彼の妻なのだ」。（第五五章）

中流階級ヒロインの結婚の苦難（これによって小説は大詰めを迎えるのだが）は、いかにして残酷な夫を殺害するにいたったかを語るヘスター・デスリッジ〔ジェフリーがアンを連れていった隠れ家の料理人兼家政婦〕の「告白」で回顧的に語られる、労働者階級の女の苦悩に満ちた結婚話との対照によって明確にされる。ジェフリーがアンの厄介払いの仕方を思いついたのは、ほかでもなくこの「告白」が記された原稿を見つけたからである。ヘスターは、妻が法律上無力で、「この国では極道者の夫は、妻と離婚しないかぎり、何をやっても許されるのだ」（第五四章）という事実を鮮明に説明していた。妻のわずかな遺産を飲み干し、妻が労働の結果としてようやく得た金と物をその妻から奪うために、周期的に帰宅する暴力的な夫と結婚したヘスターに法の救いはない。ヘスターが事件のあとで訴えた警察裁判所の判事は彼女に

あなたのような事例は珍しくない。現行の法の下では、私がしてあげられることは何もないんだよ。（中略）あなたは結婚しているんですよ。法律によれば、妻には何一つ自分のものと呼べるものはない――結婚する前に夫となる男との間で（弁護士を立てて）前もって取り決めているのでなければね。あなたの場合は何の取り決めもなかった。ご亭主にはあなたの家具を売り払う権利があるんです。気の毒だけれども、彼を止めることはできませんよ。（第五九章）

と言う。当惑した自分自身の反応と裁判所の判事についてのヘスターの説明は、労働者階級の女のほうが中流階級の女性よりも「現今の法律の下」ではもっと不利な立場にいるという事実を劇的に表現しているといえる。「こういう境遇の暮らしをしている貧しい人たちは婚姻法が何を意味しているか知らない。たとえ知っていたとしても、弁護士の費用を支払う余裕のある者がどれだけいるのだろうか」(第五九章)。

コリンズは『夫と妻』の最初の序文を、妻財産法がまさに成立しようとしていた一八七〇年に書いた。しかし、一八七一年の序文に補足して書いているように、この法案(この法律でも妻に夫と同じ財産権をまだ認めなかった)が通ったからといって、この小説が即刻時代遅れになったわけではない。「この法律はおもに貧者のためのものであったために、当然のことながら庶民院において最初の議会読会において反対され、貴族院では大幅な修正を施された。しかし、これまでのところ、法律がまったく存在しないよりは、良いと言わざるを得ない[13]」。『夫と妻』はコリンズが一九世紀の婚姻法と結婚慣習を非常に明白に攻撃した作品である。しかし『バジル』以降、コリンズの文字どおりすべての小説は、男女双方の役割と願いが変化し、疑問視される時代において、結婚への期待が変化するさまを例証し、それを探求しようとする。

第五章　性・犯罪・狂気・帝国

コリンズの小説では、結婚が法的・社会的・経済的実在（第四章で述べたように）として検討されるとともに、セクシュアリティの規制手段としてもっぱら捉えられ、結婚内および結婚外における性道徳が探究されている。コリンズは「上品な」ヴィクトリア朝社会の偽善と上品な社会と売春婦の世界《ドゥミ・モンド》の関係を追求し、多くの同時代人同様、売春を社会悪とする議論の輪に加わったので、性道徳と道徳律が俎上にのぼった。彼は社会のはみ出しものに魅了されたが、犯罪と犯罪性にも非常な関心を持った。その他にコリンズの小説と新聞記事で目立つ当時の社会問題には、精神病のカテゴリー化と治療、特に女性が男性親族によって精神病院に容易に監禁されるという実態があった。コリンズが「他者」に関心をもっていたことは、人種と帝国の問題を小説で扱っていること、さらには社会が大動乱していた一九世紀にヨーロッパからの亡命者や逃亡者が集結していた多様なあのロンドンという共同体を含む亡命者問題を描いていたことからも明らかである。

性道徳観と社会悪

『バジル』の語り手で主人公でもあるバジルは、ヴェールをかぶった女性に一目惚れした顛末を物語る。結婚は一年遅らせられる。バジルのセックスのない結婚と永遠に順延される性の満足を描くこの作品の外枠を固めるのは、バジルの兄の婚外恋愛である。バジルは兄のラルフを「自分が犠牲となる定めになっている家庭陰謀」を避けようと必死で、そのために自分と同階級の女と結婚してイギリス社会に場所を占めなければならないという忌むべき日をできるだけ先に延ばそうとする、典型的にふしだらな長男として紹介する。

ラルフが英国の上品な良家の令嬢を好んだことは一度もなかった。外国でもっぱら付き合っていた女たちの品性はといえば、よくわからないが疑わしい程度のものからあからさまに悪名高いものまで、その下劣さたるやとどまるところを知らなかった。育ちが良くて上品で洗練された英国の若い美女たちは兄には何の魅力もなかった。(『バジル』、第一部第四章)

ラルフの素行は上流社会の枠を一時的にはずれるものであって、母親たちは娘を守るために、娘を食い物にするラルフの面前から娘たちを即刻去らせ、ラルフの父親は彼を外国に出す。しかし、そのようなことがラルフの社会的地位に影響を与えることは永久《とわ》にない。ダブルスタンダードに立脚した性道徳によると、放蕩男は、若気の至りを後悔すれば(同時に大屋敷を相続する場合は特に)、古巣に戻れるからだ。事実、ラルフは改心した放蕩者という、興味深いテーマの一例といえる。彼は「大陸の道徳規範」に応じて生活を改め、年のいった女性と「貴賤間の」結婚をし、その女性を「ミセス・ラルフ」と呼ぶ。世俗的なラルフは、バジルの代理人として行動して自分の価値を究極的には証明するのだが、「あの女」を貞節で純潔な妹のクララと同列に扱う自分を、自分よりも因習的な弟のバジルがぼやくとき（『バジル』、第三部第四章）、この弟の「第二級の美徳」とかかわろうとはしない。

ラルフは、自分が道徳的に進歩したのはこの「実に素晴らしい女性」のお陰だと言う。この女性は、ラルフがしかつめらしい弟バジルに冗談めかしていうことには、彼を「バイオリンを弾き、郊外の村で家賃と税を支払うまでに堕ちさせた」（『バジル』、第三部第六章）。ラルフが「家長」となり、「新しい地位にふさわしく新たに生じた義務感に掻き立てられる」（『バジル』、結論における書簡、書簡三）とき、何が「貴賤間結婚をしたミセス・ラルフ」に起こるのかは明らかでない。おそらく彼女は法律上のミセス・ラルフになるか、あるいはラルフをしつけて高い身分の若くて美しい女性の夫にして、自分は愛人として田舎の別荘に居らざるを得ないであろう。一八五〇年代と一八六〇年代には、まったく普通の（かなり「放埒」でもある）中流階級ならびに上層中流階級の男性が結婚の代わりとして、あるいは（より一般には）愛人より世間の経験がはるかに少ない妻の夫としての役割を担えるまでの当座のつなぎとして、才芸豊かで経験のある女性を郊外の邸宅に囲うことがあり、このことが新聞で大いに論じられていた。W・R・グレッグは一八六二年の記事「なぜ女性が余っているのか」で次のように述べている。

> 社会、といっても文化的な生活を享受する大都会の社会、言い換えるならば上流社会は、ここ数年、ますます出費がかさむ一方で、その見返りがますます少なくなってきた。（中略）近頃は、上流社会《モンド》が

堕落しているのに反して、売春婦の世界《ドウミ・モンド》は良くなっている。（中略）売春婦の世界の婦人は今や賢くて、楽しく、上流社会のご婦人よりも通常は美しく、往々にして（少なくとも外見は）彼女たちとおなじ慎み深さを持っている。(1)

ラルフは自分の家庭事情をまったくオープンに明らかにしている。これはなかんずく彼が大きな邸宅を構えた高名な家系の相続人であることによる。グレグが記事で言及している青年たちはラルフよりも思慮分別があるか、コリンズのゴドフリー・エーブルホワイトのように、もっとひっそりと行動する。『月長石』の後半では、エーブルホワイトがダイヤモンドをどのように取り扱うかをわれわれが知るだけでなく、ダイヤモンドを手に入れた彼の動機の説明も与えられる。エーブルホワイトの二重生活をカフ軍曹は暴露するが、これはまともな生活の下に潜む秘事についてヴィクトリア朝の人々が抱いていた杞憂を食い物にするとともに、それを増大させるものでもあり、重要と思われるので、多少長くなるが以下に引用する。

さしあたっての件に関し、まず冒頭において、ゴドフリー・エーブルホワイト氏の生活には二つの面があったことを申し上げます。

世間的に知られている側面は、慈善会における演説家として相当の名声を有し、おもに婦人関係の各種慈善団体に有用な行政的才能を有する紳士という、赫赫たるものでありました。しかし、世間の目から隠れた反面では、同じこの紳士は放蕩児というまったく異なった性格を見せ、郊外に自分名義でない別邸を持ち、そこには、これまた自分の姓に変えていない婦人を囲っていたのです。

小生がその別邸を調べましたところ、数点の見事な絵画や彫像、趣味よく選択された素晴らしい出来ばえの調度類、ロンドンじゅうにその比を見ない珍奇な花の温室などがありました。婦人を調べました結果、どの花に劣らぬほど高価な宝石や、ハイド・パークでも、目の肥えた人々のあいだで評判になっていた（当然ですが）馬車を持っていました。（以下略）

ここまでのところは、どれも至極普通のことであります。別邸や婦人のことはロンドン生活でよく見聞きする事柄ですので、わざわざご注意を促したことを、お詫びしなければなりません。しかし、普通でもなくありふれてもいないのは（小生の経験において）、これら高価な品々が、注文されただけでなく、代価が支払われているということです。（中略）別邸はといえば、これは権利を買い取って、その婦人の所有に帰したものなのです。

（『月長石』、第二期第六話第三章）

ベタレッジが「平穏なイギリスの家」と言っている家庭の平安が破られた原因の一つは、それとは反対のもの（あるいはそれを転倒させたもの）、すなわち郊外における邸宅の豪華な性的空間が存在することである（『バジル』に登場するシャーウィンの見かけ倒しの新築の邸宅と混同してはならない）。グレグの記事と同じく、エーブルホワイトの人生譚からは、ヴィクトリア朝の品行方正が、品のある夫婦を長とする理想化された家族概念とともに、「堕ちた女」と売春という社会悪の上に築かれていることがわかる。

品行方正な女性の生活と堕ちた女の生活の対比はコリンズの小説で頻繁に話題とされた。非常に意志と独立心の強い登場人物（マグダレン・ヴァンストーンやリディア・グウィルトが好例）は売春婦と同じように自分のセクシュアリティを利用する。『ノー・ネーム』の策略的な女優マグダレン・ヴァンストーンの結婚計略は、結婚それ自体が合法的売春の一形態だと見ることができることを示すために用いられている。ブラドンのレディ・オードリーのようにマグダレンは当時の結婚習慣を彼女自身の従兄弟ノエル・ヴァンストーンとの欲得ずくの結婚を正当化するために引き合いに出すのである。「何千という女性が役得ずくで結婚しているのよ。（中略）どうして私がしてはいけないのよ?」（『ノー・ネーム』、第四場第一三章）マグダレンには多くの女性よりもそのように言える原因があった。彼女が結婚するのは名声と財産を得るためではなく、非嫡出の子であるがゆえに奪われていた父親の名声と財産を取り戻すためであった。彼女の主張が当然であることと、コリンズが扇情的にせよ、彼女の計画から生じた自己嫌悪を同情的に表現したことのために、読者は明らかに、冷笑的・犯罪的・「女性らしからぬ」彼女の行動にではないにしても、この女性には同情を示すこととなった。しかしながら、読者はマグダレンの名前（売春婦や堕ちた女は「マグダレン」とよく呼ばれていた）と彼女の行動との関係を幾度となく想起させられる。ノエルとの結婚は売春であったとよく言われる。さらにノエルの死後、彼女は自分を堕ちた女と積極的に喩える。その最初は、メイドのルイザが自分は未婚の母親で、現在の仕事に就く前に人物証明書を偽造したと告白した時で、二度目は次の計略を練るためにルイザの身分を騙ったときである。ルイザがマグダレンの膝に倒れ込み、自分のことを女主人と同じ部屋にいるのに似つかわしくない「惨めな堕落者」と言ったときマグダレンは次のように発言する。「後生だから、私に跪《ひざまづ》かいないでおくれ。この部屋に堕ちた女がいるとしたら、それは私よ、お前ではないわ!」（第六部第一章）。マグダレンが社会から堕ちた女というレッテルを貼られるのを受け入れるというよりは、自分の堕落を認めるという行為は、そのような鉄面皮のあばずれ女が救われるのは難しいと思う読者や書評家は多かったものの、更生への道の一歩である。マーガレットの「野卑で無目的な」人生の瞞着を否認したり、ヒロインがそのような「汚辱に満ちた」人生から「高熱という安い代価で、まったく穢れを知らないヒロインのように純粋で、高潔で、潔白な女として」[2]生まれ変われると読者が思うとコリンズが期待していることに驚きを表したりしたのは、マーガレット・オリファント一人ではなかった。

社会的、経済的に、自分にふさわしい地位と思うものを取り戻すためにマグダレンが自分の性的魅力を駆使するとすれば、『ノー・ネーム』後の小説『アーマデイル』のヒロイン、リディア・グウィルトは、さらに長い間相手を騙しながら、富と社会的地位を得るために性的魅力を駆使した。リディアはサッカレーのベッキー・シャープやブラドンのルーシー・グレイアム／オードリーのような、胸に一物を持つガヴァネスとして登場する。しかし、多くの場合のように、彼女は非常に謎めいた過去（その詳細は物語を通じて散発的かつ部分的に明らかにされる）を持つ女である。リディアは、ヴィクトリア朝の人々が社会のアウトサイダーに対して抱いていた魅力とそれについての懸念を体現している。すなわち「運命の女」、「堕ちた女」、「女性社会陰謀家」である。リディア・グウィルトは出自の疑わしい女だ。貴族か街娼（あるいは貴族と街娼）の子であるかもしれないが、ミセス・オルダーショーとその夫の養子である。この夫婦はリディアを使って客を彼らが経営する旅行店に誘い入れ、化粧品を買わせる。リディアは一二歳のときに、甘やかされてわがままになった女主人のジェイン・ブランチャードの侍女として雇われる。ジェインはリディアの燃えるような赤い髪（多くのヴィクトリア朝の人々にとり悪行の象徴）に魅了されたのだ。リディアはこの女主人に甘やかされてわがままになり、ジェインの夫アラン（イングルビー）・アーマデイルに説得されて捏造の罪を犯し、ことによると彼に誘惑されたかもしれない。彼女が沈黙を守って得た代価はフランスでの教育であり、イギリスから永遠に移り住んだことによって手にした収入である。だがリディアはまだ十代のときに、結婚していた音楽教師を自殺未遂に追い込んだ張本人でもある。その後彼女はトランプ詐欺師に見込まれ、この詐欺師はリディアの美貌を利用して客をトランプの賭け事に誘い込み、彼らを犠牲にする。そうした犠牲者の一人がトランプのいかさまを暴露し、彼女を脅して愛人にしようと計る。しかし、リディアは首尾よく結婚を手にいれる。二人は、一度イギリスへともに戻るが、そこで立派な結婚が持つ危険に気づく。すなわちリディアは嫉妬深い夫によってひどい仕打ちをされ、夫である詐欺師は妻に裏切られ、次にこの不義を犯した妻によって毒殺されるのだ。世間を騒がせる裁判が続く中でリディアが殺人の罪を犯したことが判明するが、扇情的で感傷的な新聞報道によってリディアは許され、窃盗の罪を減刑される。釈放されるや姦通を犯した男（既婚者のキューバ人）と重婚するが、この男はその後リディアがかつての雇用主を脅かして得た金を奪い、彼女を捨てる。この段階で彼女は生まれて初めて自殺を試み、そこからブロンドの髪を持ち碧眼のアラン・アーマデイルがソープ・アンブローズの屋敷を相続する一連の出来事が生じる。

　リディアは、若いときの生き方にもかかわらず（あるいは、そのために）、知的で、理路整然とした教養のある女性として登場する。彼女は、むしろ先ほど引用したW・R・グレッグの記事で言及されていた売春婦の世界《ドゥミ・モンド》の住人のように、ソープ・アンブローズの相続人と結婚する予定の退屈な娘ニーリー・ミルロイよりも興味深い伴侶である。コリンズがリディア・グウィルトの行為を遠慮なく描いている中で非常に驚くべきことは、そして彼の書評家たちに衝撃を与え、愛想をつかせたのは、「その者の策略と欲望によって小説の評判を汚されたのに、そのような最も性悪な女」(3)への同情を掻き立てるような作品をコリンズが書いたという事実であった。コリンズはリディアを悪女であるとともに犠牲者として、すなわち自分を食いものにする大人から相手を食いものにする術をある程度学ぶ、経済的・性的に傷つきやすい立場に置かれた社会のアウトサイダーとして描いたのであった。この小説はたえずリディアの視点から行動を書き進め、読者の同情をリディアのほうへと向けもする。非常に目立つことに彼女の日記から抜粋して、それを行っているのだ。その日記でリディアは自分の人生とミドウィンターへの思いをじっくりと考え、他の登場人物たちを非常に正確に評価する。リディアは自分の性的魅力と他の者たちの性的な弱さを利用する性の略奪者であるかもしれない。しかし彼女は道徳的な内省と自己批判もできる女だ。窮地に陥っているときに自己批判をするリディアをコリンズが登場させたのは、読者に自分たちの状況とリディアの状況を比較させるためである。これを明確に行っているのがリディアの日記の抜粋で、そこでリディアは自分の運命を馬車に同乗しているときに観察したある女の運命に喩えている。「夫を脇に、子供たちを反対側の席に座らせていた。活気にみち、快活で幸せな女性であった。ああ奥さん、もう数歳若くて、独り身となり、私のように世間に投げ出されたら……」（第四巻第一章）。これはサッカレーのベッキー・シャープがもし一〇〇ポンドの年収があったら良い女になれるのにと主張したときのような、単なる言い逃れではない。

馬車にたまたま乗り合わせたまともな結婚をした女性と堕ちた女、すなわち売春婦とが関連していることは、この小説におけるミセス・オルダーショー（あるいは、ときどき言われているところでは「毒婦《マダム・イゼベル》」）のその後の描写によってさらに暗示される。リディアの養母（リチャード・アルティックが示したところによると、マダム・レイチェル・レヴァーソンを一部モデルにしている）[4]はあらゆる身分と職業の女性に奉仕する。彼女は確かに女性の肉体的魅力を最大限引き出させる怪しい技の実践者で、「萎びた老人の顔とよぼよぼの老人の容姿をみずみずしいものに変える実績を二〇年以上積んでいる」（第二巻第一章）。また、彼女は売春婦斡旋屋兼管理者であり、ドクター・ダウンワードと結託した堕胎施術者でもあろう。ピムリコにある彼女の店舗「レディズ化粧品店」はペドギフト・ジュニアの目を通して見れば「本質的に内密性を宿し」、煉瓦とモルタルは秘密主義を表している。「一階は店の体裁を呈しているが、窓とその背後の真紅のカーテンの間には品物は何も並べられておらず、しかもカーテンがあるために店の内部を窺うことはできない」。片側には店舗用のドアと、「医者」を示す「真鍮の表札」があった。この表札に書かれてあったドクター・ダウンワードは次のように言われている。

彼はどこをとっても如何にも医者然とした人物で、一般人、とりわけ女性はこういった医者を無条件に信用してしまうものである。（中略）声は柔らかで、挙措は悠然としており、顔に浮かぶ微笑は頼もしいものだった。ダウンワード博士の専門は表札には記されていなかったが、もしも婦人科の医師でないとしたら、彼は職業の選択を誤ったといえよう。（『アーマデイル』、第三部第三章）

婦人科医としてのダウンワードの仕事の性質がどうであるかは、婦人科医としてダウンワードが犯す危険について書いたリディアの日記から推測できる。

コリンズはのちの小説において、一八五〇年代中期から新聞で長期にわたって行われた運動の中心であった主張を取り上げ、売春の社会悪ならびに改心した売春婦の問題に集中しながら、それらをより単刀直入に扱い、議論を巻き起こした。これらの運動を画策したのは女権論者や、社会の道徳的清廉を獲得するための運動家たちであった。彼（女）らは実践と宣伝を通して売春婦の撲滅と堕ちた女の矯正に専念した。『新マグダレン』と『落ち葉』で社会悪として提示されているのは、売春婦の生業というよりは、むしろ売春婦たちが抱えている苦境である。『新マグダレン』のヒロインであるマーシー・メリックと後期の小説における「落ち葉」〔売春婦のこと〕の一人であるシンプル・サリーはともに非嫡出である。母親が死亡して「飢えた社会の除け者」となったマーシーは「欠乏が罪を犯させた」(『新マグダレン』、第二章) 女となったし、サリーは自分の家族をまったく知らないまま(父親にさらわれ、託児所経営者の世話になったので) 街路で命を落とす。

マーシーの一生は、普仏戦争(この戦争はこの小説が『テンプル・バー』誌で連載された年にまさしく終わった) の休戦時にフランス領地で彼女がグレイス・ローズベリーに行う告白の形で語られる。過激な僧侶のジュリアン・グレイの説教によって罪深い生活から昔救われたマーシーは、赤十字社の看護師として働いている。マーシーに初めて会った時、グレイス(彼女も父親が死亡したときには親戚も金もなかった)は、イギリスへ行き、有給のコンパニオンとしての仕事を求めていた。ジェニー・ボーン・テイラーが指摘しているように、マーシーの身の上は「改心した罪人の告白というよりは」、むしろ自分の追放の条件を完璧に理解した人物が語る「博愛主義者の事例史」である。(5)

私は過去の生活のさらし台に立つのには慣れている。自分が悪かったのではないかときどき自問するのだ。私が子供のときに街路でマッチを売っていたとき、食べるものがなくて針仕事をし、気を失いながら一所懸命に働いていたときに、社会が私に何の義務もなかったのかとときどき考えたりする。(中略) 現在の私には、過去の私を変えることができない。みんな私のことを気の毒に思い、(中略) みんな私に親切にしてくれるわ。でも失った場所は取り戻せない。私はもう戻れないのよ。(『新マグダレン』、第二章)

グレイスがドイツ軍の弾丸にあたり、瀕死の状態で置き去りにされた時、マーシーは過去の汚点から逃れる唯一の方法とみなすものを掴む。すなわちグレイスに成りすまし、レディ・ジャネット・ロイのコンパニオンとしてグレイスの代わりを務めるのである。マーシーはグレイスに見事に成りきり、上品な女性として受け入れられる。このことは、女性が上品だとみなされるのは、それらしく振る舞い、それを他人がそうだと思い込んで受け入れるからだというマグダレン・ヴァンストーンの主張を強化することとなる。しかし、『ノー・ネーム』同様、『新マグダレン』も上品な、あるいは洗練された女性性は生得的に所有しているか、あるいは苦闘して獲得するものだということをほのめかしている。コリンズの物語では、奇跡的に蘇生したグレイスが自分の正体を明らかにするために帰国したとき（誰もがグレイスをペテン師だと信じたか、あるいは信じたふりをしたが）、マーシーは彼女の置かれている真の状況を告白し、それによって過去の道徳上の汚点を実際のところ逃れたようにされている。しかし、マーシーは最終的にはやはり社会の審判を避けられない。コリンズに登場する改悛した売春婦のような身分の者の当然の運命である悲劇的な死を逃れ、結婚（ジュリアン・グレイとの）という結末を許されるものの、保守的なイギリス社会と同化することはできず、エリザベス・ギャスケルのメアリー・バートンのように、新世界へ送り出され、カナダで新たな暮らしをすることとなる。彼の前のギャスケルのようにコリンズは、カナダを約束の地として表現する。その広大な空間で主人公とヒロインはイギリスに残したものよりも良いイギリス的な社会を建設できるのである。

上流社会における犯罪性と悪業

イギリスの社会はですね、ハルカム様、犯罪に敵対するのと同様に、犯罪の共犯にもなっているのです。

（中略）私は、他の方々が心の中だけで思っていることを、口に出しているだけなのですがね。世の中全体がぐるになって、真実の顔に仮面を被せているときに、私の手は、厚紙をばりばりと引き裂いて、仮面の下の剥き出しな顔を晒してやろうとしているのです。（『白衣の女』、第二部マリアン・ハルカムの話、続きⅢ）

上品なマリアン・ハルカムはフォスコのこの言葉を「出まかせの皮肉」として退けるが、白子のハツカネズミと住んでいるイタリア人〔フォスコ。彼は白子のハツカネズミをペットとしている〕とまったく同程度に「俗人」であるコリンズは、この発言に彼よりも共感していたであろう。もちろん、唯一の権威的な語りの声がないというのが『白衣の女』のコリンズの語りの手法の功業であり、事態をさらに複雑にしていることに、フォスコの言葉はショックを受けたマリアンによって報告される。しかし、社会が己を慰め、かつ己の欠点について自分に都合のよいように思い違いをする「戯言」についてのフォスコの話は、コリンズの物語がほぼ暗示すものを明白に述べている。すなわち①美徳の概念は文化的に定義されている。②「ジョン・イングリッシュマン」と「ジョン・チャイナマン」〔中国人に対する蔑称〕はその名で体を表している。③犯罪は、もし警察によって察知されなければ、しばしば割に合う。④「意志の固い、教育のある、非常に知的な男は十中八九報われる」。⑤個人の犯罪は社会の不正への単なる反応にすぎない場合が多く、「誘惑に負けて盗みを働いた」飢えた衣装屋の窮状が「善良で慈悲深いイギリス」に注目されるのはほかでもなく、この衣装屋が罪を犯したからである。ところが真面目な妹は飢えたままにされるのだ。

コリンズの小説は「意志の固い、教育のある、非常に知的な」男と補助的な女で満ちている。彼らの犯罪は警察に察知されず、法制度と刑罰制度によって取り扱われない。しかし天罰を受ける者はいる。

マニオンはバジルと崖の頂で争ったあとで、そこから落下して命を失うし、グライドは焼死し、フォスコは田舎の仲間(かつての共謀者)に殺される。エーブルホワイトは月長石の警備員によって殺され、ジェフリー・ディラメーンはストレスのために心臓発作で死亡する。リディア・グウィルトは、少なくともある程度、この一般的な規則の例外である。彼女の犯罪には、かなり効果的でないにせよ、法制度で取り扱われるものもある。しかし、究極的にはリディアは、夫のミドウィンターによってアラン・アーマデイル殺しの計画を妨害されたとき、自分に判決を下して、自殺して自分を罰する。自分に裁きを行うもう一人の登場人物は『心と科学』(一八八三年)のドクター・ベンジュリアである。彼は実験室に火を放ち、実験に使っていた動物をまず解き放ったあとで自殺する。他方、リディアがアーマデイルを最終的に殺害しようとしたときの共謀者ドクター・ダウンワードは、ル・ドと改名したうえで、法律の目をくらませるだけでなく(妻の評判を守りたいというミドウィンターの願いの結果)、犯罪が失敗したことで栄えもするのである。ペドギフト・シニアは息子に次のような手紙を出している。

医師の友人、賛美者たちは「感謝の印」を彼に贈呈しようとしているはずだ。「療養院の開設に暗雲を投げかけた痛ましい出来事について満腔の同情を表明するとともに、医学者として誠実有能であられる点については以前と変わらず毫も疑っておりません」と記してな。わしたちが生きているのは、体裁を取り繕うことに長けている悪事については驚くほど甘い時代なのだ。この文明開化の一九世紀にあっては、あの医者はまさに出世頭の一人だとわしには思える。(『アーマデイル』、エピローグ、第一章)

「悪業」もコリンズの初期短編物語の一作品の主題で、有罪宣告を受けた犯罪者をただ一人の語り手とするコリンズ唯一の作品である。『ならず者の一生――本人作』は『ハウスホールド・ワーズ』誌に一八五六年三月一日から同月の二九日まで五週連載された（一八七九年には『ならず者の一生――誕生から結婚まで』として再発行）、一種の風刺ニューゲート監獄小説で、フランク・ソフトリーが彼の「奇妙な」人生の話を「故郷の田舎者を教化」するためにする。

俺の人生は（中略）特に役に立つとか、立派だとは思えないかもしれないが、いくつかの点において冒険的であったので、非常に偏見に満ちた界隈でも読んでもらえると思う。俺は今世紀の初期においてこの有名な国の社会制度が個人に働きかけた見本だ。（『ならず者の一生』、第一章）

フランクは、彼自身の冒険と、彼の家族と当時の社会の偽善についてのコメントについても同じように平然とした口調で、俗物根性の父親によって明らかにコネを有効に活用しろと告げられて寄宿学校にやられたのにもかかわらず、いかにそうすることができなかったか、いかに色々な職業（医学・肖像画描き・科学協会の運営）を試みたか、そしてそのすべてに失敗したか、贋金作り集団の頭領ドクター・ダルシファーの娘と恋に落ちたあとで、その集団に入ったのだが、それ以前にいかに大画家たちの贋造者になったかを語る。それからいかにして彼が捕まり、裁判にかけられ、刑が確定し、オーストラリアへの流刑に処せられ、そこで「仮出獄者」[6]の模範として妻（未亡人と身分を偽って夫のあとを追い、オーストラリアに来ていた）の使用人となることを許されたかを語る。ディケンズのマグウィッチ（『大いなる遺産』の登場人物）のようにこの悪党はオーストラリアで繁栄し、物語が終わる頃までには「流刑の刑期をまだ二年残した既決貴族、繁栄して裕福で、非常な尊敬を集める商人」となった。この時点で彼は突如物語を終え、「評判の良い金持ち」として「さらなる自伝の詳細をいかに明敏な読者諸氏に伝えることが」期待されているかを問い、自分は「もはや興味を引く人物ではなく、あなた方と同じく社会的に立派になっているだけだ」と公言する。ここでコリンズは、犯罪性を品行方正よりも興味深いと思う上品な読者を嘲っているだけでなく、読者が誇る品行方正がフランクのものと同じほど疑わしいものに基礎を置いているかもしれないということをも読者に想起させている。しかし、少なくともこの公然たる悪党は己の悪業について率直に意見を述べている。

フランクの贋造者ならびに詐欺師としての犯罪的悪業の人生はコリンズの小説が関心を寄せている典型的な犯罪性であるが、暴力的な犯罪もいくつかあり、リディア・グウィルトの犯罪史は、有名ないくつかの裁判と一八六〇年代に殺人を犯した女たちに当時の人々が魅了されていたという、より広い文化的背景と明らかに関連している。しかし、コリンズの小説、特に一八五〇年代と一八六〇年代の小説で描かれる犯罪の大半は、当時の多くの人々の興味を引いたホワイトカラーの犯罪、たとえば詐欺・ゆすり・贋造・使い込み・恐喝などである。これらは発展した資本主義の犯罪と言うことができるかもしれない。紙幣での取引、官僚文化の書類の操作、情報の統制・不実表示・誤用などから生じる犯罪だからである。

狂気とその治療

『白衣の女』と『アーマデイル』で重要な役を演じ、『毒婦の娘』でもそうであるもう一つのホワイトカラー犯罪は、精神病院での不当拘束という犯罪である。『白衣の女』ではアン・キャセリックとローラ・フェアリーの二人が不当に拘束されるが、そのようにコリンズがしたのはゴシック的な監禁という約束事を近代化して、より現実的にするためであった。すなわちアンとローラは、僧院であるとか遠隔の地にある城、あるいは悪徳所有者が経営する評判の悪い精神病院に監禁されるのではなく、精神的に管理され、人道的で、非拘束的な新しい方法にしたがって経営されている近代的な精神病院に監禁されるのだ。この小説で中心的な女性登場人物の二人を精神病院に監禁したのは、単に常套的なプロット上の工夫であるだけでなく、むしろジェニー・ボーン・テイラーとデボラ・ウィンの二人が述べたように[7]、当時の狂気の定義を探るためでもあり、狂人の診断と治療についての当時の議論に割り込むためでもあった。『白衣の女』の冒頭のセンセーショナルな場面の終わりで、アン・キャセリックが精神病院から逃走したという知らせを聞いてハートライトが示した反応を受けて読者は、一九世紀半ばにおける狂気の定義と治療に関するさまざまな問題を考えさせられる。

「彼女は私の精神病院から逃げ出したんだよ」

この言葉を聞いて初めて、恐ろしい推測がまったく新たな啓示のごとくに私に閃めいたといえば、それは真実を告げたことにならないだろう。なぜなら、私がよく考えもせず、彼女に好きなようにしても構わないと約束してやったあとで、彼女から奇妙なことをいくつか質問されたことで、あの女は、生まれつき少し頭が弱くて情緒不安定なのか、または最近、何か恐ろしい精神的ショックを受けたせいで、精神のバランスが一時的に崩れたかもしれない、くらいのことは既に推測していたからである。しかし、精神病院という言葉でわれわれ誰もが連想する、あの真の狂気と彼女を結び付けることは思いもよらぬことであった、と今でも私は断言できる。言葉遣いにしろ身ぶりにしろ、狂気を裏付けるようなところはこれといってなかった。その後、見知らぬ男が巡査に話したまがまがしい言葉に照らしてみても、あの女の真の狂気を証明するものはどこにも見いだせなかった。

（『白衣の女』、ウォルター・ハートライトの話、V）

アンが狂人であるかもしれないと疑ったときウォルターの頭の中では、先天的すなわち「生まれつき」の精神異常から、衝撃の結果としての一時的な精神のバランスの喪失を経て、「確実な狂気」に及ぶ多様な精神異常、変調というものが駆けめぐった。「確実な狂気」は言葉や行動でわかるとされ、狂気と診断する権限は精神病院と医師にあった。この小説の場合、白衣の女が正気なのか狂気なのか判断ができなかったとウォルターが言い、その後、彼が狂気の徴候を誤読（故意に、あるいは故意にではなく）して監禁するという行為を「最も恐ろしい誤った監禁」と評したことによって、精神病院の権限が疑問に付される。「私は何をしたのか。最も恐ろしい監禁の犠牲者の逃走を助けたのか。それともロンドンの広い世界に不幸な生き物を放擲したのか。その者の行動を慈悲深く制御するのが私の、いやすべての人の義務なのに」（ウォルター・ハートライトの話、V）。アンに対するウォルターの反応が曖昧であるとか混乱しているとしたら、アンを迫害者や介護者から逃れるのを助けた彼の行動の問題もまたそうである。ウォルターは二つの葛藤する義務、すなわち不当に監禁された犠牲者を助ける義務（「万人」と共有する義務）と始末に負えない女を制御するという義務のあいだでひどく苦しんでいるように見える。後者の場合には、邪悪な世間から始末に負えない女を守るためにそうした女を制御するのが万人の義務なのか、あるいはむしろロンドンの広い世間をそうした女から守るのが万人の義務なのかどうかが明白でない。

ローラの不当な監禁は、初めのうちはまったく異なる問題を提起しそうに見える。すなわち金や財産を自分のものとしたいと思う親族が精神病院に正気の人間を不正に監禁するというゴシックロマンスのプロット、およびそうしたプロットが体現する恐怖とより密接に関連しているように見えるのだ。しかし、よく考えると、ローラの不当な監禁はアンの監禁と同じ疑問を提起していることがわかる。ローラが容易にアンの身代わりになれるのは、二人がともにパーシヴァル卿に虐待されていたことに加え、彼女たちが示す狂気の徴候が彼女たちの女性的な受動性・幼児化・無力の徴候でもあるからだ。精神病院の中であれ外であれ、ローラは、ウォルターがアンの特徴を述べたのと同じように描かれるだろう。「彼女の態度にはなんら狂気じみたところ、不謹慎なところはなかった。冷静で、自制的で、若干メランコリックで、多少疑っているふうであった」（ウォルター・ハートライトの話、IV）。いずれの場合でも、この態度は彼女たちの状況に照らせば完全に理解できる。「狂気の不確実な境界」[8]についての議論がますます喧《かしま》しくなり、奇妙で常軌を逸した行動を規制することが専門的になされてきていた時代において、この二人の女性を精神病院に監禁したことから、狂気の定義についての疑問が生まれる。これらの問題、それに監禁を正当化する理由に関連した問題は、精神異常者と彼らの財産の取り扱いに関する国会特別委員会が調査し、その報告が一八五九年から六〇年にかけてなされた。ちょうど『白衣の女』がディケンズの『オール・ザ・イヤー・ラウンド』誌で連載されていた頃である。これが連載されているあいだ『オール・ザ・イヤー・ラウンド』誌も狂気の取り扱いと不当な監禁に関する論説と物語を何編か掲載し、一八六二年には「M・DとMAD」という題名の記事でこの問題に立ち戻った。それは、その年の狂気に関する特別委員会の報告を論じたものであった。

これらの医師たちの報酬を上げても良心的な活動をするとは思われない。医師の影響から生じる社会の危険は、たとえそうしたことがあるとしても、非常に微々たるものである。医師は、高度な訓練を受けており、医療にたずさわるものに起こりうる大方の難問について特別に研究し、それに真面目に取り組んでいる。病気と精神の健康を明確に分ける線はなく、精神の不健康は、肉体の不健全と同じく、疑いなく様々であり、ありふれたものなのだ。（中略）

（中略）精神に関する問題では、理論家の話に耳を傾けるのが少なければ少ないほど、そして市民が何に悩んでいるのか、あるいは犯罪者がどのような悪さをしようとしているのかを決めるときに通常の人間の自然な感覚に明らかだと思える証拠だけを明確に求めるようになればなるほど、わたしたちにとっては良いことであろう。精神科医による狂人証明が必要な人は狂人とはみなさないようにしよう。[9]

コリンズも精神科医のテーマを『アーマデイル』の中でドクター・ダウンワードの生涯において取り上げた。それまで女性の患者だけを見る医者（前述）という触れ込みであったのが、この小説が大団円に近づくと、「ドクター・ル・ド、ハムステッド、フェアウェザー・ヴェイル・サナトリウム院長」（第四部第三章）として再登場する。ル・ドはコリンズの近代精神科医のパロディである。発展途中の郊外にある大きな屋敷に設けられた、この精神科医のサナトリウムは、神経症患者の私的病院のパロディであり、ジョン・コノリーの『物理的拘束のない精神異常者治療』（一八五六年）の見方にしっかり沿っていた。[10] 旧い拘束型の施設で見捨てられた者たち、すなわち「真鍮と革とガラスに拘束された、見るも惨めな者たち」がル・ドの私室の壁の一角を占める。ほかに「二つの額縁に入っている男女の肖像写真集」を持っている者がいる。一つの額には「神経症の効果が顔に現れている」のを示す写真のセット、もう一つの額には「同じ見方から狂気がもたらす惨事」を描いた写真が入っている。他方、この二つの額のあいだには「優雅に彩色された巻き物」があり、それには「予防は治療に優る」と書かれてある。口先のうまいル・ドはこの部屋をリディア・グウィルトに次のように解読する。

私の『医療法』が率直そのものといえる言葉で語りかけています。ここは精神病院ではありません。ほかの人は好きなように精神の病を治療すればいい。でも、私の場合は、それを予防するのです。ここにはまだ患者が一人もいません。しかしわれわれの生きている時代では、神経系統の異常（精神錯乱を惹き起こす根源です）が確実に増えています。やがて患者が来るでしょう。（『アーマデイル』、第五部第三章）

ル・ドの施設は家庭的な方法で精神を管理しようとするもので、「馬車体操、乗馬体操」を利用し、客間に集って陽気に語り合い、患者の「気分を高揚させ」て、改善を図る。彼は彼のサナトリウムを「家庭の悩み」、「痛めつけられた神経」、「神経の乱調」などで苦しんでいる者たちの聖地、日々の生活のイライラが取り除かれる静かな場所として積極的に売り込む。「このような自明の前提の上に、わたしの治療法は立っています。神経症の場合、薬による治療は精神上の治療の補助にとどまるべきだというのがわたしの考えです。その精神上の治療は（中略）日中に丹念に施されるばかりでなく、夜間治療においても実行されているわけなのです。かくて患者さんは自分でも気づかないうちに精神を和らげられ、治癒してしまうのです」（最終巻第三章）。

しかし、表面的には現代的に見え、またル・ドが彼のような無認可施設にすら、もし狂気委員会がなんらかの不法行為を聞き及ぶことがあれば立ち入るかもしれないと言っているのにもかかわらず、コリンズはこのサナトリウムを不当な監禁と未遂殺人が展開されるメロドラマティックな計略を実行に移すための場所として使用した。ル・ドはリディアの計略の手助けをすることに同意し、アランを彼のサナトリウムに誘い出し、リディアにアラン・アーマデイルを殺害させようとする。リディアはル・ドに目をつぶってもらってアランを扱いが特に難しい患者用に改造された密室で殺害しようと計画する。この部屋のドアと窓は外からのみ開けることができ、新鮮な空気(もしくはそうでない空気)が壁に設けたパイプを通して部屋に流れる。もちろん、最終的にその病院に(いわば)生き埋めにされるのは、その当時の多くの実在する女たちやブラドンのレディ・オードリーの場合のように、リディアだ。そしてこの部屋が彼女のメロドラマティックな自殺の場となるのである。

コリンズはのちの小説『毒婦の娘』で精神病院の状況と狂人の異なる治療方法に関する議論に立ち戻った。この小説の事件は一八二八年に起こったが、その事件が物語られるのはそれから五〇年後のことである。この小説は最近死亡した医師ミスター・ワグナーの回顧録である。ワグナーは貧しい者、病気で苦しむ者へ果たすべき自分の義務について考えていた。彼の考えは一八二〇年代にはまさしく「革命的だ」と考えられていたが、「彼の意見が全国民の賛成を得て議会で決議され、正当と認められた今日(一八七〇年代後期)」では彼は、「穏健な自由主義者、近代の進歩の道を歩んでいる思慮深く慎重な男」(第一部第二章)だとみなされがちである。ワグナーの過激な主張は病院改革に関するものであった。ベスレヘム精神病院(通称ベドラム)の理事としてワグナーは(彼の妻が言うところでは)「ムチや鎖で気の毒な狂人を拷問にかけること」に反対し、「ポケットマネーを出し、自分の責任において彼らの治療に辛抱と親切がどのような効果をもたらすかの実験を提案した」(第一部第三章)。彼の妻は亡夫の実験を継続することにして、この慈悲深い実験のために、夫が選んでいた「鎖につながれた気の毒な者」を探しに未だ改革がなされていない病院へと赴く。すると「物寂しい石作りの通路沿いに、泣き声よりももっと恐ろしい笑い声の叫びなどが混じった怒りと苦痛の声」（第一部第四章）が聞こえてくる。ミセス・ワグナーが探している人物はジャック・ストローである。彼は、彼をひいた車の持ち主が王族だったという幸運のために「教育ある階級」のために設けられた王立施設に入れた「幸運な狂人」として知られている（第一部第四章）。ジャックは幸運なことに「鎖の鉄は彼に合うように特注され」ていて、「これまで何度も使い古した」新しいムチが特別に購入されていた。以下は精神病院の一場面だが、ディケンズの初期小説における場面だと言っても場違いの感じはしないであろう。

そこは天井の高い狭い牢獄で、塔の中の部屋のようだった。陰鬱な石の壁の、一箇所高いところをくりぬいて鉄格子がはめられており、そこから空気と光が入っていた。二つの壁が出会う隅の床に、（中略）院長が「幸運な狂人」と呼ぶ患者が座って、自分の両側に束ねられている藁を使って作業をしていた。（中略）彼は重い鎖で壁につながれており、鎖は腰のまわりに巻かれているのみならず、くるぶしと膝のあいだで両脚を連結していた。だが鎖にはある程度の長さがあり、私が目測したところでは五、六フィートの円の中で彼が不自由な動きをすることはできた。（中略）ぼろぼろの衣服は痩せた体を覆い隠してはいなかった。（『毒婦の娘』、第一部第五章）

ワグナーの考えが妥当であることを強調するように、語り手は焦点を「虚ろな茶色の目」と「神経質な口元」をした感傷的で子供じみた狂人から、その狂人のさまよう視線がとまった精神病院の助手の手中にあるムチに移す。「ただちに狂人の表情は一変した。獰猛な嫌悪の光が彼の目に宿り、その唇はぎゅっと引かれ、野獣のような歯を現した」（第一部第四章）。これが意味するものは明瞭だ。拘束方法では患者を抑制するどころか、むしろ患者を動物のようにするということである。その後の複雑なプロットの意図は、いろいろあるけれども、ワグナーの考えを擁護し、彼の実験を成功に終わらせることである。ジャック・ストローは、ワグナーの未亡人によって束縛から解放され、「この界隈で最も人気のある人間、陽気で柔和な人間」（後記第九章）としてその後の人生を歩む。

人種・外国人・帝国

コリンズは、狂人を野蛮人とみなす因襲的で偏狭な考えを風刺したが、同様に人種をステレオタイプ化して表象することをまったく避けたのではないにしても、彼なりの表象の仕方を採った。『アーマデイル』で、「黒人」の母親と白人であるイギリス人の父親を持つ息子オザイアス・ミドウィンターが最初に登場したとき、この息子は狂人のように描かれている。脳炎からごく最近回復したばかりのオザイアスは「見るも驚くべき人物」であった。「剃り上げられ、古い黄色のハンカチで雑に巻かれた頭、こけた黄褐色の頬、信じられないほど大きく見開かれた、明るい茶色の眼、もつれた黒い髪、それに病のためにやつれて今は獣の爪のように見える、筋肉の発達した、しなやかな指」をしていた。これは野蛮人とジプシー、それにユダヤ人のステレオタイプ化された姿を思い起こさせる肉体的特徴を合わせたものであり、それゆえミスター・ブロックの「健全なアングロサクソン族の肉体」には悪寒が走る。ブロンドのイギリス人アラン・アーマデイルにイギリス人の血も併せ持つ混血として奉仕するミドウィンターは最終的にはイギリス社会へ繰り込まれ、彼には素晴らしい未来が予想される（エピローグ、第二章）。

他方、エズラ・ジェニングズ（コリンズのもう一方の目立った混血登場人物）は月長石紛失の謎を解くという重要な役を行ったあとは視野からまったく消えてしまう。彼は長期にわたる消耗性疾患で息を引き取り、私物の書類は見知らぬ墓に一緒に埋葬してくれと頼む。ミドウィンターの場合と同じく、ジェニングズは最初に登場したときに細かく彼のことが記述されていて、それによると彼は悩める男、そして人種のるつぼであった。

肌はジプシーのように黒く、肉の削げた頬は、深い窪みに落ち込んでいて、その上のほうに骨が差しかけ屋根のように突き出ていた。鼻はとがった形をしていて、東洋の古代人によく見かけるが、近代ヨーロッパ人の中では滅多にお目にかかれない形の標本のようであった。（中略）こういう異様な顔から、さらに異様な、柔らかい褐色の目――夢みるような、悲しそうな、そして眼窩に深く落ち込んだ両の目が、相手のほうをじっと見つめ、（中略）相手の注意を思いのままに捕らえて離さないのだ。かてて加えて、びっしりと細かく縮れた、毛深い髪が、自然のいたずらによってなんとも奇妙に偏った、気まぐれなふうに、色素を失っているのだった。（『月長石』、第三話第四章）

ジェニングズの目だった顔立ちは、「口汚い誹謗」から逃れようとして場所から場所へと彷徨させられた不可解な迫害によって一部作られ、一部は迫害をもたらす原因であった。彼は長いあいだアヘンを痛み止めとして使用して、その結果アヘン中毒になり、そのために彼の外国人らしさ、特に東洋人らしさが際立つこととなった。

ミドウィンター同様、ジェニングズも植民地から帝国の中心へ戻る。フランクリン・ブレイクに説明しているように、「植民地で生まれ、しばらくそこで育てられました。父はイギリス人ですが、母は（以下略）」（『月長石』、第三話第九章）。この点において『アーマデイル』と『月長石』はともに「逆植民地化」の物語、すなわちスティーブン・アラタが一九世紀末の「文化犯罪」と関連させた類の小説の例である。アラタによれば、「略奪と侵略を行う他者を表現する中で、ブラム・ストーカー〔アイルランド生まれのイギリスの小説家（一八四七－一九一二）〕の『ドラキュラ』（一八九七年）のような小説」は、イギリスの帝国主義的行為を「恐ろしい形に反映させ」、かくして「帝国主義的イデオロギーを批判する」強烈な潜在力を持っていた。しかし、この潜在力は、アラタの分析によれば、これらの物語がイギリスの帝国主義的罪業を彼の見解では「侵略的他者」[11]へ置き換えがちなので、顕在化されることは滅多になかった。

　コリンズが帝国と帝国主義の問題に関心を持っていたことは小説家としてのコリンズの生涯を通じて明らかである。最初に出版した小説『アントニナ』（如何にしてローマが侵略者のゴート族に屈したかについてのエドワード・ギボン〔イギリスの歴史家（一七三七－九四）〕の記述に負う）は一見したところイギリス帝国主義とはほとんど無関係に見えるが、コリンズはローマとイギリスのこの二帝国が類似していることについて、「現代のロンドンのように古代ローマでは」（第二二章）という文句を用いたり、（コンラッドが『闇の奥』で行ったように）現代のロンドンによって管理された帝国の動機と方法の優越性を「国に代わって」弁護したりして、読者の注意を幾度となく喚起する。すなわちローマ帝国は「絶えざる殺戮」によって建設され、維持されてきたが、英国民は気高い思想と理想を追求して自国を獲得した、というわけである。事実、『アントニナ』は、イギリスがパンジャブを併合（一八四八－四九年）してインドでの利権を拡大させた時期に執筆されており、イギリス帝国主義が拡大した特別な歴史的時期に属する作品である。コリンズのローマ物の小説では、ローマ人の帝国的行為と、インドという植民地の富のうえに胡座をかいて贅沢三味な暮らしをし、原住民女性を強姦し、虐待した東インド会社のイギリス人の役人と社員の帝国的行為との類似性が繰り返し指摘されている。

コリンズは『アントニナ』を出版したあとに歴史物語を書かなくなった。しかし、帝国的行為も、帝国の成長・衰退・没落も彼の念頭から離れることはなかった。ただそれらを現代の背景に移し替えただけだったのである。『アーマデイル』でも『月長石』でも、物語の本筋はかつての植民政策のためにイギリス人の家庭生活が崩壊したことを記述することにあった。『アーマデイル』では一八二〇年代の英領東インド諸島において暴力的、好色的で強欲的であった親の過去がアーマデイル家の次の世代を苦しめ、『月長石』では「悪魔のようなインドのダイヤモンド」、つまり一七九九年のセリンガパタム襲撃時における暴力的な帝国による略奪の遺産が、静かな田舎の屋敷と、見たところでは何の咎《とが》もないそこの住人たちの静寂を破るのだ。

この平穏なイギリスの家は、インドのダイヤモンドの呪いによって、一人の死んだ男の復讐の念によってわれわれに向けられた、現に生きている悪党どもの陰謀となって、突如侵入されたのだ。（中略）文明開化の時代たる一九世紀に、しかもイギリス憲法の恩恵のもとに生を楽しんでいるこの国において、そのようなことを耳にした人があるだろうか。（『月長石』、第一期第五章）

『アーマデイル』も『月長石』も物語の中で植民地と母都の関係を問題化する。すなわち「本国」はクレオールたち（オザイアス・ミドウィンターとエズラ・ジェニングズ）、あるいはヒンズー教徒（月長石を取り戻すためにイングランドへ旅してきた者たち）に侵略されるのである。

『アーマデイル』の本筋は、もう一つの帝国的略奪である万国博覧会がロンドンで開催された一八五一年に設定されている。しかし、一八六四年一一月から一八六六年七月にかけて『コーンヒル・マガジン』誌にこれが掲載されている時に特に話題にされていたのは、この作品が砂糖植民地での暴動に関心を持っていたことだった。『アーマデイル』が執筆され、連載物として発行された時期は、奴隷が南部と北部の争点であったアメリカの南北戦争の時期と重なった。それよりもさらに関連していることになるが、『アーマデイル』が連載された時期は、一八六五年のジャマイカ暴動（すなわちエア反乱）とも重なったのである。ジャマイカは一六五五年以来イギリスに占有され、一八世紀と一九世紀初期を通して砂糖貿易と、イギリス人が所有するプランテーションで働くためにアフリカから買われた奴隷貿易の潤沢な源泉であった。この小説の前物語は奴隷を解放するための自由主義的・福音主義的運動がかなり進んでいた一八二〇年代に据えられ、一八三二年のドイツの温泉場ヴィルトバートに設定されたそのプロローグは、奴隷を自由徒弟とすることによって英領西インド諸島全土にわたり奴隷を解放しようとした一八三三年の奴隷解放法にちょうど先行する。一八六〇年代に砂糖の価格と賃金が下がり、合わせてかつての主人に不当な行為と虐待をされると、元奴隷であったジャマイカ人は改革を求めた。その要求が総督のエアに拒否されると、彼らはキングストンの庁舎を攻撃し、流血騒ぎとなるや、エアは戒厳令を敷き、反乱者を厳しく抑圧し、その指導者ジョージ・ゴードンを絞首刑に処した。エアはイギリスへ召喚され、殺人の罪で裁判にかけられたものの、無罪となった。その後、彼の行動は王立審問委員会の議題とされ、『アーマデイル』が連載されているあいだ新聞で広く論じられ、イギリスの世論を二分した。たとえば、ディケンズはエアの行動を「劣等」人種に対する正当な権利行使として、罪なしとするエア弁護委員会の委員であったが、他方ジョン・スチュアート・ミルはエアの有罪を求めて運動したジャマイカ委員会に属した。『アーマデイル』は白人植民者の腐敗・強欲・暴力を描いていて、植民がもたらした罪を受け入れているように見えるが、実はその罪を過去へ移している。すなわち罪は一八二〇年代のバルバドス島におけるアラン・(レントモア・)アーマデイルの「野生的」で「不道徳な」青春の「怠惰と自己耽溺」と結び付けられるので若い時分の彼は奴隷所有者としての権力(それを「私の意志が掟そのものである(中略)奴隷や混血」[「プロローグ、第三章」]に振るっていた)によって堕落したのであった。アラン・アーマデイルの叔父とリディア・グウィルト(彼女もバルバドス島で発育期を過ごした)の描写からコリンズは、リリアンが述べているように、「奴隷の苦しみよりも奴隷制度がプランテーション所有者を堕落させるということにより関心を寄せている」[12]ように思われる。また、これらの登場人物の描写から、コリンズは植民地の罪の重荷を植民地の「他者性」に置き換えているようにも思える。植民地化権力の「文明化された」臣民たちは植民地化された外国の土地とそこの人々の「原始的」で野生的な他者性に屈するのだ。すなわち植民地が植民開拓者を植民地化するのである。

コリンズは、『月長石』において英領インドの遺産に目を向けるとき、帝国の罪というイギリスの重荷をさらに進んで認めようとしているように見える。『アーマデイル』のように、『月長石』は植民地の過去(一七九九年、セリンガパタム騒動の間にサー・ジョン・ハーンキャスルが月長石を盗んだ)に舞台を設定したプロローグで始まる。この過去からこの小説の主筋が出来てくる。この後期の小説にはエピローグもあり、そこにはミスター・マースウェイトがミスター・ブラッフに宛てた一八五〇年の日付の手紙が入っていて、その手紙では物語はインドへ戻り、月長石が返されたことが語られる。それによると、月長石はそれが置かれるべきだと読者が思わせられる場所に戻ったことになっている。『月長石』の主筋は一八四八年から一八四九年のあいだに設定され、そこではサー・ジョンが行った帝国的略奪のその後の顛末が語られる。ガブリエル・ベタレッジが称揚した静かな田舎屋敷の平安、あるいは少なくともそこの住人の心の平安は、ダイヤモンドを取り返そうとイギリスへやってきて、人目につかないように潜伏しているインド人によって掻き乱される。しかし、家庭の平安をさらにひどく掻き乱すのは、このダイヤモンドがさらに盗まれたことだ。レイチェルの寝室に新しくしつらえた聖壇から暴力的に持ち去られたのである。このことは、月長石が月神からとられたことがヒンズー教徒にとって衝撃であったように、イギリス人にとっては衝撃であった。コリンズはこのような見事な筆さばきによって、イギリス人の家庭が城でなくて寺院であり、その聖宝はイギリス人が妻としてめとる貞節な妻であることを示唆するわけである。

この小説の中心的な出来事についてコリンズがこのような見方をしているということは、コリンズが帝国主義的言説という通常の用語を複雑にしていることの一例である。イギリス人の登場人物たちはインド人を異国の謎だらけの他者と捉え、小説中のオリエント専門家マースウェイトからは逆植民地化や侵略不安と結びつけられる。マースウェイトはイギリス人をインドへの移民者と最悪な種類のイギリス人から成り立つ秘密社会の構成員として披露する。

> 常識的に見て、その組織がちゃちなものであることは疑いありません。資金の掌握、ロンドンで外国人のように日陰者の暮らしをしているイギリス人を、必要の際には世話を見る。（中略）両国の生まれで（少なくとも以前は）同じ宗教を奉じていた者たちで、たまたまこの大都市の無数の貧窮者に奉仕する仕事に雇われている人たちの、隠れた同情。（第二期第三章）

ところが、インド人は行動において辛抱・決断・正義への献身といった「イギリス的な」美徳を示す。反対にイギリス人は不誠実・秘密主義的で、さらにフランクリン・ブレイクとエズラ・ジェニングズの場合には、異国的と表現される。イギリスで「危険な目に遭っていない」レイチェルは、「インドへダイヤモンドを持って行けば危険が待っているとインド探検家のマースウェイトから聞かされて」喜ぶ（第一期第一〇章）。しかしこの物語の意図は、イギリスが安全だというレイチェルの認識が幻想であることを示すことである。またこの小説は、ベタレッジに絶えず慰安本としてデフォーの『ロビンソン・クルーソー』（これは植民地化の教科書なのだ）に触れさせることによって、この小説は帝国主義についての皮肉を言い続けてもいる。最も辛辣な皮肉は、白人のベタレッジが植民地建設に励む主人公クルーソーと自己を同一視して、フランクリンおよびレディ・ヴェリンダーとの関係から、本当は彼はクルーソーよりもむしろフライディに近い存在であるのに、それを理解できないことだ。コリンズが帝国主義のイデオロギーについてどう考えているかは、ダイヤモンド紛失の謎がどのように解決されたのかと、そこでフランクリン・ブレイクがどのような役割を演じたのかからもわかる。ブレイクは、帝国の征服者や植民地開拓者らしく、意識しない「良い」理由（つまりレイチェルを守りたい）のために私有行為という「悪い」行為を行う。タマー・ヘラーが指摘したように、ブレイクの行動をこのように説明すると、この小説が対比させる「ヴィクトリア朝のジェンダーと帝国主義」[13]の類似性がわかりやすくなる。

『月長石』のプロローグで触れられる一七九九年のセリンガパタム襲撃は英領インドの樹立における重要な瞬間であった。ティプ〔一七四九−九九。インドのマイソール王。イギリスの植民地政策に最後まで抵抗〕（フランスの同盟）が敗北したことでイギリスは東洋で重要な足場を固めたからだ。面白いことに、セリンガパタム襲撃について書くにあたってコリンズは、手持ちの資料（セオドア・フックのデイヴィッド・ベアード将軍伝）にあったインド人の蛮行を強調することは控えて、この襲撃から半世紀以上もあとの、一八五七年から翌五八年にかけてのインド大反乱（おもにベンガルのイスラム教徒であった、イギリス軍属のインド人兵士がイギリス人上官に反逆し、ムガール皇帝に加わるためにデリーを行進した）の間のイギリス軍による無法な行動を詳しく記述している。この大反乱はインドにおけるイギリスの歴史において、その後を決定するもう一つの出来事であった。この大反乱の直近の原因は牛脂《ヘット》か豚脂《ラード》を染み込ませた弾丸の包み紙が使用されたことにあった。そのようなものを扱うのはイスラム教徒にとってもヒンズー教徒にとっても我慢のできないことであったのだ。しかし、潜在的な原因はイギリス人が導入した急激な社会変革である。一部、この大反乱は伝統的なインド社会の大変動への反発であり、以前の政治秩序に戻ろうとする企てであった。一年に及ぶ闘争ののちに大反乱は鎮圧され、続いて東インド会社が解体され、退位させられた皇帝が国外追放され、イギリスの英国統治が始まり、イギリス人によるインド亜大陸の直接支配が始まった。

多くの点で『月長石』は、パトリック・ブラントリンガーが『暗黒の支配――イギリス文学と帝国主義、一八三〇－一九一四年』で論じている一八六〇年代の暴動小説の代替版である。しかし、コリンズの小説は、ある距離を取りながら暴動を扱っていても、大反乱とインド人の双方に対して、ブラントリンガーが考察していた暴動小説家とはいくぶん異なる立場も取っている。ブラントリンガーが論じるところでは、「ヴィクトリア朝には大反乱の責任を犠牲者に押しつける人種差別的思考型が見られる。そのことは全と悪、無垢と罪、正義と不正、道徳的抑制と性的堕落、文明と野蛮という具合に純然と両極に分けることに表されている」。暴動小説は一般的には「インドを全面的に服従させ、ときにはインド人を根絶しようとする」[14]ために、これらのカテゴリーを動員する。他方、コリンズの小説は、これらのカテゴリーを正確に入れ替えてはいないが、それらを「無法なイスラム教徒の」ティプ（プロローグ、二）と「乱暴狼藉」（プロローグ、三）を働くイギリス人兵士たち、およびジョン・ハーンキャスルに等しくあてはめている。イギリス人が「土着民になった」とか植民地によって精神的に植民地化されたという示唆は、『アーマデイル』のプロローグにはあったが、『月長石』にはない。むしろ、『月長石』では植民地の本国は、ゴドフリー・エーブルホワイトと、幾度も盗難にあってきたダイヤモンドの最後の盗人としての彼の役割（そして動機）ゆえに、堕落の場所とみなされる。さらに、ダイヤモンドの返還に命を捧げるヒンズー教のバラモンと、また彼らに対するイギリス人の反応を描くことで、『月長石』はイギリス人の人種差別的思考を吟味し、帝国主義抑圧者が犯した罪なのに、そのことで被抑圧者をイギリス人が非難するやり方を探る。

『月長石』におけるインド大反乱とインド現地人に対する反応は、このことを主題としたコリンズの初期の作品と一致する。一八五七年、コリンズはチャールズ・ディケンズとともに初期の暴動小説「あるイギリス人囚人たちの危機」を著した。これは活動的なこの共同執筆者たちが『ハウスホールド・ワーズ』誌のクリスマス号のために書いたものである。この暴動に対するディケンズの気持ちは友人のアンジェラ・バーデット・クーツに宛てた手紙で驚くほど明確に明らかにされている。ディケンズはその手紙で、インドで最高司令官になりたいと述べ、「東洋人種を驚愕させ、この前の残虐行為というあの汚点が付いているあの人種〔イギリス人〕を根絶するために最善を尽す」（ピルグリム、第八巻、四五九頁）と書いた。しかし、作品ではそうではなく、「インドで示されてきたイギリス人の素晴らしい特質」を賞賛するために物語を書き始めた。ディケンズはこの物語の背景を、中央アメリカのイギリス人植民地に置いた。そこでは、鉱山から採掘された銀がイギリス人の監視下で、貯蔵される。暴動はイギリス植民地共同体への海賊襲撃の形で表現される。ディケンズが担当したのは最初と最後の章である。最初の章では襲撃前のイギリス人植民開拓者の幸福な生活が語られ、最終章ではイギリス人植民開拓者の監禁からの脱出と、彼らの捕獲者を彼らが打ち負かした次第が語られる。コリンズが担当したのは中間の章「森の牢獄」である。そこでコリンズは重要なことに、囚人と捕獲者の違いを述べるにあたって、その強調の置き方をディケンズと異にしている。ディケンズが海賊の異国性を強調したのに対して、コリンズは部下を侮辱する洒落者のイギリス人兵士のような者として海賊を表現したのである。そのようにして多くの者がインド大反乱の根本原因とみなしていたものを強調したのだ。この物語が発表されてから数カ月後の一八五八年二月、コリンズは『ハウスホールド・ワーズ』誌にもう一編書いた。それは「セポイへの祈祷」というもので、帝国拡大に伴う精神的植民地化に関して意見を述べ、西洋の宗教と東洋の宗教が共有する共通の立場を強調する作品である。

インドを所有するためにわれわれは戦っているが、さまざま宗派の慈悲深い方々はその国の人間という虎をキリスト教的な手段でおとなしくさせる手はずを整えている。(中略)おそらく、東洋文学から学ぶ素晴らしい道徳的教訓に注目させて彼らの精神浄化をはかるのも悪くはなかろう。(15)

その後には「活動的な生活」対「瞑想的な生活」についてのインドの譬え話の説明が続く。その譬え話の教訓は「神に受け入れられる生活は人間に受け入れられる生活である」ということである。この作品は、「裏切り者と暗殺者が教わる者であるときには、確かに始めるのに悪くないインドの教訓ではないか?」という疑問で終わる。支配しようとしているインド人の価値体系よりも自分たちの価値体系のほうが優れているとイギリス人とキリスト教徒たちは考えているのかと作品の冒頭で疑問が出されていたが、それとまったく同様に、この最後の疑問は、裏切り者や暗殺者はインド人だけなのかという問題を提起する。

東洋と西洋の価値体系の衝突は、一九世紀中葉において唯一のイデオロギー上の争点ではなかったし、逆植民化や侵略パニックもヨーロッパの中心に押し寄せる東洋植民地への不安に限定されなかった。『月長石』でマースウェイトが「ロンドンの外国人の路地に住む、あのうさんくさいイギリス人」と言ったとき、コリンズの読者は「外国人」を単純にインド人などの植民地の住民と結び付けなかっただろう。一九世紀を通して、ロンドンはさまざまなヨーロッパの国々の民族主義運動と革命運動に関連した多くの異郷生活者と亡命者にとって憩いの場であったのだ。『白衣の女』では、中流階級の絵画教師の社会的地位の上昇と恋愛の進展、それにイギリス上流階級間の犯罪と陰謀の物語がヨーロッパの出来事の残響が感じられる中で繰り広げられる。ウォルターはリマリッジの屋敷へイタリア人のペスカ教授を通して紹介される。この教授とは「昔ある大屋敷で出会い、そこで彼はイタリア語を、私は絵画を教えた」（ウォルター・ハートライトが始めた話、Ⅱ）ことがあり、その後友好関係を築いていたのである。ペスカは以前パドバ大学に勤めていたが、ガブリエル・ロセッティ（画家ダンテ・ガブリエル・ロセッティ〔一八二八-一八八二〕と詩人クリスティナ〔一八三〇-一八九四〕の父親）のように「政治的理由でイタリアを離れ、革命的イタリア愛国者の秘密組織の一員となっていた。この秘密組織は一八四八-四九年（この小説の出来事が起こる年）と一八五九-六〇年（この小説が世に出た年）のイタリア戦争〔イタリア支配をめぐるフランスとスペイン間の戦争〕とかかわっていた。フォスコ伯爵の謎を考え、伯爵がどうして故国へ行くのを渋っているのかに思いをめぐらしていたマリアンが最初に取った手段は、伯爵をヨーロッパの政治的陰謀というより広い謎の中に置き、読者にさらに以下のことについて思いをめぐらせることである。

ひょっとして、何か政治的迫害の犠牲になっていたのでしょうか？　いずれにせよ、愛国的心情は充分あると見え、イギリスのどこにいようと、同国人にはいつも会っていたいと思っていたようです。ここに到着したその晩にも、ここは一番近くの町からどのくらい離れた距離にあるのかとか。そこに住んでいるイタリア人で私たちが知っている人はいるのかと尋ねていました。彼がヨーロッパの人々と手紙のやり取りをしているのは確かです。彼に来る手紙には、あらゆる類の見かけない切手が貼ってあります。今朝も朝食テーブルの上に一通載っているのを見ました。大きな公文書のような封印が押してありました。ひょっとして、イタリア政府と手紙のやり取りがあるのでしょうか？　しかし、そうだとすれば、彼が政治亡命者かもしれぬ、という推測とはうまく辻褄が合いません。（『白衣の女』、第二期、マリアン・ハルカムの話、続きⅡ）

フォスコのその後の運命に照らしてみると、マリアンは二重スパイの懸念と情報について書いているように見える。フォスコが死亡すれば、それはローラを監禁し、彼女の身分と富を奪う計画に彼がかかわったことへの厳しい処分となろう。しかし、彼の死は実際は背信に対する罰である。彼の遺体がセーヌ河から移動されるとき、それには裏切り者の印があった。「Tの字形に深く切られた傷があった。それはペスカが属していたイタリア国粋主義者同胞の印を完全に消し去っていた」（ウォルター・ハートライトの話、結びⅡ）。

第六章　コリンズの小説における心理学と科学

コリンズは「読者へのノート」（『法と淑女』の装丁本の序文）で「したがって人間の行動は純粋な理性によって必ずしも支配されるのではないということを銘記していただきたい」と書いた。最初から最後までコリンズの小説は人間の行動を形成するか、それに動機付けを行う多面的な要素を探求している。実際のところ、ヴィクトリア朝の読者、特にコリンズの読者の大半は、彼がこのノートに書いた助言はほとんど必要としなかったと思われる。科学が発展、専門化し、科学的方法論と唯物主義的な哲学と説明方法が急増していた時代にこのようなことを言えば驚かれるかもしれない。しかし、一九世紀の科学革命は宗教などの不合理な思想方法を問題にし、それを攻撃したけれども、それを抹消したのでは決してなかった。むしろ、科学は謎をもたらしたのである。進化の「法則」は、それが取って代わろうとした聖書と神学の「法」と同程度に注釈と解釈を必要とするように見えたのだ。意識と精神についての新しい理論は、生理学を土台にしていても、その理解のしにくさはそれに劣るものでなかった。この他の新しい科学、すなわち似非科学は、進化生物学・精神科学・心理学といった新しく発展しつつあった科学とともに共存し、ときどきはそれに組み込まれていった。骨相学とメスメリズムは、コリンズの人格形成時代と作家として駆け出した初期の頃に多くの関心を引いた似非科学のまさしく一例であった。

一八五〇年代と一八六〇年代のコリンズの作品におけるメスメリズム・夢・無意識

コリンズが最初におおっぴらに科学論議に加わったのは、一八五二年の一月から四月にかけて「家庭での磁力の夕べ」という漠然としたタイトルで『リーダー』誌に書いた一連の手紙においてであった。これらの手紙の宛先人は『リーダー』誌の創設編集者で、その後は（数多い著作の中の）『平凡な生活の心理学』（一八五九年）と野心的な心理学書『生命と精神の問題』（一八七三－七九年）の著者で懐疑論者のジョージ・ヘンリー・ルイスであった。コリンズはこれらの手紙で、一八五一年にサマーセットのさまざまな家庭で目撃したメスメリズムや動物磁気理論、透視力の実演について報告している。個人・家庭といったこの背景が重要である。というのも一八四〇年代ではメスメリズムや催眠療法《ヒプノティズム》の実演が大衆娯楽の人気ある演目となり、欺瞞やいかさま行為と結び付けられることが往々にしてあったからである。手紙の書き出しでコリンズはそのようないかさま行為とは関係を絶ち、次のように言う。

> そのような行為が報酬目当てで公然と行われたなら、私はそれらについて書くことなどはきっとしなかったはずです。こうした行為は私的なものであり、思いやりと親切心という動機からのみ人に見せるものなのです。（中略）ですから、わたしは喜んで私の資料を新聞社に寄せます。（中略）これらは証拠見本となると考えます。動物磁気に反対する者たちは、これらに真っ向から反論するのではなく、軽蔑して否定するかもしれませんが。[1]

コリンズは「――伯」によって若い娘に行われた、メスメルの行うような処置について次のように報告を続ける。「娘はとても静かで、態度がとても自然」だから、彼女が「すぐに磁気の影響による神秘的な現象をわれわれに見せ、(中略)おぼろで、暗い精神世界をわれわれに垣間見せることになるだろう」とは彼には想像できなかった、と。コリンズはまた、姓名不詳の「伯爵」の動物磁気理論についても報告する。

それについての私の考えは手短に言えば、こういうことです(とこの伯爵は言う)。私たちは三つの部分、すなわち有機物(すなわち肉体構造)、それを動かす精気、それに魂から構成されている。魂は優れた点をたくさん有しながら、肉体部分と結び付いているのでそれらを有効に活かしきれない。有機物を完全に受動的にし、それによって魂への影響を一時停止させないとしても、弱めるために、精気に働きかけるそのような手段を、精気を損なうか破壊することなく見つけ出すにはどうすればよいか。それは、魂に本来備わっているより高次な性質、すなわち時間と距離という現世の境界を踏み越える不滅の能力を、魂に返すことである。(中略)これが私の透視力の説明である。ある人から他の人への伝達を可能にするものは電気だと考える。しかし、繰り返しになるが、私は科学の単なる研究家にすぎない。私たちは全員、依然として明らかにされていない神秘の暗闇の中を模索中で、因果関係は動物磁気によってではまだ突き止められていないのだ。その実践的な目的としては、より多くの病気形態、特に神経症の治療への利用が考えられる。(以下略)

この外国人の伯爵（コリンズの作品に登場する、さらに有名なメスメリスト〔メスメリズムの施術者〕である貴族フォスコ伯の初期の姿を彷彿させる）は、アントン・メスメル〔オーストリアの医師（一七三四－一八一五）〕の弟子だと名乗っている。メスメルとは『動物磁気発見の覚書』（一七七九年）で、身体状態と精神的あるいは心理学的状態に効く治療法を開発した人物である。メスメルの動物磁気論は、特定の法則で律せられ、「天体と地球と生命体のあいだに相互に影響を及ぼす[2]」力、あるいはエネルギーの流れに基づいていた。メスメルによれば、この力あるいは流れが誤った方向に向かうと肉体か神経に異常をきたすことがある。それを治療するには没我状態《トランス》か夢中遊行中に、その力の方向を変えるのが有効である。コリンズは『ノー・ネーム』でメスメリズムの治療効能について若干触れている。その作品でノエル・ヴァンストーンは、「スーザン・バイグレーヴ」と身分を偽っているために生じたストレスによって「神経痛の発作」に苦しむマグダレンの治療として、メスメリズムを利用しようと考える。「催眠術はこのような病気に頻繁に用いられる。ミスター・ノエル・ヴァンストーンの父親はヨーロッパで最も有名な催眠術師であった。そしてミスター・ノエル・ヴァンストーンはその父親の息子だ。彼が催眠術をかけないだろうか」（『ノー・ネーム』、第四部第五章）。

　メスメリズムは一八三〇年代と一八四〇年代にイギリスで盛んになり、ユニヴァーシティ・コレッジ・ロンドンの医学部教授ジョン・エリオットソン〔一七九一－一八六八〕によって採用された。エリオットソン教授は一八四三年に『ゾイスト――大脳生理学、催眠術、および人間の幸福のためのそれらの適用』という学会誌を創設した人物である。教授はまた、フランツ・ヨーゼフ・ガル〔ウィーンの医学者（一七五八－一八二八）〕が開発し、ジョージ・クーム〔スコットランドの骨相学者（一七九五－一八六〇）〕がイギリスで広めた骨相学の擁護者でもあった。骨相学は大脳生理学を発展させ、人々の性格と気質を頭蓋骨の形状から「読み解こう」とし、一九世紀前半の精神障がいの診断にかなりの影響を持った。エリオットソンは骨相学とメスメリズムの二つを精神世界の暗くて不明瞭な領域を探求する手段とみなした。しかし、ユニヴァーシティ・コレッジ病院でメスメリズムの療法の実践を試みたところ、彼の方法が一八三八年に医学専門週刊誌『ランセット』で攻撃され、そのために彼は職を辞すはめになった。ジェームズ・ブレイド〔スコットランドの医師（一七九五―一八六〇）〕（彼の『催眠術学――動物磁気との関連で考察した神経性睡眠原理』は『ゾイスト』第一号と同じ年に出た）は、メスメリズム（彼の用語では「催眠療法（ヒプノティズム）」をそれよりも科学的に疑わしい動物磁気理論から切り離そうとした。ブレイドはまた、自称メスメリストや催眠術師の暗示に特にかかりやすい人がいるという、暗示感応性という考えも発展させた。メスメリズムはその後、広範な肉体的、精神的状態についての研究とそれらの治療において重要な役割を演じた。フランスの科学者ジャン・マルタン・シャルコー〔フランスの神経病理学者（一八二五―九三）〕は催眠術をヒステリー研究の手段として用いた。ヒステリーは一九世紀中葉および後期に急速に増加していると考えられていた。シャルコーは、ヒステリーが進行性の治療不可能な病気で、これは精神的ショックを受けると通常は引き起こされるが、神経体系における遺伝的欠陥によっても発症すると考えた。シャルコーの弟子にジークムント・フロイト〔オーストリアの精神医学者（一八五六―一九三九）〕がいた。フロイトは催眠状態もヒステリーも神経現象というよりは、むしろ精神現象だと考えた。ヒステリー研究に催眠状態を利用することが『ヒステリー研究』（一八九三―一九三五年）の課題となった。『ヒステリー研究』はヨーゼフ・ブロイヤー（一八四二―一九二五）との共著による症例集で、現代精神分析の基礎教科書となった。

　コリンズは彼の小説でメスメリズムと催眠療法に数度言及している。マリアン・ハルカムは、他の点ではしっかりした意志の堅い女性であったが、皮肉なことに、特に暗示にかかりやすい人物であった。彼女がフォスコの影響を容易に受けたということは、「医学、磁気科学〔メスメリズム〕の学問体系が人間に残した細心を要するさまざまの治療法についての輝かしい経験」（『白衣の女』、第二期マリアン・ハルカムの話の続き、X）を積んだというこの伯爵の主張を実体のあるものとしているように見える。マリアンは磁力、すなわちメスメリズムで効力を有する力の源としてのフォスコの眼に注目する。「底知れぬ深さをたたえた、澄んだ灰色の美しい眼で、抵抗しがたい魅力があるのです。思わず彼のほうを見たくなり、見てしまったら最後、感じないほうがいいのではないかと思えるぞくっとした感覚を感じてしまうのです」（『白衣の女』、第二期マリアン・ハルカムの話の続き、Ⅱ）。のちにこの物語の中で、暗示にかかりやすいマリアンは透視力を伴う没我状態に自然になる。それは目覚めてもいなければ、寝てもいない「不思議な状態」で、「熱に浮かされたような私の精神は、疲れ切った身体が休息しているあいだに、身体から解き放たれたのでしょう。夢幻の境というか、白日夢というか、何とも名状しがたい状態の中で、私はウォルター・ハートライトの姿を認めたのです」（『白衣の女』、第二期マリアン・ハルカムの話の続き、Ⅵ）。『アーマデイル』のオザイアス・ミドウィンターも同様に暗示にかかりやすい人物で、前兆の夢を見やすく、リディア・グウィルトの性的魅力に「魅了《メスメライズ》」される。しかし、メスメリズムや催眠療法の拠り所となる精神作用に関心を持っていたコリンズが、その作用を利用した最も重要な物語はなんと言っても『月長石』である。エズラ・ジェニングズはフランク・ブレイクをアヘンで没我状態にさせ、過去の場面を再現することで、抑え込まれていた記憶を彼に取り戻させ、消失したダイヤモンドの謎を解こうとする。

一九世紀におけるメスメリズムや催眠療法の魅力は、人間の精神、すなわち魂の暗い闇の領域に入り込み、それが取って代わった人相学と骨相学という「科学」同様、「『隠れた人間』を読み解き(3)」、「心の内なる自己という隠された領域」を明示するように見えたことだった。このことは当時の小説家も読者も理解していた。センセーション小説を批判する者たちは、そのような小説に反対するとき、センセーション小説家が隠された、内なる自己という考えに見たところ固執しているようだという言い方をよくした。コリンズのようなセンセーション小説家に対して頻繁に投げかけられる不満は、普通の顔をした隣人が心の中にある暗い秘密を持っていると思わせようとしている、ということである。事実、コリンズは登場人物を人相から予想されるのとは違う性質を持った者として表現することがよくあるように見える。コリンズの読者は、身体の特徴で人の本当の性質が「読める」ことはなく、むしろその逆で、最も清らかな顔をした人物や、最も尊敬されそうな顔をした人物、たとえばゴドフリー・エーブルホワイトのような登場人物の中にこそ、暗い秘密が潜んでいることを知る。ミステリー作家に誰もが期待するように、コリンズは隠された現実と、過去の行動と出来事の結果からゆっくりともたらされたものに魅了されていた。彼はまた、未来を予告する謎めいた夢とか幻影のような、明らかに超自然的な出来事の隠された意味を探り、それを活用して面白い小説を作った。これらのすべての面において、コリンズの小説では一貫してその当時の心理学的議論、特に大脳と心の関係や、無意識と意識の関係についても議論がなされている。

「無意識の大脳作用」という概念を発展させたのは、ユニヴァーシティ・コレッジ・ロンドンの法医学教授（一八五六年以降）で、一九世紀後半の精神生理学理論の大家ウィリアム・カーペンター（一八一三－一八八五）である。彼は『人体生理学』の第五版（一八五五年）で「無意識の大脳作用」理論を最初に略述し、それを『精神生理学』（一八七四年）でさらに敷衍した。その中で教授は、意識的に思い出そうとした（そして失敗した）何かあるものを「自発的」、「自動的」、あるいは「無意識」に思い起こす人間の能力について書いている。カーペンター教授は、一八世紀の観念連合という考えに基づいて、隠された連関性によって作動する無意識の記憶という概念を発展させた。彼は次のように書いている。「われわれの観念は『ひとつながり』になっているので、意識的な記憶から完全に消えたように見える観念であっても、暗示というネクサス〔結びつける手段〕を通して、バネに触れたように再現することがある」[4]。コリンズは無意識の記憶、隠された精神の関連性、そしてネクサスを多くの小説で繰り返し利用しているが、一九世紀の心理学についての議論に最も明白に言及しているのはほかでもなく『月長石』である。エズラ・ジェニングズはウィリアム・カーペンターとジョン・エリオットソンの二人を引用して、フランクリンの無実を証明するためと、コリンズの物語の核心にある謎、つまりダイヤモンドの紛失の謎を解く鍵を与えるために、フランクリンに行おうとする実験を科学的に正当化しようとする。ジェニングズは、ドクター・キャンディが病気になって譫妄状態（無意識状態のもう一つの例）でさまよっているときに、月長石が消えた晩にこの医者が少量のアヘンチンキをフランクリンの飲み物に垂らして、こっそりとフランクリンに実験を行ったことを彼から探り出す。キャンディがアヘンチンキを垂らした目的は、フランクリンがアヘンチンキには効果がない、あるいはそれを用いる必要はないと抗議したので、フランクリンの不眠症が治療できるのだということを立証して、彼の鼻を明かすためであった。自らがアヘンの使用者で、その効果をよく熟知していたジェニングズは、ドクター・キャンディの実験をもう一度やろうと提案する。フランクリンが滞在先であるレイチェル・ヴェリンダーの寝室から月長石を盗んだ状況を再現するためである。「ばからしいように見えますが、わたしの提案を科学は承認している」とジェニングズは言い、「わたしが実践している生理学の原理」の権威として「ほかならぬドクター・カーペンター」を引き合いに出す。ジェニングズはカーペンターの著書から引用した、次のような言葉を書いた紙片をフランクリンに渡す。

一旦知覚意識によって認められたすべての感覚的印象は脳髄の中に（いわば）登記され、たとえ中間の期間中その存在が記憶の中に意識されていなくても、後刻、ある時期において再生されることがあり得るという意見には、十分の根拠があるらしく思われる。（『月長石』、第二期第三話第一〇章）

ジェニングズはフランクリンに「ドクター・エリオットソンの『人体生理学』」、特に、酒に酔って荷物を忘れ、しらふの時にはその事実を思い出せないアイルランド生まれの荷物運搬人の症状に関する、骨相学者ジョージ・クームの引用文に注目させる。この荷物運搬人は、再び酔うと、荷物をある家に置き忘れたことを思い出し、その家へ戻ることができたという。

ジェニングズが（そしてコリンズが）頼ったこの二人の医師は、一九世紀心理学の非常に異なる二面を代表しているとして、一八六〇年代の中流階級の読者にはかなりよく知られていたであろう。カーペンターは近代で主流となっていた生理心理学を代表する立派な、尊敬された人物で、他方エリオットソンはメスメリズムというういかさま療法と結び付けられた周縁的な人物であった。しかし、この二人が共有していたのは、無意識が存在するという共通の信念、そして精神はそれが取り込んだものを、意識的記憶からは完全に消滅したデータでさえも、その痕跡を保持しているという信念であった。二人はまた、意識的に思い出せないものでも暗示や関連性によって再生できるという信念も共有していた。

コリンズはその当時の科学的、心理学的な理論を用いて、どのようにしてフランクリンがダイヤモンドを取り、それをどうしたのかを説明しようとした。また、彼はそうした理論を用いてどうしてフランクリンがそのようなことをしたのかを説明しようとした。なぜフランクリン・ブレイクが盗みを働いたのかという質問に対する解答は、彼の自己概念〔自分で自分自身をどう感じ、考えているかについての概念的全体像〕にとってと、若いときの空想から脱して、「われわれの静かな田舎屋敷」の主人、かつレイチェル・ヴェリンダーの夫としての生活に落ち着くべき宿命を背負った小説の主人公としての役割にとって重要である。ジェニングズは、無意識とは意志の直接的支配が及ばぬ「自律性」反応だというカーペンターの理論化とトマス・ド・クウィシー〔一七八五―一八五九〕の『あるアヘン常用者の告白』に言及しながら、フランクリンが盗人に変わる様を以下のように説明する。

> こうしたアヘンの作用で、ダイヤモンドの安全について、昼間あなたが感じていた懸念は、不確かなものから確かなものへと、徐々に発展していったことでしょうし、その動機によって、あなたの足を、あなたが入った部屋へと運ばせたことでしょうし、宝石の入っている引き出しが見つかるまで、あなたの手を洋ダンスの引き出しに導いたことでしょう。アヘンによる昂揚された陶酔状態のうちに、あなたはそれを全部やったのです。やがて、鎮静作用が刺激作用に勝ちはじめるにつれ、あなたは次第に動けなくなり、麻痺してしまった。さらに時間がたつにつれ、あなたは眠りに落ちてしまった。朝になって、アヘンの効き目がすっかり消えてしまうと、あなたは目を覚ましたが、まるで地球の反対側に住んででもいたように、自分が夜中にしたことをまったく知らなかったことでしょう。(『月長石』、第二期第三話第一〇章)

アヘンがフランクリンの無意識に及ぼした効果についてのジェニングズの説明から、フランクリンがなぜダイヤモンドを取ったのを思い出せないか(クームの荷物を忘れたという話に出てくる、酔ったアイルランド生まれの荷物運搬人のように）が知られるだけでなく、ダイヤモンドを取ったときフランクリンは本来の彼でないと同時に、まったく本来の彼であったということも知られる。彼は本来の彼ではなかった。なぜならばアヘンチンキの「影響下」にあったので彼自身の行動に責任がなかったからだ。しかし、同時に窃盗は、ダイヤモンドとレイチェルを守りたいと思う隠された無意識の自己の表現でもあったのだ。

ジェニングズの実験は精神生理学者カーペンターとメスメリストのエリオットソンを面白く組み合わせたものである。コリンズの読者は、室内で動物磁気〔催眠力〕の夕べを再現させたような中で、アヘンによって引き起こされたフランクリンの夢遊病者的な没我状態を観察している登場人物たちを観察するように求められる。知的に彼より劣る評論家ジョージ・ヘンリー・ルイスの役割をあてられた顧問弁護士のブラッフは、「それはまるでペテンみたいだ、メスメリズムや透視術に似たごまかしみたいだ、ということ以上には、私にはまったく理解できなかった」（『月長石』、第二期第四話）と断じる。しかし、この実験は絶たれたつながりを暗示というネクサスを通して、結び付けるバネというカーペンターの考えに依拠している。ジェニングズが述べているところによれば、フランクリンはアヘンチンキを飲んだだけでなく、「薬は、あの誕生日の夜のあなたの神経状態と似た状態に、あなたをまた戻したことになるわけです。次に、あなたの周囲の家庭環境を復元できたら、あるいはそれに近いものができたら、そして、前にあなたの心を動揺させたダイヤモンドに関するもろもろの問題で、あなたの心をまた一杯にすることができたなら、肉体的に、精神的に、昨年あなたがアヘンをお飲みになったときと、可能なかぎり、ほぼ同じ状態に、あなたを置くことになります」（『月長石』、第二期第三話第一〇章）。このようにジェニングズの実験の目的は、フランクリンの無意識の記憶を解く一連の記憶を呼び起こすことにあった。

ジェニングズは、アヘンチンキがフランクリンの精神にどのように作用するのかを説明するにあたって、無意識と夢に関する一九世紀中葉の理論に依拠している。ジェニングズによれば、アヘンがもたらした夢は、「心に残った最近の最も鮮明な印象」を「大脳で増強させ」、判断と意志を夢に従わせるという意味で「通常の夢」とまさしく似ている。これはジョン・アバークロンビー（一七八〇－一八四四）が『知力に関する研究と真実の調査』（一八三〇年）で明らかにした夢の働きの一種であった。アバークロンビーによれば、夢では「心で思っている考えやイメージが次々と関連し合って現れ、それについて私たちは手の施しようがない」[5]。夢は記憶の一種であり、最近の印象、出来事、感情が相互に、そして過去のそうしたものと混ざり合う。夢は「肉体感覚と結び合ってもたらされた一連のイメージ」であり、「昔関連していたものの再生」であり、「心からまったく消え去り、忘れ去られたように見えるものの繰り返し」[6]である。骨相学者のロバート・マクニッシュ（スコットランドの外科医（一八〇三－三七））（彼の影響力多大な研究書『睡眠の哲学』はアバークロンビーの『知力に関する研究と真実の調査』と同じ年に出版された）によれば、夢は夢を見る人が最近の過去を自分の性格によって決められた方法で再生する「部分的睡眠状態」である[7]。一九世紀の生理学者が夢に魅了されたもう一点は、過去と現在の感情や出来事が結び付いて再生されたものがしばしば予言的であるように見える、という夢の持つ超自然性にある。一九世紀の夢理論はこのようにして明らかに超自然的なものを神秘的でなくしたのであった。

　多くのセンセーション小説家（事実、多くの一九世紀の小説家）のように、コリンズは予言的、予告的な夢をしばしば活用し、またそれについて言及した。おそらくこの最も顕著な例は、『アーマデイル』の物語の核心にある夢であろう。これはアラン・アーマデイルが「過去の影」というタイトルの章で体験する「醜い夢」である。その夢によってアランがうなされるのをミドウィンターは目撃する。この夢は次章「未来の影」で記述され、さまざまな解釈を施される。この章でアランの夢の内容が読者とそのときの医者であるミスター・ホーベリーに明らかにされる。アーマデイルとミドウィンター、それにホーベリーは、各自の気質や傾向、ホーベリーの場合はその医者としての専門的な訓練、に従って夢判断をする。ぶっきらぼうで若いアーマデイルは最初夢を消化不良のせいにするが、その後は医者ホーベリーの夢解釈を受け入れる。ホーベリーは夢の各要素をたどり、その原因を「アランが眠りに落ちる前の二四時間か、それ以内に彼が言ったか考えたか、あるいは見たか行《おこな》ったもの」（『アーマデイル』、第一部第五章）の中に跡付ける。ホーベリーは「本質的に実践的な視点」を採用し、「彼の職業の多くの者（アバークロンビーとマクニッシュのような人物）によって受け入れられている」理論を支持する。

夢は、脳が睡眠状態にあるときに、起きていている際に脳に刻まれた像や印象を再生したものである。そしてこの再生は、夢を見ている者の、ある能力の行動が睡眠の影響によって多少なりとも完全に支配されているので、多少不完全であったり、矛盾していたりする。（『アーマデイル』、第一部第五章）

最初はホーベリーの実践的な説明に慰めを見いだし、そこに逃げ込もうとしたが、神経質なほどに多感なミドウィンターは「夢は超自然から生じるという恐ろしい確信」を持ち続け、「夢に影となって現れた人物の現実に生きている当の本人が将来現れるまで待た」なければならないと感じる。

コリンズの物語でアランの夢は、超自然と生理学の両方の観点から自己意識的に解釈される。アランの父親の歴史という枠物語の文脈で回顧的に読めば、夢要素はアランが寝付く二四時間よりもさらに前にさかのぼって調べることができるし、彼の家族の歴史と彼自身の精神史にまでさかのぼれる。夢も、偶然の一致か摂理、家族の呪い、あるいはヴィクトリア朝の夢理論の枠を超えて社会・精神史の進展などとしてさまざまに解釈されて物語のあとの段階で顔を出す場面を予示しており、予言的である。

ミドウィンターがアランの夢を超自然的なものとして解釈するとき、その夢は予言的な精神寓話と解釈される。コリンズはそのような解釈を、『バジル』の語り手兼主人公がマーガレット・シャーウィンと最初に出会ったあとの夜に見た二人の女性についての夢を多層的に利用して行った。アーマデイルの夢の場合のように、コリンズはバジルの夢をセンセーション的な効果を出す道具、物語の緊張を出す手段として利用した。アランの夢でも、コリンズは「当てにならない」第一人称の語り手を別な観点から見るための方法として夢を用いる。この語り手は自分が見た夢を鮮やかに語っていた。それによるとこの人物は魅力的な、熱い吐息をつく黒い肌の女性（読者はこの女性はマーガレットだとすぐにわかる）に抱かれる。この女性は、「真っ白い、光沢のある」ローブに包まれ、明るく輝いた、綺麗な冷たい丘から降りてくるもう一人の女性（明らかに妹のクララ）のまねきに応じてというよりは、むしろ森の「暗い秘密の深淵」から登場する。バジルは自分の見た夢について、即座の迷信的な読みから精神的寓話と心理学を合わせた回顧的な読みにまで及ぶさまざまな解釈をする。この夢に対する、最初の迷信的な反応は夢を見た本人によって即刻斥けられる。

これは、睡眠中の狂気じみた幻覚が予告して見せた、来たるべき出来事への警告だろうか。しかし、この夢、いや夢というものはすべて、いったい何を意図しているのだろう。なぜ未完のまま終わって私の幻の行動の結末を教えてくれなかったのだろうか。だが、こんなことを考えるなんて非科学的な！夢ごときに神経を浪費する必要などないではないか！（『バジル』、第一部第八章）

もう一つの見方は、先ほどのバジルよりも悲しいが、彼よりは賢いその後のバジルによって出される。バジルは自分自身の物語を語り、その出来事を体験したので自分が「そのとき知らなかった」ことを「今は」（物語を語っている今）知っていると言う。語っているバジルが「今知っている」ことは、その夢は精神的寓話、一種の精神的精華であると同時に、彼の無意識の願望でもあったということである。バジルはその夢が彼の心の中における異なる二種の女性性、肉体と精神、セクシュアリティと家族などの闘争の表れだとみなすようになった。

夢に出てきたふたりの幻の女は、今にも口をついてその名前を言ってしまいそうな実在のふたりの女性と、ぴったり一致するのではないか。（中略）だが一方で、夢の中で官能を満足させるために創造された愛しい女の像を心から追い払うのは、そう容易ではなかった。（『バジル』、第一部第八章）

コリンズはバジルの夢を彼の無意識の願望を彼に明らかにする一種の影絵芝居としてだけでなく、彼を変える体験形態としても表現している。夢はまたバジルの錯乱の印でもあり、彼をさらに混乱させる出来事でもある。『バジル』では、コリンズの後期の多くの小説のように、夢が通常の精神状態と異常な精神状態が断絶していることを示すために用いられる。黒い肌の女性と白い肌の女性を見たバジルの夢は「狂気」（第二部第七章）行動と解釈され、この小説の第三部の冒頭で鮮明に描かれる脳炎・譫妄・幻覚へいたる過程の初期段階である。バジルの「夢物語」はコールリッジ〔イギリスのロマン派の詩人・批評家（一七七二—一八三四）〕の「クブラ・カン」（一七九七年）やトマス・ド・クウィンシーの『あるアヘン常用者の告白』の「アヘンの苦痛」から取ったもののように読める。

行け、宮殿の都市へ！　巨大なホール、アーチ、ドームが立ち並び、見上げれば煌めくルビーの屋根がはるか頭上の燃える虚空に消えてしまうほど高くそびえ立つあの都市へ！（中略）通路のはるか彼方には、空飛ぶ怪物たちがわれわれの前に常に一定の距離を保って現れる。（中略）その狂乱の声は何百もの鍛冶場のハンマーのように鳴り響く。（中略）影から二つの幽霊のような怪物が現れ、捻れた黄色いかぎ爪を突き出して（中略）それはマーガレットとマニオンだった！（中略）私たちは荒野に立っていた。（中略）悪臭を放つ地面に一軒の家が土台から倒れて廃墟となって広がっていた。悪魔のような二人は、（略）私をゆっくりと瓦礫のほうへ連れて行き、そこに横たわる二つの死体を指し示した。

私の父！　私の妹！

（『バジル』、第三部第一章）

ここでバジルは迫害・逸脱・背信としての自分の歴史を再生し、自分自身の罪と対峙もする。他方、コリンズは彼が創造した主人公の悪夢（この主人公は最終的にその悪夢から醒める）としての歴史を再生する。このあとのパターンはコリンズの多くの小説において繰り返される。そうした小説のプロットではヴィクトリア朝中期のイギリスが夢想世界に変えられ、登場人物はその世界のシュールな捻れと混乱を切り抜けなければならない。

ウォルター・ハートライトは白衣の女に初めて会ったとき、「夢のようであった」と書いている。この出会いによって彼は自分というものを見失い、その後は様々な出来事が起こり、それによって彼の世界は大混乱する。「夢のようであった。私はウォルター・ハートライトだったのだろうか。この道は、日曜日などには休日を楽しむ人々で賑わう、誰でも知っている何の変哲もない通りなのだろうか。一時間ほど前に、静かで、人並みに上品な家庭的雰囲気の母の家を出てきたばかりなのだろうか」(『白衣の女』、ウォルター・ハートライトの話、Ⅳ)。自分の混乱状態を語るウォルターは、あたかも没我状態でハムステッド・ヒースを歩き、白衣の女を彼自身の想像したものから呼び出そうとしているように見える夢遊病者としてすでに自分を表現している。「ぶらぶら歩きながら、カンバーランドのお嬢さん方は美人だろうか、などと考えていたら、突然、背後から誰かが私の肩にそっと手をかけた。ギョッとして全身の血が一瞬のうちに凍りついた」。ウォルターの物語は彼自身の精神錯乱感を伝えるだけでなく、小説の読者の精神を錯乱させ、読者を「静かで、人並みに上品な家庭的雰囲気」から、不思議な、夢のような世界(そこでは「常識」が、ウォルターが妄想的と思っているものではあるが、観念連合説によって取り代わられる)へ駆り立てる手段でもある。したがって、マリアン・ハルカムからローラの婚約者パーシヴァル・グライド卿の訪問を受ける予定だと聞かされたウォルターは、即座にこの男爵をアン・キャセリックの「准男爵の身分の男を知っているかという奇妙な問い」と結び付けるが、しかし次のように述べる。

ごく常識的に考えれば、パーシヴァル・グライド卿と白衣の女の奇妙な問いの言葉を、深く関連付けて考える理由はいささかもないのだ。しかし、私は関連づけないではいられなかった。パーシヴァル・グライド卿のことを思うと、ミス・フェアリーのことが頭に浮かび、ミス・フェアリーのことを思えば、あの夜気付いて以来の、彼女とアン・キャセリックが不吉なほど似ていることを忘れるわけにはいかなかったからなのだろうか。午前中のことですっかり意気消沈していたため、何でもない偶然までが、大層なことに思えるような心理状態に陥ってしまったからなのだろうか。(『白衣の女』、ウォルター・ハー

トライトの話、XI）

コリンズは『白衣の女』で妄想的あるいは夢のような世界を単に創造するだけでなく、『バジル』と『アーマデイル』におけるように前兆の夢をも利用している。しかし、『バジル』と『アーマデイル』とは異なり、『白衣の女』では夢を見るのは女性である。そうした夢見る女性の最初はアン・キャセリックで、ローラがパーシヴァル卿と結婚する彼女の夢は匿名にした彼女の手紙でローラに語られる。この手紙でアンは彼女の夢は聖書も認めていると主張する。「聖書が夢と夢の成就について語っているところ（『創世記』、第四〇章第八節、第二五節、『ダニエル記』、第四章第一八節から二五節）をご覧ください」（ウォルター・ハートライトの話、XI）。ついでマリアンの「夢幻の境、あるいは白日夢」、覚めているのでも寝ているのでもない「名状しがたい状態」、その中で彼女の「熱に浮かされたような私の精神」は「疲れ切った身体」から解き放たれ、彼女はウォルター・ハートライトの姿を見る。マリアンの夢幻の境は、ウォルターが南米に逗留中にブラックウォーター・パークで起こる。そのときウォルターの姿を四回見て、そのたびにマリアンは彼に声をかけるか、あるいは彼が彼女と話しを交わす。最初、マリアンはウォルターが廃墟となった寺院の階段で数人の老人に囲まれているのを見る。周囲には「巨大な熱帯の木々」と「不気味な石の偶像」があり、病いと悪疫をはらんだ蒸気が立ち昇っている。マリアンはこの危険なジャングルから逃げ戻り、ローラと自分にしてくれた約束を守るようにとウォルターに頼む。これに対してウォルターは悪疫は彼に触れることなく通り過ぎて行き、彼は白衣の女と最初に出会ったときの暗黙の運命（つまり、「未だ姿を見せていない、ある大いなる意志の道具となる」こと）を成就させるために戻ると言う。二つ目の夢では、ウォルターは森にいるが、仲間の数はごくわずかになっていて、「手に手に弓を構えた真っ黒な小人のような野蛮人」に囲まれている。第三の夢では、難破船に取り残されている。これらいずれの夢でも、ウォルターはマリアンに自分は衰えて死んでいく仲間を襲う危険から救われ、自分の運命の「暗い道」を一歩一歩進んでいけるだろうと安心させる。最後の夢ではウォルターが白い大理石の墓石の側に跪いていると、「ヴェールを被った女の影が墓石の下から立ち上がり、彼のかたわらに立つ」。ウォルターは「死は、善なる人々、美しい人々、そして若い人々を奪い去ります。でも私は見逃してくれるでしょう。人を憔悴させ死に至らしめる悪疫も、人を射殺す矢も、人を溺死させる海も、愛と希望を奪い尽くす墓も、私の長い旅路の一つ一つの道程にすぎません。そして、それらは一歩一歩、私を終局へ導いてくれるものなのです」（『白衣の女』、第二期マリアン・ハルカムの話、続きⅥ）と言う。

アンとマリアンの夢は超自然的な予言、透視力、夢を見る者の隠された恐れや願望を暴露する精神的啓示として同時に機能する。コリンズはアンの夢の手紙とマリアンの没我状態を物語の緊張を発展させる手段として用い、それらのセンセーションとしての可能性を十分活用しているのである。

センセーション小説と一九世紀の医学・心理学理論

センセーションは観念連合説の中核で、観念連合説は一九世紀中葉における多くの心理学理論の哲学的基礎であった。観念連合説のルーツはジョン・ロック〔一六三二―一七〇四〕の哲学と一八世紀のロックの同時人デイヴィッド・ハートリー〔一七〇五―一七五七〕にある。簡単に表現すれば、観念連合説はセンセーションの受け手および伝達者としての精神のモデルを開発した。精神は、複数のセンセーションを受け入れ、それらをセンセーションの複数の観念に翻案し、次にそれらを類似性・近接性・因果性にしたがって関連付ける白紙（ロックの表現では、タブラ・ラサ）と考えられた。換言すれば、精神は、互いに似ているように見えるか、時空的に接近しているか、あるいは因果が関連していると見えるセンセーション・観念・出来事を結び付ける、あるいはそれらを一緒にすることで機能するというわけである。一九世紀の観念連合説の大半は、この関連、連合という過程が大脳と神経体系を拠り所にして生理学的に説明できるとみなしていた。たとえばアレクザンダー・ベインはこの過程を神経経路という用語で表現している。

ウォルターがローラ・フェアリーとアン・キャセリックのあいだになんらかの関連性があると知るはるか以前に、この二人を関連付けることになる様子を描くとき、コリンズはセンセーションの特に生々しい観念連合の実例を提示している。ウォルターがローラと最初に出会う場面は（アンと最初に出会ったときと同じに）、センセーションと関連されて描写される。

私が初めてミス・フェアリーを見たとき、私の心は激しい感情に揺さぶられた。（中略）ミス・フェリーを前にしていると奇妙に矛盾するような、何とも説明のつけがたいある思いが混じっていて、私の心を執拗に悩ませるのであった。

顔形の魅力、惚れ惚れするような表情、人を引きつけてやまない純真そのもののようなしぐさに混じって、それとは知らぬうちに私の心に忍び込んでくるもう一つの印象があるのだ。それがどうしてなのかわからぬまま、私は、何かが欠けている、との思いから逃れることができなかった。ミス・フェアリーに何かが欠けていると思えるときもあったし、私のほうに何かが欠けているので、正当に彼女を理解すべきなのに、それを妨げているのだと思えるときもあった。

（『白衣の女』、ウォルター・ハートライトの話、Ⅷ）

数ページ後、時間にして数時間後、ウォルターは第二段階の観念連合の過程について話を始める。これにより読者はウォルターのセンセーションを、彼が説明をしはじめる前から、前に話された出来事と結び付けはじめることとなる。故ミセス・フェアリーが書いた手紙からアン・キャセリックに関する一節をマリアンが読んでいるとき、ウォルターは「人気のない街道でうしろから肩に触られた時の、あのぞっとした感覚が戻り、飛び上がり、ふたたび背筋が凍る」。同じぞっとするような感覚がローラの登場によって起こされる。ウォルターはそれをほとんど幽霊のように感じる。

白い姿、月の光の中に一人ぽつねんと立っている。（略）あの距離、あの状況下では、あの白衣の女の生き写しであった。何時間ものあいだ私の心を悩ませていた疑問は、一瞬のうちに氷解して確信となった。あの「何か欠けている」という感じは、精神病院から逃げ出してきたという女と、リマリッジ館の私の生徒が、不吉なほどよく似ているということに、私自身それとは知らぬうちに気づいていたことにほかならなかったのだ。

ウォルターはローラとアンをセンセーションと精神の面で結び付けているが、このことはこの二人の女性が親戚関係にあることと、彼女たちがパーシヴァル・グライド卿と偶然（あるいは見方によっては、薄気味悪く）つながっているという事実が物語の中で明らかにされることを予示している。これらが異なりながらも関連していることから、他にも関連したものがあるのではないかと思わせてくる。だから、アン・クヴェトヴィッチは、ウォルターとテクストの双方がローラとアンをセンセーション面で結び付けること、それにウォルター（そしてコリンズ）が主人公に変身し社会の階段を昇ることを、社会的な交渉というよりは、「あたかも偶然の出来事、不思議な繰り返し、宿命的な出来事のように」可能にする特殊な「情動の政治学」の例として読み解くのである(8)。

コリンズの物語では、アン・キャセリックとローラはウォルターと読者のセンセーションにおいて単に結び付けられているだけでなく、遺伝によっても結び付けられている。アンとローラは顔が似ている、というのも父親が同じ異母姉妹だからであり、父親の弱さを多少共有している。パーシヴァル卿は二人の娘の容姿が似ているのを利用して、死んだアンを生きている異母姉妹のローラに取り替えてローラの財産を管理しようとする。ところがローラのほうは、精神病院で「気の狂った」アン・キャセリックに成り代わるのである。ローラが自分は不当にも閉じ込められて、本当はレディ・グライドだと主張しても、彼女の申し立ては精神異常の症状だと扱われる。ローラとアンの結び付き、特に父親から譲り受けた身体的な類似性は、パーシヴァル卿の手によるローラの試練と精神病院での監禁によって強化される。狂人のように扱われた結果、ローラは狂女のように見えてくる。ウォルターが述べているように、「かつて一度目撃し、心の中でぞっとしたあの宿命的な類似が、今や、現実の、生きたものとなって、私の眼の前にははっきり姿を現していたのだった」（第三期、ウォルター・ハートライトの話、続きⅢ）。

狂気と狂気の社会的理解と治療は、多くのセンセーション小説家の作品と同じく、コリンズの小説でも頻繁に取り上げられる目覚ましい特徴となっている。このような狂気と極端な感情状態へののめり込みは、たとえば、一八六六年の『スペクテーター』誌に載った「小説における狂気」についての評論のように、書評家によって大いに議論された。この評論では、一八六〇年代の小説における狂気の勃興は、蓋然性を排するか、あるいは散文的で物質的な近代社会の限界を作家に超えさせる小説上の慣行とされている。この評論の執筆者は次のように言っている。「一九世紀は愛と嫉妬を、そしてかすかには嫌悪を信じているが、これらの感情が生じる精神的集中性がこの時代に稀なことを知っていた」。狂気はセンセーション小説家が勇気・嫌悪・嫉妬・邪悪のような特質や傾向を「強める」ために用いる道具であった。[9] ほとんどのセンセーション作家は、それぞれのさまざまな流儀で、その当時の医学的言説と心理学理論を利用し、書評家たちはというと、これらの理論を用いてセンセーション小説の特徴を述べ、センセーション小説とそれが読者にもたらした効果の説明をした。ヘンリー・マンセルが一八六三年に『クォータリー・レヴュー』誌で素晴らしく述べたように、センセーション小説は、「興奮」を生み出すということを唯一の目的にして「神経に説く」ことで機能する。

そして興奮は、無害な種類の場合でも、ある程度病的にならないと継続的に再生産されないので、この部類の作品は多かれ少なかれ、しかしすべてある程度、病的な文学現象に属し、広範囲な腐敗のしるしで、これらの作品はその腐敗の一部原因であり、結果であって、病んだ欲望の願いを満たすために存在するように求められ、病気を助長し、満たした欲求を刺激するように努める。[10]

マンセルのような批評家にとって、センセーション小説は個々人の読者の神経に単に作用するだけでなく、共同の熱狂、集団的な神経異常、あるいは中流階級が屈する「病的な中毒」でもあった。要するに、定期刊行物における誹謗者の記事（新聞の書評家たちはこのジャンルについてさほど口やかましくなかった）では、センセーション小説は、個人と文化の堕落の兆候であり、かつその原因とされた。

コリンズと堕落言説

コリンズのセンセーション小説、実際彼の小説全般は、マンセルには失礼ながら、近代大衆文化と近代都市産業社会の腐敗と堕落によって作り出されたが、しかし、それらの証拠を提供する単なる病的な兆候ではなかった。反対に、コリンズの小説は堕落という世間一般の見出しのもとで一括りにされうる、広範囲な生物学・心理学・社会理論におけるさまざまな問題や観念とかなり直接的にかかわることが多かったのだ。一九世紀中葉までには堕落は明白に近代的な状況であるとともに、狂気の原因ともみなされた。一八五〇年代後期から一八六〇年代以降、狂気とさまざまな精神的・身体的不調が世の中の近代化とともに急速に発生し、スピードが求められる繁忙な近代都市生活によって激化したことが認められ、そのことが懸念された。一八五九年ジョージ・ロビンソン(一八二一－一七五)は狂気の増加を社会進歩と関連付け、精神的狂気の原因を探るにあたり次のように述べた。「精神的狂気が頻繁に生じる原因の多くの証拠を悪徳にまみれた不純で虚ろな文明に発見することになるだろう[11]」。そのような悪徳(ロビンソンのような解説者によれば)には社会上昇への飽くなき努力、見栄坊ぶり、外国(特にフランス)の影響があった。さらには「大脳の不調」を商業生活・公共生活での増大した緊張、特に「自由専門職間に存在する極度の競争、現代の取引の特徴である多額の金融取引に伴う興奮、その多くの操作が持つギャンブル性、そしてすべての階層が地位と生活をかけて休まずに戦わざるを得ない極度の緊張[12]」と結び付けた論評者(『エディンバラ・レヴュー』誌)もいた。

一九世紀中葉の堕落に関する言説は対立と矛盾で構成されていた。一方で堕落は過剰に洗練された近代文明の産物であり、その兆候であると言われた。コリンズの神経質で、女々しく、心気症的な侍従のフレデリック・フェアリーとノエル・ヴァンストーンはこの例である。しかし、他方、堕落は先祖返り、すなわちより原始的な生物学的・社会的な存在の段階、たとえば、ジェフリー・ディラメーンの上流階級の未開状態（そこでは「人間性の野蛮な要素が彼の目にそっと現れ、彼の声でそっとつぶやかれた」（『夫と妻』、第四章））への後戻りと結び付けられた。堕落は近代の社会状況によって引き起こされるか、あるいは悪化させられる精神的狂気や犯罪と結び付けられたが、両親から子供へ引き継がれる遺伝的な特質（あるいは特質のセット）とも考えられた。コリンズは小説で遺伝によって伝達されると繰り返し述べている。この例として、マニオンは父親の悪行を受けついでいる。そしておそらくそれよりもさらに悪いことに「彼の家族に精神異常者がいたか、あるいは怪我のせいで脳が損傷を受けたかのどちらかだ」と倒れたあとの彼の世話をしている医者は言う。さらに医者はマニオンが「法的には彼は完全に自由でいられるが」、「精神的には、危険な偏狂」（『バジル』、第三部第七章）だと告げる。もう一つの例は、「狂気のマンクトン」の主人公である。彼は家族の狂気に強迫観念を持っていて、その狂気を生物学的に受け継ぐ運命にあるのではないかと恐れる。他方、『アーマデイル』のアラン・アーマデイルとオザイアス・ミドウィンターの二人は、生物学的に受け継いだ精神的堕落と両家の長年の反目から逃れようと努める。しかし、ミドウィンターがそのように努めたのは、恐怖と痛々しくも直面し、自分の出自についていろいろ考えた結果であり、おのれの「神経」とほとんど耐えられないほど格闘したあとにおいてであった。

　家系と深くかかわったもう一編の小説『ノー・ネーム』は読者の注意を、遺伝によって伝達された結果としての堕落、つまり両親の本来の特徴が次の世代へ伝えられるときに希薄化するか、弱体化する状態へ向ける。こうしてノラ・ヴァンストーンは「母親の色黒の美という素晴らしさ」を受け継ぐものの、彼女の顔立ちは繊細さに欠け、「表情には洗練さと感情の深みがなく」、背も母親より低い。語り手は、遺伝によって伝達されたことによって退廃が進むという点を強調して、このことを近代社会の明白な病状としての堕落と結び付ける。

十分綿密に調べれば、両親の性格の精神力とより高等な知力が子供へ伝達されるなかで不思議なほど弱まって行くように見えるのに気づかないであろうか。神経が知らぬ間に疲弊し、神経症が知らぬ間に進行する今日において、同じことが身体的能力についても、あまり認めたくないと思うかもしれないが、あてはまるのではないだろうか。(『ノー・ネーム』、第一部第一章)

母親の生物学的な血統がこのように希薄になった物語をコリンズは書いたわけだが、この作品は社会的発展と社会への適応について疑問を投げかける。というのは、ノラは青白く、無気力であるのにもかかわらず生き延び、父親の姓と財産を受け継いだ相続人の妻となるのに相応しい人物であることを立証するからだ。他方、彼女の元気あふれる妹のマグダレンは「科学が未解明のままでおく、自然の不可思議な気まぐれで誕生した女」(第一部第一章)で、両親のどちらにも似ていない。マグダレンの容姿は遺伝的性質を一種否定しただけでなく、遺伝的性質そのものである絶え間のない、対立的原動力を有している。彼女の顔付きは「自己矛盾的」で、表情が変わりやすく、ジェンダー規範にも矛盾する。すなわち背が高すぎ、口元は「女性と彼女の年齢のわりにはあまりにも大きすぎて硬すぎた」。ここには近代の「ノイローゼ」はない。粗野な健康と活力があるだけである。「すべて同じ源から同様に湧き出た。あらゆる筋肉を強化し、あらゆる神経を引き締め、成長している子供の血潮のように熱い血潮を血管に流れさせる、あふれんばかりの肉体の健康から出た」（第一部第一章）のである。このようにマグダレンは自然の最適者であるが、ヴィクトリア朝中葉の社会が中流階級の女性のためにこしらえた生息地には容易に適合しない。事実、マグダレンは肉体面、精神面で完璧に衰弱し、雄々しいミスター・カークに看護されて健康を取り戻したあとで、ようやく社会的存在として生き延びるのである。

堕落が進歩の暗い側面であったなら、コリンズの後期の目的小説の主眼はまさしく進歩のこの側面である。例えば、『夫と妻』は都市労働者階級の堕落（ヘスター・デスリッジの大酒飲みで乱暴な夫の形で）をパブリックスクールの教育を受けたジェフリー・ディラメーンの肉体的、精神的堕落を隠蔽する植え付けられた見せかけの「適合性」と並べる。事実、コリンズが一八七〇年版に付けた序文では、「イギリス人青年」における「現在の肉体活動熱」の医学・精神上の結果と「荒くれ男」の「乱暴狼藉」とが直接関連付けられている。都市の堕落は『新マグダレン』でさらに直接的に、かつより論争的に取り扱われている。例えば、貧しい子供について語り手は、

> ロンドンの街の女！　政治経済学法の愛玩物。疲弊した統治システムと根まで腐った文明の天罰と恐ろしい産物。生まれて初めて綺麗にされ、生まれて初めて襤褸《ぼろ》のかわりに衣服を着せられて！（『新マグダレン』、第三九章）

と口を挟む。ここで堕落しているのは汚い貧しい子供ではなく、「政治経済学法」と「疲弊した統治システム」を作成し、それを受容する「根まで腐った文明」である。都市貧民の堕落という観点から階級格差を説明する政治経済学法と社会ダーウィニズム的競争個人主義観は数年後『落ち葉』でさらに探求

される。この作品はコリンズの後期の小説で、さほど成功はおさめなかった。これはでたらめな社会排除に焦点を合わせ、「人生の抽選で空くじを引いた人々、友人がいなくて孤独な人々、負傷者と破滅者」(『落ち葉』、第一部第三章)の物語である。そのような、友人がいなくて困っている一人が、若い売春婦の「単純なサリー」だ。彼女が売春婦に堕ちたのは彼女が生来の堕ちた女だったからではなく、父親であるジョン・ファナビーの野望によって作り上げられた人生の偶然の結果なのである。彼はサリーの母親(彼の雇い主の娘)を誘惑して結婚させ、生まれた娘のサリーを託児所経営者に委ねたのであった。要するにサリーの物語は「氏」対「育ち」、それに「遺伝」対「環境」についての物語であり、その表現が若干曖昧なだけの物語なのである。「低級なロンドンに群がって住む野獣、イギリス文明の生き恥」(第六部第一章)である大酒飲みの養父のような者達の中で育てられた浮浪児ではあったが、サリーはそれにもかかわらず「無邪気で汚れのない乙女らしさ」を持っていて、「汚辱にまみれた街を通ってもその汚辱に染まらなかったように見えた」(第六部第一章)。

遺伝と環境の問題は、堕落傾向のある遺伝とその伝達についての思弁小説『カインの遺産』(一八八九年)の中心でもある。この物語で探求される遺産は祖先から継承した悪の遺産であり、その問題は小説の序詞(監獄に設定されている)で論じられる。その中で、医者と僧侶、それに刑務所の所長が夫を残酷にも殺害したとされる女の事件が持つ精神的・医学的意味を話し合う。医者は遺伝を信じ、堕落主義観を支持し、「悪徳と病気のほうが美徳と健康よりもよく子孫に伝わるのを見てきた」(『カインの遺産』、第一期第六章)と主張する。他方、僧侶のエーベル・グレースデュ師は環境が性格に影響を与え、育て方と心の管理の仕方が人格形成に重要だと考える。この仮説の有効性を実証するためにグレースデュは女殺人者の娘を養子にし、自分の娘と一緒にどちらが実子なのかを知らせないまま育てる。その後の物語では医者と僧侶が、期待とは異なる仕方によってではあるが、ともに正しいことがわかる。この二人の娘の物語が所長によって見つけられて再構成され、一部、娘たちの日記と並列されて語られる。これらの日記と、この物語の徐々に明らかになる劇的事件から、殺害者の娘は母親の「悪い才能」を多少受け継いでいるものの、そのような遺伝的性質は極端な圧力と挑発の結果表面に出るだけで、それを彼女は抑制でき、かくして僧侶が正しいことが証され、彼女は医者が彼女の運命とみなしたものから逃れる。一方、医者の見方は僧侶の実子の運命によってある程度裏付けされる。この娘は、亡き母の病的な傾向を受け継いで殺人を計画し、そのために監獄に入れられるからだ。しかし、面白い紆余曲折があって、この女性もまた父親の娘であることを証明することになる。つまり、二年間服役したあとでアメリカへ移り住み、女性宗教集団の指導者となったのだ。

科学と科学者

『カインの遺産』のプロットには僧侶による一種の人間実験がかかわっている。一八七〇年代後半と一八八〇年代の多くの小説でコリンズは、科学実験、特に科学者の役割と能力、それに人間および動物で実験をすることの倫理性に関心を寄せた。そうした小説の最初が『毒婦の娘』(第五章で記述)で、これは約五〇年前にドイツとロンドンで起こった一連の出来事を一八七八年に再現した形を取っている。この小説は二人の寡婦の非常に異なる遺伝的性質を対比している。まずミセス・ワグナーはワグナー・ケラー・エンゲルマン商会の役員の寡婦で、ロンドンの会社を経営していた夫の地位を引き継ぎ、女性事務員を雇おうと計画する。ミセス・ワグナーはまた、夫の精神病改革運動への関心も受け継ぎ、サミュエル・チュークの『隠居詳説』[13]を夫の蔵書の中に見つけてそれを読み、夫の仕事を続行し、ジャック・ストローを、拘束システムを採用していた旧式の精神病院から救出する。もう一方の寡婦マダム・フォンテーヌは実験化学者と結婚し、夫が死に臨んだときに使用しようと思っていた毒薬と解毒剤を夫から手に入れ、それを自分の権力の手段として用いようとする。この二人の寡婦はワグナー・ケラー・エンゲルマン商会の役員の息子（フリッツ・ケラー。彼の父親は息子がマダム・フォンテーヌの娘ミナと結婚することに反対している）に対するマダム・フォンテーヌの企みと、それより重要なことにジャックとの関連で結び付いている。ジャックが精神に異常をきたした原因は、マダム・フォンテーヌの夫の実験室で起こった事故にあったのだ。マダム・フォンテーヌは自分の娘のために尽くそうという「生来」の願望が過度になり、かくして誤った性質になった悪い、あるいは狂った母親の例である。彼女が夫の毒薬と解毒剤についての研究を悪用したことは、科学が堕落した例でもある。これは『心と科学』（一八八二―八三年）でさらに十分探究することになるテーマだ。

「現代の物語」との副題が付いた『心と科学』は、当時の特定の科学論争への寄稿作品であり、見せかけの近代科学を相手により広く議論した小説でもある。特定の科学論争とは、一八七〇年代中葉から一八八〇年代中葉まで法廷・議会・新聞・定期刊行物で激しく戦わされていた動物解剖、すなわち生きた動物への実験についての活発な論議である。この議論は英国医学学会の年次大会で生きている犬にアブサンを注射したフランス人生理学者ウジェーヌ・マンガンを相手取って王立動物虐待防止協会が訴訟を起こしたことから本格的に始まった。マンガンに対する訴訟は敗訴となり、このために動物解剖反対論者たちは新立法運動へ向かった。この運動から無数の（動物解剖賛成・反対）記事も『スペクテーター』誌、『マクミランズ・マガジン』誌、『コンテンポラリー・レヴュー』誌、『一九世紀《ナインティーン・センチュリー》』誌、『コーンヒル・マガジン』誌から生み出された。動物解剖の賛否を調査するために王立委員会が設立され、数多くの文人がこの論争に加わり、残酷で容赦できない行為だとしてペンを取り、反対の声をあげた。そうした文人にはクリスティナ・ロセッティ、ロバート・ブラウニング（イギリスの詩人〔一八一二―一八八九〕）、ジョン・ラスキン、ルイス・キャロル（『不思議の国のアリス』の作者〔一八三二―一八九八〕）、アルフレッド・ロード・テニソン（イギリスの詩人〔一八〇九―一八九二〕）、ジョージ・バーナード・ショー（アイルランド生まれのイギリスの劇作家・批評家・小説家〔一八五六―一九五〇〕）らがいた。他方、チャールズ・ダーウィンやトマス・ヘンリー・ハクスリー（イギリスの生物学者〔一八二五―一八九五〕）のような科学者は医学と科学の進歩のために動物解剖が重要であると力説してペンをとった。ある程度の規制を動物実験に設けた動物虐待法が一八七六年に通過した。コリンズが『心と科学』に着手する少し前、そしてあまり大っぴらな運動がなされなかった数年後の一八八一年には、動物解剖がふたたび顕著となり、国際医学会議（ロンドンで大会が開催されていた）は生きた動物への実験が医学研究の将来には「不可欠」だとする声明を出した。この年はまた、『大脳疾患の病巣部位』（一八七八年）の著書デイヴィッド・フェリアーを相手取って訴訟が起こされ、それが広く知れわたった年でもあった。フェリアーは正式の免許なしで動物実験を行った咎で告発された。フェリアーが短期間の審理で不起訴となると、さらに新聞、雑誌で論争が繰り広げられ、フランシス・パワー・コッブ（女性の不平等な法的立場に反対する運動を長く続けていた）は強力な動物解剖反対論を展開した。動物解剖賛成論者の中には、この女性らしくないオールドミスの動物解剖反対論者を攻撃してそれに応える者がいた。『心と科学』は、「この素晴らしい反対の主張を後押しするのにわずかばかりでも貢献しようとする」[14]コリンズの試みであった。

『心と科学』は、動物解剖を明らかに攻撃するとともに、コリンズがこの小説の初版の序文で述べたように、サー・ウォルター・スコット同様「科学の進歩に由来する極端な進歩」に対して懐疑的であった。「というのも、そうした種類の研究はある程度推し進められると心をすさませがちだからである」。コリンズの小説では、動物解剖はある意味で単に感情に逆らい、人の心をすさませる近代実験科学の一般的な傾向の特殊例にほかならない。事実、この小説は、最終的に「心」と「科学」の単なる対比を示すのではなく、むしろ自然と調和し、他者の幸福のために尽くす良い科学と、方や自然を見下し、人類文化から離れ、科学者個人の好奇心を満たし、自分個人の野望を増進するためだけ（あるいは主としてそのことのため）に研究する悪い科学の、この二つの科学をより複雑に探求するのである。この小説では近代科学の非人間化傾向を示す例が二つ存在する。ミセス・ガリリーとドクター・ベンジュリアである。非人間的なインテリ女性の極端に冷淡な化身であるミセス・ガリリーは、科学委員会のために自分の子供たちをなおざりにし、夫と家族よりも「エボナイト棒の透熱性」とトムソンの原子理論に心を配る。絵画や詩歌には関心がなく、興味があるのは音楽だけなのだが、それもコンサートホールの音響効果を測定するためという理由だけである。ミセス・ガリリーの精神宇宙では、花は収集して、分析するためにのみ存在し、子供は科学研究の未来を永続させるためにのみ養育する。ミセス・ガリリーは最初の結婚相手オヴィド・ヴィア（この小説に登場する良い科学者）とのあいだで生まれた息子と、姪のカーミナとの結婚を妨害しようと画策する。それは、彼女が数多くの科学委員会に出費して生じた財政問題を解消するためにカーミナの遺産管理権を手放さないようにしようとするからだ。カーミナとオヴィドに対する策謀の結果、そしてそれが失敗した結果、ミセス・ガリリーは家族からまったく疎外され、神経症に苦しむ。その病気から回復しても、彼女は自閉世界に閉じこもり、そのために家族からどの程度疎外されているのか、彼女が犯した危険の程度がどれほどなのかを理解できない。彼女は、非常に成功した科学論議（科学論議の夕べ）だったと彼女が思う催しを主催した満足を述べてこの小説を終える。「ついに私は幸せな女になったわ！」

この小説のもう一人の悪い科学者ドクター・ネイサン・ベンジュリアは小説の一般的な偏見と特別な偏見を併せ持つ。ベンジュリアは、彼以前のメアリー・シェリー〔一七九七―一八五一〕のヴィクター・フランケンシュタインと彼の数年後に登場したロバート・ルイス・スティーヴンソンのドクター・ジキルのように、科学の知識が科学それ自身の弁明であり、かつそのような知識を産み出すあらゆる活動の弁明である、取り憑かれたような科学者の古典的な例である。したがって、カーミナが自分になされたミセス・ガリリーの謀略によってショックを受け、神経症になると、大脳と神経系統の疾病の専門家であるベンジュリアは、彼女の治療に加わるのではなく、彼女の病状が悪化するのを、科学者としての関心から観察する。ベンジュリアがまったく非道徳的な科学熱にどれほど取り憑かれていたかは、第三二章における弟への激しい言葉遣いで劇的に明らかにされる。

知識は残虐を神聖にする。（中略）その聖なる大義において、人に見つからずに生身の人間を盗めるなら、その者をテーブルに縛り付け、数カ月もかけずに数日で素晴らしい発見をするだろう。（中略）私にはあなたが言うところの感情がないのかだって？　この前の猿の実験のときは恐ろしかった。苦悶の声、懇願するような仕草は子供の声、仕草のようであった。猿を悲惨な状態から逃れさせるためには世界をあげても良いと思った。しかし、私は実験を続けた。栄光あふれる大義のために続行したのだ。私は苦しんだ。こらえた。だが、実験は続けた。すべては知識のため、すべては知識のためなのだ。

感情はベンジュリアには外国語のようである。その知識はあるが、科学への情熱が内面化して、適切に使用できない言語のようである。ベンジュリアはまさしく本質的に邪悪な怪物ではないがゆえに、なお一層なるほどと思わせる。事実、コリンズは、動物解剖反対運動について小説執筆上の情報を与えてくれたフランシス・パワー・コッブに宛てた手紙で、ベンジュリアの粗暴な倫理性は研究を容易にする条件であるとともに、科学者としての彼の活動の産物であることを強く指摘しようとした。

そうした（唾棄すべき）（実験室での）残虐行為がそれを行う者の性質へ及ぼす倫理的影響と、周囲の人たちとの社会関係に及ぼす結果をたどるとき、私はその人物が非常に悪い性質の持ち主で、残酷なのではないというように読者に紹介し、故意に情けをかけまいという研究の都合上生じる冷酷さや宿命的な感受性の麻痺に抵抗しようとその人物が努めていることを示すように配慮することにする。(15)

「一般読者」へ宛てた『心と科学』の序文で、コリンズは彼が動物解剖反対の議論に加わったのは、解剖される動物への身体的影響よりも、おもにそれを行う者への倫理的、情緒的悪影響という観点からであったということも力説した。

最初から最後まで、読者は動物解剖の忌まわしい秘密については故意に知らされないままにしておかれる。実験室の外側は私の風景には必要なものである。しかし、私は一度たりともその扉を開け、読者にその中を覗き込ませはしない。私は一人の登場人物の中に常習的に行われ、人間性を致命的に堕落させている残酷な行為の結果をたどる。そして描いた絵に語らせる。

コリンズは、「常習的に行われ、人間性を致命的に堕落させる」有害な（堕落的とほとんど言ってもよいかもしれない）効果を示すために、性格の描写をするとともに、劇的に表現された議論とプロットも用いて動物実験に反対した。第二二章は劇的な議論を用いた良い例で、ベンジュリアと最近反動物解剖協会の会員となった弟のレミュエルの対話である。コリンズはレミュエルを使って動物解剖反対の立場の中心的な問題を明らかにし、同時に動物解剖側の立場の倫理的、修辞的な脆弱さを、弟をやり込められず、のちには激怒するだけのベンジュリアで表現する。ベンジュリアの敗北は小説の末のプロット展開においても劇的に表現される。オヴィド・ヴェールがカナダの国外生活から動物解剖反対論者が書いた大脳疾病に関する科学書を携えて帰国する。ヴェールはその書物を用い、それを基礎にしてカーミナに新たな治療を行い、成功させようとする。ベンジュリアは、その書物とカーミナの治療の成功によって自分の立場の無価値さを思い知らされ、実験室の動物を解き放ち、自殺する。

一八八三年、『アカデミー』誌は『心と科学』は「完璧に面白く、最初のページから最後のページまで心を奪う」[16]と断言した。コリンズの論争術の質についての見方はいかなるものであれ、他の書評家たちもコリンズの物語の話術について好意的な意見を述べた。しかし、この後期の「目的を持つ小説」の批評上の名声は、スウィンバーンがこの作品を「愚かで無知なある作家によって実行されないにしても、試みられた科学研究への子供じみて、無害な攻撃[17]」と片付けたことにより、損なわれ続けている。二〇世紀の大半の間、『心と科学』はコリンズの小説の中でも広く読まれていない作品の一つであった。しかし、ここ二〇年の間に、再評価の兆しが見られる。一九九一年の伝記において、著者のキャサリン・ピーターズはコリンズの「古いエネルギー」が『心と科学』に戻ってきたのを感じると述べている[18]。最近になって新版が何冊か現れたので、二一世紀の読者はこの小説が面白くて、いろいろ考えさせ、これまで考えられていたよりも一八六〇年代のコリンズの小説とより多くの共通性があるというスティーヴ・ファーマー(ブロードヴュー版の編集者)に賛成するかどうかを決めることができるだろう。

第七章　コリンズを再コンテクスト化する——コリンズの小説の来世

おそらく一九世紀、あるいはそれ以降の他の小説家よりも、コリンズは小説を初版時（第三章を参照）か、初版からしばらくしたあとで、作品に関心を呼び戻したり、成功に乗じたり、単に素材をリサイクルしたりするために、劇場用に翻案して自作を再コンテクスト化した作家であった。こうして小説家として最も成功した一〇年間の終わりにコリンズは小説を大幅に書き直し、ロンドンの演劇界で有名になった。コリンズ自身による『白衣の女』の翻案がオリンピック劇場で一八七一年一〇月に上演され、ただちに観客からも批評家からも成功作と評価された。劇場版のためにコリンズはハムステッドへの道中でハートライトがアン・キャセリックと出会う劇的な場面はカットした。これは『タイムズ』紙の評論家がコリンズの行った多くの変更について述べているように、「読者に劇的と見える状況でも、劇場のフットライトの試練に照らされると必ずしも劇的ではないという、あまり認識されない真実をコリンズがしっかり把握していた(1)」という証拠である。

『白衣の女』と、のちになって『月長石』を翻案したとき、コリンズは、ミステリー小説を初めて読んだ読者にとって神秘的で劇的な状況も、すでに小説のプロットに精通している劇場の観客にとっては、かなりそうではないという事実もしっかりと把握していた。コリンズはこの問題に対処するために、小説のプロットの非常に重要な部分であるミステリーの多くを削除し、その代わりに、観客が登場人物の状況を極めてよく知っていることから生じる劇的アイロニーを利用して劇的緊張を生み出した。このようにして、『白衣の女』の劇場版では、アンとローラの親戚関係が早めに明らかにされ（原作にはない場面で）、それに代わるプロットが観客の目に付くようにされた。コリンズは、ヴィクトリア朝の劇場で成功させるために、複雑な小説のプロットは厳しく圧縮し、大人数だった登場人物はかなりその数を減らす必要があると痛感した。コリンズはそのような彼の方法を、オリンピック劇場での『白衣の女』のプログラムで以下のように説明している。

劇作家は原作を実質的には維持しながらも、その形態は躊躇せずに大いに変更しました。小説家として筆をとっているときに数行で済ませた場面を今回は発展させ、一度ならずまるまる一幕に仕上げました。その一方で、小説で入念に詳述した文章はときには短縮し、ときには劇に相応しくないとしてすべて省いております。このようにしてまったく新しいエピソードが必然的に入り、登場人物は新たな展開をしております。あの小説は完璧な演劇として生まれ変わりました。(2)

コリンズは『夫と妻』の劇場版も同様に短縮した。この演劇はスクワイア・バンクロフト〔イギリスの俳優・プロデューサー（一八四一―一九二六）〕とマリー・バンクロフト〔イギリスの女優（一八三九―一九二一）〕が出演して、一八七三年ロンドンのプリンス・オブ・ウェールズ劇場で上演された。ヘスター・デスリッジにかかわる魅力的な脇筋は劇場版では削除した。この演劇の背景はわずか四つで、それぞれに一幕が与えられている。それは「ウィンディゲーツ

ウィルキー・コリンズの風刺画「センセーションを創作した小説家」（『ヴァニティ・フェア』誌、1872 年）

フレドリック・ウォーカーの劇場版『白衣の女』のポスターを手にするコリンズの風刺漫画（F・W・ワディ画）

のサマーハウス」・「クレーグ・ファーニーの旅籠」・「書斎」・「画廊」である。しかし、『アーマデイル』はコリンズが小説から戯曲にするにあたって最も変更を加えた小説である。コリンズは一八六六年に戯曲『アーマデイル』を書いた。おもに劇場版翻案の版権を守るためであった。そのときにスミス・エルダー社から出版されたのはわずか二四部に過ぎない。この戯曲『アーマデイル』は原作の小説とはまったく別物である。小説での時代設定は一八五一年だが、この戯曲での設定は「われわれの時代」で、物語は三幕に縮小されている。第一幕の舞台は、地元の診療所の資金を募るための「慈善市」が開催されているソープ・アンブローズ大庭園で、そこにドクター・ダウンワード、ミセス・オルダーショー、リディア・グウィルト（彼女は、アラン・アーマデイルを籠絡して結婚させようと画策する）、アラン・ミルロイとニーリー・ミルロイ（駆け落ちを図《はか》る）そしてオザイアス・ミドウィンターが集う。ミドウィンターがリディアに愛を告白したために、リディアは結婚謀略を思いつく。第二幕ではリディアがロンドンの下宿屋にいて、アラン・アーマデイル（海難事故で命を亡くしたことになっていた）の寡婦になりすましているが、結局彼女の謀略はアランが戻ってきて頓挫する。この幕はオザイアスが再登場し、リディアが「私はあなたの妻ではない」と叫んで終わる。最後の幕の舞台はダウンワードの療養所である。そこでの出来事は小説の療養所場面に十分基づいていて、リディアがレディ・マクベス然にいかにも芝居がかった独白をする。『アーマデイル』は一度も上演されなかったものの、コリンズはフランス人の友人フランソワ・レニエと別な翻案を行い、それに一部基づいた英語版が『ミス・グウィルト』としてリヴァプールのアレクサンドラ劇場で一八七五年に、ロンドンのグローブ座で一八七六年に上演された。五幕物のこの劇は前の三幕物よりもメロドラマティックで、それよりもセリフが短く、登場人物と舞台の動きが多く、背景もより変化に富む。第三幕の背景はナポリだ。『ミス・グウィルト』はまた、前の翻案や原作の小説よりも、リディアをはるかに同情的に描き、ドクター・ダウンワードを悪党一味の中心的存在として練り直している。

コリンズはまた、一八七〇年代の劇場での成功に乗じて『月長石』を三幕物の戯曲として王立オリンピック劇場（当時）で上演するために翻案し、その際『月長石』を劇的に変えた。まず、行動の時間と空間を、五年間・数幕から「現代」の二四時間、そしてケント州のレイチェル・ヴェリンダーのカントリーハウスという一幕物へ削減した。次に、物語を観客の大多数がわかっているのを知っていたので、フランクリンがダイヤモンドを盗むのを目撃するのは第一幕の最後にして、残りの二幕を使って観客が目撃したものが何なのかを説明することにした。また、登場人物にも大幅な変更を施した。インド人、マースウェイト、ロザンナ・スピアマン、リンピン・ルーシー・ヨランド、エズラ・ジェニングズ、それにロンドンの登場人物は全員外し、ゴドフリー・エーブルホワイトの役割はかなり削減し、彼が盗みを働く理由は単に暗示するだけにした。ベターリッジは喜劇的な道化となり、ミス・クラックは小説の場合よりも目立つ役割を与えられ、ベターリッジとともに滑稽な傍白やドタバタ演技をする。このようにして仕上がった劇はわずか九週間の興行で終わり、賛否が入り混じった批評をされた。「狙いがかくも野心的で、いろいろな性質が入り混じった原作をその特質をある程度犠牲にせずには戯曲の範囲におさめられない、ということは最初から明らかであり、小説の全体的な特徴と概念を損なわないようにしつつ望むような結果を得るための何らかの手段があるべきであろう[3]」、という見方をしたのは『アセニアム』一誌だけではなかった。

コリンズは小説を劇場用に翻案するだけでなく、ディケンズの例にならって、公開朗読会用にも翻案し、一八七〇年代初期にイギリス、アメリカ、カナダで朗読して回った。一八七三年から翌七四年にかけて行った北米巡業での中心作は『ハウスホールド・ワーズ』誌の一八五五年クリスマス号に書いた超自然的な物語の「夢の女」であった。あとで『ハートのクイーン』に「ブラザー・モーガンが見た夢の女の話」として入れられることとなるこの物語は、馬丁アイザック・スキャチャードの不思議な話で、彼は誕生日の夜に幽霊に殺されそうになる夢を見て、目を覚ます。それから数年後にある女性と結婚するが、この女は、この女を認めない彼の母親によれば、彼が夢でみた女にぞっとするほど似ているという。結婚後、アイザックの妻は酒飲みとなり、彼の母親が心配したとおりになり、夫の誕生日に夫を襲い、夢で見た予言が一部成就する。その後この女は姿を消すが、夫殺しの目的を完遂するために戻ってくるのではないかという恐怖が終生アイザックに付きまとい、そのために彼は眠れなくなる。コリンズは、この物語を公開朗読用にするにあたり、原作に大幅な手直しを施し、描写的で情況的なことを多く加え、ミステリー、異常と思わせるようなところ、結末の若干不吉な出だしを取り除いた。この朗読版は、読み終えるのに約二時間かかり、夢の女がまさしくあの恐ろしい目的を達成した堕ちた女だという、小説よりも扇情的な物語である。この作品をコリンズが一八七三年一〇月にフィラデルフィアで朗読したところ、コリンズの聴衆とその地方の新聞社を明らかに怒らせることとなった。「有名なイギリス人が何百人という清らかな女性を前にして、堕ちた不幸な女が、夫を怪しげに殺害したあげく、さらに二人の男性を籠絡し、酩酊して気が狂った状態でそのうちの一人を刺し殺した様子を語るのを聴くのは不愉快であった(4)」。

映画とテレビにおけるコリンズ

死亡してから二〇年後、コリンズの小説は二〇世紀初頭のメロドラマ劇場に取って代わったサイレント映画という新しいメディア用に翻案された。コリンズがメロドラマティックなサイレント映画制作者に知られていたということは、メロドラマ演劇との彼の結び付きを考えればおそらく驚くべきことではなかろう。彼はメロドラマ演劇の俳優・戯曲作家・その伝統の継承者であったのだ。『白衣の女』と『月長石』のサイレント映画版（後述）とともに、一九一三年の『秘中の秘』（スタナー監督）があり、少なくとも四作の『新マグダレン』のサイレント映画が一九一〇年から一九一四年にかけて制作された。あまり成功しなかったコリンズの後期のこの小説への興味がこのように湧いたのは興味深い。小説『新マグダレン』は最初に出版されたとき、本国イギリスでよりもアメリカで非常によく売れた。倫理性について否定的なコメントがなされたのにもかかわらず、『新マグダレン』の劇場版はコリンズの劇の中でも最も頻繁にイギリスで上演された作品である。劇場版はアメリカではあまり成功しなかったが、一八八二年には依然として上演されていた。その年、オスカー・ワイルドはマーシー・メリックに扮したクララ・モリス〔アメリカの女優（一八四九－一九二五）〕の目も覚めるような演技を観ている。不当な社会排除と自分自身のわがままな本能と闘っている女性犠牲者を描いたこの作品は、その世紀の変わり目の女性運動によって作り出された女性の性質と社会的役割についての論争と波長が合った。サイレント映画制作者に人気があったのは、主題役を演じさせることで女優に芸の幅を誇示できる機会を与えられた、ということも一部ある。

二〇世紀になるとコリンズの小説と物語は、最初はジャンル物として、次には一九世紀古典として、映画、それにそれよりも頻繁にはラジオ（朗読、あるいはドラマ仕立てとして）、そしてテレビへと翻案されることとなった。案の定、コリンズの不朽の二名作『白衣の女』と『月長石』が映画・ラジオ・テレビの三メディアすべてに最も頻繁に翻案されてきている。しかし、全体としてコリンズは映画では厚遇されておらず、デイヴィッド・リーン〔イギリスの映画監督・映画プロデューサー・脚本家（一九〇八－九一）〕の『大いなる遺産』〔一九四六年〕やロマン・ポランスキー〔ポーランドの映画監督（一九三三－）〕の『テス』〔一九八〇年〕と比較して優れていたり、あるいは論争を巻き起こしたりするような映画翻案物はない。コリンズの映画「翻案物」でおそらく最も成功したものは間接的な翻案物で、そのプロット状況・登場人物のタイプ・夢の場面・雰囲気やサスペンスの創り方がアルフレッド・ヒッチコック〔イギリスの映画監督・映画プロデューサー（一八九九－一九八〇）〕のような監督の心理スリラーの発展に影響を与えた。コリンズの個々の小説は、小さな画面すなわちテレビに翻案されると上手くいった。実際、複数のテレビ批評家が言っていることだが、『白衣の女』と『月長石』から判断するに、コリンズはテレビ脚本家の元祖である。この二編の小説はまた二〇世紀のテレビの主要素となった二つのジャンル、つまりスリラー物語と探偵物語の元祖でもある。

コリンズの小説のうちで最も頻繁に、かつさまざまに再生産されたのは『白衣の女』である。失意の女性たちの物語・悪意のある貴族階級による彼女たちの幽閉と迫害、控えめな、しかし気高い若い主人公による彼女たちの救出として読み直せるその基本プロットは、サイレント映画のメロドラマティックな表現方法にピッタリ合い、一九一二年、一九一三年、一九二九年と三度サイレント映画として制作された。一九一二年版（タンホイザー社制作）の出来具合は『ビオスコープ』誌一九一三年一月一八日号に掲載された次の息もつけない記事から多少なりとも推察することができる。

場面は精神病院から「白衣の女」のアン・キャサリン（原文のママ）が逃走するところから始まる。彼女は村の旧友の家に避難場所を確保する。同時に、「大屋敷」では郷士の娘で遺産相続人のローラ・フェアリーが新しい絵画教師ウォルター・ハートライトの到着を待っている。ハートライトは「白衣の女」と出会い、彼女の容姿に心惹かれた。ハートライトはあとで、どの方角へあの狂女が行ったのかと聞かれたとき、違った道を管理人に教える。ウォルターは教え子に恋をし、彼女も同じ気持ちであることを知る。しかし、一通の手紙によって恋人たちは結婚がはかない夢であったことを悟る。ローラのフィアンセ、パーシヴァル・グライド卿が、まもなく行くという便りを寄こす。（中略）ローラはウォルターと別れる。ウォルターは外国へ旅に出かけて忘れようとする。（中略）（パーシヴァル卿とローラの結婚のあと）アンは「私は狂っていません。そしてあなたはパーシヴァル卿ではありません」と叫んでパーシヴァル卿と対決するが、彼の激情に怯え、気絶する[5]（以下略）。

『ビオスコープ』誌はさらに続けて、アンがローラにとても似ていることに驚いたパーシヴァル卿は妻に薬を盛り、うつ伏せになった彼女の体を精神病院の門の外に置き去りにする。実際、アンはパーシヴァル卿の激昂のショックで死亡する。「しかし、死亡したのは、グライドの屋敷で自らの血で本に伝言を書きなぐる前ではなかった」。この映画ではウォルターとローラが小説の場合と同じく再び結ばれる。しかし原作と違って二人は一緒になってパーシヴァル卿と対決する。パーシヴァル卿はローラが妻であることを否定する。アンが伝言を書いておいた本を使用人が見つけ、それによってパーシヴァル卿が彼の主張しているような人間ではないという証拠が古い教会の登記簿に見つかるだろうということが明らかにされて、大団円を迎える。ローラとウォルターは教会へ急ぐ。しかし、パーシヴァル卿が書類を破棄するために彼らの先回りをしていて、ランプが倒れて教会に火が付き、パーシヴァル卿は真実を告白したあとで死亡する。そして最終的にローラとウォルターは結ばれる。この映画の特徴は、原作にあった二人の主人公マリアンとフォスコのプロットを完全に取り去ったことである。これはコリンズが劇場版『月長石』からロザンナ・スピアマンとエズラ・ジェニングズを削除したことよりもさらに驚くべき削除である。

『白衣の女』の二作目のサイレント映画（これもジェム社によるアメリカの作品）もマリアンを除外したが、フォスコ伯爵は目立たせた。フォスコ伯爵は共謀仲間を裏切った後にイタリアを離れることを余儀なくされ、妻とともに若い遺産相続人の世話をする。絵画教師はフォスコが監督を任されていた娘ローラに恋するが、そのような結婚はフォスコ伯爵の意向に沿わず、伯爵は彼女をパーシヴァル・グライド卿と結婚させる。彼女が夫の負債の支払いを拒むと、新郎は（共謀者のフォスコに助けられながら）、まずレディ・グライド〔ローラ〕を精神病院に別人として監禁し、それから自分の屋敷で彼女を白衣の女、つまりレディ・グライドに似た病人の女の子〔アン〕と取り替える。この病人の女の子は死亡し、レディ・グライドとして埋葬される。レディ・グライド自身は精神病院から逃げ出し、絵画教師と再び結ばれる。パーシヴァル卿は自分の罪に直面し、偶然ランプをひっくり返して死ぬ。しかし、その前に妻ローラは彼を許していて、ローラはその後ハートライトと結婚する。一方フォスコ伯爵は、イタリア人の共謀者に追跡され、暗殺される。

イギリスで最初に『白衣の女』のサイレント映画を制作したのはハーバート・ウィルコックス〔イギリスの映画プロデューサー・監督（一八九〇－一九七七）〕で、一九二九年のことだった。この映画は確かに原作を特徴付けている奇妙なミステリー性を伝えており、その前に制作されていた短めのアメリカ版よりも原作により近い。ウィルコックスがコリンズの原作から最も著しく離れている点はフォスコの死の取り扱い方である。自殺としたのである。ジョージ・キングの『ダークハウスでの犯罪』（一九四〇年）はコリンズの小説を換骨奪胎した感がある。このメロドラマではイギリス・メロドラマ劇場の最後の偉大な旅回り役者トド・スローター（イギリスの俳優一八八五―一九五六）が悪伯爵の役を演じた。この悪伯爵は、コリンズのプロットが非常にゆるく翻案されていて、殺害された妻だと偽るために精神病院から逃亡した者の協力を取り付ける。コリンズの文声が単なるヴィクトリア朝のベストセラー作家以上のものになると、映画の観客ではないにしても批評家は映画翻案脚本の「原作への忠実さ」の問題にこれまで以上に関心を寄せた。例えば、ピーター・ゴドフリー（イギリスの俳優・映画監督一八九九―一九七〇）が監督を務めた一九四七年のワーナー・ブラザーズ社の映画は原作に十分沿っていないことと、アメリカの役者（アメリカアクセントで話す）を使っているという理由で酷評された。その一方で、コリンズの物語を忠実に再現したという理由で褒められ、かつ非難もされた。雰囲気と時代をともにつかむことができたと考える書評家がいる一方で、コリンズの物語は一時間半の映画に凝縮するにはあまりにも長すぎて、複雑すぎると考える書評家もいた。注目すべきことに、この映画はコリンズの多義性に注目し、コリンズの結末を変えて、おそらく終戦直後の「活発な女性」好みと、流動的で多様な諸関係に対する関心を表現している。この映画でローラは、母性に満足を見いだし（パーシヴァルの子を産んだ）、ウォルターはマリアンに愛を伝える。

『白衣の女』が最初にテレビで放映されたのは、イギリスが一九五七年で、アメリカは一九六〇年であった。この初期のテレビ版は短編映画名作集であった。イギリスではABCテレビが「ミステリー・アワー」ドラマとして放映し、アメリカではコリンズの小説もちょうど一時間物に短縮され、「ダウの大ミステリー・アワー」で放映された。『白衣の女』は、かなり原作に忠実な六部物としてマイケル・ヴォイジーによって初めてカットなしのBBCサンデークラシックとして取り扱われた（一九六六年一〇年二日から一一月六日までBBC1で放映された）。ジェニファー・ヒラリーがローラとアンの二役を、ニコラス・ペネルがウォルター・ハートライトの役を、アレシーア・チャールトンがマリアンの役を、フランシス・ド・ウォルフがフォスコの役を、そしてジェフリー・ベイルドンが「心気症にかかった鑑定家のフレデリック・フェアリーの役を見事に[6]」演じた。『白衣の女』の最初のカラーテレビ版は、BBC2で五回の一時間ドラマとして一九八二年四月一四日から五月一二日まで放映された。これはのちにアメリカで公共放送の「ミステリー」シリーズとして放映された。この翻案物（レイ・ジェンキンズ作）は、『白衣の女』を小説から舞台へ、そして映画へと翻案しようとする作家が直面する、主要問題に取り組むための創意に富む方法を一生懸命に模索している。コリンズの物語は、実際のところ、ひと続きの物語で、一つ一つの物語は、あたかも裁判所の証人席にいるかのように自分自身の出来事を語る異なる登場人物によって語られる。この難題に対するジェンキンズの答えは、個々の登場人物の思いを対話にすることである（これはウォルターの場合に特に効いた）。演出家（ジョン・ブルース）は、クローズアップのリアクション場面とモチーフの繰り返し（ウォルターがアン・キャセリックと最初に出会ったときに描いたスケッチなど）を上手に用いた。面白いことに、それ自身の明白な声と視点を持たないので、登場人物たちは、小説の読者に求められる知覚の枠組みから解放される。こうしてローラは彼女を子供扱いにするウォルターとマリアンから解放され、またマリアンはウォルターから解放され、美しくて自立した娘として登場する。ローラ（ジェニー・シーグローヴが演じる）とマリアン（ダイアナ・クイックが演じる）をこのように表現したのには、一九七〇代の女性運動に幾分与《あず》かっている。この運動があったからこそ作家・演出家・俳優たちは一八五〇年代後期の女性運動に対するコリンズのまちまちの反応に関心を掻き立てられたのである。

ティム・ファイウェルが演出し、BBC1で一九九七年のクリスマスに放映された二部物のテレビ版も現代の傾向に従いマリアンを物語の中心に据え、非常に魅力的な女優をその役につかせた（この場合はタラ・フィッツジェラルド）。この作品ではマリアンが観客の観る最初の登場人物で、彼女の声が観客の聞く最初の声である。また、物語を推し進めるナレーターの声もマリアンの声であり、したがってマリアンがウォルターに取って代わり、彼女がこの物語の「編集者」であり、彼女がこの物語を作り上げていることになる。このようなまったく現代的なマリアンは、原作のマリアンが不満を述べている女性的な存在に拘束されることなく、ローラの死とアンの失踪の真実を知ろうとロンドンへ付き添いの婦人をつれずに急行し、その後はアンを探しに、結婚もしていない男性（ウォルター）とともに地方を駆けめぐる。彼女は性による脅迫を二度行う。最初は、ウォルターにアン・キャセリックを彼女と一緒に探させるために、ウォルターが荒くれ男たちと彼らの情婦たちの肖像画を描いているパブで、その荒くれ男たちに身を任せるわよと脅す。彼女はまた、自分を最初に精神病院へ送った医者の検診予約をし、検診を受けるために下着だけになったところで、アン（実際はローラ）が監禁されている病院の在処を教えてくれなければ、性暴力で訴えるとその医者を脅かす。

この作品の脚本家デイヴィッド・ピリーは、コリンズの込み入った大規模な物語を二時間に短縮するために大ナタを振るった。小説の冒頭部分と結末部分に重要な修正を施し、フォスコの死亡はカットし、ぞっとさせるハムステッド・ヒースの場面はカンバーランドに移し替えた。絵画教師としての新しい仕事につくために、ウォルターが鉄道駅からリマリッジ館へ向かって歩いているときに、白衣の女との不気味な最初の出会いが起こる。ピリーは、ウォルターとアンとの出会いの場を彼女が育った家の近くに据えて、かなり異常な偶然の一致に大いに依存していたヴィクトリア朝小説家コリンズの傾向を薄めた。ピリーはまた、原作の地理的な範囲も縮小し、このテレビ版では出来事をイギリスに限定した。すなわちウォルターはリマリッジを出たあと、イギリスを出国してブラジルの密林で己と対峙し、自然の恐怖を克服することで如何に立派な人間になるかを学ぶのではなく、むしろ暗黒ロンドンの暗黒街へ向かう。

このまさしく二〇世紀後半の『白衣の女』の翻案は、原作の社会的関心を更新もしている。一九世紀中葉の家庭内監禁と精神病院内虐待の問題は家庭内暴力と児童虐待に更新された。このテレビ版ではローラは夫の暴力におびえ、身体にあざを作り、それでマリアンと観客にはなぜローラが夫を怖がっているのかがわかるようになっている。アン・キャセリックの秘密の一つ（そして彼女の発狂の原因の一つ）は、彼女がわずか一二歳のときに、パーシヴァル卿が彼女のベッドに「夫が妻にするように」常習的に入ってきていたことである。この作品では、二〇世紀後半のほとんどのコリンズの翻案物におけるように、原作の性的含意が表面化されるだけでなく、強調もされ、さらには詳述された。例えば、絵画教師とその生徒の間には性的な意味が込められた出会いが数多くあり、それをマリアンが覗き趣味的に観察する。そのうえ、このテレビ版ではウォルターがリマリッジを発つのは、自己抑圧のためや、精神的な助言者のマリアンに忠告されたためでなく、着物を脱がせようとした（これは間違いであることがわかる）として、女中に責められたからだ。この女中はパーシヴァル卿の共謀者の一人で、彼の愛人でもあることがあとになって判明する。ジェームズ・ウィルビー演じるパーシヴァル卿はコリンズの原作の性格描写に性的倒錯の雰囲気とサディズムすら加味している。このことはマリアンと対話しているローラ（これは脚本家が付け加えた）が強調しているところである。その対話でローラは、男が妻を嫌っていながら「あの行為」を楽しめるなんて知らなかったと告白する。

ピリーは、遺伝と堕落についてコリンズが関心を持っているのを二〇世紀後半の文学批評家と文化史家が注視していることにおそらく応えて、原作で示唆されていた遺伝による堕落を前面に押し出して、マリアンとローラとアンの関係を変えた。コリンズの小説ではマリアンとローラは異父姉妹で、母は分別のあるブルジョアである。ローラとアンは異母姉妹で、父親は女性的で、道徳的にだらしない貴族である。ところがピリーの戯曲では、三人は全員、父（ミスター・フェアリー）を同じくする異母姉妹となっている。私生児の父親であり、その後パーシヴァル卿によるあの子〔アン〕への性的虐待を見て見ぬふりをした（あるいはそのように仄めかされている）ので、この父親をマリアンは性的に堕落していると考え、そのことが重視されている。マリアンは、自分とローラが性的・道徳的に堕落した父親の性質を受け継いでいるのではないかという恐れを抱くように表現され、この映画はマリアンがローラとウォルターの娘アンを胸に掻き抱き、悪循環がついに終わったらいいのにとマリアンがナレーターの声で語るところで終わる。ピリーとファイウェルは二〇世紀後半の世の流れを汲もうとしたが、コリンズの原作のゴシック的で、メロドラマティックな要素を軽視することはなかった。ピリーはある場面ではマリアンとローラにゴシック小説趣味を論じさせさえした。リマリッジの周囲の森を彷徨する狂ったアンは極めてメロドラマティックで、同じことはローラの運命について見たマリアンの夢にも言える。カメラワークが見事で、コリンズの幻覚誘発的な想像力という映画の特性も引き出している。

ごく最近の『白衣の女』の翻案物は最も変わっており、私の知るかぎり、類がない。大成功をおさめたミュージカル『ジーザス・クライスト・スーパースター』、『エビータ』、『オペラ座の怪人』、『キャッツ』（T・S・エリオット〔アメリカ生まれのイギリスの詩人・批評家・劇作家（一八八八－一九六五）〕の『ポッサムおじさんの猫と付き合う法』に基づく）

の作曲家サー・アンドルー・ロイド・ウェバーは、二〇〇三年七月、シドモントン〔ロンドンの西約八〇キロの小さな村〕にある彼の田舎の邸宅での個人芸術祭で、セミオペラ風のミュージカル『白衣の女』を上演した。サー・トレヴァー・ナンが演出したこのシドモントン版は、ロイド・ウェバーの『レ・ミゼラブル』が二〇〇四年にロンドンのパレス劇場での一九年にわたる公演を終えたときに、それに取って代わる予定であったショーの第一場のワークショップ版であった。このミュージカルの台本（コリンズの小説を自由に書き換えた）を書いたのは若い劇作家のシャーロット・ジョーンズで、二〇〇一年に大成功をおさめた『ハンブルボーイ』は『ハムレット』を現代的に書き換えた劇である。ミュージカル『白衣の女』の作詞家はデイヴィッド・ジッペル〔アメリカの作詞家（一九五四－）〕である。ジッペルのそれまでの作品には『天使たちの街』（一九八九年）や一九四〇年代の探偵映画のパロディ映画がある。ミュージカル『白衣の女』の完全版は二〇〇四年九月パレス劇場で公開され、その音楽とコリンズの小説を勝手に変えたことについての批評はまちまちであった。小説の愛読者たちの多くは、ジョーンズの翻案は最近の傾向を追って、物語にフェミニズム的な視点を添え、マリアン・ハルカムを一連の出来事の中心に据えているけれども、マリアンをウォルターの快活で機知に富む助手から、愛情を求めて恋に悩む女性に変更したために失望した（この変更は作詞家によって強調されている。マリアンに「私は目を閉じても、彼の顔が見える」と定期的に繰り返させる）。それよりもさらに驚くことは、フォスコ伯爵を誘惑しようとするマリアンの場面である。特にこの伯爵は笑いを取るためにマイケル・クロフォードが演じ、クロフォードは巻き毛の鬘をつけ、非常に太って見えるように作り上げられている。フォスコは他の点でも目立ち、最も生き生きとした歌を与えられ、歌の中で「なんでもうまくやりとげる」自分の能力を賞賛する。他方、ローラとアンは極めて異なった環境で育った双子の犠牲者として原作にかなり忠実に再現され、ウォルターはかなり正直な主人公として描かれる。ミュージカルに原作の革新的で複雑な物語手法を再現するように期待するのは不合理であろうが（マイケル・ビリントンが二〇〇四年九月一六日版の『ガーディアン』紙で指摘したように）、トレヴァー・ナンのミュージカルは原作の多様な背景をデザイナーのウィリアム・ダドリーの変化に富んだビデオ映写によって伝えることに成功した。この二一世紀初期の技術と映画技術の使用は、ビデオゲームと一九世紀のジオラマやセンセーション劇をときどき思い起こさせる。センセーション劇が特に強く思い出させられるのは、鉄道列車が舞台に投影されたトンネルから轟音を立てながら抜け出てきて、劇場の最前席に突進しそうになる第二幕である。

私が知るかぎり、『月長石』をミュージカルにする計画は寡聞にして知らない。しかし、失恋したロザンナ・スピアマン、敵意をもったリンピン・ルーシー、おしゃべりなミス・クラークが素晴らしい歌を披露するミュージカルを思い描くことはできよう。そのうえ、フランクリンがアヘンを飲んでダイヤモンド盗みを再現するところは明らかにバレエで表現しうる。ミュージカル版こそないけれども、『月長石』の二〇世紀翻案史は、その他の面では『白衣の女』のそれに極めて類似したパターンを踏襲している。二〇世紀初めには少なくとも三作のサイレント映画版があり、題はいずれも『月長石』であった。最初の作品は一九〇九年のアメリカ版で、これは催眠的没我状態を大いに目立たせたものである。それから二年後のフランス版は、ダイヤモンドを盗んだ者への呪いに焦点が置かれた。さらにアメリカ版が一九一五年に続いて制作され、これは悪党の苗字をエーブルホワイトからホワイトに変えた以外は、コリンズの原作にかなり忠実である。同じことは次のアメリカ版（一九三四年。音声付き）には言えない。これはコリンズの物語を一九三〇年代に設定し、登場人物の何人かの名前を改名し（その全員がアメリカアクセントで話す）、プロットを編成し直した。最も目立つのは、フランクリンにアヘンを飲ませる医者を女主人公の父親、つまりフランクリン・ブレイクの将来の義父にした点である。この映画では、フランクリンはヒンズー教徒の召使ヤンヅー（シナリオライターの創作）をつれて、嵐の暗夜に、医者サー・ジョン・ヴェリンダーの家であるヴァンディア館に到着する。小説でのようにインドの寺院から一七九九年に盗まれたダイヤモンドをフィアンセのアン・ヴェリンダーに持ってくるためである。アンはダイヤモンドを大事にしまうように忠告されるのだが、そうせずに枕の下に置き、寝ているあいだにダイヤモンドが盗まれる。ロンドン警視庁の警部カフが取り調べをするために招集され、当然アン（アンは答えるのを拒否する）を皮切りに、金貸し、インド人の召使い、女中頭のベターリッジ（面白いことに、この作品では性を変更）、犯罪歴のある小間使い、フランクリン、彼の従兄弟のゴドフリー・エーブルホワイト（この映画では古書商）の順に質問する。精神が錯乱したサー・ジョン・ヴェリンダーはその後、フランクリンが盗みを働いたその晩に就寝前のフランクリンのミルクにアヘンを盛ったことを洩らす。それを聞いたカフはフランクリンに（彼が知らないまま）同じようにアヘンを盛ったミルクを飲むように手筈を整える。フランクリンは夢遊病行動を繰り返し、ゴドフリーに邪魔されたことを明かす。カフはロンドンへ急行し、盗人（ゴドフリー）が金貸しのところにダイヤモンドを持って現れたところで、この男を逮捕する。この映画は、完成したときに『マンスリー・フィルム・ブレティン』誌が指摘したように、ウィルキー・コリンズの『月長石』ではない。「元のプロットがたくさん抜け落ちていて、原作を知らなければ『月長石』の映画版だと理解できない。しかし、オリジナルの新作映画だと言えるほど抜け落ちているわけではない[7]」。

テレビは映画よりも『月長石』に対してかなり優しく、これまで極めて作品に同情的なＢＢＣテレビ版が制作されてきた。最初の作品（モノクロ版で、一九五九年八月二一日の日曜日から一〇月二日の日曜日までのあいだ、三〇分物で七回にわたって放映された）の演出家はショーン・サットンである。彼はのちにBBCの演劇部長となり、シェイクスピア劇から「ドクター・フー」までの幅広い作品を制作した。シナリオはA・R・ローリンソンが書いた。この人がそれまでに映画シナリオとして手がけた一九世紀の小説と演劇には、トム・テイラーの一八六三年のメロドラマ演劇『仮出獄者』（一八六三年）、ライダー・ハガードの小説『ソロモン王の洞窟』（一八八五年）、それにダイナ・マロック・クレークの『紳士ジョン・ハリファックス』（一八五六年）がある。アイルランド生まれの劇作家ヒュー・レナードは五部からなる『月長石』の映画のシナリオを書いた。これを演出したのはパディ・ラッセルで、一九七二年一月一六日から二月一三日にかけて放映された。この作品の強みは時代考証にあり、プロットの中心にある複雑な謎に視聴者を巻き込もうと骨を折った。事実、テンポをある程度犠牲にする危険を冒してでも、レナードとラッセルはプロットの全要素を並べ、登場人物を念入りに写し出すために冒頭のエピソードに大変苦心した。強烈なキャストとしては、ベターリッジ役のバジル・ディグナム、怒りっぽいブラフ役のピーター・サリス、フランクリン役のロビン・エリス、ゴドフリー役のマーティン・ジャーヴィス、意志の強い、だが気紛れなレイチェル役のヴィヴィアン・ハイルブラン、そしてロザンナ役のアナ・クロッパーがいた。

ごく最近の『月長石』のBBCテレビ版は一九九六年一二月二九日と三〇日、一時間物の二部作として放映された。シナリオは一九九〇年に最初に公演された劇場版のシナリオライター、ケヴィン・エリオットが手がけた。劇場版でエリオットはコリンズの原作で用いられた多数の語り手を残したが、テレビ版では陰謀を説明する手紙を読むため、あるいはヴェリンダー館で義務を果たしているあいだに陰謀に関する極めて重要な情報を拾い上げ、それを流布するためにベターリッジ（ピーター・ヴォーンが見事に演じた）に大いに頼った。アントニー・シャー（一九四九－）が演じるカフはコリンズの刑事の奇癖を強調（さらにそれに付け加える）し、そのようにして二〇世紀後半の視聴者に、連続してテレビ画面に登場するこの奇矯な現職刑事たちが一九世紀生まれであることを強調した。この作品は明らかに物語の中心にいる貴族階級の登場人物をある程度中心から外している。レイチェル・ヴェリンダー（キーリー・ホーズが演じる）とフランクリン・ブレイク（グレッグ・ワイズが演じる）は、コリンズの原作より面白みに欠ける。他方、ロザンナ・スピアマン（レズリー・シャープが演じる）は短気で複雑で、シヴァリング・サンズにおける彼女の死は見事なほど情緒的な雰囲気のあるクローズアップとなっている。この映画は視覚効果を十分に活用し、小説で描かれた異なる世界をくっきりと浮き出させた。セリンガパタムの嵐の中、ダイヤモンドが盗まれるのを見せる、鮮やかでカラフルな場面からこのテレビ版は始まり、突然非常に白いフランクリン・ブレイクの像へと切り込んでいく。フランクリンは窃盗の夢から今醒めたばかりで、静かな田舎の屋敷のベッドで睡眠中の妻のかたわらで寝ている。すると館の静謐が暴力的な夢で破られる。作品全体を通して、色彩豊かな庭園とヴェリンダー館の温かい室内が、シヴァリング・サンズのまったく灰色のイメージと並置させられる。この作品の最後の画面ではこれらの異なる世界が映し出され、バラモンの浄め式を描く不思議なほど夢のようなインドの風景のあとに、フランクリンとレイチェルがベッドで寝ているシーンが繰り返され、『ふるえる砂』が長い時間をかけて消えていく。これらが並置された場面は、一つにはインド人の東洋的な他者性を暗示し、もう一つには帝国がイギリス人の心を悩ます要素であり、イギリスの家長がそこから目覚めようともがく悪夢だということを暗示する。

『白衣の女』は『月長石』とともにコリンズの小説の中で一番まねられ、翻案された作品だが、コリン

アラン・バデル（フォスコ伯役）とダイアナ・クイック（マリアン・ハルコム役）『白衣の女』（ＢＢＣテレビ、1982 年）

ピーター・ヴォーンとアントニー・シャー『月長石』（ＢＢＣテレビ、1996 年）

ズの小説のごく最近の映画版は、翻案されるのが最も少なかった作品を作り直したものである。一九九八年一一月アメリカの「アメリカ・ムーヴィ・クラシックス・チャンネル」で最初に公開された、ラダ・バラドワジ〔インドの映画監督（一九三八ー）〕の『バジル』（一九九七年）は、私が知るかぎり、近代生活を描いたコリンズの最初の小説の、今日にいたるまでで唯一の映画版である。そして、実際、二〇世紀になって『バジル』を作り直したこれ以外の作品は、唯一、一九八三年に放送されたBBCのラジオ版だけであったようだ。バラドワジはこの映画の脚本・制作・演出を手がけ、コリンズの物語にその本筋にいたるまでの前史を付け加えた。彼の映画はまずバジルの子供時代とまだ若かった時代に長い時間をかけ、バジルの家庭環境の説明をする。この説明部分は原作の小説では数段落で済まされていた。バラドワジ版ではバジル（クリスチャン・スレイターが演じる）は乗合バスでマーガレット・シャーウィンに会うのではなく、マニオンによってジューリア（マーガレットはそのように改名されている）に紹介される。映画の冒頭部分でバジルは溺れそうになったところをマニオンに助けられたので、そのときにすでにマニオンに会っていたことになっている。バラドワジは、コリンズが金・階級・異階級間関係を念頭において小説を書いていたことに注目し、一九世紀中葉の近代生活を描いたコリンズの物語が二〇世紀後半のポストモダンな生活の現実と共振することを指摘する。多くの者の合言葉が「貪欲は善なり」であった一〇年間の終わりに、ジューリア（クレア・フォーラニ〔イギリスの女優（一九三八ー）〕が演じる）が貪欲な若い女性として登場する。彼女はバジルに求婚され、彼を軽蔑するが、しかし欲得ずくの父親（デレック・ジャコビ〔イギリスの俳優（一九三八ー）〕が演じる）に祝福されて打算的な結婚をする。マニオンとジューリアは秘密の関係を長らく続けるが、ついにベッドにいるところをバジルに見つかり、バジルはマニオンに凶暴に襲いかかり、彼が死んだと思ってその場から逃れる。バジルは父親に拒絶され、生活のために働かざるを得なくなる。その後、バジルは、彼に襲われてひどく醜くされ、復讐心に滾《たぎ》るマニオンに追われる。小説のようにマニオンは、バジルの親族の者によって彼の家族の者になされた虐待の復讐をしたかったのだということで自分の行動の弁明をする。しかし、バラドワジはこの復讐計画に性的特徴を付与し、マニオンのバジルへの恨みを、彼自身の父親とバジルの父親との不愉快な仕事関係にではなく、バジルの兄弟の性的不品行に置く。この映画版でマニオンは妹が殺されたことに対して復讐をするために行動する。妹はバジルの自堕落な弟ラルフに誘惑された末に捨てられ、そのあとで堕胎を試み、その結果、命を落とす。

一八五二年のもう一作「恐怖のベッド」はジャンル小説として何度か翻案され、テレビ向けの一種のミステリー映画名作集として三作が制作されている。一九四九年、これはアメリカテレビネットワークシリーズ『炉辺劇場』の中の初期一時間ドラマの作品集の中に入れられた。一九六一年には、アメリカのテレビで放映された『スリラー』シリーズのなかの物語として、アイダ・ルピーノ〔一九一八―一九九五〕監督の「恐怖の三事件」の第二幕になった。一九七〇年代初期にはコリンズの物語はさらに別のミステリーシリーズとして制作された。それはアラン・クックが演出した、英米のテレビネットワーク向けのアンソロジードラマ『オーソン・ウェルズ・ミステリー劇場』である。この上映時間二四分のカラー映画は一九七三年にアメリカで、翌年の七四年七月にはイギリスで放映され、翻案はアンソニー・ファウルズ、出演はルパート・デイヴィスとコリン・ベイカーであった。

活字になったコリンズ

コリンズが、ラジオやテレビのジャンル時間帯やミステリー時間帯に相応しい翻案物の原作者である一九世紀の人気作家としての地位から、手がけた小説がクリスマスのプレゼントとして供される本格的なBBCの古典として処遇される「古典」作家としての地位に昇ったことは、彼の作品がこの二〇世紀の最後の四半世紀に爆発的に出版されたことに反映されている。『白衣の女』と『月長石』は一八六〇年代に最初に出版されて以来、刊行されなかったということはまったくなかったものの、一九八五年に広く入手できたのはこの二作品だけだった。二一世紀の初めになると様相は一変したように見える。この本を執筆している現段階で、『ノー・ネーム』と『アーマデイル』、それに『法と淑女』がペンギン・クラッシックス・ライブラリーに付け加えられた。それよりもさらに規模の大きいオックスフォード・クラシックスシリーズには現在のところ『ミスかミセスか』、『幽霊ホテル』、『罪の河』とともに『アーマデイル』、『バジル』、『秘中の秘』、『隠れん坊』、『法と淑女』、『狂気のマンクトン 他』、『哀れミス・フィンチ』それに『ノー・ネーム』が入っている。ペンギンとオックスフォードとは異なり、サットン社は『白衣の女』か『月長石』をコリンズ作品一覧表に入れていない。しかし、長らく出回っていなかった数作品は手に入れられるようにした。(8) これら出版各社の一覧表は一般読者がコリンズの作品に新たに興味を持ってきたということと、二〇世紀の最終四半世紀に彼の批評的地位が増してきたことのサインである。彼の批評的地位を示すもう一つのサインは、『白衣の女』と『月長石』がミレニアムコミッション〔英国で二〇〇〇年祭の資金提供のために設立された委員会〕と出版社エヴリマンの共同計画の一環としてイギリスのすべての中等学校へ送られることになっている主要二五〇文学作品の中に含められたことである。さらにその一五〇〇セットがブリティッシュ・カウンシルの後援のもとで海外へ送付される予定である。

二一世紀の転換期に活字になったコリンズを見るもう一つの仕方は、彼の作品が後世の作家たちによって翻案され、再コンテクストされている方法を考えることである。スリラー・ミステリー・推理小説のジャンルで極めて素晴らしい成功をおさめた最初の代表的な作家としてコリンズは、一九世紀後半と二〇世紀におけるスリラーと推理小説という小説形態の発展に非常に重要な影響を持った。『月長石』は、その出版以降の一九世紀と二〇世紀全体にわたり、イギリス探偵小説の主流形態の主な特徴となるものを事実上確立した。すなわち、そこでは多くの人間がある事情によって一緒に集められた静かな田舎の屋敷で犯罪が起こり、文字どおりこれらの人間全員に不利な情況証拠があることが浮上し、小説の主要なミステリー（ダイヤモンドが消失したということ）が主要登場人物の数人を一堂に集めて、その犯罪を再現することで解決し、ドジな土地の警官がいて、その無能力ぶりによってミステリーを複雑にし、その無能な土地の警官が変人ではあるが、すぐれた切れ者、この場合はカフ警部の引き立て役になり、そしてこの変人の警部は歪んだユーモア感覚の持ち主で、バラを育てることに熱心で、「牧師にでも、葬儀屋にでも何にでもなれそうだが、ただ刑事とは思えなかった」（第一話第一二章）人物となった。アーサー・コナン・ドイルのシャーロック・ホームズからコリン・デクスター〔一九三〇―〕のモース警部まで、小説に登場する探偵は皆、カフに恩義を多少なりとも負っている。コリンズはまた、二〇世紀の「ミステリの女王」の一人ドロシー・L・セイヤーズ〔「ピーター・ウィムジィ卿」ものの推理小説で有名（一八九三―一九五七）〕がフェアプレイの規則と述べたものになるべきものを考案した。それは「一つ、手がかりを隠してはならない、一つ、読者と探偵はゼロから始めて、横一線になってゴールまで駆けなければならない[9]」。コリンズが完成させた推理小説ゲームのもう一つの規則は、数人の語り手のあいだに話を割り当て（それぞれの語り手は物語の一部しか知らない）、これらの話に手紙や日記などの文章を挟み込んで、ミステリーを長引かせることである。この手法はミネット・ウォルターズ〔イギリスの推理小説家。代表作『氷の家』（一九四九―）〕のような現代のベストセラー作家によって依然用いられていて、大きな効果を上げている。

現代の作家の中にはより自意識的にコリンズと関連付けながらコリンズの作品に回帰した作家がいた。サラ・ウォーターズ（ウェールズ出身のイギリスの小説家（一九六六－））は、『半身』（ヴィラゴ、一九九九年）と『荊の城』（ヴィラゴ、二〇〇二年）でセンセーション小説・幽霊物語・ミステリーサスペンス物語・犯罪小説を作り直す中で、一九世紀の先人たち（コリンズを含む）と競い、かつこの先人たちを再び研究した二〇世紀後期の小説家の一例である。コリンズのようにウォーターズは上品なヴィクトリア朝社会の二枚舌と抑制、それに上品な中流階級社会とそれとは別な労働者階級と犯罪者階級の世界との関係に焦点を合わせる。『半身』は一八七〇年代のロンドンのある女子刑務所の中とその周囲を背景にすえた幽霊物語である。この作品はコリンズの異階級（この場合は同性の）関係・降霊術の会・催眠術への関心を共有する。ウォーターズの小説形式もコリンズの語りの手法の試みに多少負っている。コリンズの多くの小説のように、このミステリーと陰謀の物語は絡み合った語り（この場合は小説の中心にいる二人の女性の日記）の形式で語られる。ウォーターズの次作『荊の城』は、プロットの要素とともに、その暗い雰囲気を『白衣の女』から借りている。しゃれた犯罪者のリチャード・リヴァーズは絵画の教師のふりをして、傷つきやすい若い女子相続人モード・リリーの活力のない学究的な叔父の家に、モードをわなにかけて彼と結婚させるために、入り込む。コリンズのフレドリックのように、ウォーターズの描く世捨て人は宝物に囲まれて生活するが、この場合の宝物は書籍と絵画で、絵画にはこの世捨て人が幅広く蒐集したポルノが含まれ、この男は、よく確立されたヴィクトリア朝の分類学の伝統に従い、その索引の制作を（姪の助手とともに）準備している。『白衣の女』のパーシヴァル・グライド卿のように、リヴァーズは妻を亡き者にする陰謀にかかわり、妻を精神病院へ押し込むことで財産を手に入れる。再びウォーターズは異なった視点（この場合は小説のプロットの中心にいる二人の女性の視点）から物語を語る手法を借りた。大したことではないが、ウォーターズがヴィクトリア朝の先輩コリンズに打ち勝ったのは、込み入った筋立てと、極めて巧みな捻れたプロットがもたらす驚きである。

『白衣の女』も一九世紀の伝統的な形式による小説の続編、あるいはその改訂に対する最近の流行に巻き込まれるようになった。ジェームズ・ウィルソン（イギリスの小説家（一九四八－））の『黒いヒント』（フェイバー、二〇〇一年）は、多くの一九世紀の読者がおそらく、少なくとも彼らの想像力の中でしたであろうことをついに行った。つまりウィルソンはコリンズのウォルター・ハートライトとマリアン・ハルカムのあいだで起こりうる発展の可能性について熟考したのである。ウィルソンはコリンズの物語の結末をほどくことから彼の小説を始める。コリンズの小説はリマリッジへウォルターを移動させてローラとマリアンと一緒にさせ、リマリッジの遺産相続人（ウォルターとローラの第一子、それにその後の彼らの子供たち）の世話をこの三人にさせようとするところで終わる。この終わり方では、所有地を含む遺産の相続人の父親であるウォルターと、「臨時雇用としての身分で勤めていた絵入り新聞社の常勤」になろうとこれまで努めてきて、一家が「質素に静かに」（ウォルター・ハートライトの話、結びⅢ）暮らせる定収入を得ることになった向上心に燃えている本職の芸術家としてのウォルターの間にある緊張は解かれないままだ。ウィルソンはコリンズが『白衣の女』を閉じた「ウォルターとローラとマリアン」の三角関係を分断するところから書きはじめ、妊娠しているローラをリマリッジに置き去りにし、子供たちの世話をさせておき、他方ウォルターとマリアンはロンドンの屋敷に一緒に残す。ウィルソンは、因習にとらわれない元気なマリアンがローラよりもウォルターをはるかに理解しているというコリンズのヒントをとらえ、女主人と結婚したためにフラストレーションを抱いている絵画教師を理解する能力をマリアンに授けた。

> あなたは落ち着きがなく、取り乱しています。以前のように絵を描くことがなくなりました。（中略）どういうわけか雇い人になったような、そんな疑いをまだお持ちなんですわ。それが辛いのね。（中略）さらに悪いことに、生活の中にぽっかりと穴があるように感じています。ですけれども世間の目では、あなたは人を幸福にさせられるすべてをお持ちなのです。親切で愛してくれている妻、二人のかわいい子供、素晴らしいお屋敷、弟さんたちの尊敬をお持ちなのよ。だけれど、何かが欠けているの。あなたの気持ちを奮い立たせ、家族や家庭の心配から解き放ってくれる何かがね。[10]

マリアンは、ヴィクトリア朝の家長に対するウォルターのフラストレーションを和らげ、彼に目的を与えるために、彼に画家J・M・W・ターナー〔イギリスの風景画家（一七七五―一八五一）〕の伝記を書かせるように手はずを整える。この偉大な画家の心を知り、この画家の人生を取り巻く謎と秘密を解き明かすために、ウォルターは流行の先端を行くロンドンの客間を出て、この首都の精神的に不健全な地区に入り浸りになる。その過程でウォルターとマリアンは二人の隠れた自己と欲望らしきものを発見する。ウィルソンの物語は、コリンズの物語が一部そうであるように、日記と手紙の形で構成されている。しかし、ウィルソンの物語を編成している個々の物語はコリンズの場合とはかなり異なった風に機能する。コリンズのウォルター・ハートライトは事件の真実を明らかにするために他人の物語と日記を収集し、それらを整備する。彼の目的は、彼が努力しなければ「金という潤滑油の影響」（ウォルター・ハートライトの話、I）に押しつぶされて語られずに終わる物語の全体を語ることである。他方、ウィルソンのハートライトが語る物語は、二重に（あるいは三重にさえ）埋められた話である。ウィルソンの小説ではマリアンとウォルターは、彼らの伝記の元であるターナーとともに、自分たち自身の埋められた生活と向かい合う。しかし、彼らがそのようにするのは、ウォルターにこれらの埋められた生活の物語を再び埋めさせるためだけである。このことは、WHと署名されたこの物語の序文で以下のように記されていることからわかる。

これは始められたが、終わりのない本である。私はこれを終えることができなかった。何度もこの本を破り捨てそうになった。（中略）だがそうはできなかった。したがってこれは箱に密閉し、私、妻ローラ、姉マリアン・ハルカム、そして子供達全員が死ぬまで箱は開かないようにとの指図を与えた。（以下略）

コリンズ批評

一九七四年、一九世紀にコリンズの作品がどの程度批評されてきたかを明らかにすべく編纂された批評抜粋集の編集者ノーマン・ページはその序文において、依頼した執筆者の一人が二〇世紀の読者、特に文学批評家にコリンズに注目してもらいたいと述べていることについて、それを若干弁解がましく弁明した。つまり、ページはコリンズが一九世紀後半の最も人気があり、多作の作家であったという事実にもかかわらず、「議論の余地ない古典としての地位に達したのはわずか二小説のみで」、ほんの「数作品（たとえば『アーマデイル』と『ノーネーム』）が依然ある程度流通している」だけだということを読者に思い出してもらうことが必要だと考えたのだ。ページがさらに付け加えて言ったところによれば、残りのコリンズの相当な数に上る作品は「最もコリンズに傾倒した専門家以外は誰からも忘れられ(11)」ている。事実、一八六〇年代の四大小説は別として、コリンズの相当な数の作品のほとんどが批評上「忘れられ」るか、格下げをしいられた。これはコリンズの晩年の一〇年間に始まり、一八八九年七月にコリンズが死亡してからは彼の死亡記事と彼の業績の論評で継続された。例えば、コリンズが死亡する約一年半前には、ハリー・クウィルターが『コンテンポラリー・レヴュー』誌に「生存している物語作家《ストーリーテラー》」と題する幾分死亡記事的な評論を書いた。それは「その作品がヴィクトリア朝の小説を永遠に有名にする偉大な小説家集団の最後の小説家(12)」を批評上無視される状態から救出したかったからだ。クウィルターが主張するところでは、コリンズは読者に引き続き人気があり、誰も模倣できない物語作家として重要であるけれども（しっかりと構成された、最善の状態の彼のプロットは、「登場人物が環境に及ぼした影響(13)」の賜物）、「今日ではイギリスでウィルキー・コリンズの名前が言われるのをほとんど聞かないし、彼を褒める言葉を目にしないし、わずかばかりの要求も彼のためにされたと聞きもしない(14)」。クウィルターはコリンズの初期の仕事について長文の詳細な評論を執筆し、その中で彼の初期の仕事（クウィルターは『隠れん坊』〔一八五四年〕のユーモアを異常なほどに評価する）を、一八六〇年代に四大小説を書いた小説家としての絶頂期の準備であったと論じた。『白衣の女』は、クウィルターにとって、彼の前後の多くの批評家にとってと同様、革新的なテクスト、「小説の創作で新時代を画した書」であり、「新しい芸術観を開いた(15)」のであった。『月長石』が大人気であることは認めたが、クウィルターはこの作品はコリンズの「四大傑作小説」の中では「評価が最も低い」し、『ノー・ネーム』よりもかなり面白くないと考えた。『ノー・ネーム』はコリンズの全小説の中で「最も魅力的(16)」だと言われているが、最大の賞賛は「最も重要」で、実際コリンズの全著作の中で「最も優れて」いて、小説家としての彼の能力が絶頂期にあったときの『アーマデイル』に取っておかれる。「『アーマデイル』には『白衣の女』の面白さのすべてと、確固たる目的がある。『アーマデイル』は『白衣の女』よりもはるかに大きいスケールで描かれており、登場人物をはるかに広く熟知している。（中略）しかし『アーマデイル』はこれ以上である。想像力という観点から、肉体と精神双方の遺伝理論を取り扱った試みが成功している」[17]。

『アーマデイル』は、コリンズの死からちょうど五日後に『アセニアム』誌に掲載された死亡記事においても『月長石』と並んでコリンズの最高作と評価された。死亡直後にコリンズの業績を評価した他のほとんどの書評家同様、『アセニアム』誌のこの死亡記事執筆者も『白衣の女』の重要性を認めたが、かなり珍しいことに、この執筆者は『夫と妻』と『新マグダレン』を含むその後の小説も賞賛した。コリンズの死亡直後の年月で定着することになる見方とさらに歩調を合わせて、『アーマデイル』は、『アセニアム』誌と同じ日（一八八九年九月二八日）に発行された『スペクテーター』誌の死亡記事では高く位置付けられなかった。しかし、『スペクテーター』誌も、『アセニアム』誌同様、コリンズの四大傑作の中に『夫と妻』を含めた。他の三作品は『白衣の女』・『ノーネーム』・『月長石』で、この最後の作品は「五年はながらえる作品」[18]と評価された。詩人で批評家でもあるA・C・スウィンバーン〔一八三七―一九〇九〕は、それから四、五週間後『フォートナイトリー・レヴュー』誌に執筆し、同じようなコリンズの小説のランキングを発表した。それは「一般的な見解、私にとって議論の余地がないように見える見解」で、そこでは『白衣の女』と『月長石』が「議論の余地のない」、「比類ない能力」を示す二作で、『ノー・ネーム』は「奇抜で独創的な才能の、ごく若干優秀さを欠く例」[19]とされた。スウィンバーンにとって、『夫と妻』は、上位三作品からはある程度距離を離されていたが、第四位である。「ウィルキー・コリンズの最初の、そして最善の教訓的、説教的なこの小説は登場人物の提示が見事で、事件の組み立てが巧妙で、事件を進展させる手際がとても良く、後続のこれよりも劣る作品よりは、これに先立つこれよりも優れた作品により近い位置にいる」[20]。一九世紀末の大方のコリンズ批評家同様、スウィンバーンはその後の小説のほとんどに非常に否定的であった。『新マグダレン』は「つまらなく、中身がなく、感情に訴えるところが弱い」し、『落ち葉』は「コメントするにはあまりにもばかばかしいほどにいやでたまらない」[21]と非難した。他方で、『心と科学』は皆と一緒になって非難することをしなかった。スウィンバーンによれば、この作品は『新マグダレン』と『落ち葉』ほど「下品」でなく、それらよりも「面白く」、「『夫と妻』以降の、さらにはそれよりはるか以後の、この作家の道徳的、教訓的な物語のすべての最良作品」[22]である。次の数年のあいだ、コリンズの後期の小説をわざわざ弁別する批評家はほとんどなく、一八九〇年一月『コンテンポラリー・レヴュー』誌に書いたアンドルー・ラングのように、批評家たちは「決定的にコリンズ自身の基準以下で、（中略）忘れ去られるべく、洪水のように産み出された後期の小説」[23]を一律に葬り去った。

コリンズの後期において、そして死亡してからは死亡記事において、コリンズの作品を再評価する場合、彼が作品を出版していたあいだに出されていた批評上の質問が再三再四発せられた。コリンズは文学者なのか、あるいは単なる物語作り、効果製造者だったのか。特殊な物語の語りを新しい芸術形態に向上させた、完璧で革新的な物語作家だったのか。登場人物をプロットのために犠牲にしたのか。信頼できる登場人物を創造できたのか、あるいは単に変人を製造したのか、そしてそれは重要だったのか。彼は単に「軽い読み物」の生産者、メロドラマ・センセーション・ミステリー・探偵といった、「低級な」文学様式とジャンルを習得する能力を持ったエンターテナーだったのか。彼を社会批評家、あるいは人間の条件の解説者として真面目に理解して良いのか。コリンズの晩年までには、批評家の中にはスウィンバーンのように、コリンズが「彼なりに本当の芸術家」であると認める批評家がいたが、しかし、

「彼の最良の作品が持つ最高の特長、最も顕著な特質は、（中略）よく練り上げられ、うまいプロットが考え出され、真に迫る、魅力的な形に見事に作り上げられた、面白くて、当惑させる物語の中に見付けられる[24]」とする。

コリンズは彼の多くの同時代人とともに、非常に長い、作家としての一生のあいだに多くの作品を書いたが、あまり多くを書きすぎたとか、あまりにも長いあいだ書きすぎたと批判された。また、これまた多くの同時代人同様、ポピュラージャンルすなわち低級ジャンルと、一過性の出版様式（週刊誌や月刊誌、あるいは新聞）とかかわったということでも批判された。そしてこれまた彼の同時代人同様、コリンズも彼の晩年の一〇年間に始まったヴィクトリア朝風に対する全般的な反発に悩んだ。だからクウィルターは「昔私たちを喜ばせてくれたあの作家たち[25]」の一人であるコリンズを救おうとしたわけである。ヴィクトリア朝の人々に対するこの反発は、コリンズの死後二〇年か三〇年のあいだにさらに顕著になった。コリンズは、一九世紀から二〇世紀の変わり目にその名声が衰えたヴィクトリア朝作家の一人であった。一九世紀を扱った当時のほとんどの文学史で彼は実に短くしか言及されていない。例えば、ジョージ・セインツベリーは『イギリス小説』（一九一三年）の中でわずか一段落しか割いていないし、ジョン・モーリーが編纂した「英国人作家」シリーズ（一八七八年創刊）には入れられていない。「ウィルキー・コリンズの作品についての関心がかなり復活した兆し」は一九一二年八月『ブックマン』誌アメリカ版に認められ[26]、ウォルター・C・フィリップスの『ディケンズ、リード、コリンズ――センセーション小説家たち』（一九一九年）では極めて十分に考慮された。そうはいっても、フィリップスはコリンズの小説ではプロットと構造が表に出ていて、登場人物たちは「ロボット[27]」だという常套的な判断をそのまま繰り返している。コリンズはまたオリヴァー・エルトンの『英文学概説』の第四巻第二一章で、ディケンズおよびリードとともにごく普通に記述されている。

事実、二〇世紀初頭の二〇年間というもの、コリンズは標準的な文学史では実に短く記述されるだけで、それも恩着せがましい書き方しかされなかったものの、彼の小説は読まれ続け、彼を擁護する人は必ず存在した。一九二〇年代になるとコリンズの評判は、ほかでもなく『タイムズ文芸付録』（一九二七年八月四日号）に載ったT・S・エリオットの評論「ウィルキー・コリンズとディケンズ」と、一九二八年に出版された『月長石』のワールズクラッシクス版における彼の序文によって、確実に復活する兆しを見せはじめた。これらの評論でエリオットはコリンズをメロドラマの巨匠であり、推理小説というジャンルの極めて筆の立つ代表者であると強く主張した（この主張は一九二〇年にニューヨークで出版された『ミステリ選集』の序文でドロシー・L・セイヤーズが繰り返した）。エリオットは、イギリスの推理小説の発展にコリンズが寄与したことを述べるにあたり、コリンズを単なるプロット製作機械工やチェス指しとみなしていたヴィクトリア朝の支配的な判断を退けた。「ポーが創り出した推理小説はチェスと同程度に専門化した知的なものである。ところが、コリンズが始めたイギリス推理小説は数学の問題の美しさに頼ることをせず、不可解な人間的要素により一層頼るものである[28]」。エリオットは、その人の作品が単にスリリングかメロドラマティックだという理由でコリンズのような小説家の価値を低く評価してきた批評伝統に異議を唱え、その代わり「『インテリ小説』、『スリラー』、『推理小説』のような用語」間に間違った区別がなかったヴィクトリア朝の黄金時代、つまり「メロドラマ」が永遠で、メロドラマに対する渇望が永遠で、それを満たさなければならないと知っていた時代、「最良の小説がスリリングであった[29]」時代を振り返った（あるいは多分作り上げた）。『タイムズ文芸付録』に載せたこの評論でエリオットは、コリンズをディケンズと同日に論じ（コリンズを「才能を欠いたディケンズ[30]」とはしているが）、イギリスの推理小説という芸術を最初に完成した作家として賞賛し、さらに登場人物の創造者としての彼の能力を弁護し、コリンズの名声を大いに高めた。エリオットはまた『アーマデイル』、『凍結の深海』、『幽霊ホテル』それに『新マグダレン』がメロドラマの古典として重要であることも論じた。エリオットが述べるところでは、「読者に興味を持たせ、読者を興奮させる術においてコリンズから何かを学ばない(31)」現代人は皆無だ。

エリオットの評論は、一九二〇年代後期と一九三〇年代初期にコリンズへの関心が広く復活したことを示す。コリンズの小説はヒュー・ウォルポールの一九二九年の「七〇年代の小説家たち」についての評論（Harley Granville-Baker, ed. *The Eighteen-Seventies* 所収）で賞賛された（ただし、ディケンズに対するコリンズの否定的な影響は嘆かれた）。ウォルター・デ・ラ・メアの一九三二年の評論「ウィルキー・コリンズ初期小説」（John Drinkwater, ed. *The Eighteen-Sixties* 所収）では、コリンズはときに素晴らしい（終始一貫していないにしても）散文の書ける立派な名匠とされている。S・M・エリスは一九三一年の『ウィルキー・コリンズ――ル・ファヌ、その他』〔ル・ファヌはアイルランドのゴシック作家（一八一四―七三）〕でコリンズに一般的に肯定的な一章を献じた。マルコム・エルウィンの『ヴィクトリア朝の壁の花』（一九三四年）もコリンズに一章を割き、コリンズがこれまで真剣に考慮されることが比較的欠けていたことにある程度の驚きを表した。大体においてエルウィンはコリンズを、「個性を欠いた」作家だが、「全盛期のときには物語をいともたやすく語り、ときおり単調で簡潔な文章からある壮麗さを引き出し、最悪の時でも構成の巧みさが目立つプロットを生み出した作家(32)」といった聞きなれた用語で論じた。エルウィンの評論は、コリンズには現代性があり、彼がイギリス小説の発展に影響を及ぼしたと論じている点で注目すべきである。「コリンズは、事件とプロットに関係のない事柄を厳格に除外して、簡潔な文章表現を導入し、そこから現代の小説の文体が発展した[33]」。同じ年、トマス・J・ハーディも「犯罪物語」についての章でコリンズの現代性を論じた。ハーディはそこで『白衣の女』を「新しい科学的視点と方法を自分のものとした」最初の小説と位置づけ、「コリンズは実に本当の芸術家であり、心理学という未開発鉱脈の敏感な探求者であり、メロドラマや下手な仕掛けをしたことに多少手を染めただけの理由で彼を放逐することはできない[34]」と述べた。

一九四〇年代のあいだ、特にアメリカで、コリンズは学問的にこれまで以上に真剣に研究されるようになり、コリンズの生涯と作品が博士論文の対象となった。このように学問的に大いに関心が高まった結果、一九五〇年代には数点の著書と論文が出版された。例えば、ロバート・アシュリーの「ウィルキー・コリンズ再考」（一九五〇年）と「ウィルキー・コリンズと推理小説[35]」（一九五一年）、ブラッドフォード・ブースの「コリンズと小説芸術[36]」（一九五一年）、コリンズの未出版書簡（当時）に依拠した彼の生涯と作品に関する、内容のある研究であるケネス・ロビンソンの『ウィルキー・コリンズ伝』（一九五一年）、アメリカの「イギリス小説家」シリーズでロバート・アシュリーが書いたコリンズ論の一冊（一九五二年）（これは「小説家コリンズの評判を回復し、（中略）人間コリンズを蘇生させ、知られた伝記事実を提供[37]」しようとした）、それにニュエル・パー・デイヴィスの生き生きとした、しかしかなり推論的な『ウィルキー・コリンズの生涯』（一九五六年）などである。アシュリーの著書（博士論文のための研究と『一九世紀フィクション』で発表した論文に依拠している）は、批評家が「コリンズ以外の誰か（ほとんどディケンズの場合が多い）を研究調査しているなかで」たまたまコリンズにめぐり会い、そのためにコリンズは「おもに最近まで主要な調査対象とされず、彼と同等の地位にある他のイギリス人小説家よりも記述が歪められ、学問的にぞんざいに扱われてきた犠牲者[38]」だという前提からスタートしている。アシュリーはこの薄くはあるが情報豊かな著書で「コリンズは、誰も読もうとしなかった『哀れな』小説を一生懸命に苦労しながらひねりだしていた、哀れではあるが、英雄的な人物という一九七〇年代と八〇年代の伝説[39]」を掘り崩し、コリンズがサスペンスと雰囲気を作り出すことのできる並ぶ者のない達人であるとともに、一九世紀小説の手に負えない筋の組み立て方と形態に有益な影響を持ったことを読者に説得することに成功した。

コリンズの作品の様々な面を再評価するさらなる論文が一九六〇年代に書かれた。その中にはコリンズが推理小説の発展に貢献したことを探求した論文もあった。この時期から始まったコリンズの作品の再評価で、一九八〇年代と一九九〇年代のコリンズの小説の読み直しに大きな影響を与えたものは、キャスリーン・ティロットソンが一九六九年のリヴァーサイド版『白衣の女』の序文で、「一八六〇年代の軽い読み物」との関連で行った、『白衣の女』の簡潔な再コンテクスト化である。ティロットソンは『白衣の女』、『大いなる遺産』、『イースト・リン』、『レディ・オードリーの秘密』(「今では同じように決して批評されない」四作品)を取り上げて、これらをヴィクトリア朝のベストセラー、センセーション小説、そして(程度は異なるけれども)「ミステリーを維持し、その解決を遅らせる必要から促された、物語形態の実験[40]」としてともに互いに読むことがなぜ重要かを論証した。このようにして見ると、コリンズは単なるプロットの匠としてではなく、むしろ小説形態の最先端で書いている作家、ミステリーと「現実感と密着関与感」の二つを維持するために「新しく、かつより厳格な方法[41]」を進化させている作家して現れる。

コリンズの小説がついに一冊の批評研究対象となったのは一九七〇年である。それは、ウィリアム・マーシャルがトウェイン・オーサーズシリーズの一冊として執筆した短い、一般的入門書である。マーシャルは「この書物がウィルキー・コリンズの文学とそれがイギリス小説の発展に果たした役割を大規模に、かつもっぱら論じた[42]」最初であると断言し、コリンズを五大作の『白衣の女』・『ノー・ネーム』・『アーマデイル』・『月長石』・『夫と妻』を生み出した「マイナー小説家」として紹介した。「ウィルキー・コリンズの世界」と名付けた章でマーシャルはコリンズの小説をそれが書かれた時代との関連で読もうともする。とはいえ、近代の疎外についてのコリンズの取り扱い方はかなり概括的で、コリンズの小説は実際のところ「彼の時代の知的潮流、あるいはその文化的支脈にすら、ほとんど言及[43]」しなかったと結論する。反対に、二〇世紀の最後の三十数年の期間に発表された興味あふれる研究書の多くは、コリンズが育ち、働いた社会的・文化的・知的環境とコリンズの小説との複雑なかかわり方に焦点を合わせた。この傾向はマーシャルの著書が出版されてから五年のあいだに始まり、コリンズの時代の知的・心理学的・文化的潮流と彼との関係を探求する論文が出版された。特に影響を与えたのはジョン・R・リードのU・C・クノプフルマッハーの「ヴィクトリア朝小説の反世界と『白衣の女』」である[44]。この最初の論文でリードは、『月長石』が単に古典的な推理小説であるどころか、「真面目な社会批判の小説で、その意味を非因襲的な登場人物と歴史へのほのめかしを通して伝えようとしている[45]」と主張して、その後のコリンズ研究の非常に豊かな議論の鉱脈となるものを開削した。この論文は、一七九九年のハーンキャスルの本来のダイヤモンド窃盗が個人の強欲の行動であるのに、それを小説が「かなり大きな犯罪(つまりイギリス軍によるインド征服と商業的なインド搾取)の象徴[46]」として表現したと読んだのである。コリンズが行ったイギリス生活の描写は、そのような犯罪のうえに築き上げられた社会の虚ろさと道徳的破綻の暴露と見られる。因襲的なヴィクトリア朝社会の虚ろさはクノプフルマッハーの論文の主眼でもあり、クノプフルマッハーは『白衣の女』をヴィクトリア朝小説の表向きの道徳律が据えられている秩序立った、文明世界の背後に存在する（と論じられていた）無法の反世界への魅了を抑えようとしない小説と読んだ。抑えないどころか（とクノプフルマッハーは論じる）、コリンズは、モラル・アイデンティティと社会アイデンティティが脆弱で、上流社会が偽善に満ちていると思いながら、フォスコのような根っからの悪党を非常に楽しみながら登場させた。

ノーマン・ページは、一九七四年にコリンズの批評上の地位を査定し、彼の「一般的な批評上の評判は、最後には不可避的に反発を生み出すような類の大げさな要求もされることなく、しっかりと打ち立てられた」(47)と指摘した。しかし、一九七〇年代中葉以来、コリンズの批評上の重要性と彼が受けた批評の種類は一新した。リリアン・ネイダーは、『ディケンズ研究年報』で二〇世紀の最後の二〇年間におけるウィルキー・コリンズ研究を概観して、広範なコリンズの作品が「ますます一般読者によく知られる」ようになっただけでなく、「芸術家としての名声を求める彼の要求も確保され」、「事実上彼のすべての作品が今では学問的討議の正統な対象となった(48)」としている。

コリンズは、二〇世紀の最後の三〇年間に起こった文学研究とヴィクトリア朝研究の再焦点化の結果、批評的可視性と学問的信憑性がより高まった。彼は批評の関心がポピュラー文化とセンセーション小説やゴシック小説のようなジャンルフィクションへ移動した（忘れ去られたか、軽視されたジャンルへフェミニズムの関心が向いたことで、もっぱらでないにしても、よく促進された）ことで確かに得をした。キャスリーン・ティロットソンがセンセーション現象（前述）と、フィリップ・エドワーズの『ヴィクトリア期中期のスリラー――センセーション小説、その味方と敵』との関連で一八六〇年代のコリンズの小説を再コンテクスト化したことで、さらに一九八〇年代と一九九〇年代にはコリンズの小説が他のセンセーション小説作家との関連で、たとえば『穴倉の狂人——一八六〇年代のセンセーション小説』（一九八〇年）のウィニフレッド・ヒューズと『「白衣の女」から「月長石」までのセンセーション小説』（一九九四年）のリン・パイケットらによって、さらに十分に、さらに政治化されて討議されることとなった。ヒューズとパイケットの二人は一八六〇年代のコリンズの小説をセンセーション小説の文化的意味とこの小説をめぐる議論との関連で読み解いた。ジェニー・ボーン・テイラーの『家庭の秘密劇場で——ウィルキー・コリンズ、センセーション物語、一九世紀の心理学』（一九八八年）は、コリンズのセンセーショナリズムを『バジル』から『カインの遺産』までたどりながら考察し、それを一九世紀の精神理論との関連で読み取った。テイラーの複雑だが、価値ある研究はフェミニズムの文化史と理論の裏付けがあり、ミシェル・フーコーのセクシュアリティ史と狂気の解釈・管理史に関する研究も採り入れている。しかし、テイラーが指摘するように、フーコーの多くの研究が持つ画一性は避けようとし、一九世紀の精神理論とコリンズの小説が有する「不調和」に焦点を合わせる。この目的を達するためにテイラーはコリンズの小説をセンセーションに関する一九世紀の文学・医学・心理学の理論との関連で読み解き、当時の狂気の定義と心理学的逸脱、すなわち狂気の「精神的管理」についての理論とその実践に特にきっちりと関心を集中させる。彼女の説くところによれば、これらの理論は、「コリンズの小説になによりも重要なイデオロギー的枠組みを与える」[49]相反するアイデンティティ概念から生じ、かつそれを再生産したのである。テイラーの描くコリンズは、「対話的で自己言及的」[50]な物語における、不安定性とアイデンティティの社会構成性、それに「遊び、ダブリング、二重性」に焦点を合わせた「現代（ポストモダン）」小説家、分裂的な作家である。

他方、ジョナサン・ローズバーグは、一九八六年の「センセーション小説における物語形態」で、コリンズが「アイデンティティとその喪失」に関心を持っていることを、階級アイデンティティを没して消えさせるか、あるいは変化させせる改革政治学の脅威についてのあきらかにヴィクトリア朝の不安の兆候だと解釈し、『白衣の女』に見られるさまざまな矛盾をその小説の「政治性をはらんだ構造」[51]の証拠と読み取った。ニコラス・ランスもコリンズのセンセーション小説を『ウィルキー・コリンズと他のセンセーション小説家たち——倫理病院を歩く』(一九九一年)で政治的コンテクストに置き、コリンズのセンセーション小説をヴィクトリア朝中葉の「自助」主義への反応およびそれの風刺的探求として読んだ。ランスはコリンズを過激派と表現し、コリンズのセンセーショナリズムを、例えばエレン・ウッドの保守的なセンセーショナリズムと区別しようとした。コリンズの政治学は、小説が行ってきたイデオロギー活動に文化史家と批評家がますます関心を寄せた結果、この二五年ほどのあいだにさらにしっかりと吟味されることとなった。一方でコリンズは、①その小説がヴィクトリア朝社会の階級とジェンダー階位を批判し、体制の転覆を図る、あるいはそれに異論を唱える作家として、②マリアン・ハルカム、マグダレン・ヴァンストーン、リディア・グウィルト、それにヴァレリア・マカランのような社会から逸脱し、自立した女性を登場させたことで女性への社会的抑制をさらに広く暴露した最初のフェミニストとして、そして③ヴィクトリア朝のブルジョワ上流階級を建設し、それを維持してきた偽善を暴露する社会批評家として、「再コンテクスト化」されてきた。他方では、彼の小説は過激な社会批判を避けてきた、あるいはそこから退いてきたというふうに探求(あるいは暴露)されてきた。

このようにして、タマール・ヘラーは『秘密の死——ウィルキー・コリンズと女性ゴシック』(一九九二年)でコリンズが父権制社会における女性の犠牲化(女性批評家の解釈によれば)を暴露し、男性プロ作家としての信用を確立するためにゴシックというジャンルと社会批判とは距離をおき、女性ゴシックというジャンルの転覆潜在能力を如何にもてあそんできたかを探求した。ヘラーによれば、コリンズは「社会批評家である方便として」女性ゴシックを私物化し、「社会問題についてしばしば自由な見方」を表明してきたが、最終的には「転覆と文学周縁の場としてのゴシック」[52]を含むゴシック的なプロットを構築したことになる。アリソン・ミルバンクも『館の娘――ヴィクトリア朝小説のゴシックモード』(これも一九九二年出版)で同じ結論に達し、『白衣の女』と『月長石』は、女性が逃走するというプロットが信用されない女性ゴシック版で、一方「ノー・ネーム」と『アーマデイル』は転覆を図る女性が破滅し、コリンズの「エロティックな目的」[53]に適うような形で、御せられ、「受動的な妥協」をせざるを得なくなる「男性ゴシック」のようである、と論じる。

ポストコロニアル理論と批評がますます前面に出た時代ではコリンズも人種と帝国の政治学との関連で再コンテクスト化された。ジョン・R・リードは一九七三年、植民地の略奪と暴力を批判したことと、『月長石』でヒンズー教の道徳と文化を評価したことで、コリンズを反帝国主義者と位置付け、これはパトリシャ・ミラー・フリックを含む、それ以降の批評家たちによって支持されてきた。フリックの議論によれば、この小説はインド人の「誠実」と「持続性」をイギリス中流階級の「不安と無秩序」と対比している。[54]他方、アシシュ・ロイは『月長石』の反帝国主義テクストとしての評判を疑問視し、『ロビンソン・クルーソー』よりも完全に帝国を正当化していると論じる。[55]ディードル・デイヴィッドも『月長石』がどの程度イギリス帝国主義を批判しているのかに疑問を投げかけ、初期の軍国主義的帝国段階を批判するだけで、この小説は臣民に規律を守らせて支配する、家庭化された帝国形態についての一種の弁護の書だと論じる。[56]それ以外の最近の批評家たち、ジャヤ・メータやリリアン・ネイダーなどは『月長石』を比較的最近の帝国的暴力の出来事、すなわち一八五七年のインド大反乱への矛盾する対応と読む。「イギリスのロマンス、インドの暴力」でメータはコリンズの帝国批判の曖昧さを明らかにする。すなわち、コリンズでは「植民地の仕返し」が「植民地の暴力」と書き換えられ、植民地・人種・ジェンダーの知識が「流砂の中にある鍵のように浮き沈みする」[57]。一九九七年の著書で（これはトウェイン・オーサーズシリーズのマーシャルの巻に取って代わる）リリアン・ネイダーは、コリンズの反帝国主義テクストとしての『月長石』の経歴を再評価し、彼の様々な小説（『アントニナ』、『アーマデイル』、『新マグダレン』までを含む）はクレオール、ヒンズー教徒などの「故国に侵略した」[58]者たちによるイギリスの「逆植民地化」を仕組むことで、帝国の罪と罰をドラマ化したことを論証する。ネイダーはこれらの小説も政治的・文化的差異を中和して帝国の罪を和らげたと述べる。

批評家たちは、コリンズの政治的同情を評価する場合、コリンズの物語術がどれほど重要で、かつ革新的であるかを評価基準とすることがよくある。[59]コリンズは、単一の語りの声を、それが全知の第三人称の語り手の声であれ、あるいは特権を持つ第一人称の語り手の声であれ、避け、物語をさまざまな階級の幅広い語り手に任せる手法を取った。それらの語り手は、それぞれが異なった、局部的な観点から出来事を眺めるわけである。コリンズのこの手法は道徳的相対主義・現状の転覆・作家の過激な政治学あるいは民主主義的本能などとさまざまに結び付けられる。程度は異なるけれども上手な語りと表現によって追求した主義主張を持つ反逆者としてコリンズを再コンテクストした二〇世紀後半の批評は二一世紀にも続いているが、それと同じようにその反逆者という証明書にも疑問が投げかけられ続けている。おそらく一九七〇年代と一九八〇年代にコリンズの転覆性と反体制性についてなされた主張への最も影響力のある攻撃はフーコー派批評家によってなされたものであった。この面で特に影響的であったのは、D・A・ミラーの『小説と警察』（一九八八年）で、ミシェル・フーコーの『規律と罰』に依拠し、コリンズを社会規律者あるいは物語を語る警察官として再コンテクスト化し、コリンズの最も広く論じられている二作品が読者を規律に服させ、それらが疑問視あるいは転覆させるように見えるヴィクトリア朝の階級とジェンダーの規範を強化して再確立したと論じる。こうして、ミラーの読みでは、『白衣の女』は、女性的な男性（ハートライト）と男性的な女性（マリアン）を登場させたことによって因習的なジェンダー境界を不鮮明にするか、覆すように見えるが、最終的にはコリンズのプロットはこれらの表面的には社会的な境界を越える、あるいはそれを覆す登場人物を彼らの本来のジェンダー化された状態に戻すことになる。ジェンダー規範のこの書き換えは、男性読者から同性愛を嫌悪する反応を引き出すためにコリンズがセンセーションを利用し、ウォルターを女性のように神経過敏にしたことで補強されたと言われる。同様に、ミラーは『月長石』の表面的には社会の境界を越える物語手法は単なる幻想に過ぎないと論じる。この小説の多種多様な語り手たちは知覚を相対化し、物語の支配を民主化するように見えるが、この対話体による表現は（とミラーは主張する）、現実には独白的である。なぜならば、この小説の数人の語り手たちは全員、極めて特殊な罪という同じ物語を語り、こうして権力認識を一本にますます絞っているからである。

ミラーの強力な（不完全であったとしても）コリンズの読み方は、たしかにコリンズの小説を、物語の性質と、一九世紀のイデオロギー的な働きにおけるその役割とに関する重要な二〇世紀後期の議論の中心に置いた。たとえば、アン・ツヴェトコヴィッチの『白衣の女』のセンセーション物語形態のイデオロギー研究を考えてみよう。ツヴェトコヴィッチは、物語における最もセンセーショナルな瞬間の多くは、ウォルターの「権力の継承」の物質的・社会的現実を（ローラとの結婚を通して）隠蔽すると論じる。ツヴェトコヴィッチが論じるところでは、この物語は、ウォルターの出世が「偶然の出来事の産物、不可解な繰り返し、運命に支配された事件」[60]の賜物でもあるかのように見えるような構造になっている。しかしながら、ミラーやツヴェトコヴィッチのような批評家がコリンズを単に、社会規律と既存の権力階層を隠蔽するとともに強化する物語を書いた社会体制的な警察官と見ようとしたのにもかかわらず、二〇世紀後期にはコリンズの小説が別な風に批評的に再コンテスト化され、さまざまな形態の社会規律と権力活動（法律・治安・結婚と家庭の構造における）を探求し、暴露しようとする社会体制に批判的な探偵としてのコリンズ像が作り出された。例えば、アンシア・トロッドは、「中流階級の家庭生活こそが『バジル』で見い出される真の犯罪」[61]だと見るし、エリザベス・ローズ・グルナーは『月長石』をヴィクトリア朝の家庭の秘密・偽善・犯罪性を暴露する小説として提示するのである。[62]

要するに二一世紀初めのコリンズ批評は、それが論じるコリンズの小説と同じほどに量が多く、かつ矛盾しているコリンズの二巻の書簡選集とコリンズの最初の、そしてこれまで出版されなかった『イオラニ、かつてのタヒチ』が一九九九年に出版された。ここからその後数年のあいだにコリンズの小説の読み直し、再コンテクスト化が確実に行われるであろう。しかし、変わりゆく文学批評の流行の中でコリンズの運命がどのようなものになろうとも、彼のベストな小説は読みやすく、彼には読者の心をつかんで離さない物語力があり、「大衆王《キング・パブリック》」の中で多くの人々に幅広く読まれ続けることであろう。

注

第一章　ウィルキー・コリンズの生涯

（1）Wilkie Collins, *Armadale*, ed. Catherine Peters (Oxford: Oxford University Press, 1989), p. xxxix.

（2）'Our Portrait Gallery: Mr Wilkie Collins', *Men and Women*, 3 (5 Feb. 1887), 281.

（3）'Memorandum Relating to the Life and Writings of Wilkie Collins 1862', *Bentley's Miscellany*, 21 Mar. 1862, 37.

（4）'Reminisceces of a Story-Teller', *Universal Review*, I (1888), 182-92. Catherine Peters, *The King of Inventors: A Life of Wilkie Collins* (London: Secker and Warburg, 1991), 49 で引用。

（5）L. B. Walford, *Memories of Victorian London* (London: Edward Arnold, 1912), 325.

（6）William M. Clarke, *The Secret Life of Wilkie Collins* (Stroud: Alan Sutton Publishing, 1999 [1988]), 44 で引用。

（7）ibid. 45 で引用。

（8）Ibid.46.

（9）'Our Portrait Gallery: Mr Wilkie Collins', *Men and Women*, 3 (5 Feb 1887), 281.

（10）Reprinted in *Little Novels*, 1887. 最初は 'The Clergyman's Confession' として *World*, 4-18 August 1875 で発表された。

（11）Clarke, *Secret Life*, 47 で引用。

（12）法廷弁護士（barrister）の資格を得るためには、法定弁護士の事務所での見習い期間を経て、法曹学院（the Inns of Court）で正式のディナーを取らなければならなかった。

（13）Peters, *King of Inventors*, 69を見よ。

（14）イギリスで結婚できない、あるいは就職できない「余った」女性の数が増加したので、女性の移民が推奨され、移民しようとする女性を手助けする協会が設立された。

（15）*Spectator*, 11 March 1850, 257.

（16）*Athenaeum*, 16 March 1850, 285.

（17）*Bentley's Miscellany*, April 1850, 378.

（18）Andrew Gasson, *Wilkie Collins: An Illustrated Guide* (Oxford: Oxford University Press, 1998), 70で引用。ギャソンは、'The Narrative of Miss Clack' の原稿のうち、実際は「六ページのみが口述された」と記している。

（19）*Pall Mall Budget*, 3 Oct. 1889, 5.

第二章　社会のコンテクスト

（1）Norman McCord, *British History, 1815-1906* (Oxford: Oxford University Press, 1991), 83.

（2）Thomas Carlyle, 'Signs of the Times', in *Thomas Carlyle: Selected Writings*, ed. Alan Shelston (Harmondsworth: Penguin, 1971), 64-5.

（3）Edward Bulwer Lytton, *England and the English* (Paris: Bandry's European Library 1834), 318-19, emphasis added. First published 1833.

（4）Carlyle, 'Chartism', in *Carlyle: Selected Writings*, ed. Shelston, 151.

（5）*Leader*, 17 Jan. 1852, 45.

（6）Letter to Pigott, 16 Sept. 1852. Kirk H. Beetz, 'Wilkie Collins and *The Leader*', *Victorian Periodicals Review*, 151 (1982), 25で引用。

(7) Lee Holcombe, 'Victorian Wives and Property: Reform of the Married Women's Property Law, 1857-1882', in M. Vicinus(ed.), *A Widening Sphere: Changing Roles of Victorian Women* (London: Routledge, 1980[1977]), 4.

(8) Ibid.

(9) Barbara Leigh Smith (later Bodichon), *A Brief Summary, in Plain Language, of the Most Important Laws Concerning Women, Together With a Few Observations Thereon* (London: J. Chapman, 1854), 4.

(10) Martin Wiener, 'Domesticity: A Legal Discipline for Men?', in Martin Hewitt (ed.), *An Age of Equipoise? Reassessing Mid-Victorian Britain* (Aldershot: Ashgate, 2000), 158.

(11) *The Life of Frances Power Cobbe By Herself* (1894). Mary Lyndon Shanley, *Feminism, Marriage, and the Law in Victorian England, 1850-1895* (Princeton: Princeton University Press, 1989), 164で引用。

(12) Martin Wiener, *Reconstructing the Criminal: Culture, Law and Policy in England, 1830-1914* (Cambridge: Cambridge University Press, 1990), 67.

(13) Ibid. 91.

(14) Ibid. 244.

(15) Charles Dickens, *Selected Journalism, 1850-1870*, ed. David Pascoe (London: Penguin, 1997), 246.

(16) Ibid, 248.

(17) Ibid.

(18) 別領域と家庭の天使像の考えは一九世紀初期に発展した。*Family Fortunes: Men and Women of the English Middle Class, 1780-1850* (Chicago: University of Chicago Press, 1987) で Leonora Davidoff と Catherine Hall は、こうした発展を資本主義と（増加する一方であった）産業化のもとで家庭と職場がますます分離したことと関連付ける。本章で述べているように、別領域の考えはコリンズの生存中（特に一八五〇年以降）に破綻していた。実際、Amanda Vickery は、一九世紀前半においてでさえ「別領域」は実態規範的な教養というよりむしろ仮想規範的な教養で、それが社会の現実を述べているとともに、女性が女性の役割を変えようとしていることに関する男性の懸念をも表していると言っている。Amanda Vickery, 'Golden Age to Separate Spheres? A Review of the Categories and Chronology of English Women's History', *Historical Journal*, 36 (1993), 383-414 を見よ。

(19) John Ruskin,'Of Queens' Gardens', *Sesame and Lilies* [1865], in *The Works of John Ruskin* (London: George Allen, 1880), i. 91-2.

(20) Ibid. 91.

(21) Wiener in Hewitt (ed.), *Age of Equipoise?*, 155.

(22) John Tosh, *A Man's Place: Masculinity and the Middle-Class Home in Victorian England* (New Haven: Yale University Press, 1999), 6.

(23) Ibid.

(24) Ibid.

(25) W. R. Greg, 'Why Are Women Redundant?', *National Review*, 14 (1862), 446.

(26) T. H. S. Escott, *England: Her People, Polity, and Pursuits* (1879) , reprinted in J. M. Golby (ed), *Culture and Society in Britain, 1850-1890: A Source Book of Contemporary Writings* (Oxford: Oxford University Press, in association with the Open University Press, 1986), 27.

(27) Ibid.

(28) Ibid.

(29) Ibid. 28. 有力な手工業者や小売商の（いわゆる）中流化が始まったのが一八三二年からだとするエスコットの説はおそらく正しいのだが、彼がそのための裏付けとした解釈には現代の大方の歴史家に受け入れられないものがあると思われる。銀行家と専門家の中流化は一八世紀後半に始まった（それよりももっと早い、という節もある）。

（30）Ibid. 30. エスコットが説く中流化過程についてのさらなる見方については、Harold Perkin, *The Rise of Professional Society: England since 1880* (London: Routledge, 1989）を参照。

（31）Ibid.

（32）Ibid. 30-1.

（33）John Kucich, *The Power of Lies: Transgression in Victorian Fiction* (Ithaca, NY: Cornell University Press, 1994), 81 ff.

（34）Tosh, *A Man's Place*, 177.

（35）Robert Lowe. Asa Briggs, *Victorian People: A Reassessment of Persons and Themes, 1851-67* (Harmonsworth: Penguin, 1965), 362に引用。

（36）Hugh McLeod, *Religion and Society in England, 1850-1914* (London: Macmillan, 1996), 1.

（37）Geoffrey Best, *Mid-Victorian Britain, 1851-75* (London: Fontana, 1979 [1971]), 193.

（38）Robin Gilmour, *The Victorian Period: The Intellectual and Cultural Context of English Literature, 1830-1890* (London: Longman, 1993), 72.

（39）ibid. 74 に引用。

（40）ヘネル家はマンチェスター手工業一家である。チャールズ・ヘネルは、チャールズ・ヘネルは *An Inquiry Into the Origins of Christianity* (1838) の著者である。彼はコヴェントリーのリボン製造業者の息子で、*Philosophy of Necessity or The Law of Consequences as Applicable to Mental, Moral and Social Science* (1841) の著者チャールズ・ブレイと結婚した妹キャロラインを通してジョージ・エリオットと知り合った。

（41）Gilmour, *Victorian Period*, 87.

（42）Nuel Pharr Davis, *The Life of Wilkie Collins* (Urbana: University of Illinois Press, 1956), 19, 21-2.

(43) Keith Lawrence, 'The Religion of Wilkie Collins; Three Unpublished Documents', *Huntington Library Quarterly*, 52 (1989), 389.

(44) Sue Lonoff, *Wilkie Collins and his Victorian Readers* (New York: AMS Press, 1982), 216.

(45) Ibid.218.

(46) Lawrence, 'Religion of Wilkie Collins', 393.

(47) Beetz, 'Wilkie Collins and *The Leader*', 20 を見よ。

(48) P. J. Cain and A. G. Hopkins, *British Imperialism: Innovation and Expansion, 1688-1914* (London: Longman, 1993) を見よ。

(49) Christine Bolt, *Victorian Attitudes to Race* (London: Routledge and Kegan Paul, 1971).

(50) Susan Meyer, *Imperialism at Home: Race and Victorian Women's Fiction* (Ithaca, NY: Cornell University Press, 1996), 15 で引用。

第三章　文学のコンテクスト

(1) Norman Page (ed.), *Wilkie Collins: The Critical Heritage* (London: Routledge and Kegan Paul, 1974), 1.

(2) John Eagles [unsigned], 'A Few Words About Novels—A Dialogue', *Blackwood's*, 64 (1848), 462.

(3) David Masson, *British Novelists and their Styles* (1859), from extract reprinted in Edwin Eigner and George Worth (eds.), *Victorian Criticism of the Novel* (Cambridge: Cambridge University Press, 1985), 152.

(4) Anthony Trollope, 'On English Prose Fiction as a Rational Amusement', in *Four Lectures*, ed. M. L. Parrish (London: Constable, 1938), 108.

(5) 'Penny Novels', *Macmillan's Magazine*, 14 (1866), 97.

(6) Graham Law, *Serializing Fiction in the Victorian Press* (London: Palgrave, 2000), 171 を見よ。

（7）Deborah Wynne, *The Sensation Novel and the Victorian Family Magazine* (Basingstoke: Palgrave, 2001), 100.

（8）Sue Lonoff, *Wilkie Collins and his Victorian Readers* (New York: AMS Press, 1982), 53 で引用。

（9）*Graphic*, 30 Jan. 1875, 107.

（10）Guinevere Griest, *Mudie's Circulating Library and the Victorian Novel* (Newton Abbot: David and Char1es, 1970), 32.

（11）Collins, 18 March 1873. Catherine Peters, *The King of Inventors: A Life of Wilkie Collins* (London: Secker and Warburg, 1991), 340 で引用。

（12）'A New Censorship in Literature', reprinted in G. Moore, *Literature at Nurse, or, Circulating Morals*, ed. Pierre Coustillas (Hassocks: Harvester, 1976), 28.

（13）H. L. Mansel [unsigned], 'Sensation Novels', *Quarterly Review*, 113 (1863), 485.

（14）Collins. Lonoff, *Wilkie Collins and his Victorian Readers*, 5 で引用。

（15）George, Eliot [unsigned], 'Silly Novels by Lady Novelists', *Westminster Review*, October 1856, reprinted in George Eliot, *Selected Critical Writings*, ed. Rosemary Ashton (Oxford: Oxford University Press, 1992).

（16）Eliot's essay 'The Natural History of German Life' first published (unsigned) in the *Westminster Review* in July 1856, reprinted in Ashton (ed.), *Selected Critical Writings* を見よ。

（17）Henry James, unsigned review of *Middlemarch* in *Galaxy*, March 1873, reprinted in David Carroll (ed.), *Middlemarch: The Critical Heritage* (London: Routledge and Kegan Paul, 1971), 359.

（18）'Popular Novels of the Year', *Frazer's Magazine*, 68 (1863), 262.

（19）*Christian Remembrancer*, 46 (1864), 210 で引用された『パンチ』誌の 'The Sensation Times' の内容紹介から。

（20）Ibid.

（21）W. F. Rae, 'Sensation Novelists: Miss Braddon', *North British Review*, 43 (1865), 204.

（22）Mansel, ‘Sensation Novels’, 488-9.

（23）Elaine Showalter, ‘Family Secrets and Domestic Subversion: Rebellion in the Novels of the Eighteen-Sixties’, in A. S. Wohl (ed.), *The Victorian Family: Structure and Stress* (London: Croom Helm, 1978), 104.

（24）Henry James, ‘Miss Braddon’, *Nation*, 9 Nov. 1865, 594.

（25）*The Times*, 18 Nov. 1862, 8.

（26）*Lucretia; or, The Heroine of the Nineteenth Century. A Correspondence, sensational and sentimental. By the Author of ‘The Owlet of Owlstone Edge’ (F.E.P)* (London: Joseph Masters, 1868), 305.

（27）‘Novels’, *Blackwood’s*, 102 (1867), 274-5.

（28）Tamar Heller, *Dead Secrets: Wilkie Collins and the Female Gothic* (New Haven: Yale University Press, 1992), 7.

（29）‘Sensation Novels’, *Blackwood’s*, 91 (May 1862), 564-84.

（30）Mary Elizabeth Braddon, *The Doctor’s Wife*, ed. Lyn Pykett (Oxford: Oxford University Press, 1998), 11.

（31）Ronald Thomas, ‘Detection in the Victorian Novel’, in Deidre David (ed.), *The Cambridge Companion to the Victorian Novel* (Cambridge: Cambridge University Press, 2001), 169.

（32）Walter Benjamin, *Charles Baudelaire: A Lyric Poet in the Era of High Capitalism* (London: Verso, 1973), 43.

（33）A. C. Swinburne, ‘Wilkie Col1ins’, *Fortnightly Review*, 1 Nov. 1889, reprinted in Page (ed), *Critical Heritage*, 262.

（34）Michael Booth, *Theatre in the Victorian Age* (Cambridge: Cambridge University Press, 1991), 151.

（35）*Leader*, 30 March 1850, 20.

（36）Lonoff, *Wilkie Collins and his Victorian Readers*, 50-1.

（37）Edward Marston, *After Work* (London: Heinemann, 1904), 85.

（38）Robert Ashley, *Wilkie Collins* (London: Barker, 1952), 29 に引用。

(39) 引用はすべて Page (ed.), *Critical Heritage*, 6-7 より。
(40) *Leader*, 27 Nov. 1852, 1142.
(41) Page (ed.), *Critical Heritage*, 7 で引用。
(42) ‘The Progress of Fiction as an Art’, *Westminster Review*, 60 (1853), 373.
(43) Page (ed.), *Critical Heritage*, 41.
(44) Ibid. 48.
(45) Ibid. 77.
(46) Ibid. 74-75.
(47) Gladstone’s diary. Amy Cruse, *The Victorians and their Books* (London: George Allen and Unwin, 1935), 322 で引用。
(48) *Saturday Review*, 25 Aug. 1860, 249.
(49) Ibid. 249-50.
(50) ‘The Enigma Novel’, *Spectator*, 28 Dec. 1861, 1428.
(51) Mansel, ‘Sensation Novels’, 483.
(52) Ibid. 495.
(53) Alexander Smith [unsigned], ‘Novels and Novelists of the Day’, *North British Review*, 38 (1863), 184.
(54) *Athenaeum*, 2 June 1866, 732.
(55) *Westminster Review*, Oct. 1866, 270.
(56) *The Times*, 3 Oct. 1868, 4.
(57) *Lippincot’s Magazine*, Dec. 1868, 679.
(58) *Saturday Review*, 9 July 1870, 52-3.

(59) Ibid.53.

(60) J. A. Noble, 'Recent Novels', *Spectator*, 26 Jan. 1889, 120.

第四章　主人・使用人・妻

(1) *All the Year Round*, 1 (1860), 396.

(2) Ann Cvetkovich, 'Ghostlier Determinations: The Economy of Sensation and *The Woman in White*', *Novel*, 23 (1989), reprinted in Lyn Pykett (ed.), *Wilkie Collins: Contemporary Critical Essays* (Basingstoke: Macmillan, 1998), 111.

(3) John Kucich, *The Power of Lies: Transgression in Victorian Fiction* (Ithaca, NY: Cornell University Press, 1994), 88.

(4) 'Laid up in Lodgings' in *My Miscellanies*, 226 からの引用。

(5) Anthea Trodd, *Domestic Crime in the Victorian Novel* (Basingstoke: Macmillan, 1989), 8.

(6) Kucich, *Power of Lies*, 81-2.

(7) Ibid. 102.

(8) *Iolani, or Tahiti as it was*, ed. Ira B. Nadel (Princeton: Princeton University Press, 1999), 20.

(9) Jenny Bourne Taylor, *In the Secret Theatre of Home: Wilkie Collins, Sensation Narrative, and Nineteenth-Century Psychology* (London: Routledge, 1988), 72.

(10) *Household Words*, 13 Dec. 1856, reprinted in *My Miscellanies*, 419.

(11) R. Barickman, S. McDonald, and M. Stark, *Corrupt Relations: Dickens, Thackeray, Collins and the Victorian Sexual System* (New York: Columbia University Press, 1982), 111.

(12) *All the Year Round*, 21 Jan. 1860, 291.

(13) Catherine Peters, *The King of Inventors: A Life of Wilkie Collins* (London: Secker and Warburg, 1991), 320 で引用。

第五章　性・犯罪・狂気・帝国

（1）W. R. Greg, 'Why Are Women Redundant?', *National Review*, 14 (1862), 453.

（2）Margaret Oliphant, unsigned review, *Blackwood's*, Aug. 1863, 170.

（3）*Athenaeum*, 2 June 1886, 732.

（4）R. D. Altick, *The Presence of the Past: Topics of the Day in the Victorian Novel* (Columbus: Ohio State University Press, 1991), 54ffを見よ。マダム・レイチェルとして知られたMrs Sarah Rachel Leversonはニュー・ボンドに店を持っていた。そこでは美容品を販売していたが、女性のための他の商売、つまり堕胎などをしていたという噂があった。

（5）Jenny Bourne Taylor, *In the Secret Theatre of Home: Wilkie Collins, Sensation Narrative, and Nineteenth-Century Psychology* (London: Routledge, 1988), 217.

（6）オーストラリアへ追放された囚人は公共工事か各自に「割り当てられた」労働をするように求められた。「仮出獄許可書」があれば、ある特定の地域に住み、規則的に当局に報告し続けるという条件で、この制度から離れて働くことができた。

（7）Taylor, *In the Secret Theatre of Home* and Deborah Wynne, *The Sensation Novel and the Victorian Family Magazine* (Basingstoke: Palgrave, 2001)を見よ。

（8）Taylor, *In the Secret Theatre of Home*, 103.

（9）'M.D. and MAD', *All the Year Round*, 22 Feb. 1862, 103.

（10）Taylor, *In the Secret Theatre of Home*, 171.

（11）Stephen D. Arata, 'The Occidental Tourist: Dracula and the Anxiety of Reverse Colonization', *Victorian Studies*, 33 (1990), 623.

（12）Lillian Nayder, *Wilkie Collins* (New York: Twayne, 1997), 107.

（13）Tamar Heller, *Dead Secrets: Wilkie Collins and the Female Gothic* (New Haven: Yale University Press, 1992), 146.

（14）Patrick Brantlinger, *Rule of Darkness: British Literature and Imperialism: 1830-1914* (Ithaca, NY: Cornell University Press, 1988), 200.

（15）'A Sermon for Sepoys', *Household Words*, 27 Feb. 1858, 244.

第六章　コリンズの小説における心理学と科学

（1）'Magnetic Evenings at Home', *Leader*, 17 Jan. 1852, 63.

（2）Jenny Bourne Taylor, *In the Secret Theatre of Home: Wilkie Collins, Sensation Narrative, and Nineteenth-Century Psychology* (London: Routledge, 1988), 57 で引用。

（3）Jenny Bourne Taylor and Sally Shuttleworth (eds.), *Embodied Selves: An Anthology of Psychological Texts, 1830-1890* (Oxford: Clarendon Press, 1998), 3

（4）William B. Carpenter, *Principles of Mental Physiology, with their Application to the Training and Discipline of the Mind and the Study of its Morbid Conditions* (1874). Taylor, *In the Secret Theatre of Home*, 60-1 で引用。

（5）John Abercrombie, *Inquiries Concerning the Intellectual Powers and the Investigation of Truth* (Edinburgh: Waugh and Innes, 1830), 37.

（6）Ibid. 289.

（7）Taylor and Shuttleworth, *Embodied Selves*, 69 を見よ。

（8）Ann Cvetkovich,'Ghostlier Determinations: The Economy of Sensation in *The Woman in White*', *Novel*, 23 (1989), reprinted in Lyn Pykett (ed.), *Wilkie Collins: Contemporary Critical Essays* (Basingstoke: Macmillan, 1998).

(9) 'Madness in Novels', *Spectator*, 3 Feb. 1866, 135-6.

(10) H. L. Mansel [unsigned], 'Sensation Novels', *Quarterly Review*, 113(1863), 482-3.

(11) George Robinson, *On the Prevention and Treatment of Mental Disorders* (London: Longman, Brown, Green, Longman and Roberts, 1859), 7.

(12) Review of Forbes Winslow, *On Obscure Diseases of the Brain,* in *Edinburgh Review*, 113 (1860), 526.

(13) ウィリアム・チュークは一七九二年、ヨークにクエーカー教徒の精神障害者のための精神病院「リトリート」を創設した。息子のサミュエルはそこでの人道的で「道徳的な管理」方法を紹介する「リトリート」史を一八一三年に出版した。

(14) Collins in a letter to Surgeon General Charles Alexander Gordon. Wilkie Collins, *Heart and Science*, ed. Steve Farmer (Peterborough, Ontario: Broadview, 1999), 17 で引用。

(15) 23 June 1882, reprinted in *Heart and Science*, ed. Farmer, 370.

(16) *Academy*, 28 April 1883, 290, reprinted in Normen Page (ed.), *Wilkie Collins: The Critical Heritage* (London: Routledge and Kegan Paul, 1974), 213.

(17) A. C. Swinburne, 'Wilkie Collins', *Fortnightly Review*, 1 Nov. 1889, reprinted in Page (ed.), *Critical Heritage*, 261.

(18) Catherine Peters, *The King of Inventors: A Life of Wilkie Collins* (London: Secker and Warburg, 1991), 299.

第七章　コリンズを再コンテクスト化する

(1) *The Times*, 12 Dec. 1871. Catherine Peters, *The King of Inventors: A Life of Wilkie Collins* (London: Secker and Warburg, 1991), 334 で引用。

(2) Wilkie Collins, *The Moonstone*, ed. Steve Farmer (Peterborough, Ontario: Broadview, 1999), 613 n. 1 で引用。

（3）*Athenaeum*, 22 Sept. 1877, 381.

（4）Peters, *King of Inventors*, 361 で引用。

（5）*Bioscope*, 16 Jan. 1913, p. xxxiv.

（6）*Daily Telegraph*, 3 Oct. 1966.

（7）*Monthly Film Bulletin*, Oct. 1934, 82.

（8）これらを執筆していた頃の作品には，*My Lady's Money*, *'No Thoroughfare' and Other Stories, The Biter Bit and Other Stories, A Rogue's Life, The Legacy of Cain, The New Magdalen, The Evil Genius, Jezebel's Daughter, 'I Say No', The Two Destinies, Fallen Leaves*, それに *The Frozen Deep/ Mr Fray's Cashbox* がある。

（9）Sayers, Introduction to *The Moonstone* (London: J. M. Dent, 1944), p. vi. Farmer's edn., pp. 13-14 で引用。

（10）James Wilsòn, *The Dark Clue* (London: Faber and Faber, 2001), 19.

（11）Norman Page (ed.), *Wilkie Collins: The Critical Heritage* (London: Routledge and Kegan Paul, 1974), p. xiii.

（12）Harry Quilter, 'A Living Story-teller', *Contemporary Review*, April 1888, reprinted in Page (ed.), Critical Heritage, 230.

（13）Ibid. 233.

（14）Ibid. 230.

（15）Ibid.241.

（16）Ibid. 246, 244.

（17）Ibid. 244, 245.

（18）*Spectator*, 28 Sept. 1889, reprinted in Page (ed.), *Critical Heritage*, 250.

（19）*Fortnightly Review*, 1 Nov. 1889, reprinted in Page (ed.), *Critical Heritage*, 257.

（20）Ibid. 260.

（21）Ibid. 261.

（22）Ibid.

（23）Andrew Lang, 'Mr Wilkie Collins's Novels', *Contemporary Review*, Jan. 1890, reprinted in Page (ed.), *Critical Heritage*, 267.

（24）Swinburne in Page (ed.), *Critical Heritage*, 255 and 263.

（25）Quilter in Page (ed.), *Critical Heritage*, 229.

（26）*Bookman*, 35 (1912), 571.

（27）Walter C. Phillips, *Dickens, Reade, and Collins: Sensation Novelists* (New York: Columbia University Press, 1919), 186.

（28）T S. Eliot, 'Wilkie Collins and Dickens', in *Selected Essays* (London: Faber and Faber, 1932), 464.

（29）Ibid,460.

（30）Ibid.465.

（31）Ibid.469.

（32）Malcolm Elwin, *Victorian Wallflowers* (London: Cape, 1934), 226.

（33）Ibid.

（34）Thomas J. Hardy, *Books on the Shelf* (London: Philip Allan, 1934), 223 and 226.

（35）Robert Ashley, 'Wilkie Collins Reconsidered', *Nineteenth-Century Fiction* 4 (1950), 265-73; 'Wilkie Collins and the Detective Story', *Nineteenth-Century Fiction*, 6 (1951), 47-60.

（36）Bradford Booth, 'Collins and the Art of Fiction', *Nineteenth-Century Fiction*, 6 (1951), 131-43.

（37）Robert Ashley, *Wilkie Collins* (London: Barker, 1952), 5.

（38）Ibid.

（39）Ibid. 127.

(40) Kathleen Tillotson, 'The Lighter Reading of the Eighteen-sixties', Introduction to Wilkie Collins, *The Woman in White* (Boston: Houghton Mifflin, Riverside Edition, 1969), pp. ix and xx.

(41) Tillotson, 'The Lighter Reading ofthe Eighteen-sixties', p. xxi.

(42) William Marshall, *Wilkie Collins* (New York: Twayne, 1970), 5, emphasis added.

(43) Ibid.

(44) In Jerome H. Buckley (ed.), *The Worlds of Victorian Fiction* (Cambridge, Mass.: Harvard University Press, 1975).

(45) John R. Reed,'English Imperialism and the Unacknowledged Crime of *The Moonstone*', *Clio*, 2 (1973), 281.

(46) Ibid. 284.

(47) Page (ed.), *Critical Heritage*, 32.

(48) Lillian Nayder, 'Wilkie Col1ins Studies: 1983-1999', *Dickens Studies Annual*, 28 (1999), 258.

(49) Jenny Bourne Taylor, *In the Secret Theatre of Home: Wilkie Collins, Sensation Narrative, and Nineteenth-Century Psychology* (London: Routledge, 1988), 31.

(50) Ibid. 1.

(51) Jonathan Loesberg,'The Ideology of Narrative Form in Sensation Fiction', *Representations*, 13 (1986), 117 and 116.

(52) Tamar Heller, *Dead Secrets: Wilkie Collins and the Female Gothic* (New Haven: Yale University Press, 1992), 8.

(53) Alison Milbank, *Daughters of the House: Modes of the Gothic in Victorian Fiction* (Basingstoke: Macmillan, 1992), 14.

(54) Patricia Miller Frick, 'Wilkie Collins's "Little Jewel": The Meaning of *The Moonstone*', *Philological Quarterly*, 63 (1984), 318.

(55) Ashish Roy, 'The Fabulous Imperialist Semiotic of Wilkie Collins's *The Moonstone*', *New Literary History*, 24 (1993), 657-81.

(56) Deidre David, *Rule Britannia: Women, Empire, and Victorian Writing* (Ithaca, NY: Cornell University Press, 1995).

(57) Jaya Mehta, 'English Romance; Indian Violence', *Centennial Review*, 39 (1995), 620 and 621.

(58) Lillian Nayder, *Wilkie Collins* (New York: Twayne, 1997), 101.

(59) Nayder, *Dickens Studies Annual*, 28 (1999), 304 を見よ。

(60) Ann Cvetkovich, 'Ghostlier Determinations: The Economy of Sensation and *The Woman in White*', *Novel*, 23 (1989), reprinted in Lyn Pykett (ed.), *Wilkie Collins: Contemporary Critical Essays* (Basingstoke: Macmillan, 1998), 111.

(61) Anthea Trodd, *Domestic Crime in the Victorian Novel* (Basingstoke: Macmillan, 1989), 103

(62) Elizabeth Rose Gruner, 'Family Secrets and the Mysteries of *The Moonstone*', *Victorian Literature and Culture*, 21 (1993), reprinted in Pykett (ed.), *Wilkie Collins: Contemporary Critical Essays*.

ウィルキー・コリンズ年表

年代	生涯	歴史・文化的背景
一八二四年	（一月八日）ロイヤル・アカデミー（王立美術院）会員ウィリアム・コリンズ（一七八八―一八四七）とハリエット・コリンズ（旧姓ゲデス）（一七九〇―一八六八）の長男として、ロンドン、セントメリルボン、ニューカベンディッシュ・ストリート一一番地に誕生。	バイロン死去。 スコット『レッドゴーントレット』
一八二五年		ストックトン＝ダーリントン鉄道開通。
一八二六年	（春）一家、ハムステッド、ポンド・ストリートに越す。	ハズリット『時代の精神』
一八二七年		ブレイク死去。ユニバーシティ・カレッジ・ロンドン創立
一八二八年	（一月二五日）弟チャールズ・オールストン・コリンズ誕生	メレディス、D・G・ロセッティ誕生。
一八二九年	（秋）一家、ハムステッド・スクウェアに越す。	バルザックの『人間喜劇』の出版が始まる。 カトリック解放法
一八三〇年	一家、ベイズウォーター、ポーチェスター・テラスに越す。	ジョージ四世崩御、ウィリアム四世即位。 （七月）フランス革命。 ユーゴ『エルナニ』、テニソン『叙情詩集』

一八三一年		英国学術協会創立。イギリス、マイソール併合。
一八三二年		ベンサム、クラッブ、ゲーテ、スコット死去。第一次選挙法改正法案成立。
一八三三年		英帝国全土において奴隷廃止。カーライル『衣装哲学』
一八三四年		コールリッジ、ラム死去。改正救貧法発効。トルパドル村の犠牲者。
一八三五年	(一月一三日) メイダ・ヒル・アカデミー入学	ディケンズ『ボズのスケッチ集』第一集
一八三六年	(九月一九日ー一八三八年八月一五日) 一家、フランスとイタリアへ旅行。	
一八三七年		ウィリアム四世崩御、ヴィクトリア女王即位。カーライル『フランス革命』、ディケンズ『ピクウィック・ペイパーズ』
一八三八年	(八月) 一家、リージェント・パーク、アヴェニュー・ロード二〇番地に越す。ハイベリー・プレイにあるコール氏の寄宿学校に入学。一八四〇年一二月まで。	反穀物法同盟設立。チャーティスト運動家たちによる選挙権要求。ロンドン＝バーミンガム鉄道開設。イギリスとアフガニスタンの戦争。ディケンズ『オリヴァー・トゥイスト』
一八四〇年	(夏) 一家、ベイズウォーター、オックスフォード・テラス八五番地に越す。	ハーディ誕生。ヴィクトリア女王とアルバート公の結婚。ペニー郵便制度導入。

		ブラウニング『ソルデッロ』、ダーウィン『ビーグル号航海記』、ディケンズ『骨董屋』
一八四一年	（一月）ストランド街にある、アントロバス商社で見習いをする。	カーライル『英雄および英雄崇拝』
一八四二年	（六月－七月）スコットランドの高地とシェトランド諸島へ父ウィリアム・コリンズと旅する。	女性と子供の地下労働が不法となる。チャーティスト暴動。精神病院視察法。ブラウニング『劇的叙情詩』、コント『実証哲学講義』、マコーリー『古代ローマ詩歌集』、テニソン『詩集』
一八四三年	（八月）「駅馬車最後の御者」が初めて署名入りで『イルミネイティッド・マガジン』誌に掲載。	ヘンリー・ジェイムズ誕生。テムズ・トンネル開通。カーライル『過去と現在』、ディケンズ『クリスマス・キャロル』、ラスキン『近代画家論』第一巻
一八四四年	初めて小説（未刊）「イオラニ、かつてのタヒチ、ロマンス」を書く。	工場法。チェンバーズ『創造の自然史の痕跡』、エリザベス・バレット『詩集』
一八四五年	（一月）「イオラニ」、ロングマンとチャップマンに送られるが、断られる。	鉄道投機熱。ニューマン、カトリック教会に受け入れられる。ディズレーリ『シビル』、エンゲルス『一八四四年におけるイギリス労働者階級の状況』、ポー

		『怪奇と幻想の物語』
一八四六年	（五月一七日）リンカンズ・イン（法曹学院）入学。	穀物法廃止。アイルランドジャガイモ飢饉。リア『ナンセンスの絵本』
一八四七年	（二月一七日）父ウィリアム・コリンズ死去。	一〇時間労働法。カリフォルニア・ゴールドラッシュ。エミリ・ブロンテ『嵐が丘』、シャーロット・ブロンテ『ジェイン・エア』、テニソン『プリンセス』
一八四八年	（夏）一家、ブランドフォード・スクウェア三八番地に越す。（一一月）最初の本『ウィリアム・コリンズの生涯』出版。	エミリ・ブロンテ死去。ラファエル前派結社創設。チャーティスト請願。コレラ流行。公衆衛生法。ヨーロッパで諸改革が起こる。ディケンズ『ドンビー父子』、ギャスケル『メアリー・バートン』、マルクスとエンゲルス『共産党宣言』、サッカレー『虚栄の市』
一八四九年	ロイヤル・アカデミーの夏季展示会に絵画を展示する。	ラスキン『建築の七灯』
一八五〇年	（二月二七日）最初の小説『アントニナ』出版。（夏）一家、ハノーヴァ・テラス一七番地に越す。	ディケンズ『デイヴィッド・コパーフィールド』、チャールズ・キングズリー『オールトン・ロック』、テニソン『イン・メモリアム』、サッカレー『ペンデニス』、ワーズワース『序曲』ディケンズの『ハウスホールド・ワーズ』誌

		始まる。
一八五一年	（一月）コーンウォール紀行文『鉄路の彼方を歩く』出版。 （三月）ディケンズに初めて会う。 （五月）ブルワー・リットンの『見た目ほど悪くはない』にディケンズと共演。	ターナー死去。ハイド・パークでの大博覧会。 オーストラリアのゴールドラッシュ。 ラスキン『ヴェニスの石』
一八五二年	（一月）『レイ氏の現金箱』、ミレイの口絵を添えて出版。 （四月二四日）「恐怖のベッド」（『ハウスホールド・ワーズ』誌への最初の寄稿）。 （五月）ディケンズのアマチュア劇団と巡業に出る。 （一一月一六日）『バジル』出版。	ウェリントン公死去。ルイ・ナポレオン、フランス皇帝となる。 ストウ『アンクル・トムの小屋』、サッカレー『ヘンリー・エズモンド』
一八五三年	（一〇－一二月）ディケンズとオーガスタス・エッグとともにスイスとイタリアを旅行する。	アーノルド『詩集』、シャーロット・ブロンテ『ヴィレット』、ディケンズ『荒涼館』、ギャスケル『クランフォード』
一八五四年	（六月五日）『隠れん坊』出版。	ワイルド誕生。クリミア戦争勃発。労働者大学創立。 ディケンズ『ハード・タイムズ』
一八五五年	（二月）ディケンズとともにパリで休暇を過ごす。 （六月一六日）最初の劇『灯台』がタヴィストック・ハウスでディケンズの劇団によって上演される。 （一一－一二月）『狂気のマンクトン』連載化。	シャーロット・ブロンテ死去。 ブラウニング『灯台』、ギャスケル『北と南』、 トロロープ『慈善院長』

一八五六年	（二月）短編集『暗くなってから』出版。 （二－四月）ディケンズとパリで六週間過ごす。 （三月）『ならず者の一生』、『ハウスホールド・ワーズ』誌で連載化。 （一〇月）『ハウスホールド・ワーズ』誌のスタッフの一員となり、ディケンズと『ゴールデン・メアリー号の難破』を合作（一二月）。	フロイト、ショー誕生。クリミア戦争終結。 E・B・ブラウニング『オーローラ・リー』、リード『改むるにはばかるなかれ』
一八五七年	（一－六月）『秘中の秘』、『ハウスホールド・ワーズ』誌で連載化され、六月に書籍として出版される。 （一月六日）『凍結の深海』、タヴィストック・ハウスでディケンズの劇団によって上演される。 （八月）『灯台』、オリンピック劇場で上演。 （九月）ディケンズと湖水地方で休暇を過ごす。その内容は「不精な新米二人の呑気旅」として『ハウスホールド・ワーズ』誌に連載（一〇月）。ディケンズと「あるイギリス人囚人たちの危機」を合作。	コンラッド誕生。婚姻事件法の制定により、離婚の訴訟が可能になる。インド大反乱。 ディケンズ『リトル・ドリット』、フロベール『ボヴァリー夫人』、トロロープ『バーチェスター堂塔』。
一八五八年	（五月）ディケンズ、妻と別居。 （一〇月）『紅い薬瓶』、オリンピック劇場で上演されるも失敗に終わる。	ヴィクトリア女王、インド女帝宣言。 エリオット『牧師たちの物語』
一八五九年	この年から母親とはもはや同居せず、余生を（一時期を除き）ミセス・キャロライン・グレーヴズと過	イタリア解放戦争。 ダーウィン『種の起源』、エリオット『アダム・

	ごす。 （一ー一二月）オールバニー・ストリート一二四番地に住む。 （五ー一二月）ニュー・キャベンディッシュ・ストリート一二ａに住む。 （一〇月）短編集『ハートのクイーン』出版。 （一一月二六日ー一八六〇年八月二五日）『白衣の女』、『オール・ザ・イヤー・ラウンド』誌で連載。 （一二月）ハーリー・ストリート一二に越す。	ビード』、メレディス『リチャード・フェヴェレルの試練』、ミル『自由論』、サミュエル・スマイルズ『自助論』、テニソン『国王牧歌』。 ディケンズ、『オール・ザ・イヤー・ラウンド』誌創刊。
一八六〇年	（八月）『白衣の女』、書籍化。イギリスとアメリカでベストセラーとなり、ほとんどのヨーロッパ語に急速に翻訳される。	英国学術協会、オックスフォードで学会開催（ハクスリーとウィルバーフォースの論争）。 エリオット『フロス河の水車場』
一八六一年	（一月）『オール・ザ・イヤー・ラウンド』誌から退く。	アルバート公崩御。 アメリカ南北戦争勃発。 ディケンズ『大いなる遺産』、エリオット『サイラス・マーナー』、ポールグレーヴ『ゴールデン・トレジャリー』、リード『僧院と家庭』、エレン・ウッド『イースト・リン』
一八六二年	（三月一五日ー一八六三年一月一七日）『ノー・ネーム』、『オール・ザ・イヤー・ラウンド』誌で連載化、のち書籍化（一二月三一日）。	メアリー・エリザベス・ブラドン『レディ・オードリーの秘密』、クラフ『詩集』

一八六三年	『作品集』（『ハウスホールド・ワーズ』誌と『オール・ザ・イヤー・ラウンド』誌から転載した作品集）出版。	サッカレー死去。エリオット『ロモラ』、ハクスリー『自然における人間の位置』、ライエル『人間の起源の古さ』、ミル『功利主義』、リード『硬貨』
一八六四年	（一一月－一八六六年六月）『アーマデイル』、『コーンヒル・マガジン』誌で連載化。（一二月）ドーセット・スクウェア、メルコム・プレース九番地に越す。	アルバート記念碑、建立。ブラドン『医者の妻』、ニューマン『わが生涯の弁明』
一八六五年		キプリング、イェーツ誕生。ギャスケル死去。アーノルド『批評論』、キャロル『不思議の国のアリス』、ディケンズ『互いの友』、トルストイ『戦争と平和』、ワーグナー『トリスタンとイゾルデ』
一八六六年	（五月）『アーマデイル』、二巻本で出版。（一〇月）『凍結の深海』オリンピック劇場で上演。	ウェルズ誕生。ドストエフスキー『罪と罰』、リード『グリフィス・ゴーント、嫉妬』、スウィンバーン『詩とバラード』、ウッド『聖マーティン祭の前夜』
一八六七年	（九月）ポートマン・スクウェア、グロスター・プレース九〇番地に越す。ディケンズと「ノー・サラフェア」を合作。『オール・ザ・イヤー・ラウンド』誌のクリスマス号として出版。その劇場版がアデルフィ劇場で上演（クリスマス・イヴに）。	第二次選挙法改正。パリ万博。バジョット『イギリス憲政論』、マルクス『資本論』

一八六八年	（一月四日ー八月八日）『月長石』、『オール・ザ・イヤー・ラウンド』誌で連載化。三巻本として出版（七月）。 （三月一九日）母親ハリエット・コリンズ死去。コリンズ、マーサ・ラッド（ミセス・ドーソン）と関係を持つ。 （一〇月二九日）キャロライン・グレーヴズ、ジョゼフ・チャールズ・クロウと結婚。	結婚法に関する王立委員会報告。 ブラウニング『指輪と本』
一八六九年	（三月）『黒と白』、チャールズ・フェクターとの合作。アデルフィ劇場で上演。 （七月四日）コリンズとマーサ・ラッドの娘マリアン・ドーソンがポーランド・プレース、ボルソーヴァー・ストリート三三番地で誕生。	スエズ運河開通。 アーノルド『教養と無秩序』、ミル『女性の隷属』
一八七〇年	（六月）『夫と妻』、書籍化。 （八月）劇場版『白衣の女』、レスターで試演。	初等教育法。妻財産法。普仏戦争。ナポレオン三世退位。 D・G・ロセッティ『詩集』、スペンサー『心理学原理』
一八七一年	（五月一四日）次女ハリエット・コンスタンス・ドーソン、ボルソーヴァー・ストリート三三番地で誕生。 （五月）キャロライン・グレーヴズ、再びコリンズと同棲。 （一〇月）『白衣の女』、オリンピック劇場で上演。	労働組合の合法化。パリで第一回印象画展開催。オックスフォード、ケンブリッジ、ダラムの各大学で宗教試験廃止。 ダーウィン『人類の起源』、エリオット『ミドルマーチ』

	(一〇月ー一八七二年三月)『哀れミス・フィンチ』、『カッセルズ・マガジン』誌に連載。(一二月二五日)『ミスかミセスか』出版。	
一八七二年	(二月)『哀れミス・フィンチ』、書籍化。	バトラー『エレホン』
一八七三年	(二月) 劇場版『夫と妻』、プリンス・オブ・ウェールズ劇場で上演。 (四月九日) 弟チャールズ・オールストン・コリンズ死去。 (五月)『新マグダレン』、書籍化。劇場版、オリンピック劇場で上演。『ミスかミセスか、その他の物語の梗概』出版。 (九月ー一八七四年三月) アメリカとカナダへ朗読旅行。	ミル『自叙伝』、ペイター『ルネサンス史研究』
一八七四年	(九月)『凍結の深海、他』 (一二月二五日)息子チャールズ・ドーソン、リージェント・パーク、トーントン・プレース一〇番地で誕生。	工場法。 公礼拝法。 ハーディ『はるか群衆を離れて』
一八七五年	コリンズの作品の版権チャトー&ウィンダスに移行。ここがコリンズの主出版社となる。 『法と淑女』が『ロンドン・グラフィック』誌で連載、書籍化もされる。	職工住宅法。公衆衛生法。
一八七六年	(四月)『ミス・グウィルト』(『アーマデイル』の劇場版)、グローブ座で上演。	電話と蓄音機の発明。 エリオット『ダニエル・デロンダ』、ジェイ

	『二つの運命』、書籍化。	ムズ『ロデリック・ハドソン』、ロンブローゾ『犯罪者』
一八七七年	（九月）劇場版『月長石』、ロイヤル・オリンピック劇場で上演。 短編集『奥様のお金』と『パーシーと預言者』出版。	トランスバール併合。 イプセン『社会の柱』、トルストイ『アンナ・カレニーナ』
一八七八年	（六月－一一月）『幽霊ホテル』連載化。	ホイッスラーとラスキンの論争。ベルリン会議。エジソン、白熱電灯を発明。 ハーディ『帰郷』
一八七九年	『幽霊ホテル』、書籍化。 『落ち葉』（第一集）、書籍化。 『ならず者の一生』、書籍化。	E・M・フォースター誕生。 イプセン『人形の家』
一八八〇年	『毒婦の娘』、書籍化。	ジョージ・エリオット、フロベール死去。 無神論者ブラッドロー、国会議員となる。 ギッシング『暁の労働者』、ゾラ『ナナ』
一八八一年	『黒衣』、書籍化。A・P・ワット、コリンズの著作権代理人となる。	カーライル死去。民主連盟設立。 イプセン『幽霊』、ジェイムズ『ある婦人の肖像』
一八八二年		ジョイス、ウルフ誕生。ダーウィン、D・G・ロセッティ、トロロープ死去。 妻財産法。ダイムラー、ガソリン機関発明。
一八八三年	『心と科学』、書籍化。 『階級と富』、アデルフィ劇場で上演。大失敗。	マルクス、ワグナー死去。 トロロープ『自伝』

一八八四年	「嫌だ」、書籍化。	フェビアン協会設立。第三次選挙法改正法案。
一八八五年		ローレンス誕生。刑法修正条項（結婚承諾の年齢を一六歳に引き上げる）。モーパッサン『ベラミ』、ペーター『享楽者マリウス』、ゾラ『ジェルミナール』
一八八六年	『疫病神』、書籍化。『罪の河』、『アロースミス・クリスマス年報』に発表。	アイルランド自治法。接触伝染病法廃止。ハーディ『キャスタブリッジの町長』
一八八七年	『短編小説集』出版。	ヴィクトリア女王即位五〇周年記念。独立労働党設立。コナン・ドイル『緋色の研究』、ハーディ『森林地の人々』、ストリンドバーグ『父』
一八八八年	（二月）ウィンポール・ストリート八二番地に越す。	アーノルド死去。T・S・エリオット誕生。キプリング『山からの素朴な物語』
一八八九年	『カインの遺産』、書籍化。（九月二三日）ウィンポール・ストリート八二番地で死去。	ブラウニング、ホプキンス死去。ロンドン・ドッグ・ストライキ。ブース『ロンドン民衆の生活と労働』、ショー『社会主義についてのフェビアンエッセイ』、イプセンの『人形の家』、ロンドンで上演される。
一八九〇年	『盲目の愛』（ウォルター・ベサントによって完成される）、書籍化。	ニューマン死去。パーネル事件。ロンドンに最初の地下鉄。ブース『暗黒のイングランドで』、フレーザー

		『金枝篇』、ウィリアム・ジェームズ『心理学原理』
一八九五年	（六月）キャロライン・グレーヴスが死去し、ウィルキー・コリンズの墓に埋葬される。	モリス『ユートピアだより』
一九一九年	マーサ・ラッド（ドーソン）死去。	

図版一覧

参考文献

コンテクストに関する資料

（a）文学

Altick, Richard D., *The English Common Reader: A Social History of the Mass Reading Public* (Chicago: Chicago University Press, 1957).

—— *The Presence of the Past: Topics of the Day in the Victorian Novel* (Columbus: Ohio State University Press, 1991).

Brantlinger, Patrick, *The Reading Lesson: The Threat of Mass Literacy in Nineteenth-Century British Fiction* (Bloomington: Indiana University Press, 1998).

Gilmour, Robin, *The Victorian Period: The Intellectual and Cultural Context of English Literature, I830-I890* (London: Longman, I993).

Griest, Guinevere, *Mudie's Circulating Library and the Victorian Novel* (Newton Abbot: David and Charles, 1970).

Hughes Linda K., and Lund, Michael, *The Victorian Serial* (Charlottesville: University Press of Virginia, 1991).

Hughes, Winifred, *The Maniac in the Cellar: Sensation Novels of the 1860s* (Princeton: Princeton University Press, 1980).

Jordan, J, O., and Patten, R. L. (eds.), *Literature in the Marketplace: Nineteenth-Century British Publishing and Reading Practices* (Cambridge: Cambridge University Press, 1995).

Miller, D. A., *The Novel and the Police* (Berkeley: University of California Press, 1988).

Pykett, Lyn, *The Sensation Novel from 'The Woman in White' to 'The Moonstone'* (Plymouth: Northcote House, 1994).

—— 'Sensation and the Fantastic in the Victorian Novel', in Deidre David (ed.), *The Cambridge Companion to the Victorian Novel* (Cambridge: Cambridge University Press, 2001), 192-211.

—— 'The Newgate Novel and Sensation Fiction, 1830-1868', in Martin Priestman (ed.), *The Cambridge Companion to Crime Fiction* (Cambridge: Cambridge University Press, 2003), 19-40.

Sutherland, J. A., *Victorian Novelists and Publishers* (London: Athlane, 1976).

—— *Victorian Fiction: Writers, Publishers, Readers* (Basingstoke: Macmillan, 1995).

Trodd, Anthea, *Domestic Crime in the Victorian Novel* (Basingstoke: Macmillan, 1989).

Wynne, Deborah, *The Sensation Novel and the Victorian Family Magazine* (Basingstoke: Palgrave, 2001).

（b）抗議と改革

Brantlinger, Patrick, *The Spirit Of Reform: British Literature and Politics, 1832-1867* (Cambridge, Mass. : Harvard University Press, 1977).

Vernon, James, *Politics and the People : A Study in English Political Culture c. 1815-1867* (New York: Cambridge University Press, 1993).

（C）法律・犯罪・犯罪性・取り締まり

Emsley, Clive, *Crime and Society in England, 1750 -1900* (London: Longman, 1996 [1987]).

Holcombe, Lee, *Wives and Property: Reform of the Married Women's Property Law in Nineteenth-Century England* (Oxford:

Martin Robertson, 1983).
Shanley, Mary Lyndon, *Feminism, Marriage, and the Law in Victorian England, 1850-1895* (Princeton: Princeton University Press, 1989).
Wiener, Martin, *Reconstructing the Criminal: Culture, Law and Policy in England 1830-1914* (Cambridge: Cambridge University Press, 1990).

（d）ジェンダーとセクシュアリティ

Adams, James Eli, *Dandies and Desert Saints: Styles of Victorian Masculinity* (Ithaca, NY: Cornell University Press, 1995).
Davidoff, Leonora, and Hall, Catherine, *Family Fortunes: Men and Women of the English Middle Class, 1780-1850* (Chicago: University of Chicago Press, 1987).
Mason, Michael, *The Making of Victorian Sexuality* (Oxford: Oxford University Press, 1994).
—— *The Making of Victorian Sexual Attitudes* (Oxford : Oxford University Press, 1994).
Miller, Andrew, and Adams, James Eli (eds.), *Sexualities in Victorian Britain* (Bloomington: Indiana University Press, 1996).
Mangan,]. A., and Walvin, J. (eds.), *Manliness and Morality: Middle-Class Masculinity in Britain and America, 1800-1940* (Manchester: Manchester University Press, 1987).
Nead, Lynda, *Myths of Sexuality: Representations of Women in Victorian Britain* (Oxford: Blackwell, 1988).
Tosh, John, *A Man's Place: Masculinity and the Middle-Class Home in Victorian England* (New Haven: Yale University Press, 1999).
—— and Roper, Michael (eds), *Manful Assertions: Masculinities in Britain Since 1800* (London: Routledge, 1991).
Vickery, Armanda, 'Golden Age to Separate Spheres? A Review of the Categories and Chronology of English Women's History',

Historical Journal, 36 (1993).

Walkowitz, Judith, *Prostitution in Victorian Society: Women, Class and the State* (Cambridge: Cambridge University Press, 1980).

Weeks, Jeffrey, *Sex, Politics and Society: The Regulation of Sexuality in Britain Since 1800* (London: Longman, 1981).

（e）社会階級

Joyce, Patrick, *Visions of the People : Industrial England and the Question of Class* (Cambridge: Cambridge University Press, 1991).

—— (ed .), *Class* (Oxford: Oxford University Press, 1995).

Reader, W. J., *Professional Men: The Rise of the Professional Classes in Nineteenth-Century England* (London: Fontana, 1988).

Stedman Jones, Gareth, *Outcast London: A Study in the Relationship Between Classes in Victorian Society* (Oxford: Clarendon Press, 1971).

Vincent, David, *Literacy and Popular Culture: England 1750-1914* (Cambridge: Cambridge University Press, 1989).

（f）宗教

Cockshut, A. O. J. (ed.), *Religious Controversies of the Nineteenth Century: Selected Documents* (London : Methuen, 1966).

McCleod, Hugh, *Religion and Society in England, 1850-1914* (London: Macmillan, 1996).

Moore, James R. (ed .), *Religion in Victorian Britain: Sources* (Manchester: Manchester University Press, in association with Open University Press, 1988), vol. iii.

Parsons, Gerald (ed.), *Religion in Victorian Britain: Traditions* (Manchester: Manchester University Press, in association with Open University Press, 1988), vol. i.

—— (ed.), *Religion in Victorian Britain: Controversies* (Manchester: Manchester University Press, in association with Open University Press, 1988), vol. ii.

（g）帝国と人種

Bolt, Christine, *Victorian Attitudes to Race* (London : Routledge and Kegan Paul, 1971).

Brantlinger, Patrick, *Rule of Darkness: British Literature and Imperialism, 1830-1914* (Ithaca, NY: Cornell University Press, 1988).

Malchow, H., *Gothic Images of Race in Nineteenth-Century Britain* (Stanford, Calif.: Stanford University Press, 1996).

Mukherjee, U. P., *Crime and Empire: The Colony in Nineteenth-Century Fictions of Crime* (Oxford : Oxford University Press, 2003).

Stepan, Nancy, *The Idea of Race in Science: Great Britain, 1800-1960* (Hamden, Conn.: Archon Books, 1982).

（h）科学と心理学

Oppenheim, Janet, *'Shattered Nerves': Doctors, Patients, and Depression in Victorian England* (Oxford: Oxford University Press, 1991).

Scull, Andrew, *The Most Solitary of Afflictions: Madness and Society in Britain 1700-1900* (New Haven: Yale University Press, 1993).

Taylor, Jenny Bourne, 'Obscure Recesses: Locating the Victorian Unconscious', in J. B. Bullen, (ed.) *Writing and Victorianism* (London: Longman, 1997).

—— and Shuttleworth, Sally (eds.), *Embodied Selves: An Anthology of Psychological Texts, 1830-1890* (Oxford: Clarendon Press, 1998).

Winter, Alison, *Mesmerized: Powers of Mind in Victorian Britain* (Chicago: University of Chicago Press, 1998).

批評

（a） コリンズの小説あるいは特殊領域に関する論文、章

Allan, Janice M., ‘Scenes of Writing: Detection and Psychoanalysis in Wilkie Collins’s *The Moonstone’, Imprimatur*, 1 (1996), 186-93.

Ashley, Robert, ‘Wilkie Collins Reconsidered’, *Nineteenth-Century Fiction*, 4 (1950), 265-73.

—— ‘Wilkie Collins and the Detective Story’, *Nineteenth-Century Fiction*, 6 (1951), 47-60.

Balée, Susan, ‘Wilkie Collins and Surplus Women: The Case of Marian Halcombe’, *Victorian Literature and Culture*, 20 (1999), 197-215.

Bernstein, Stephen, ‘Reading Blackwater Park: Gothicism, Narrative and Ideology in *The Woman in White’, Studies in the Novel*, 25 (1993), 291-305.

Booth, Bradford, ‘Collins and the Art of Fiction’, *Nineteenth-Century Fiction*, 6 (1951), 131-43.

Duncan, Ian, ‘*The Moonstone*, the Victorian Novel and Imperialist Panic’, *Modern Language Quartely*, 55 (1994), 297-319.

Fass, Barbara, ‘Wilkie Collins’ Cinderella: The History of Psychology and *The Woman in White*’, *Dickens Studies Annual*, 10 (1982), 91-141.

Frick, Patricia Miller, ‘Wilkie Collins’s “Little Jewel”: The Meaning of *The Moonstone*’, *Philological Quarterly*, 63 (1984), 313-21.

—— ‘The Fallen Angels of Wilkie Collins’, *International Journal of Women’s Studies*, 7 (1984), 342-51.

Horne, Lewis, ‘Magdalen's Peril’, *Dickens Studies Annual*, 20 (1991), 259-80.

Kucich, John, 'Competitive Elites in Wilkie Collins: Cultural Intellectuals and their Professional Others', in his *The Power of Lies: Transgression in Victorian Fiction* (Ithaca, NY: Cornell University Press, 1994), 75-118.

Loesberg, Jonathan, 'The Ideology of Narrative Form in Sensation Fiction', *Representations*, 13 (1986), 115-318.

MacDonagh, Josephine, and Smith, Jonathan, '"Fill Up All the Gaps": Narrative and Illegitimacy in *The Woman in White*', *Journal of Narrative Technique*, 26 (1996), 274-91.

Mangum, Teresa, 'Wilkie Collins; Detection, and Deformity', *Dickens Studies Annual*, 26 (1998), 285-310.

Maynard, Jessica, 'Telling the Whole Truth: Wilkie Collins and the Lady Detective', in Ruth Robbins and Julian Wolfreys (eds.), *Victorian Identities: Social and Cultural Formations* (Basingstoke: Macmillan , 1996), 187-98.

Mehta, Jaya, 'English Romance; Indian Violence', *Centennial Review*, 39 (1995) 611-57.

Michie, Helena , '"There is no Friend Like a Sister": Sisterhood as Sexual Difference', *English Literary History*, 56 (1989), 401-21.

Milbank, Alison, 'Breaking and Entering: Wilkie Collins's Sensation Fiction', and 'Hidden and Sought: Wilkie Collins's Gothic Fiction', in her *Daughters of the House: Modes of the Gothic in Victorian Fiction* (Basingstoke: Macmillan , 1992), 25-53, 54-7.

Nayder, Lillian, 'Robinson Crusoe and Friday in Victorian Britain:"Discipline", "Dialogue", and Collins's Critique of Empire in *The Moonstone*', *Dickens Studies Annual*, 21 (1991), 213-31.

—— 'Wilkie Collins Studies: 1983-1989', *Dickens Studies Annual*, 28 (1999), 257-323.

Perkins, Pamela, and Donaghy, Mary, 'A Man's Resolution: Narrative Strategies in Wilkie Collins' *The Woman in White*', *Studies in the Novel*, 22 (1990), 392-402.

Reed, John R., 'English Imperialism and the Unacknowledged Crime of *The Moonstone*', *Clio*, 2 (1973), 281-90.

—— 'The Stories of *The Moonstone*', in Nelson Smith and R. C. Terry (eds.), *Wilkie Collins to the Forefront* (New York: AMS Press, 1995), 91-100.

Roy, Ashish , 'The Fabulous Imperialist Semiotic of Wilkie Collins's *The Moonstone*', *New Literary History*, 24 (1993), 657-81.
Schmitt, Cannon, 'Alien Nation: Gender, Genre, and English Nationality in Wilkie Collins's *The Woman in White*', *Genre*, 26 (1993), 283-310.
Surridge, Lisa, 'Unspeakable Histories: Hester Dethridge and the Narration of Domestic Violence in *Man and Wife*', *Victorian Review*, 22 (1996), 102-26.
Welsh, Alexander, 'Collins's Setting for a Moonstone', in *Strong Representations: Narrative and Circumstantial Evidence in England* (Baltimore: Johns Hopkins University Press, 1992), 215-36.

（b）コリンズの作品に関する著書と編纂選集

Gasson, Andrew, *Wilkie Collins: An Illustrated Guide* (Oxford: Oxford University Press, 1998).
Heller, Tamar, *Dead Secrets: Wilkie Collins and the Female Gothic* (New Haven: Yale University Press, 1992).
Nayder, Lillian, *Wilkie Collins* (New York: Twayne, 1997).
O'Neill, Philip, *Wilkie Collins: Women, Property and Propriety* (Totowa, NJ: Barnes and Noble, 1988).
Pykett, Lyn (ed.), *Wilkie Collins: Contemporary Critical Essays* (Basingstoke: Macmillan, 1998).
Rance, Nichola, *Wilkie Collins and Other Sensation Novelists: Walking the Moral Hospital* (Basingstoke: Macmillan, 1991).
Smith, Nelson, and Terry, R. C., *Wilkie Collins to the Forefront: Some Reassessments* (New York: AMS Press, 1995).
Taylor, Jenny Bourne, *In the Secret Theatre of Home: Wilkie Collins, Sensation Narrative, and Nineteenth-Century Psychology* (London: Routledge, 1988).

ウェブサイト

コリンズ

http://www.web40571.clarahost.co.uk/wilkie/wilkie.htm

始めるのには Paul Lewis' Wilkie Collins website が良い。コリンズと彼の同時代人についての有益な情報と図像が多くある。それに加えて、コリンズに関する他のウェブサイトへのリンクの情報もあるし、出版されたコリンズのほとんどの作品の e-text へのリンク情報もある。

http://lang.nagoya-u.ac.jp/~matsuoka/Collins.html

これも役に立つリンク情報を載せた優れたコリンズのサイトである。

http://mikegrost.com/sensatio.htm

Michael Grost が管理するイギリスセンセーション小説のサイト。コリンズの小説のサマリーと分析があり、役に立つ。

ヴィクトリア朝関係一般

http://lang.nagoya-u.ac.jp/~matsuoka/Victorian.html

ヴィクトリア朝の文学と文化に関する情報を与えてくれる、おそらく最も包括的なウェブサイトガイド。

http://landow.stg.brown.edu/victorian/victor.htmlThe Victorian Web

作家、ジャンル、e-text のリンクとともに、政治史、社会史、経済史、ジェンダー、哲学、宗教、科学、技術、視覚芸術に関する資料へのリンクもある、総覧的なヴィクトリア朝のウェブサイト。

ウィルキー・コリンズの小説の映画とテレビの翻案物

1916 *Armadale* アメリカ 監督 Richard Garrick
1997 *Basil* アメリカ 監督 Radha Bharadwaj
1913 *The Dead Secret* アメリカ Monopol 監督 Stanner E. V. Taylor
1909 *The Moonstone* アメリカ Selig Polyscope
1911 *The Moonstone* フランス Pathé
1915 *The Moonstone* アメリカ 監督 Frank Hall Crane
1934 *The Moonstone* アメリカ Monogram 監督 Reginald Barker
1959 *The Moonstone* イギリス BBC TV プロデューサー Shaun Sutton
1972 *The Moonstone* イギリス BBC TV 演出家 Paddy Russell
1996 *The Moonstone* イギリス BBC TV 演出家 Robert Bierman

1949 *A Terribly Strange Bed* アメリカ TV
1961 *A Terribly Strange Bed* アメリカ 演出家 Ida Lupino *A Trio for Terror* 所収
1968 *A Terribly Strange Bed* ポーランド 演出家 Witold Lesiewicz
1974 *A Terribly Strange Bed* アメリカ／イギリス Anglia Television/ CBS-TV 演出家 Alan Cooke

1912 *The Woman in White* アメリカ Tannhauser

1913 *The Woman in White* アメリカ Gem

1929 *The Woman in White* イギリス 監督 Herbert Wilcox

1939 *Crimes at the Dark House* イギリス 監督 George King *The Woman in White* の緩い翻案物

1947 *The Woman in White* アメリカ ワーナー・ブラザーズ 監督 Peter Godfrey

1957 *The Woman in White* イギリス ABC TV 演出家 Herbert Wise

1960 *The Woman in White* アメリカ The Dow Hour of Great Mysteries 監督 Paul Nickell

1966 *The Woman in White* イギリス BBC TV 演出家 Brandon Acton Bond

1970 *La Femme en Blanc* フランス ORTF, 演出家 Pierre Gautherin

1982 *The Woman in White* イギリス BBC_2 TV, 演出家 John Bruce

1997 *The Woman in White* アメリカ／イギリス BBC/ Carlton 演出家 Tim Fywell

訳者あとがき

本書は Patricia Ingham が編集主幹をつとめている Authors in Context (Oxfor World's Classics) のなかの一巻である Lyn Pykett 著 *Wilkie Collins* (Oxford: Oxford University Press, 2005) の全訳である。この日本語版叢書ではこれまで『ブロンテ姉妹』、『ヴァージニア・ウルフ』、『トマス・ハーディ』、『ジョージ・エリオット』、それに『チャールズ・ディケンズ』が刊行されており、本書は第六冊目となる。

本書の著者リン・パイケットについては巻末の著者紹介に譲ることとし、ここでは本書の特徴について触れることにしたい。叢書 Authors in Context の際立つ特徴は、作家を時代のなかにすえ、作家の誕生から二一世紀の今日にいたるまでの社会的、文化的、政治的、宗教的側面から考察している点である。ウィルキー・コリンズのような一九世紀の作家の場合は、ブロンテ姉妹の場合同様、精神医学も考察の対象とされ、それとの関連で詳細に論じられている。

第一章ではウィルキー・コリンズの生涯が誕生から死亡までをたどりながら記述されている。ウィルキー・コリンズの作家人生にとってチャールズ・ディケンズは大きな存在であった。彼との出会い、彼とのその後の親交と共同執筆の様子を著者は、コリンズとディケンズの書簡を適切に引用しながら、生き生きと描いていて興味がつきない。また、秘密を持った女性を登場させるセンセーション小説の作家に相応しくというべきか、コリンズ自身が結婚もせずに二人の女性と家庭を持った、まことに秘密多き人物であったこともこの章で明らかにされている。

第二章ではコリンズの時代が政治不安と社会変革の時代であったことを踏まえ、当時の社会上の諸問題を取り上げて論じている。選挙法、家族・結婚・男女関係にかかわる法律、信仰心の問題、ジェンダーとセクシュアリティ、それに植民地支配国としての帝国であるイギリスについて、それらが抱える問題点を明瞭に指摘し、それらがコリンズの時代の人々にどのような影響を与えていたかをわかりやすく解説している。

第三章で当時の文学にかかわる背景を説明する。どのようにして小説が発表され、販売されていたのか。どのような形態を取っていたのか、劇場との関係はどうであったのか、さらには新聞・週刊誌・月刊誌などのジャーナリズムとの関係はどうであったのか、などを丁寧に説明する。コリンズがセンセーション小説の作家だと言われることを踏まえ、センセーション小説とそれまでのリアリズム調の家庭小説との違いについて触れながら、センセーション小説の説明に多くの紙面を割いていて、読者のセンセーション小説の理解を大いに助けている。

第四章は、コリンズの小説で大きな比重を占める階級と社会移動、それにジェンダーについて論じる。なぜならば、パイケットに言わせれば「コリンズの小説は社会的・性的・宗教的なコードをとおして個人と社会の行動を管理する」当時の方法を探求したからである。そこでのキーワードは主人・使用人・妻である。コリンズにおけるミステリーはこれら三種の人間による虚々実々の駆け引きから生まれる。それとともに家父長制の下で苦しむ女性、特に妻の立場にコリンズが同情を寄せ、法律によって守られず苦しみ、悩む妻をコリンズが描いている様をパイケットは活写する。現代に通じるジェンダー論についての格好の宝庫である。

次の第五章と第六章はコリンズの作品論となっている。まず第五章では、表の顔と裏の顔を持つ、偽善的なヴィクトリア社会における性道徳、それと関連する性犯罪をはじめとするもろもろの犯罪、狂気、それに略奪と侵略行為としての植民地化政策にも議論は延びる。そこから人種・外国人・帝国という新しい観点からコリンズの作品を読み解く。

さらに第六章では前章の狂気と無関係ではない人間の精神・心理の側面からコリンズの作品を読み解く。コリンズが『白衣の女』と『月長石』では催眠術によって引き起こされた夢を、『アーマデイル』と『バジル』では通常の夢を用いてそれぞれの主人公マリアン、フランクリン、アーマデイルそれにバジルに無意識の記録を知覚させたうえで、コリンズが物語の展開を図っていることをパイケットは明晰に論じる。

第七章は本叢書の目玉の一つともなっているコリンズの再コンテクスト化についての章である。いかにコリンズの小説が現代の娯楽メディアである映画とテレビ用に翻案されて、受容されてきたかが本章を一読するだけでわかるようになっている。将来の小説家、脚本家に大きなヒントを与えるであろう。さらにはコリンズ文学が単なる娯楽文学にとどまることなく、いかに真摯な文学作品として評価されるにいたったのか、そして学問の対象となってきたのかをパイケットはこれまでの研究成果の粋を凝らして論じる。最後にはこれまでのコリンズの批評史を外観し、新しい知見を織り込んだ、さまざまな批評のあり方を提示してくれている。

以上たどってきたようにパイケットは、コリンズの文学を彼が誕生した一九世紀中葉から今日までのコンテクストに位置づけて、細部にも注意深く目配りをしながら論じている。*The Sensation Novel from 'The Woman in White' to 'The Moonstone'* (1994) や *Wilkie Collins: Contemporary Critical Essays* (1998) の著者ならではの力作といえる。本書によりこれまで関心を呼ぶことが比較的少なかったコリンズが多くの読者に愛されるようになるのであればこれにまさる喜びはない。

コリンズの作品からの引用文は臨川書店から発行されている佐々木徹監修『ウィルキー・コリンズ傑作集選』全一二巻、中島賢二訳『白衣の女』全三巻（岩波文庫、一九九六年）、同訳『夢の女・恐怖のベッド　他六篇』（岩波文庫、一九九七年）、それに中村能三訳『月長石』（創元推理文庫、二〇〇六年、三二版）を引用させていただいた。チャールズ・ディケンズその他の作家については既訳を参考にさせていただいた。いずれの引用文も、本文の都合上、若干の変更を加えたところがあるが、切にご容赦をお願いしたい。

本叢書の出版に際しては彩流社社長の竹内淳夫氏と編集者の若田純子氏に今回もひとかたならぬお世話になりました。ここに厚くお礼申し上げます。また、日本語版の出版をご許可いただきましたオックスフォード大学出版局にも感謝申し上げます。

二〇一五年一二月

白井義昭

索引

ウィルキー・コリンズの作品名は太字で示した。

英数

ＢＢＣ（イギリス放送協会） BBC (British Broadcasting Corporation) 276-77, 282-83, 285-86, 288

ア行

アイデンティティ identity 13, 59, 64-65, 159-60, 162-63, 174-75, 177-78, 183, 185-87, 304-5：階級 class 83, 159, 178, 305;ジェンダー gender 83, 177-78

アイルランド自治法 Irish Home Rule Bill 48

『赤い海賊』（クーパー） *Red Rover* 119

『紅い薬瓶』 *Red Vial* 32, 134

『アカデミー』誌（雑誌） *Academy* 263

『アグネス・グレイ』（ブロンテ） *Agnes Grey* 122, 129

アシュリー、ロバート Ashley, Robert 300

『アセニアム』誌 *Athenaeum* 24-25, 149-49, 153, 269, 295

『アダム・ビード』（エリオット） *Adam Bede* 89, 120, 123, 151

アーノルド、トマス Arnold, Thomas 85

アーノルド、マシュー『教養と無秩序』 Arnold, Matthew, *Culture and Anarchy* 77-78, 180

アバークロンビー、ジョン Abercrombie, John 240-41

アヘン opium 40, 42-43, 142, 173, 217, 234, 236, 238-40, 243, 281-82

『アーマデイル』（コリンズ） ***Armadale*** 14, 33, 38, 83, 108-9, 111-12, 127, 130, 147-48, 153, 169, 172, 178, 199, 208, 212, 216, 218-21, 225, 234, 240, 246, 253, 268, 288, 293-95, 299, 302, 306-7 ：戯曲 268

『嵐が丘』（ブロンテ） *Wuthering Heights* 122

アラタ、スティーブン Arata, Stephen 218

「あるイギリス人囚人たちの危機」（ディケンズ–コリンズ） 'Perils of Certain English Prisoners, The' 141, 225

アルソープ卿 Althorp, Lord 85-86

アルバート公 Albert, Prince 26

アルミニウス説 Arminianism 90

『哀れミス・フィンチ』（コリンズ） ***Poor Miss Finch*** 134, 288

暗示感応性 suggestibility 233

『アントニナ』（コリンズ） ***Antonina*** 23-25, 103, 120, 135, 139, 148-49, 173-74, 218-19, 307

アントロバス、エドワード Antrobus, Edward 19

イェーツ、エドマンド Yates, Edmund 21

『イオラニ、かつてのタヒチ』（コリンズ） ***Iolani; or, Tahiti as it was*** (first published in 1997) 22, 173-74

医学 medical science 71, 76, 91, 207, 233, 251, 255-56, 258-59, 304

イギリス帝国 British Empire 58, 98-99, 100-1, 218, 302, 306

「イギリスの状況」小説 condition-of-England novels 122

『イグザミナー』誌 *Examiner* (magazine) 63, 149

イグルデン、ウィリアム Iggulden, William 30-31

移住 emigration 31

『イースト・リン』（ウッズ）*East Lynne*　127, 129, 301
イタリア　Italy　17-18, 30, 32, 53, 227-28, 274
イタリア国粋主義者 Italian nationalists　229
『イタリア人』（ラドクリフ）*The Italian*　124
一巻本 single-volume　110, 117-19, 143
遺伝による伝達　hereditary transmission　256
『イラストレイティッド・ロンドン・ニュース』紙 *Illustrated London News*　21, 114, 137
『イルミネイティッド・マガジン』誌　*Illuminated Magazine*　22
インド India　101, 218-19, 22-26, 282, 284, 302, 307
インド大反乱（1857-58年）Indian Mutiny　141, 255-56, 306
ヴィクトリア女王　Victoria, Queen　26, 47-48, 51, 53, 98
ウィナー、マーティン・J　Wiener, Martin J.　67-69, 74
『ウィリアム・コリンズの生涯』（コリンズ）***Memoirs of the Life of William Collins, Esq. RA***　21, 23-24, 41, 54, 165
ウィリアム、ウィンター　Winter, William　42
ウィルソン、ジェームズ　Wilson, James　291-92;『黒いヒント』*The Dark Clue*　291
ウィルキー、サー・デイヴィッド　Wilkie, Sir David　15, 17
ウィルコックス、ハーバート　Wilcox, Herbert　274-75
ウィルバーフォース、ウィリアム　Wilberforce, William　90
ウィルビー、ジェームズ Wilby, James　278
ウィン、「ナニー」、アン・エリザベス・ル・プア　Wynne, 'Nannie' Anne Elizabeth le Poer　39-40, 44
『ウェストミンスター・レヴュー』誌　*Westminster Review*　24, 149
ウェリントン公爵、アーサー・ウェルズリー（初代）Wellington, Arthur Wellesley, 1st Duke of　47
ヴェイン、エレナー Vane, Eleanor　130
ヴォイジー、マイケル　Voysey, Michael　276
ウォーターズ、サラ　Waters, Sarah　290-91;『半身』、『荊の城』, *Affinity, Fingersmith*　290
ウォード、エドワード　Ward, Edward　25, 44
ウォード、チャールズ　Ward, Charles　21, 24
ウォルターズ、ミネット　Walters, Minette　289
ウォルフ、フランシス・ド　Wolff, Francis de　276
ウォルポール、ヒュー　Walpole, Hugh　299
ヴォーン、ピーター　Vaughan, Peter　283, 285
エア、エドワード・ジョン（ジャマイカ総督）Eyre, Edward John, Governor of Jamaica　100, 220
映画　cinema　271-75；サイレント映画 silent cinema　271-74, 281
英国国教会　Church of England　47, 85, 87-89, 91-92, 97
『疫病神』（コリンズ）***Evil Genius, The***　112, 134
エスコット、T・H・S　Escott, T. H. S　78-82, 314-15n
エッグ、オーガスタス　Egg, Augustus　17-18, 26, 30-31
『エディンバラ・レヴュー』誌　*Edinburgh Review*　90
『エドウィン・ドルードの謎』（ディケンズ）*Mystery of Edwin Drood, The*　113
エドワーズ、フィリップ　Edwards, Philip　303
エリオット、T・S　Eliot, T. S.　279, 298-99
エリオット、ケヴィン　Elyot, Kevin　238

エリオット、ジョージ Eliot, George 89-90, 103, 120-23, 144, 151, 315n
エリオットソン、ジョン Elliotson, John 43, 232-33, 236-37, 239;『人体生理学』*Human Physiology* 235, 237
エリス、S・M Ellis, S. M. 299
エリス、ロビン Ellis, Robin 283
エルウィン、マルコム Elwin, Malcolm 299
エルトン、オリヴァー『英文学概説』Elton, Oliver, *A Survey of English Literature* 297
王立委員会 Royal Commission 59, 187, 259
王立動物虐待防止協会 RSPCA (Royal Society for the Prevention of Cruelty to Animals) 258
『大いなる遺産』(ディケンズ) *Great Expectation* 86, 114, 129-30, 272, 301
オースティン、ジェイン Austen, Jane 117
『落ち葉』(コリンズ) ***Fallen Leaves, The*** 94, 108, 132, 157, 170, 202, 255, 296
オックスフォード運動 Oxford Movement 90-91
『夫と妻』(コリンズ) ***Man and Wife*** 43, 64, 85, 116, 132, 135, 154, 163, 167-68, 180, 187-89, 191, 255, 266, 295-96, 302
『オブザーヴァー』紙 *Observer* 21, 149
オムニバス omnibuses 129
『オリヴァー・トゥイスト』(ディケンズ) *Oliver Twist* 110
オリファント、マーガレット Oliphant, Margaret 123, 128-30, 152, 199
『オール・ザ・イヤー・ラウンド』誌(週刊誌) *All the Year Round* (weekly magazine) 33, 46, 62, 110, 134-35, 139-42, 158, 183-84, 211

カ行

階級 class / rank 50, 57, 68, 69, 70, 75, 77-80, 83-85, 87-88, 101-2, 105-7, 125, 136, 152, 158-69, 172-73, 177-78, 181-82, 215, 255, 272, 284, 286, 286, 305, 307-8
改正救貧法(1834年) Poor Law Amendment Act 59
『カインの遺産』(コリンズ) ***Legacy of Cain, The*** 112, 132, 155, 256-57, 304
ガヴァネス小説 governess novels 122
科学 science 53, 80-81, 83, 91-92, 138, 229-31, 233-34, 236-37, 242, 254, 257-61, 263, 300; 似非科学 pseudo science 172, 229, 230
科学者 scientists 93, 171, 233, 257, 259-62
『隠れん坊』(コリンズ) ***Hide and Seek*** 20, 29, 32, 288, 294
『カッセルズ・マガジン』誌 *Cassell's Magazine* 116, 154
『ガーディアン』紙 *Guardian* 281
家庭小説 domestic novels 67, 123-24, 126-27, 131, 138
家庭生活 domesticity 36, 72, 75, 168, 176-77, 182, 219, 309
家庭内暴力 domestic violence 67, 75, 169, 278
家庭の理想 domestic ideal 72-76, 84
カトリック教徒 Catholics 47, 91, 93, 97
カナダ Canada 57, 185, 204, 263, 269
カーペンター、ウィリアム Carpenter, Wiiliam 235-39;「無意識の大脳作用」の理論 theory of 'unconcious cerebration' 235
カーライル、トマス Carlyle, Thomas 50-51, 57, 60, 121;「時代の兆候」'Signs of the Times' 50
『仮出獄者』*ticket of leave man* 283
ガル、フランツ・ヨーゼフ Gall, Franz Joseph 232

慣習法(コモンロー) common law 64, 65, 186
姦通 adultery 66, 108, 127, 129-30, 200
観念連合説 Associationism 245, 247-49
機械化 mechanaization 51, 102
贋作 counterfeiting 16, 153, 207-8
ギッシング、ジョージ Gissing, George 103
キプリング、ラドヤード Kipling, Rudyard 103
ギャスケル、エリザベス Gaskell, Elizabeth 90, 103, 121, 204;『メアリー・バートン』*Mary Barton* 121
キャロル、ルイス Carroll, Lewis 259
『窮余の策』(ディケンズ) *Desperate Remedies* 124
教育 education 14-15, 17-18, 58-59, 72, 83-86, 96, 101, 106, 110, 113, 131, 138, 150, 160, 164, 169, 173, 199, 205, 215, 255
教育法(1870年) Education Act 85
恐喝 blackmail 45, 70, 87, 124, 149, 208
狂気 insanity 29, 42, 69, 129, 140, 183-84, 209-13, 242-43, 250-53, 304
『狂気のマンクトン』(コリンズ) *Mad Monkton and Other Stories* 29, 140, 253, 288
キリスト教 Christianity 85-87, 90-92, 94-95, 97-99, 101, 115, 121, 132, 148, 170, 226
キング、ジョージ King, George 275
キングズリー、チャールズ Kingsley, Charles 103, 121
金融の違法行為 financial misconduct 69
クイック、ダイアナ Quick, Diana 276, 285
クウィルター、ハリー Quilter, Harry 44, 294, 297
『クォータリー・レヴュー』誌 *Quarterly Review* 125, 152, 251
クチチ、ジョン Kucich, John 83, 163, 171, 173
クーツ、アンジェラ・バーデット Coutts, Angela Burdett 225
クック、アラン Cooke, Alan 287
クノプフルマッハー、U・C Knoepflmacher, U. C. 302-3
クーパー、ジェームズ・フェニモア Cooper, James Fenimore 119
クーム、ジョージ Combe, George 232, 237-389
グラッドストーン、ウィリアム・ユーアト Gladstone, William Ewart 47, 151
クラパム派 Clapham Sect 90
『グラフィック』誌(週刊誌) *Graphic* (weekly magazine) 112, 116
グレーヴズ、キャリー Graves, Carrie 42, 46
グレーヴズ、キャロライン Graves, Caroline 34, 37-38
クレーク、ダイナ・マロック Craik, Dinah Mulock 283
グレッグ、W・R Greg, W. R. 77, 195, 200
クロウ、ジョゼフ Clow, Joseph 38-39
クロッパー、アナ Cropper, Anna 283
クロフォード、マイケル Crawford, Michael 280
州区警察法(1856年) County and Borough Police Act 69
警察 police 58, 69-71, 125, 138, 205
芸術家 artists 17, 24, 26, 77, 81-84, 92, 143, 162, 165, 173, 187, 291, 296, 300, 303
ケインとホプキンズ Cain, P. J. and Hopkins 99
ケイン、ホール Caine, Hall 44
結婚 marriage 15-16, 25, 28-29, 31, 34-36, 38-40, 44, 64-65, 67, 72, 76-77, 79-80, 127, 129, 131-32, 142, 158-59, 162-64, 169, 176-77, 179, 181-82, 184-91, 193-95, 198-201, 204, 246, 256, 258, 260, 268, 270, 273-74, 277, 286, 290-91, 308-9,

312n, 315n; 異階級間結婚 cross-class 129-30, 142, 163; 貴賤間結婚 morganatic 39, 195; 重婚 bigamy 124, 153, 200
『月長石』(コリンズ) ***Moonstone, The*** 42-43, 60, 70, 77, 101, 110, 113-14, 126-27, 130, 133, 146, 153-54, 166, 168, 178, 196, 218-19, 221, 223-25, 227, 234, 236, 265, 269, 271-72, 274, 281-85, 288-89, 294-95, 298, 302, 304, 306-9
検閲 censorship 116-18
建築 architecture 17, 49-50
『黒衣』(コリンズ) ***Black Robe, The*** 133
鉱山法(1842年) Mines Act (1842) 58
公衆衛生 public health 59
工場法 Factory Acts 58, 85-86
衡平法 equity law 65, 184
『荒涼館』(ディケンズ) *Bleak House* 28, 89, 122, 130
『心と科学』(コリンズ) ***Heart and Science*** 42, 132, 157, 171, 206, 258-59, 262-63, 296
ゴシック小説 Gothic novels 67, 124, 126, 279, 303
骨相学 phrenology 71, 229, 232-34, 237, 240
『骨董屋』(ディケンズ) *Old Curiosity Shop, The* 114, 121
ゴドフリー、ピーター Godfrey, Peter 275
ゴードン暴動(1780年) Gordon Riots 121
コノリー、ジョン『物理的拘束のない精神異常者治療』 Connolly, John, *The Treatment of the Insane Without Mechanical Restraints* 212
コッブ、フランシス・パワー Cobbe, Frances Power 65-67, 89-90, 259, 262
コリンズ、ウィリアム(祖父) Collins, William 16
コリンズ、ウィリアム(父親) Collins, William 14-16, 21, 23-24, 41
コリンズ、ウィリアム・ウィルキー **COLLINS, (WILLIAM) WILKIE**
戯曲 plays:『アーマデイル』*Armadale* 268;『法廷闘争』*A Court Duel* 134;『凍結の深海』*The Frozen Deep* 32-33, 134, 299;『灯台』*The Lighthouse* 32, 134, 140;『ミス・グウィルト』*Miss Gwilt* 268;『紅い薬瓶』*The Red Vial* 32, 134
短編と選集 short story and collection:『暗くなってから』*After Dark* 32, 140;『短編小説集』*Little Novels* 142;『狂気のマンクトン』*Mad Monckton and Other Stories* 29, 140, 253, 288;「恐怖のベッド」A Terribly Strange Bed 29, 140, 142, 287;『作品集』*My Miscellanies* 106-7, 139;『ハートのクイーン』*The Queen of Hearts* 131-32, 150-51, 170, 270
評論・論説 articles and essays:「9時」'Nine o'Clock' 28;「妹ローズ」'Sister Rose' 140;「ウィンコット僧院のマンクトン家(狂気のマンクトン」'The Monktons of Wincot Abbey' ('Mad Monckton') 140;「駅馬者最後の御者」'The Last Stage Coachman' 22;「ガブリエルの結婚」'Gabriel's Marriage' 29, 32, 140;「黄色い仮面」'Yellow Mask' 140;「下宿屋にこもって」'Laid Up in Two Lodgings' 141;「三文劇場通り」'Dramatic Grub Street' 140;「小説書きへの請願」'A Petition to the Novel-Writers' 139-40;「知られざる大衆」'The Unknown Public' 105, 140, 143;「新社会観」'A New View of Society' 158;「セポイへの祈

祷」‘A Sermon for Sepoys’ 226;「独身者による大胆な言葉」‘Bold Words by a Bachelor’ 181;「日曜日改革請願」‘A Plea for Sunday Reform’ 62;「双子姉妹」‘The Twin Sisters 28;「ペルジノ・ポッツ氏の生涯におけるある事件」‘A Passage in the Life of Mr Perugino Potts’ 28;「ミス・ジェロメットと僧侶」‘Miss Jeromette and the Clergyman’ 22;「物語作家の回想」‘Reminiscences of a Storyteller’ 18, 44;「夢の女」‘The Dream Woman’ 142, 270
旅行記 travel writing:『鉄路の彼方を歩く』*Rambles Beyond Railways* 25
→ そのほかの作品については太字の項目を見よ。
コリンズ、チャールズ・オールストン(弟) Collins, Charles Allston 15, 26, 30-31, 36, 44
コリンズ、ハリエット(母親) Collins, Harriet 14-15, 24, 30
コール、ヘンリー Cole, Henry 18
ゴールドスミス、オリヴァー『お人好し』Goldsmith, Oliver, *The Good-Natur'd Man* 25
コールリッジ、サミュエル・テーラー「クブラ・カン」Coleridge, Samuel Taylor, ‘Kubla Khan’ 243
コレラ cholera 16, 39, 54
婚姻事件法(1878年と 1884年) Matrimonial Causes Acts 66, 68, 187
婚姻法 marriage law 13, 25, 129, 131-32, 155, 182, 187-89, 191
『コンテンポラリー・レヴュー』誌 *Contemporary Review* 68, 258, 294, 296
『コーンヒル・マガジン』誌 *Cornhill Magazine* 111-12, 220
コンラッド、ジョゼフ『闇の奥』 Conrad, Joseph, *Heart of Darkness* 218

サ行

財産権 property rights 64, 66, 158, 182, 191
催眠療法(術) hypnotism 43, 232, 234, 290
詐欺 fraud 69-70, 108, 136, 164, 208
詐欺師 quack professionals 71, 169, 200, 208
『作品集』(コリンズ) *My Miscellanies* 139
『サタデー・レヴュー』誌 *Saturday Review* 150-51, 154
サッカレー、ウィリアム・メークピース Thackeray, William Makepeace 103, 112, 121, 142-43, 151, 199, 201
殺人 murder 108, 124, 153, 169, 181, 200, 208, 214, 220, 256
サットン、ショーン Sutton, Shaun 283
砂糖植民地 sugar colonies 220
サリス、ピーター Sallis, Peter 283
産業化 industrialization 48, 313n
三部作小説 ‘three-decker’ novels 110, 117
参列(教会、礼拝堂) church attendances 43, 46, 53, 87, 91, 93,
『ジェイン・エア』(ブロンテ) *Jane Eyre* 89, 122
ジェイムズ、ヘンリー James, Henry 123, 126
シェリー、メアリー Shelley, Mary 17, 261
シェリダン、リチャード・ブリンズリー『恋敵』Sheridan, Richard Brinsley, *The Rivals* 25
ジェロルド、ダグラス Jerrold, Douglas 139, 148
ジェンキンズ、レイ Jenkins, Ray 276
シーグローヴ、ジェニー Seagrove, Jenny 276
『自助論』(スマイルズ) *Self-Help* 53

慈善学校 charity schools 86
自然淘汰 natural selection 100
ジッペル、デイヴィッド Zippel, David 280
児童虐待 abuse of children 278
児童保護法案(1839年) Infant Custody Bill 65
児童保護法(1886年) Custody of Infants Act 65-66
師範学校 teacher training colleges 86
シャー、アントニー Sher, Anthony 284-85
ジャーヴィス、マーティン Jarvis, Martin 283
社会移動 social mobility 80, 136, 157, 159, 163-64, 169, 4
社会主義 Socialism 48, 57, 121, 132, 170
社会変化 social change 136, 169
ジャコビ、デレック Jacobi, Derek 286
ジャーナリズム journalism 62, 139
シャープ、レズリー Sharp, Lesley 284
シャフツベリー卿、アンソニー・アシュリー・クーパー Shaftesbury, Anthony Ashley Cooper, Lord 86, 90
ジャマイカ暴動(1865年) Jamaica Insurrection 220
『シャーリー』(ブロンテ) *Shirley* 121
シャルコー、ジャン・マルタン Charcot, Jean-Martin 233
ジャンル小説 genres 138, 287
宗教 religion 15, 17, 51, 76, 83, 86-87, 90-98, 106, 158, 222, 226, 229, 257
重婚 bigamy 124, 153, 200
首都警察法(1829年) Metropolitan Police Act 69
シュレジンジャー、セバスチャン Schlesinger, Sebastian 46
巡回図書館 circulating libararies and 105-6, 109, 111, 117-18, 145
ショー、ジョージ・バーナード Shaw, George Bernard 259
ショーウォルター、エレイン Showalter, Elaine 126
小説家 novelists 23, 26, 33, 35, 44, 46, 64, 78, 90, 103-5, 108-9, 115, 120-22, 128-29, 133, 135, 138, 140, 142-48, 150, 152-54, 157, 167, 218, 224, 234-35, 240, 250-51, 259, 265-67, 278, 290, 294, 297-300, 302, 304-5
小説におけるリアリズム realism in novels 120, 122-23, 125, 133, 144
使用人 servants 35, 38, 80, 101, 165-69, 207, 273
上流階級 aristocracy 14, 17, 55, 57, 68, 70, 78, 83-84, 99, 110, 161-63, 165, 167, 169-71, 180, 184, 227, 253, 305
ジョージ四世(前摂政の宮) George IV, King (formerly Prince Regent) 47
女性移民基金 Female Emigration Fund 25
女性性 femininity 74-76, 157, 173-75, 204, 243
ジョーンズ、シャーロット Jones, Charlotte 280
ジョンソン、サミュエル Johnson, Samuel 25
進化 evolution 100, 229
人口増加 population growth 48, 56
審査律と地方自治体法 Test and Corporation Acts 47
人種 race 79, 99-100, 179, 193, 216-17, 220, 225, 306-7
『人体生理学』(エリオットソンとカーペンター) *Human Physiology* 235, 237
神秘主義 mysticism 53
新聞 newspapers 60, 62, 67, 95-97, 105-6, 110, 112, 115, 119, 124-25, 139, 157, 193, 195, 200, 202, 220, 251, 258-59, 270, 297
新聞印紙税廃止(1855年) Stamp Duty, abolition of 110

『新マグダレン』（コリンズ）***New Magdalen, The*** 108, 118, 132, 134, 157, 163, 170, 202, 204, 255, 271, 295-96, 299, 307
心理学 psychology 71, 172, 229-30, 232, 235-37, 242, 247, 251-52, 300, 302, 304
推理小説 detective fiction 130-31, 138, 142, 167, 288-89, 298-302
スウィング暴動 Swing Riots 56, 68
スウィンバーン、A・C Swinburne, A. C. 132, 263, 295-96
スコット、サー・ウォルター Scott, Sir Walter 17, 23, 120, 259
スティーヴンソン、ロバート・ルイス Stevenson, Robert Louis 103, 261
ストーカー、ブラム Stoker, Bram, Dracula 218
ストライキ strikes 61, 68, 121
『スペクテーター』誌 *Spectator* 25, 152, 155, 250, 258, 295
スマイルズ、サミュエル Smiles, Samuel 53
スミス、アレグザンダー Smith, Alexander 153
スミス、シドニー Smith, Sydney 90
スミス、ジョージ Smith, George 112, 118
スレイター、クリスチャン Slater, Christian 286
スローター、トッド Slaughter, Tod 275
ジェンダー gender 68, 72, 74, 83, 102, 105, 157, 172-73, 177-80, 223, 254, 305, 307-8
性関係 sexual liaison 163
政治学 politics 80, 138, 250, 305-7
精神生理学 mental physiology 235, 239
精神病院 183-84, 193, 208-11, 213-15, 249-50, 258, 273-75, 277-79, 290, 323n
精神分析 psychoanalysis 233
性的魅力 animal magnetism 163, 176, 199, 201, 234
セイヤーズ、ドロシー・L Sayers, Dorothy L. 289, 298
セインツベリー、ジョージ『イギリス小説』 Saintsbury, George, *The English Novel* 297
セクシュアリティ sexuality 193, 197, 243, 304
接触伝染病法（1864, 1866, 1869年） Contagious Diseases Acts 66
セリンガパタム Seringapatam 219, 221, 223, 284
全英チャーティスト大会 National Chartist Conventions 60-61
選挙制度改革 electoral reform 47, 55-56
選挙法改正案 Reform Bills 16-17
選挙法改正法（1932、1867、1884年） Reform Acts 47, 51, 53-57, 59, 61, 80, 86
センセーション小説 sensation novels 32-33, 67, 70, 119, 122-31, 136, 138, 146, 151-53, 157, 169, 183, 235, 240, 250-52, 290, 297, 301, 303-5
センセーション劇 sensation drama 136, 281
専門家 professionals 69-70, 81-82, 84, 93, 101, 172, 222, 252, 261, 293, 315n
『ゾイスト』誌 *Zoist* 232-33
相続 inheritance 65, 80, 182-85, 194, 200
ゾラ、エミール Zola, Emile 133

タ行

大博覧会（1851年） Great Exhibition 49, 100, 220
『タイムズ』*Times, The* 63, 128, 151, 153, 265
『タイムズ文芸付録』*Times Literary Supplement* 298
ダーウィン、チャールズ Darwin, Charles 53, 92, 100, 101, 259;『種の起源』*On the Origin of Species* 92, 100

『互いの友』（ディケンズ作）*Our Mutual Friend* 86
『ダークハウスでの犯罪』（1940年の映画）*Crimes at the Dark House* 275
ダドリー、ウィリアム Dudley, William 281
ターナー、J・M・W Tuner, J. M. W. 292-93
ターナン、エレン Ternan, Ellen 28, 33
堕落、退廃 degeneration 16, 68, 72, 76, 108, 196-98, 201-2, 221, 224-25, 251-56, 258, 262-63, 279
ダラス、E・S Dallas, E. S. 128
男性性／男らしさ masculinity 75-76, 84, 157, 173-75, 180-81
チェンバーズ、ロバート『創造の自然史の痕跡』Chambers, Robert, *Vestiges of the Natural History of Creation* 92
地質学 geology 92
チャップマン・アンド・ホール（出版社）Chapman and Hall 21-22
チャーティスト運動 Chartism 59-60, 68
チャールトン、アレシーア Charlton, Alethea 278
中毒 poisonings 253
中流階級 middle class 14, 17-18, 55-57, 62, 68-69, 70-72-73, 75-79, 84-85
チューク、サミュエル『隠居詳説』Tuke, Samuel, *A Description of the Retreat* 257-58
超自然 supernatural 124, 140-42, 235, 240-42, 247, 270
長子相続権 primogeniture 80, 182
妻財産法（1870年と 1882年）Married Women's Property Acts 66, 187, 191
『罪の河』（コリンズ ）***Guilty River, The*** 163-64, 288
デ・ラ・メア、ウォールター de la Mare, Walter 299
デイヴィス、ルパート Davies, Rupert 287
『デイヴィッド・コパーフィールド』（ディケンズ）*David Copperfield* 18, 121
ディグナム、バジル Dignam, Basil 283
ディケンズ、ケイティー Dickens, Katie 36
ディケンズ、チャールズ Dickens, Charles 18, 21, 26-33, 36, 41, 43-44, 50, 52, 56, 61-62, 70-71, 77, 82, 86, 88-89, 103, 110, 112-15, 121-23, 125, 129-30, 133-34, 139-42, 144, 162, 183, 207, 211, 215, 220, 225-26, 269, 297-300, 303
『ディケンズ研究年報』*Dickens Studies Annual* 303
帝国主義 imperialism 98-99, 218, 222-25, 302, 306-7
ディズレーリ、ベンジャミン Disraeli, Benjamin 121
ティロットソン、キャスリーン Tillotson, Kathleen 301, 303
ティロットソン社 Tillotson's Fiction Bureau 44, 112
デーヴィス、ニュエル・ファー Davis, Nuel Pharr 93
デクスター、コリン Dexter, Colin 289
鉄道 railways 22, 48, 49-50, 70, 79, 117, 119, 136, 277, 281
鉄道小説（黄表紙本）railway novels ('yellowbacks') 119
鉄道投機 railway speculation 69
テニソン、アルフレッド・ロード Tennyson, Alfred Lord 259
デフォー、ダニエル『ロビンソン・クルーソー』Defoe, Daniel, *Robinson Crusoe* 223
デームスクール dame schools 85
テーラー、ハリエット Taylor, Harriet 67
テレビ翻案物 television adaptations 272;『恐怖

のベッド』*A Terribly Strange Bed* 287;『月長石』*The Moonstone* 282-83;『白衣の女』*The Woman in White* 275-78
『テンプル・バー』誌(月刊誌) *Temple Bar* (monthly magazine) 112, 203
ド・クウィンシー、トマス『アヘン常用者の告白』De Quincy, Thomas, *Confessions of an English Opium Eater* 238, 243
ドイル、アーサー・コナン Doyle, Arthur Conan 130, 289
投機 speculation 69
統計 statistics 71, 107
透視力 clairvoyance 230-31, 234, 239, 247
動物解剖 vivisection 89, 132, 258-60, 262-63
動物虐待法 Cruelty to Animals Act 259
動物実験反対 anti-vivisection 157, 263
『毒婦の娘』(コリンズ) ***Jezebel's Daughter*** 112, 134, 147, 157, 208, 214, 257
都市自治体法(1835年) Municipal Corporations Act 58, 69
図書館 libraries 53, 104
ドーソンの子供たち、ハリエット、マリアン、ウィリアム Dawson' children, Harriet Marian and William 39, 46
トッシュ、ジョン Tosh, John 75, 84
届(出生届、死亡届、婚姻届) registration of births, deaths, and marriages 59
トマス、ロナルド Thomas, Ronald 130-31
トラクト運動 Tractarianism 91
奴隷制度廃止 abolition of slavery 58
トロロープ、アントニー Trollope, Anthony 103-4, 112, 122-23
『ドンビー父子』(ディケンズ) *Dombey and Son* 50, 121, 130

ナ行

『ナインティーンス・センチュリー』誌 *Nineteenth Century* 258
『ナショナル・レヴュー』誌 *National Review* 77
「不精な新米二人の呑気旅」(ディケンズ) 'Lazy Tour of Two Idle Apprenctices, The' 141
『ならず者の一生——本人作』(コリンズ) ***Rogue's Life, A*** 16, 32, 171, 207
ナン、サー・トレヴァー Nunn, Sir Trevor 280-81
南北戦争(1861-65年) American Civil War 220
西インド諸島 West Indies 58, 220
日曜営業 Sunday Trading 61
日曜学校 Sunday schools 17, 85
日曜日の礼拝 Sunday observance 87
『二都物語』(ディケンズ) *A Tale of Two Cities, A* 33, 52, 122, 140
『ニュー・レヴュー』誌 *New Review* 148
「ニューゲート監獄」小説 'Newgate' novels 148
捏造 forgery 199
「ノー・サラフェア」(ディケンズ－コリンズ) 'No Thoroughfare' 134, 141, 336
『ノー・ネーム』(コリンズ) *No Name* 64, 108, 127, 133, 147, 152-53, 159, 164-65, 172, 185, 187, 197, 199, 204, 232, 253, 288, 294-95, 302, 306
『ノース・ブリティッシュ・レヴュー』誌 *North British Review* 153
ノックス、ロバート『人類の人種——断片』Knox, Robert, *Races of Men: A Fragment* 99
ノートン、キャロライン Norton, Caroline 65-66
ノーブル、J・A Noble, J. A. 155

ハ行

売春 prostitution　66-68, 76, 108, 193, 197-98, 201-2
売春婦の世界 demi-monde　193, 196, 200
ハイルブラン、ヴィヴィアン Heilbrum, Vivien　283
『ハウスホールド・ワーズ』誌　*Household Words*　27, 29, 32, 61-62, 70, 105, 110, 139-41, 142, 165, 183, 207, 225-26, 270
ハガード、H・ライダー　Haggard, H. Rider　103, 283
博愛　philanthropy　90-91, 131, 169, 203
破産　bankruptcy　15-16, 136, 140
パジェット師、フランシス・E　Paget, The Reverend Francis E. Paget　128
『バジル』(コリンズ)　***Basil***　13, 28-29, 108, 111, 120, 129, 133, 144, 146-51, 159, 161, 163, 174, 182, 191, 194, 197, 242-43, 246, 286, 288, 304, 309
ハクスリー、トマス・ヘンリー　Huxley, Thomas Henry　259
ハーディ、トマス　Hardy, Thomas　103, 124, 143-44, 148, 300
バデル、アラン　Badel, Alan　285
『ハード・タイムズ』(ディケンズ)　*Hard Times*　122
ハートリー、デイヴィッド　Hartley, David　247
バートリー、ヘンリー・パウエル　Bartley, Henry Powell　35
『バーナビー・ラッジ』(ディケンズ)　*Barnaby Rudge*　121
『ハーパーズ・ウィークリー』誌　*Harper's Weekly*　110
『ハーパーズ・ニュー・マンスリー・マガジン』誌　*Harper's New Monthly Magazine*　154, 169
パブリックスクール　public schools　14, 79, 84-85, 255
バラドワジ、ラダ　Bharadwaj, Radha　286-87
パリ　Paris　17, 21, 27, 29, 30, 32-33, 41, 44, 49, 61, 133, 139-40
ハリソン、エーンズワース　Harrison, Ainsworth　120
バルザック、オノレ・ド　Balzac, Honore de　139
犯罪　crime　29, 68-71, 75, 125-27, 129-31, 136, 140, 145, 162, 168-69, 172, 193, 198, 204-6, 208, 218, 227, 253, 282, 289, 302, 309
犯罪性　criminality　68-72, 193, 309
パンジャブ　Punjab　218
『パンチ』誌　*Punch*　21, 124
ハント、ウィリアム・ホールマン　Hunt, William Holman　24, 31
ハント、ソーントン　Hunt, Thornton　62, 138
ビアド、フランク　Beard, Dr Frank　38, 40, 42-43
ピウス9世　Pius IX, Pope　97
『ビオスコープ』誌 *Bioscope*　272-73
東インド会社　East India Company　219, 224
『ピクウィック・ペーパーズ』(ディケンズ) *Pickwick Papers*　56, 89
非合法　illegitimacy　108
非国教徒　Dissenters/ Nonconformists　47, 86, 89-90, 94, 104
ピゴット、エドワード　Pigott, Edward　25, 27, 29, 33, 62-63, 93-95, 97, 105
絵画の取引 art-dealing　16
ヒステリー　hysteria　179, 233
ピーターズ、キャサリン　Peters, Catherine　23, 39, 263
ピータールーの虐殺　Peterloo Masscre　47
『秘中の秘』(コリンズ)　***Dead Secret, The***　32, 110, 137, 164-65, 167, 271, 288, 290

ヒッチコック、アルフレッド Hitchcock, Alfred 272
ビートン、イザベラ Beeton, Isabella 75
『白衣の女』(コリンズ) ***Woman in White, The*** 33-35, 57, 64, 74, 83, 108, 110, 114, 118, 122, 126, 129-30, 133, 135, 137, 139, 142, 145-46, 151-52, 154, 161-63, 167, 171, 176, 178, 183-85, 187-88, 205, 208-9, 211, 227, 246, 265-67, 271-72, 274-76, 278-81, 284-85, 288, 290-91, 294-95, 300-6, 308
ヒューズ、ウィニフレッド Hughes, Winifred 304
ヒラリー、ジェニファー Hilary, Jennifer 276
ピリー、デイヴィッド Pirie, David 277-79
ビリントン、マイケル Billington, Michael 281
ピール、サー・ロバート Peel, Sir Robert 21, 47, 69
ビルドゥングスロマン(教養小説) Bildungsroman 122
貧困 poverty 59
貧民学校組合 Ragged Schools Union 86
ファイウェル、ティム Fywell, Tim 277, 279
ファウルズ、アンソニー Fowles, Anthony 287
ファーマー、スティーヴ Farmer, Steve 264
フィッツジェラルド、タラ Fitzgerald, Tara 277
フィリップス、ウォールター・C『ディケンズ、リード、コリンズ』Phillips, Walter C., *Dickens, Reade and Collins: Sensation Novelists* 297
フェミニズム feminism 64, 67, 177, 280, 303-4
フェリアー、デイヴィッド『大脳疾患の病巣部位』Ferrier, David, *The Localization of Cerebral Disease* 259
フォースター、ウィリアム・エドワード Forster, William Edward 85
フォースター、ジョン Forster, John 114
『フォートナイトリー・レヴュー』誌 *Fortnightly Review* 295
フォーラニ、クレア Forlani, Claire 286
不可知論 agnosticism 92-93
福音主義 evangelicalism 15-17, 24, 57-58, 88-92, 99, 104, 220
フーコー、ミシェル Foulcault, Michel 304, 307
ブース、ブラッドフォード Booth, Bradford 300
ブース、マイケル Booth, Michael 136
フック、セオドア Hook, Theodore 223
物質主義 materialism 51, 53, 102
腐敗選挙区 rotten boroughs 55
普仏戦争(1870-71年) Franco-Prussian War 203
ブラウニング、ロバート Browning, Robert 259
ブラウン、フランシス『カースルフォード事件』Browne, Frances, The Castleford Case 152
『ブラックウッズ・エディンバラ・マガジン』誌 *Blackwood's Edinburgh Magazine* 24, 104, 151
ブラドン、メアリー・エリザベス Braddon, Mary Elizabeth 21, 112, 126-29, 130, 169, 198-99, 214
フランス革命 French Revolution 29, 48, 52, 140
ブランドリング、ヘンリー Brandling, Henry 26
ブルース、ジョン Bruce, John 276
ブルワー・リットン、サー・エドワード Bulwer Lytton, Sir Edward 23, 26, 51, 117, 120;『見た目ほど悪くはない』*Not So Bad As We Seem* 26-28
『フレイザーズ・マガジン』誌 *Fraser's Magazine* 66, 124, 140
ブレイド、ジェームズ『催眠術学——動物磁気との関連で考察した神経性睡眠原理』Braid, James, *Neurypynology* 233

ブロイヤー、ヨーゼフ Breuer, Joseph 233
フロイト、ジークムント Freud, Sigmund 233
プロテスタント Protestants 63. 87, 91, 97
ブロンテ、アン Brontë, Anne 122, 129
ブロンテ、エミリ Brontë, Emily 122
ブロンテ、シャーロット Brontë, Charlotte 89, 122
文化 culture 16, 52, 72, 74, 83, 85, 89, 99, 100-1, 126, 128, 157, 171, 173, 195, 205, 208, 218, 251-52, 260, 279, 302-4, 306-7
文芸協会 Guild of Literature 26
ベイルドン、ジェフリー Bayldon, Geoffrey 276
ベイン、アレクザンダー Bain, Alexander 248
ベイカー、コリン Baker, Colin 287
ベサント、ウォルター Besant, Walter 114, 173
ページ、ノーマン Page, Norman 293, 303
ペニー週刊誌 penny weeklies 106-7, 110
ペネル、ニコラス Pennell, Nicholas 276
『ペル・メル・ガゼット』誌 *Pall Mall Gazette* 118
『ベルグレーヴィア』誌(月刊誌) *Belgravia* 112
ベントリー社 Bentley, Richard 25, 29, 32, 117, 135
『ベントリーズ・ミセラニー』誌 *Bentley's Miscellany* 25, 28, 32, 110, 148
ベンヤミン、ヴァルター Benjamin, Walter 131
ポー、エドガー・アラン Poe, Edgar Allan 140, 298;「赤死病の仮面」'The Masque of the Red Death' 140
ホイッグ党 Whig Party 56-58, 61
暴動 riots 61-62, 68, 121, 220, 224-26
暴動小説 Mutiny novels 224-25
『法と淑女』(コリンズ) ***Law and the Lady, The*** 64, 116, 179, 288
法律 law 22, 25, 57-59, 63-70, 72, 80, 86-87, 98, 107, 153, 158, 162, 164, 170-71, 173, 181-91, 195, 206, 309
法律家 lawyers 14, 241
ホーズ、キーリー Hawes, Keeley 284
ポランスキー、ロマン Polanski, Roman 272
ホリオーク、ジョージ・ジェイコブ Holyoake, George Jacob 69
ホリングズヘッド、ジョン Hollingshead, John 134
ボールト、クリスティーン Bolt, Christine 99
『ボールトン・ウィークリー・ジャーナル』誌 *Bolton Weekly Journal* 112

マ行

マクニッシュ、ロバート Macnish, Robert 240-41;『睡眠の哲学』*The Philosophy of Sleep* 240
『マクミランズ・マガジン』誌 *Macmillan's Magazine* 108, 258
マクラウド、ヒュー McLeod, Hugh 87, 91
マーシャル、ウィリアム Marshall, William 301-2, 307
マーストン、エドワード Marston, Edward 143
マッソン・デイヴィッド Masson, David 104
『マーティン・チャズルウィット』(ディケンズ) *Martin Chuzzlewit* 121, 130
マンガン、ウジェーヌ Mangan, Eugène 258
『マンスリー・フィルム・ブレティン』*Monthly Film Bulletin* 282
マンセル、ヘンリー・L Mansel, Henry L. 152, 251-52
『ミスかミセスか』(コリンズ) *Miss or Mrs?* 288
『ミドルマーチ』(エリオット) *Middlemarch* 123
ミューディ、チャールズ・エドワード Mudie, Charles Edward 117-18

ミラー、D・A Miller, D. A. 307-9
ミル、ジョン・スチュアート Mill, John Stuart 67, 220
ミルバンク、アリソン Milbank, Alison 306
ミレイ、J・G Millais, J. G. 34
ミレイ、ジョン・エヴェレット Millais, John Everett 24, 29, 31, 37
民主化 democratization 102, 308
ムア、ジョージ Moore, George 103, 118, 133, 144, 147
無記名投票 secret ballots 56-57, 60
無神論 atheism 89, 92-93, 96
酩酊 drunkenness 68, 270
メジャン、モーリス『有名事件簿』Méjan, Maurice, *Recueil des causes célèbres* 33, 183
メスメリズム mesmerism 229-34, 237-39
メスメル、アントン Mesmer, Anton 231-32
メータ、ジャヤ Mehta, Jaya 306-7
メロドラマ melodrama 25, 122, 125, 134, 136, 138, 167, 214, 268, 271-72, 275, 279, 283, 296, 298-300
『盲目の愛』（コリンズ、未完）***Blind Love*** 13, 46, 103, 114, 173
目的を持つ小説 novels-with- a - purpose 64, 131-32, 138, 187, 263
『モーニング・クロニクル』紙 *Morning Chronicle* 67
物語作家 story-teller 18, 44, 150, 154-55, 294, 296
モーランド、ジョージ Morland, George 16
モーリー、ジョン Morley, John 297
モリス、クララ Morris, Clara 271

ヤ行

『幽霊ホテル』（コリンズ）***Haunted Hotel, The*** 288, 299
ユダヤ人 Jews 91, 99, 216
『ユニヴァーサル・レヴュー』誌 *Universal Review* 18, 44
ユニテリアン Utilitarians 90, 99
ユニテリアン派 Unitarianism 91, 104
『ユードルフォの怪奇』（ラドクリフ）*The Myseries off Udolpho* 124
夢 dreams 234-35, 240-47, 270, 272-73, 279, 284
余暇 leisure 49, 107-8
予言的な夢 prophetic dreams 240-42, 247, 270
読み書きの能力 literacy 107
ヨーロッパにおける革命 revolutions in Europe 54, 57, 60, 166

ラ行

ライエル、チャールズ『地質学原理』Lyell, Charles, *Principles of Geology* 92
ラウトリッジ、ジョージ Routledge, George 119
ラジオ翻案物 radio adaptation 272, 286-87
ラスキン、ジョン Ruskin, John 73-74, 259
ラダイト Luddites 122
ラッセル、パディ Russel, Paddy 283
ラッド、マーサ Rudd, Martha 37-38, 46
ラドクリフ、アン Radcliff, Ann 17, 124
ラング、アンドルー Lang, Andrew 296
ランス、ニコラス Rance, Nicholas 305
『ランセット』誌 *Lancet* 233
ランドシーア、サー・エドワード・ヘンリー Landseer, Sir Edward Henry 21
リー・スミス、バーバラ Leigh Smith, Barbara 64,

66
リヴァプール卿 Liverpool, Lord 47
離婚 divorce 65-67, 70, 124, 158, 185, 189-90
離婚法 Divorce Act 66-67, 181, 187
リスペクタビリティ respectability 67-70, 76-77, 79
『リーダー』誌 *Leader* 28-29, 62-63, 95-96, 138, 148-49, 230
『リッピンコッツ・マガジン』誌 *Lippincott's Magazine* 154
リード、ジョン・Ｒ Reed, John R. 302, 308
リード、チャールズ Reade, Charles 112, 123, 298
『リトル・ドリット』（ディケンズ）*Little Dorrit* 88, 122
『リトル・リヴィング・エイジ』誌 *Littell's Living Age* 112
リーマン、ニーナ Lehman, Nina 42
リーマン一家 Lehman family 39
リーン、デイヴィッド Lean, David 272
ルイス、ジョージ・ヘンリー Lewes, George Henry 62, 144, 230, 239
ルピーノ、アイダ Lupino,Ida 289;「恐怖の三事件」'Trio for Terror' 287
『レイ氏の現金箱――仮面とミステリー――クリスマス素描』（コリンズ）***Mr Wray's Cash-Box; orThe Mask and the Mystery: A Christmas Sketch*** 29
歴史ロマンス小説 historical romance novels 120
『レディ・オードリーの秘密』（ブラドン）*Lady Audley's Secret* 21, 126, 128, 130, 301
レナード、ヒュー Leonard, Hugh 283
レニエ、フランソワ Regnier, Francois 268
連載 serialization 32-33, 35, 41, 46, 62, 70, 96, 110, 111-17, 133, 142-43, 145, 154, 184, 203, 207, 211, 220
ロイ、アシシュ Roy, Ashish 308
ロイド・ウェバー、サー・アンドルー Lloyd Webber, Sir Andrew 280
ロイヤル・アカデミー（王立美術院） Royal Academy 14, 21
ロウ、ロバート Lowe, Robert 86
労働組合 trade union 48, 57-58
労働者階級 working class 58, 60, 68-69, 72, 78, 91-92, 106, 108, 110, 165, 190-91, 255, 290
朗読旅行 reading tours 44, 142, 269
ローズバーグ、ジョナサン Loesberg, Jonathan 304
ロセッティ、ガブリエル Rossetti, Gabriele 227,
ロセッティ、クリスティナ Rossetti, Christina 227, 259
ロック、ジョン Locke, John 247-48
ロノフ、スー Lonoff, Sue 93-94, 141
ロビンソン、ケネス Robinson, Kenneth 300
ロビンソン、ジョージ Robinson, George 252
『炉辺劇場』*Fireside Theatre* 287
ローマカトリック Roman Catholics 47, 87, 91, 97
ローマ帝国 Roman Empire 218
ローリンソン、Ａ・Ｒ Rawlinson, A. R. 283
ローレンス、キース Lawrence, Keith 93-94, 98
『ロンドン・モーニング・ヘラルド』紙 *London Morning Herald* 97
ロンドンの郊外 suburbia 126, 160-61, 195-97, 212
ロンドン労働者組合 London Working Men's Association 60

ワ行

ワイズ、グレッグ Wise, Greg 284
『ワイルドホールの住人』（ブロンテ）*Tenant of Wildfell Hall, The* 122
ワイルド、オスカー Wilde, Oscar 271
賄賂 bribery 55
ワット、A・P Watt, A. P. 112
『ワールド』誌（週刊誌）*World* 112

■著者紹介■

リン・パイケット (Lyn Pykett)　PhD

ウェールズ大学アバリストゥイス校講師、教授を経て、2002年より2009年まで同大学の副学長を務め、2010年より同大学名誉教授。19世紀、20世紀初期文学について数多くの著作があり、特にセンセーション小説に造詣が深い。著書に *Emily Brontë* (1989). *The Improper Feminine: The Women's Sensation Novel and the New Woman Writing* (1992), *Engendering Fictions: The English Novel in the Early Twentieth Century* (1995), *Charles Dickens* (2002). ウィルキー・コリンズ関係としては *The Sensation Novel from 'The Woman in White' to 'The Moonstone'* (1994), *Wilkie Collins: Contemporary Critical Essays* (1998) などがある。

■訳者紹介■

白井義昭（しらい　よしあき）

1946年生。東北大学大学院博士課程修了。信州大学専任講師、助教授、横浜市立大学、同大学院教授を経て、2013年より立正大学、同大学院教授。横浜市立大学名誉教授。専門はイギリス文学、なかでも19世紀イギリス小説。国際ブロンテ学会編集顧問。日本ブロンテ協会会長。著書に『読んで愉しむイギリス文学史入門』（春風社、2013年）、『シャーロット・ブロンテの世界 ― 父権制からの脱却』増補版（彩流社、2007年）、『シャーロット・ブロンテ150年後の「ヴィレット」』（編著、彩流社、2005年）、*The Brontë Novels: 150 Years of Literary Dominance*（共著、The Brontë Society、1999年）、『ブロンテ姉妹小事典』（共著、研究社出版、1998年）。

翻訳書に、パトリシャ・インガム著『ブロンテ姉妹』(2010年)、ロブ・ポープ著、『イングリッシュ・スタディーズ入門』(2008年)、ブライアン・ウィルクス著『ブロンテ ― 家族と作品世界』(1994年)〔すべて彩流社〕。

時代《じだい》のなかの作家《さっか》たち 7　ウィルキー・コリンズ

2016年1月29日　発行　　　定価はカバーに表示してあります。

著　者　リン・パイケット
訳　者　白　井　義　昭
発行者　竹　内　淳　夫

発行所　株式会社　**彩　流　社**

Sairyusha

〒102-0071 東京都千代田区富士見 2-2-2
電話 03（3234）5931　Fax 03（3234）5932
http://www.sairyusha.co.jp
e-mail sairyusha@sairyusha.co.jp

印刷　モリモト印刷（株）
製本　（株）難 波 製 本
装幀　渡　辺　将　史

ISBN978-4-7791-1707-7 C0098